수학자의 낙원

Villa des hommes
by Denis Guedj

수학자의 낙원

드니 게즈 수학소설 | **이세진** 옮김 | **정경훈** 수학해설

해나무

차례

"인류(혹은 인간)는 무한의 표현으로서만 가치가 있을 뿐이다."

–장 조레스

검은 연미복과 찌그러진 실크해트 차림의 에르네스트는 고삐를 쥐었다. 어떤 늙다리 말도 앗아갈 수 없는, 노련한 마부다운 품새였다.

이번에는 마님이 주인어른과 동행하지 않았다. 마님은 지쳐 있었다. 그럴 때도 됐다! 게다가 자식들이 바통을 이어받아 한스 징거를 돌볼 차례였다. 이번에는 동부 전선에서 방금 돌아온 니클라우스가 부친을 모시고 예전과는 사뭇 다른 성격의 여행을 떠날 것이다. 주인어른은 그런 대접을 받을 만했다. 좋은 남편, 좋은 아버지였으니까.

완강한 독신남인 에르네스트는 속으로 생각했다.

'화목한 가정만으로는 부족해. 하지만 부족하지 않은 게 있기는 한가? 뭔가가 딱 갖춰지면 이런 문제가 전혀 없겠어? 사람의 정신이란 참 희한하고 까다롭다니까! 까다롭다는 게 특히 중요하지.

열쇠를 깜박하듯이 정신을 깜박한다? 열쇠, 특히 평범하게 생긴 열쇠는 없어진 지 한참 돼도 찾기 전까지는 잃어버린 줄을 몰라. 당장 아쉽지 않으면 생각도 안 나는 것들이 있게 마련이지. 아이고, 맙소사, 이 녀석 야윈 것 좀 보게! 가엾은 라자레트! 피골이 상접했구먼.'

자신의 로시난테를 바라보는 에르네스트의 눈이 촉촉하게 젖어 들었다. 늙은 말 라자레트는 인간사의 문제, 특히 에르네스트가 생각하는 열쇠 문제에 아랑곳없이 앞으로 나아가고 있었다. 에르네스트 츠반치히는 징거 가(家)의 마부였다.

"에르네스트!"

"네, 니클라우스 도련님?"

"마차를 멈추어주겠어요? 이 안에 갇혀 있기엔 날씨가 너무 좋군요."

에르네스트가 고삐를 잡아당겼다. 니클라우스는 마차가 루프트슈타트에서 불과 몇 킬로미터 떨어진 작은 길 가장자리에 완전히 멈춰 서기도 전에 펄쩍 뛰어내렸다. 실제로 그날, 1917년 5월 11일의 날씨는 화창하기 그지없었다.

"덮개 벗기는 것 좀 도와줘요."

마차가 높지 않아서 에르네스트는 쉽게 내려왔다. 아, 니클라우스가 달리는 마차에서 뛰어내려도 에르네스트가 면박을 주지 않게 된 지도 참 오래됐다! 에르네스트는 니클라우스가 자동차에서도 그렇게 뛰어내릴지 궁금했다. 자동차들이 달리는 속도로 봐서는…….

에르네스트를 비웃듯이 최신형 벤츠 한 대가 그들 앞으로 횡하니 지나갔다. 말이 끄는 마차를 무시하는 기색이 역력했다. 성질 급한 운전자의 눈에 그들의 마차는 길가에 주저앉은 고물차 나부랭이나 다름없었으리라. 두 사람은 상반된 감정을 느끼면서(니클라우스는 선망을, 에르네스트는 반감을) 시야에서 완전히 사라질 때까지 눈으로 자동차의 뒤를 맹렬하게 쫓았다. 그 자동차는 동쪽으로 커브를 틀어 루프트슈타트로 이어지는 잘레 강의 직선 코스에서 벗어났다.

에르네스트와 니클라우스는 각자 차체 왼쪽과 오른쪽에서 덮개를 붙잡고 걷어내려고 애썼다. 마차가 크게 흔들렸다. 5월의 청명한 햇살이 마차 안으로 밀려들어왔다.

뒷좌석에 앉은 징거 씨는 눈도 깜박이지 않았다.

에르네스트와 니클라우스는 옛날처럼 호흡이 척척 맞는 것을 느끼며 무심한 징거 씨 너머로 은근한 미소를 나누었다.

에르네스트는 징거 가의 자식들 중에서 니클라우스를 제일 좋아했다. 니클라우스는 집안의 하나뿐인 아들이고, 원래 남자들끼리는 마음이 더 잘 통하는 법이니까. 에르네스트는 여자들을 대하는 법을 도통 몰랐다. 틀림없이 그 때문에 에르네스트는 여태껏 단 한 번도 여자의 마음을 얻은 적이 없고 여자 또한 그의 마음을 얻은 적이 없었으리라. 니클라우스가 장성한 후에 에르네스트는 그를 데리고 잘레 강변 어느 도시의 환락가 술집들을 드나들기도 했다.

에르네스트는 니클라우스에게 바퀴를 갈아 끼우는 법, 재갈을 다시 물리는 법, 마차 용수철을 수리하는 법을 가르쳤다. 그 무렵

두 사람은 죽이 잘 맞아서 덮개를 벗겼다가 다시 씌우는 일쯤은 뚝딱 해치웠다. 둘은 마치 덮개 해체 대회에도 여러 번 출전했고, 우승을 차지할 뻔한 적도 한두 번이 아니었다.

에르네스트는 이제야 자신에게 솔직해질 수 있었다. 사실 그는 니클라우스에게 무슨 일이 일어날까봐 무척이나 마음을 졸였다. 전장에서 이 년을 보냈으니 죽을 고비가 얼마나 많았으랴.

'다정하게 한 번 쓰다듬는가 싶으면 상처를 남기고, 친절을 한 번 맛보면 공격도 한 번 당하고. 인생은 그렇게 흘러가는 게야. 아들이 집에 돌아왔다 싶으니 이제 아버지가 떠나는구먼.'

에르네스트는 짐짓 달관한 사람처럼 이렇게 생각했다.

"이렇게 하니까 더 낫지 않아요, 아버지? 자동차 구입을 생각해봐야겠어요. 아버지도 그게 더 나으실 거예요. 자동차가 더 편하니까요. 에르네스트는 어떻게 생각해요?"

니클라우스가 낡은 가죽으로 된 뒷좌석의 징거 씨 옆자리에 앉으면서 물었다.

"무슨 말씀입니까, 도련님. 우리 라자레트처럼 예쁜 똥을 싸는 자동차가 어디 있다고요. 자동차는 구역질 나고 냄새나는 기름 자국만 만들잖아요. 잡것들 같으니!"

"글쎄, 말똥 이야기는 일리가 있지만……."

"자동차 기름에는 미끄러지고 넘어지지요, 도련님."

에르네스트는 불만스러운 듯이 딱 잘라 말했다.

"그러니까 말똥에는……."

"발이 빠지지요, 니클라우스 도련님."

징거 씨를 혼자만의 생각에서 끌어내고 기운을 북돋우려고 이런 쓸데없는 대화를 주고받는 건가? 아니면 그냥 오랜만에 같이 있으니 좋아서 이러는 건가? 에르네스트는 니클라우스의 아버지도 아니고, 징거 가의 다른 자식 다섯 명의 아버지는 더욱더 아니었다. 그래도 그들에게 진한 애착을 품고 그들의 삶을 걱정하지 않을 수 없었다.

"아버지, 아버지는 자동차에 대해 어떻게 생각하세요?"

징거 씨가 대답을 했다면 분명히 자기는 아무래도 상관없다고 했을 것이다. 그에게 중요한 것은 움직이지 않는 것, 자기 자리에 그대로 머무는 것이었다. 그 자리가 어디냐 하는 것은 상관없었다. 그리고 말을 해서는 안 되었다. 부동, 무언. 그러니까 마차, 자동차, 비행기 따위는…….

니클라우스는 부친의 고집스러운 침묵에 기가 꺾이지 않았다. 고집에는 고집으로 맞서야 하는 법. 그는 직업상 그러한 원칙을 잘 알고 있었다.

"어머니 말씀으로는 지난주에 대학에 계셨다면서요."

실제로 지난주 월요일에 징거 씨는 수학 세미나를 계속하기 위해 대학으로 돌아갔었다. 하지만 그의 기분은 줄곧 처져 있었다. 강의실은 반쯤 비어 있다시피 했고, 모두들 정신이 딴 데 팔려 있었다. 대부분의 학생들, 교수 중에서 젊은 축에 속하는 이들은 모두 전장에서 싸우고 있었다. 몸으로 직접 싸우지 않는 사람들도 생각은 전쟁터에 가 있었다. 그래서 강의실에는 징거 씨처럼 대학에서 평생을 보낸 노인네들뿐이었다. 그리고 수학이란 아무리 흥미로워봤자(덧없어 보이지는 않을지언정) 정말로 필수 불가결한 것으로는 여겨지지 않는다.

한스 징거는 세미나가 시작하기 직전에 도착해서 여느 때처럼 창가의 자기 자리에 앉았다. 동료 한 사람이 끼어들어 뭐라고 했지만 그는 전혀 알아먹지 못했다. '연속체의 성질'은 그가 가장 좋아하는 주제요, 그는 그 주제에 대한 연구로 수학계에서 국제적 명성을 얻었는데도 말이다. 징거 씨는 차분하게 세미나가 끝나기를 기다렸다가 자리에서 일어나 대학의 복도를 따라 걸었다. 자신의 모습을 본뜬 조각상과 중간에 마주쳤지만 털끝만큼도 주의를 기울이지 않았다.

그는 천천히 걸어가면서 이 이류대학에서 보낸 반세기의 세월을 곱씹었다.

"아버지, 이제 곧 우리는 러시아를 제압할 거예요! 제가 이렇게 장기 휴가를 받을 수 있었던 것도 그 때문이고요. 러시아 놈들은 차르를 위해 목숨을 바칠 마음이 없어요."

다른 때 같았으면, 예전 같았으면 징거 씨는 아들에게 분명히 이렇게 대꾸했으리라. '그럼 너는 독일인들이 카이저(황제)를 위해 죽을 마음이 있다고 보느냐?'

"이제 몇 주 있으면 러시아는 항복할 겁니다. 아버지, 기분 좋으시죠?"

'기분이 좋아? 넌 내가 상트페테르부르크에서 태어났다는 걸 잊었느냐?'

아버지는 이렇게 대답했을 것이다. 사실 니클라우스는 부친이

러시아에서 태어나서 십여 년을 살았고 러시아어를 모국어로 구사했다는 사실을 잊고 싶어했다.

“우리는 프랑스와 영국에도 온힘을 다해 맞설 수 있을 겁니다. 승리가 빨리 확정될수록 화해도 빨리 이루어지겠죠.”

‘그리고 자동차 생산도 빨리 재개되겠지. 라자레트는 퇴물 신세가 될 테고!’

에르네스트가 속으로 생각했다. 위로 솟아오른 마부석에서 에르네스트는 부자의 대화를 낱낱이 새겨듣고 있었다. 그것이 가족이나 다름없는 이 집안을 보살피는 그 나름의 방식이었다. 듣기. 아무것도 빼놓지 않고 듣기. 말과 침묵, 외침과 노래, 웃음과 눈물까지도. 지극히 충성스러운 무례함으로. 모든 것을 기억할 수 있도록. 코끼리의 기억력, 문자가 발명되기 이전의 서기 같은 기억력으로.

니클라우스는 부친의 어깨에 손을 얹었다.

“저보고 뭐라고 하시는 거 아니지요, 아버지? 딮개를 벗기니까 훨씬 더 낫지 않나요?”

아들은 아버지의 기색을 살폈다. 아버지가 그렇다고, 너를 책망하지 않는다고 말해주기를 터무니없게도 바라면서.

징거 씨는 아무 감정도 드러내지 않았다.

할 수 없었다. 니클라우스는 아무리 힘들어도 자신의 지금 행동이 옳다는 것을 알고 있었다.

“아버지, 집에 돌아와서 제가 얼마나 행복한지 아세요? 아버지도 뵙고, 모두와 다시 만날 수 있으니……. 하지만 마음 한편으로는 저 먼 곳에서…….”

그렇게 덧붙이는 그의 어조가 불현듯 바뀌었다.

니클라우스는 별 도움은 못 되더라도 자신이 있어야 할 곳은 거기라고 생각했다. 상념이 그를 전선으로 데려갔다. 전투가 휴지 상태에 들어가서 모종의 개입이 이루어지기를 기대했다. 전투를 길게 끌수록 부상자가 걷잡을 수 없이 늘어난다는 것을 니클라우스는 경험상 잘 알고 있었다. 부상자에 대한 조치가 늦어질수록 사망자가 많아진다는 것도 알고 있었다. 의사들이 도착해봤자, 말 그대로 몇 사람 '건지는' 수준이었다. 전투 후의 침묵은 끔찍했다. 머릿속에서 굉음이 폭발하는 몇 시간을 보내고 난 후에는 그악스러운 울부짖음조차도 한낱 속삭임처럼 느껴질 정도였다. 그럴 때면 니클라우스는 무력감에 빠지곤 했다. 아버지가 곧잘 하는 말마따나 '바닷물을 숟가락으로 퍼내듯' 밑도 끝도 없는 대상과 씨름하는 악몽이었다. 모두를 구할 수는 없었다. 모두를 치료할 수는 없었다. 선택을 해야만 했다. 이 사람, 저 사람이 아닌 바로 이 사람을.

"마지막 날, 그러니까 집으로 돌아오기 바로 직전에 끔찍한 살육이 벌어졌어요. 우리는 시체들을 헤치고 걸어갔지요. 저는 어느 러시아 군인 바로 옆으로 지나가게 됐어요. 그 군인은 지옥에 떨어진 사람처럼 괴로워하더군요. 사실 딱히 손을 쓸 방법도 없는 상태였지요. 저와 눈이 딱 마주친 순간, 그 병사가 갑자기 손을 내밀어 저에게 지폐를 주더라고요. 저는 무슨 일인지 몰라서 그냥 도리질만 해 보였죠. 돈을 주면 다른 사람보다 자기를 먼저 치료

해줄 거라고 생각했다는 사실이 저에겐 너무나 충격적이었어요. 그는 계속 지폐를 내밀었고, 저는 독일어로 '아닙니다. 아니에요!'라고 소리를 질렀지요. 그런데 그 군인이 자기 발 언저리에 있던 권총을 가리키더니 다시 자기 관자놀이를 검지로 가리키며 총 쏘는 시늉을 하더라고요. 그제야 저는 퍼뜩 깨달았어요. 그리고 부끄러웠죠. 그 군인은 자기 목숨을 끊어달라고 부탁했던 거예요. 아버지, 그건 자기를 죽여달라고 주는 돈이었어요! 그때까지만 해도 저는 죽음만큼은……."

"……무료야."

징거 씨가 내뱉었다.

"아, 아버지! 말씀도 하시네요!"

그들은 이제 도착했다.

삐익, 삑! 에르네스트가 배(梨) 모양의 고무 경적을 울렸다. 경쾌한 봄날의 침묵과는 어울리지 않는 소음이었다. 경비가 초소에서 나왔다. 그는 마차를 알아보고 에르네스트에게 인사를 건넨 다음, 언제나 완벽하게 기름칠이 되어 있는 쇠창살 문을 열어주었다.

에르네스트와 경비는 오래 전부터 아는 사이였다. 두 사람은 1870년 전쟁 당시에 파리 부근에서 안면을 텄다. 에르네스트는 기병대 소속이었고 경비는 프랑스 포로 수용소에서 간수로 일했다. 지금도 그들이 각자 하는 일은 별로 변하지 않았다. 에르네스트는 민간인을 상대하지만 여전히 말을 몰고, 경비는 프랑스 포로들이 아니라 독일인 환자들을 감시하고 있었으니까.

두 사람은 일주일에 한 번씩 잘레 강변의 선술집에서 만났다.

최고의 안할트 맥주를 마실 수 있는 그곳에서 두 사람은 주야장천 카드게임에 몰두했다.

바싹 야위고 키가 큰 남자가 긁개로 자갈길을 끈덕지게 다듬고 있었다. 라자레트가 반갑다는 듯이 울음소리를 냈는데도 그는 자기 일에 몰두한 나머지 마차가 와 있는 것도 몰랐다. 징거 씨는 귀를 쫑긋 세웠다. 그는 자갈길에서 마차 바퀴가 삐걱대는 소리를 유독 좋아했다. 끼기긱, 끼기기긱.

여러 빛깔의 토대 위에 불그스름한 벽돌을 쌓아올리고 슬레이트 지붕을 얹은 그 건물은 대단히 인상적이었다. 이런 종류의 건물은 으레 군사시설로 쓰이지만, 그런 용도와는 거리가 멀어 보였다.

마차는 '본관' 앞에 서 있었다. 본관은 로비를 포함하여 삼 층으로 이루어졌고 입구가 뒤쪽으로 나 있는 '외보(外堡)'가 양쪽 날개처럼 자리잡고 있었다. 징거 씨는 에르네스트의 도움을 받아 마차에서 내려와 주위를 바라보았다.

여윈 얼굴에 푹 꺼진 안구, 그 안에 투명하리만치 푸르고 작은 눈이 있었다. 턱에 약간 돋은 하얀 염소수염 때문에 얼굴선이 더 뾰족해 보였다. 회색 정장, 셔츠, 넥타이를 갖춰 입은 품은 마치 저녁 모임에라도 초대받은 사람 같았다. 큰 키에서 풍기는 분위기는 그가 열정적인 기질을 타고났고 한때는 꽤나 압도적인 느낌을 주었으리라고 짐작하기에 충분했다. 하지만 지금의 그는 뿌리가 떨어져나가기 직전의 말라빠진 고목에 불과했다. 기력이 완전히 빠져나갔고, 이제 남은 건 텅 빈 껍데기뿐이었다.

징거 씨는 현관 계단을 무거운 걸음으로 올라갔다. 니클라우스가 부축을 하려 했지만 마다했다. 그들은 꽤나 환하게 불을 밝혀 놓은 현관으로 들어갔다. 니클라우스는 이곳에 와본 적이 없었다. 입구 정면이 맨 처음 눈에 들어왔는데, 건물 규모에 어울리지 않을 정도로 거창한 예배실이 있는 걸 보고 니클라우스는 깜짝 놀랐다. 신앙에 열심인 아버지가 그에 걸맞은 공간을 누리겠구나 싶어서 그는 미소를 지었다. 널찍하고 환하지만 친밀한 분위기를 해치지 않게끔 꾸며놓은 면회실들도 얼핏 볼 수 있었다.

징거 부자는 지쳐 떨어진 표정의 가족들이 가득 차 있는 방에 들어가 앉았다. 열 살쯤 되어 보이고 머리를 박박 깎은 소년 한 명이 마구 뛰어다니고 있었다. 보는 사람이 현기증이 날 정도로 부산스러운 아이였다. 부모들은 아이를 잡으려고 애를 썼고 어쩌다 잠시 붙잡아놓기도 했지만 아이는 금세 또 도망갔다. 결국 그들도 아이가 멋대로 돌아다니든 말든 손을 놓아버렸다.

한스 징거와 그의 아들은 긴 의자 가장자리에 차분하니 앉아 있었다. 니클라우스가 수세식 화장실에 가려고 일어섰다가 행여 꺼림칙한 일이라도 있을까봐 아버지에게 같이 가겠느냐고 물었다. 징거 씨는 고개를 가로저었다. 니클라우스는 항상 아버지가 그렇게 오래 볼일을 보지 않고도 지낼 수 있다는 데 놀라곤 했다.

차례가 되자 직원이 이제 병원장이 그들을 만나줄 거라고 알려줬다. 그들은 이중 계단을 따라 한 층 위로 올라갔다. 원장실은 사람들이 운집해서 소란스러운 로비와 한 층 떨어져 자리하고 있었다.

2층에는 도서실도 있었다. 1층 로비에는 하느님이, 2층에는 지식이 터를 잡고 있는 셈이었다. 그리고 그 두 층을 연결하는 이중 계단은 병원 원무과의 품위를 더해주었다. 니클라우스는 2층에 작은 박물관이 있는 것도 눈여겨보았다.

대학병원에 박물관이 있다는 데 놀랄 수도 있다. 하지만 그런 경우가 그다지 드물지도 않다. 사실 대학병원을 세울 때에는 환자를 보살피는 동시에 의료인을 교육한다는 두 가지 소명이 있게 마련이다. 2헥타르 남짓한 대지에 정원과 함께 분산되어 있는 건물들은 규모가 작고 진입하기가 용이했다. 환자를 위한 병동, 간호사관, 약국은 물론이고, 의대 강의가 이루어지는 원형 강의실, 해부실, 도서관, 기계실, 주방 등도 갖추어져 있었다.

원장은 자신과 이래저래 동료라고 볼 수 있는 징거 부자를 정중하게 맞이했다. 징거 씨와는 그 도시의 대학에 몸담고 있는 같은 교수 신분이고, 니클라우스와는 같은 의학 전공자이니 아버지와 아들 양쪽이 동료인 셈이었다.

"징거 선생님께서 개인실을 쓰실 수 있도록 저희도 가능한 수단을 모두 취해보았습니다."

원장은 단도직입적으로 이 말부터 꺼냈다.

"선생님 같은 분은 응당 그래야 하지요. 그런데 상황이 여의치 않아서…… '남성 병동' 2층에 방을 하나 마련해두었습니다. 선생님께선 일전에도 그 방을 이용하신 적이 있을 겁니다. 그런데 아시다시피 지금 저희 병원은 수용할 수 있는 인원의 한계를 넘었습니다. 전선에서 끔찍한 시련을 겪은 군인들이 매일같이 실려오는 형편이니까요. 전장에 직접 가 계셨던 닥터 징거께서 누구보다 잘 아실 겁니다."

원장은 같은 의료계 종사자가 맞장구를 쳐주기를 바라는 눈치였다. 니클라우스가 후방 병원으로 이송시킨 그 많은 군인들을 누가 다 알랴!

"그래서 선생님께 개인실을 드리기가 어렵다는 걸 솔직히 말씀드리는 겁니다. 제가 선생님을 최대한 배려해서 누구와 같은 방을 쓰시더라도 가급적 불편을 겪으시지 않도록 조처하겠습니다."

이번에는 니클라우스를 염두에 두고 원장이 덧붙였다.

"지금 우리는 모든 게 부족합니다. 물자 보급이 점점 더 어려워지고 있지요. 창고가 바닥날 날이 가까워지고 있습니다. 그래서 입원 환자들에게 생필품을 제공할 수 있는 가정에서는 그렇게 해주실 것을 부탁드립니다."

그러고 나서 징거 씨는 검사실로 향했다. 십오 분 뒤에 검사실에서 나온 징거 씨는 원장이 니클라우스에게 하는 말을 들었다.

"부친의 심장은 아직도 청년 못지않게 튼튼하십니다."

니클라우스가 병원 행정에 필요한 서류를 작성하는 동안 에르네스트는 주인어른의 트렁크 두 개를 남성 병동 2층의 14호실로 옮겼다.

징거 씨와 트렁크들을 내려놓은 마차는 서둘러 돌아갔다. 반대 방향으로 쏜살같이 내달리던 벤츠 한 대가 무거운 침묵을 갈랐다. 못된 구석이라곤 눈곱만치도 없는 에르네스트는 저 차가 살짝 사고라도 났으면, 그것도 될 수 있으면 직선 코스로 그의 시야에서 벗어나 그런 일을 당했으면 하다가 그런 생각을 하는 자신에게 펴

뜩 놀랐다. '나란 인간은 어쩌면 항상 이리도 비열한가. 이젠 늙어서 고쳐먹기도 글렀지.'

그는 서글픈 상념에 젖어 있던 니클라우스에게 느닷없이 물었다.

"어떻게 하셨습니까?"

"아버지를 입원시켰죠."

니클라우스는 그렇게 대답하고서 문득 우스꽝스러운 기분이 드는지 어깨를 으쓱했다. 그는 의아하다는 듯이 에르네스트를 바라보았다.

"저는 도련님이 그 러시아 부상병을 어떻게 하셨는지 묻는 겁니다. 돈을 내밀었다는 그 사람요. 그 이야기를 아직 다 끝내지 않았잖습니까."

"아! 그래요. 난 돈을 받고 그 사람은 그냥 내버려두고 왔어요."

니클라우스가 들으라는 듯이 말했다.

"세상에!"

에르네스트는 충격을 받았는지 아예 몸을 뒤로 틀고 물었다.

"그 사람에게 돈을 받고 죽여주지는 않았다고요? 그래도 그 사람이 돈을 줍디까?"

니클라우스가 고개를 끄덕였다.

"그러면 도둑질이잖아요!"

"전혀요. 돈이 루블화라는 걸 알고는 금방 돌려줬어요. 알다시피 루블화를 우리가 어디에 써먹어요! 우리나라 돈이기만 했어도……."

니클라우스는 갑자기 빈정대는 말투를 버리고 쓸쓸한 듯이 말했다.

"사실은 그러지 않았어요. 난 구급차를 불러줬어요. 하지만 구급차가 도착하기 전에 그 사람은 죽었죠."

"객쩍은 소리 잘하는 건 여전하네요, 니클라우스 도련님!"

"그 '니클라우스 도련님' 소리 좀 집어치워요! 왜 하인 행세를 해요, 에르네스트? 그리고 그 희한한 옷차림은 뭐죠? 연미복과 실크해트는 대체 뭐예요? 말끝마다 니클라우스 도련님 운운하는 것도요. 내가 어릴 때는 무릎에 앉히고 놀아줬으면서."

"니클라우스 도련님, 저는 하인 행세를 하는 게 아닙니다. 이게 제가 할 노릇입니다. 전 항상 이렇게 지내왔고, 모두들 전쟁 생각밖에 할 수 없는 지금은 더욱더⋯⋯ 전쟁이 사 년째니 사회가 제대로 굴러갑니까? 혁명보다 더 심한 아수라장이죠!"

"난 에르네스트가 정치 이야기를 하는 게 좋아요."

니클라우스는 이렇게 말하면서 마부의 어깨에 손을 얹었다. 에르네스트는 태연한 척하려고 라지레트를 공연히 재촉했지만, 그 정도로는 암말에게 눈곱만치도 자극이 되지 않았다.

왼쪽, 그러니까 건물의 서편 날개에는 남자 환자들이 입원했고, 오른쪽인 동편 날개에는 여자 환자들이 입원했다. 본관이 직선 방향의 정중앙을 차지하는 이 건물은 완벽한 대칭을 이루었다. 가운데 구역을 '중앙의료센터'라고 부르니 여러 모로 딱 맞는 명칭이었다.

14호실은 건물의 왼쪽 날개, 즉 남성 병동 2층에 있었다. 그 방은 널찍하고 천장이 높아서 공기가 많이 들어오기 때문에 환자들이 숨쉬기가 편했다. 요양 중인 환자들은 심하게는 몇 주 이상 침대에 꼼짝 못하고 누워 있어야 했다. 의학에 안정요법이 도입된 이래로 대부분의 침대들은 항상 만원이었다. 스프링식 침대 매트리스들은 닳을 대로 닳아 원래의 탄성을 잃은 지 오래였다.

커다란 창이 정원을 향해 나 있었다. 튼튼한 문짝에는 환자가 방에 잘 있는지, 무슨 문제는 없는지 간호사들이 밤낮으로 살필 수 있도록 작은 사각창이 뚫려 있었다. 벽은 얼룩 없이 새하얗고 바닥에는 타일이 깔려 있었다. 가구는 제한되어 있어서 공간을 많이 차지하지 않았다. 서랍이 달린 협탁, 탁자, 안락의자, 수건걸이, 난방장치. 세 쪽짜리 칸막이, 천장의 등, 거울, 자물쇠가 달린 벽장. 침대에는 방수시트를 씌운 매트리스가 있었고 매트리스 아래쪽에는 시트, 이불, 베갯잇이 놓여 있었다.

징거 씨는 혼자 남게 되자 침대 가장자리에 앉았다. 그는 윗옷 속주머니에서 봉투 하나를 꺼내고 그 안에 고이 접어넣은 종이 한 장을 조심스럽게 펼쳤다.

그 종이가 눈앞에 펼쳐지자 세상은 거기로 축소되었다. 그가 기숙학교에서 열여섯번째 생일을 맞았을 때 부친에게 받은 편지였다. 그의 온 생애가 그 종이 한 장으로 요약되었다. 그에게 일어난 모든 일은 비길 데 없는 혜안을 통해 이미 그 편지에 쓰여 있었다. 어쩌면 그의 삶은 단지 그 편지의 내용을 실현하기 위한 것이 아니었을까, 그가 꾸려온 삶에 과연 자유라는 것이 있었던가 싶을 만큼. 징거 씨는 눈을 감고 그 글을 암송했다.

촉망받던 인재가 소소한 난관에 굴복하여 제 소임을 다하지 못하는 경우가 얼마나 많은지. 그들은 용기를 잃고 완전히 위축되어 기껏해야 훗날 '망가진 천재'로 추억될 뿐이란다.

그는 평생 이 편지를 간직해왔다.

내구성이 뛰어난 종이와 양질의 잉크를 사용했기에 가능한 일이었다. 이 편지를 이루는 단어 하나하나, 심지어 종이가 접힌 부분에 걸쳐 있는 단어들도 지금까지 완벽하게 알아볼 수 있었다.

돈 후안에게는 자신이 죽인 기사장의 석상(石像)이 있었다.* 징거 씨에게는 아버지의 편지가 있었다. 석상만큼 구경거리는 못 될지언정, 휴대하기에는 훨씬 편했다. '상이라면 나도 하나 있지. 그래, 내 모습을 새긴 조각상이 있잖아. 하지만 그건 전혀 별개의 문제지.' 징거 씨는 속으로 생각했다.

징거 씨는 이 편지를 완전히 외우고 있었다. 암송은 물론이요, 그가 지은 선율에 맞추어 노래할 수도 있었다. 눈을 다시 떠보니 편지가 그의 앞에 버티고 있었다. 그는 편지를 접어서 봉투에 넣고 다시 웃옷 속주머니에 집어넣었다.

남자 간호사 한 사람이 횅하니 들어왔다. 그는 징거 씨가 트렁크들을 아직 비우지 않은 것을 확인하고는 지금 당장 물건들을 꺼내 정리하라고 했다. 간호사가 지켜보는 가운데 징거 씨는 자기

* 바람둥이 돈 후안은 자신이 유혹한 여성의 아버지 돈 페드로(기사장)와 결투를 벌이다가 그를 죽이고 만다. 그후에도 돈 후안은 무책임한 애정행각을 벌이다가 결국 기사장 석상의 심판을 받아 지옥에 떨어지고 만다.

물건들을 꺼냈다.

바이올린 케이스, 필기도구, 책 몇 권과 성경 한 권, 오 드 콜로뉴 한 병, 옷가지를 협탁 서랍에 정리했다. 아스피린 한 병. 금속제 뚜껑이 달린 원형 상자에는 눈 덮인 산봉우리를 기세 좋게 넘어가는 샤무아 한 마리가 그려져 있었다. 징거 씨는 갖가지 색깔의 캐러멜 세 개를 꺼내어 서랍에 넣고 상자는 벽장에 놓았다. 만약의 경우를 대비한 모자. 그는 모자를 별로 좋아하지 않았다. 만약의 경우를 위한 우산. 그는 우산도 싫어했다. 스리피스 정장 두 벌과 여름잠옷. 덧신. 솜을 댄 실내복. 그가 가장 좋아하는 골든시가 한 상자. 그는 두툼한 빨간 수첩 한 권을 뭔가 불안하기라도 한 듯 아주 조심스럽게 집어서 서랍에 넣었다.

간호사는 이번만 해주는 거라고 강조하면서 침대 정리를 도와주고는 트렁크들을 들고 가서 위층에 있는 다락에 집어넣었다. 그 다음에 다시 돌아와서 징거 씨를 구내식당까지 데려다 주었다.

징거 씨는 피곤에 찌든 기계적인 발걸음으로 구내식당에서 나와 계단을 올라갔다. 그는 아무것도 듣지 못했고 아무것도 보지 못했다. 가야 할 곳에 갔고 해야 할 일을 했지만 그 모든 것이 자기가 없는 데서 일어나는 일 같았다. 그의 행동은 몇 가지 기계적인 움직임에 따라서 변할 뿐이었다. 그는 복도를 따라 걷다가 자기 방 앞에 멈추었고, 문을 열고 들어가서 다시 닫았으며, 침대에 앉아 자세를 취했다. 발을 바닥에 붙이고, 양손은 무릎에서 깍지 끼고, 고개를 수그렸다. 두 시간, 세 시간. 지극히 사소한 동작조차

하려 들지 않았고, 아예 상상하거나 바라지도 않았다. 모든 생각과 감각을 떨쳐버린, 광물다운 무감함에 빠진 석상처럼. 그것은 죽음 아닌 죽음이었다. 더이상 존재하지 않는다는 고통을 비우고, 지금 같은 모습으로 전락했다는 비참함도 찍어내버린 석상. 지금 그는 살아 있는 시체가 아니라 죽어버린 생명체였다. 그는 묘석이자 고인이었다.

병원에 들어오기 몇 달 전부터 징거 씨의 건강은 차츰 악화되었다. 펄펄 끓는 용광로 같고 빙산들의 충돌 같은 격렬한 흥분성 발작이 이따금 일어났고, 그때마다 그는 완전히 기력을 잃고 쇠약해져서 주변 사람들의 애간장을 태웠다.

여기까지 오는 마차에서 그는 사소한 말 한 마디라도 자기 안에서 어떤 표현을 찾아 입 밖으로 끌어내는 게 얼마나 힘든지 아들에게 말할 수 없었다. 그렇지만 니클라우스는 알아서 이해했을 것이다. 의사라면 마땅히 그래야 하지 않겠는가?

건물이 무너졌다. 지붕이 1층까지 폭삭 주저앉아 그 안에 버티고 있던 층들이 먼지처럼 부서져버렸다. 그것과 비슷한 일이 징거 씨에게 일어났던 것이다.

병원의 청소부들은 신발, 양말, 신문, 이불 귀퉁이를 막론하고 바닥에 '끌리는' 물건들은 몽땅 치워버렸다. 특히 환자들이 이불자락을 끌고 다니면 치를 떨며 질색했다. 좀더 광범위하게 말하자면, 그들은 환자의 개인적인 물품을 좋아하지 않았다. 그들 재량

대로 할 수만 있었다면 아예 개인 물품을 소지하지 못하도록 금지령을 내렸을 것이다. 하지만 규정은 훨씬 느슨해서, 환자의 기분을 풀어주고 나아가 환자 본인의 건강이나 병원에 도움이 될 법한 물품은 소지할 수 있었다. 그래서 징거 씨도 자기 방에 바이올린, 성경, 필기구, 캐러멜 상자 따위를 둘 수 있었던 것이다.

벌컥 문이 열렸다. 여기는 문이 항상 느닷없이 열리곤 했다. 빗자루와 쓰레받기를 든 청소부가 14호실 환자에게는 눈길도 안 주고 들이닥쳤다. 그들이 지켜야 할 최소한의 행동 수칙에는 노크를 먼저 하고 병실에 들어가는 것도 포함되어 있었지만, 실제로는 어림도 없었다. 의사, 간호사, 청소부, 원무과 직원, 짐꾼은 언제고 방에 불쑥불쑥 들이닥쳤다. 언제 방문이 벌컥 열릴지 모른다는 생각에 징거 씨는 항상 불안해했다. 하지만 그래서 좋은 면도 있었다. 그런 불안감 때문에라도 시간을 완전히 초월해서 넋을 놓고 있을 수만은 없었으니까.

징거 씨는 꼼짝도 않고 침대에 누운 채 청소부의 몸짓을 지켜보았다. 침대 밑에 버려둔 신발은 벽장으로 들어갔다. 시트자락도 붙잡혀서 매트리스 밑으로 들어갔다.

살짝 열린 문틈을 통해 복도의 소음이 방까지 들렸다. 청소부는 먼지도 별로 없는 쓰레받기와 빗자루를 복도에 내놓고는 걸레를 양동이에 집어넣어 소독약을 희석한 물에 적셨다. 코를 찌르는 소독약 냄새가 병원의 가장 은밀한 구석구석까지 배어 있었다. 옷, 가구, 수돗물, 음식—모든 것에 소독약 냄새가 배어 있었다. 이 냄새는 병원 그 자체였다. 사람들은 추억처럼, 그리고 상흔처럼 병원 냄새를 간직하고 떠났다. 이미지는 세월과 함께 사라지지만 냄새는 피부에서 가시지 않았다.

청소부는 양동이 위에서 걸레를 짜고 빗자루에 칭칭 감았다. 징거 씨는 그를 계속 주시했다. 불현듯 그는 알았다. 어젯밤에 그의 생각을 온통 사로잡았던 바로 그것을. 청소부가 걸레를 다루는 우아한 몸짓에서 그는 옆으로 누운 8자, 즉 기하학에서 무한을 나타내는 기호 ∞를 보았다. 하지만 징거 씨는 살 만큼 산 사람인지라, 우리는 항상 자기가 보고 싶어하는 것을 본다는 것을, 현실은 그것에 대한 모든 해석들의 합계(수학자로서는 '적분'이라는 표현이 더 낫겠지만)라는 것을 모르지 않았다. 이제 곧 그는 사물에 대한 관심을 잃을 것이다. 방바닥이 기하학적 무한들의 장처럼 여겨졌던 기억은 구석에 처박히게 될 것이다.

14호실의 이름 모를 환자가 헛것을 보든 말든, 청소부는 옆으로 누운 8자를 마지막으로 한 번 더 그리고는 나가버렸다. 그는 자신이 기나긴 무한의 역사에 나름대로 잠시 참예했다는 사실을 영영 모르리라. 침대에 누운 이 노인네야말로 그 역사가 낳은 가장 눈부신 영웅 가운데 한 사람이었다.

징거 씨는 청소부가 나간 지 얼마 안 되어 일어났다. 엄밀하게 말하자면 사적인 일이지만, 제대로 잠자리에 들기 전에 반드시 해야 할 일이 남아 있었다. 그는 가죽 필통에서 펜을 한 자루 꺼내고 잉크병 뚜껑을 열었다. 빨간 수첩을 펼치고 벽장에서 캐러멜 상자를 꺼냈다. 그는 캐러멜 한 개를 고르고 자리에 앉아 열심히 글을 써내려갔다. 가급적 입안에 오래 물고 캐러멜을 조금씩 빨아먹으면서. 니클라우스와 에르네스트가 그를 여기 데려다 놓은 후부터 못 견디게 죄어오던 긴장감이 차츰 스러졌다. 그는 지금 하나의 세상을 떠나 새로운 세상에 편입될 채비를 하는 참이었다.

봄날은 화사했다. 낮은 점점 길어지고 또 길어졌다. 밤은 조금씩 짧아지고 또 짧아졌다. 하지만 징거 씨는 고집스럽게 버티며 시간의 은밀한 부패를 결코 허락하지 않았다. 그는 해넘이 직전에 옷걸이에 걸어둔 웃옷 주머니에서 다시 한 번 봉투를 꺼내고는 침대에 앉아 편지를 펼쳤다. 해 질 녘에 읽는대도 워낙 환해서 아무 어려움이 없었을 것이다.

……과학의 지평선에서 빛나는 별…….

서쪽에서 뉘엿뉘엿 넘어가는 해는 그의 창이라는 지평에서 세상의 조각을 태우는 불길이 절로 잦아들기를 기다리고 있었다. 징거 씨가 여기 머무는 동안은 그 창에서 보는 세상이 그의 세상이 될 것이다. 그를 학계에 입문시킨 기숙학교의 공동침실에서 처음으로 이 편지를 받아 읽던 청소년기의 자기 모습이 눈에 선했다. '지금 이 병원에 와 있는 나에게도 소년 시절의 모습이 어딘가 남아 있을까? 기나긴 세월을 지나고도 변하지 않은 나 자신의 한 부분(우리 수학자들이 '항등식'이라고 부르는)을 과연 내가 알아볼 수 있을까? 아니면 나는 전혀 다른 사람, 과거의 나와는 이질적인

존재가 된 것일까?'

하늘이 마침내 태양과 그 빛에서 해방되고 밤을 맞이할 무렵, 징거 씨는 편지를 챙겨넣고 자리에 누워 눈을 감았다.

하느님의 뜻이라면 아버지는 네가 아마도 훗날 과학의 지평선에서 빛나는 별이 될 거라고 기대한단다.

그는 기억 속에서 이 문장을 떠올렸다.

과연 그는 빛나는 별이었던가? 한때 지평선을 밝혔던가? 오늘 밤은 만월이어서 인간의 보잘것없는 시력으로는 루프트슈타트 상공에 떠 있는 별들을 볼 수 없었다.

미지의 땅을 찾아 나선 포르투갈 항해사들에게 길잡이라고는 언제나 제자리를 지키는 별들밖에 없었다. 징거 씨도 도저히 거역할 수 없는 선장처럼 구는 나침반을 사용했었다. 하지만 일단 적도를 넘어가자 전혀 새로운 하늘이 탐험가들에게 펼쳐졌나. 북극성도 없고 친근한 별자리들도 없는 하늘이. 한 번도 보지 못했던 하늘을 보며 어떻게 진로를 잡을 수 있을까?

삐익, 삐이익! 배 모양의 경적이 병원 마당에 욕설처럼 울려 퍼졌다.

징거 씨가 간호사를 동반하고 나가보니 에르네스트 츠반치히가 벌써 그를 기다리고 있었다. 징거 씨는 내색하지 않았지만, 그토록 오랜 세월을 함께했던 상대가 걸어오는 것을 보고 기쁘지 않을 수 없었다.

"라자레트가 주인어른께 인사를 하고 싶어해서요. 아시다시피, 라자레트를 제가 어떻게 말리겠습니까…… 하지만 도대체 암말을 면회실에 데려오면 안 되는 이유가 뭔지 모르겠구먼요. 독일 사람들이란…… 규칙, 규칙밖에 모르죠. 나가서 라자레트 녀석과 인사하시렵니까?"

라자레트는 징거 씨를 뜨겁게 반겨주었다.

에르네스트는 징거 씨에게 좀 걷자고 했다. 하지만 에르네스트 자신은 걷는 것을 질색했다. 그가 마부가 되기로 한 것은 우연이 아니었다. 걷지 않기 위해서라면 그는 비행기 조종사라도 되었을 것이다. 더구나 그가 제일 좋아하는 격언도 '인간이 두 발로 설 수 있는 유일한 동물이라고 해서 반드시 걸어야 하는 것은 아니다'였다. 병원 경비는 에르네스트에게서 이 말을 귀에 못이 박히도록 듣고는 결국 이렇게 대꾸했다. "인간이 입이 크다고 해서 말이 많아야 하는 건 아니지."

에르네스트는 말수가 그리 적은 사람은 아니었다. 그는 옛날에 모시던 주인을 자주 만났는데, 그 주인이란 사람이 한때 날리던 웅변가였기 때문에 에르네스트의 어휘력도 대단히 신장되었다. 온갖 종류의 학술용어와 희귀어가 그가 구사하는 어휘들 속에 암암리에 자리를 잡았다. 우연히 주워들은 어휘들 덕분에 에르네스트는 루프트슈타트 마부계에서 꽤 존경을 받았지만, 애석하게도 이제 마부계 자체가 사라져가고 있었다.

두 사람은 부지의 왼쪽 가두리를 걸었다. 그들은 '직원용 가건물'을 돌고 공놀이 따위를 할 수 있는 빈터를 따라가다가 남성 병동 앞을 지나 내친 김에 원형 강의실 바로 근처에 있는 텃밭에까지 발을 들였다. 이 정도 걷는 일도 자신에게는 대원정이나 다름없었기에, 에르네스트는 앞으로 몇십 년 동안 산책이라면 발가락 하나 까딱하지 않는 걸로 이 일을 만회하리라 다짐했다.

"징거 선생님, 하마터면 저를 다시는 못 볼 뻔하셨지요."

에르네스트가 불쑥 말을 꺼냈다. 징거 씨는 반응이 없었다.

"저도 전쟁터에 보내달라고 신청을 했었습니다."

징거 씨의 속눈썹이 제멋대로 파르르 떨렸다.

"음, 짐작하시겠지만 거부당했지요!"

이제 징거 씨의 속눈썹이 만족한 듯 움찔했다.

"나이 먹은 사람은 누구를 죽일 권리도 없는데, 어떻게 우리가 젊은 사람들의 존경을 바라겠습니까?"

에르네스트는 성난 듯이 말을 맺었다.

남성 병동 문 앞에 와 있었기에 에르네스트는 징거 씨의 손을 다정하게 잡고는 이렇게 덧붙였다.

"독일에서 집집마다 등불이 하나씩 꺼져야 비로소 전쟁이 막을 내리겠지요."

그러고서 에르네스트는 멀어져갔다. '개인의 비극도 집단적 비극 못지않게 끔찍할 수 있지.' 에르네스트의 생각이었다. 운명이 징거 씨를 어찌나 악착같이 붙들고 늘어지는지, 이제 병의 재발이 점점 더 잦아지고 길어지면서 숨 돌릴 겨를조차 주지 않았다. 에르네스트는 징거 씨가 한창 눈부시게 빛나던 시기에 그를 보필했다. 유명한 호인이요, 무쇠처럼 튼튼하고 기력이 뻗치던 그를 모시는 것이 항상 쉽지만은 않았지만 그래도 좋았다. 그 시절에 잘만 하면 다른 직업을 찾을 수도 있었을 것이다. '그때 슬슬 조짐을 보았지. 정신줄을 놓은 대학교수라니, 그건 물에 빠져 죽는 잠수부, 날개를 잘린 새…… 말을 빼앗긴 마부 꼬락서니 아닌가. 그건 마치…… 아무짝에도 쓸모없는 신세지. 그저 서글플 뿐이야.' 그리고 에르네스트는 주인을 만나러 갈 때마다 서글프기 짝이 없었다. 주인이 자신의 슬픔을 알아차릴까 싶어, 그는 무리하게 자기의 평소 모습처럼 말하고, 말하고, 또 말했다. 바보 같은 소리를 지껄이고 라자레트 이야기를 했지만, 속으로는 울고 싶었다. 하지만 이 나이에 그런 꼴은 우습다고 생각했다. '마음 아픈 걸로 족하지 우스워질 것까지 무에 있나.' 마차의 마부석에 다시 앉으면서 그는 그렇게 결심했다.

"안녕하세요, 징거 선생님. 오늘은 좀 어떠십니까?"

오늘 아침은 지독히도 더웠다. 방이 반쯤 비어 있다보니 원장의 목소리가 메아리쳤다.

"마티아스 뒤투르를 소개하겠습니다."

원장은 문가에 서 있는 청년을 가리키면서 징거 씨의 침대로 다가왔다.

"프랑스 군인이죠. 당분간 우리 병원에서 같이 지낼 겁니다. 선생님만 괜찮으시다면 이 친구와 '거처'를(선생님은 병실을 항상 그렇게 부르시니까요) 함께 쓰셨으면 합니다. 우리 환자들 중에서 '볼테르의 언어'를 구사할 수 있는 분은 선생님 한 분뿐이시거든요."

원장의 선언은 부자연스럽고 다소 우스꽝스러웠다.

"그러면 두 분이 대화도 나누실 수 있고요. 그건 중요한 문제니까요."

프랑스 군인은 문지방에서 꼼짝도 하지 않았다. 야하다 싶을 정도로 뇌쇄적인 금발의 그 청년은 키가 우뚝하고 말라빠졌으며 멀거니 앞만 보고 있었다.

"뒤투르 씨, 이리 와요. 오라고요!"

원장이 손짓을 하며 독일어로 재촉했다.

청년은 걸음을 세 발짝 떼어 방 한가운데로 들어와 다시 꼼짝도 하지 않았다.

원장은 두 사람 사이의 얼어붙은 공기를 녹일 심산으로 신침에 대해 허풍을 떨었다.

"뒤투르 씨가 러시아 사람이었어도 나는 이 방에 배정했을 겁니다. 영국 사람? 마찬가지죠. 이탈리아 사람? 그래도 마찬가지죠. 징거 선생님은 그 나라들의 말도 다 하실 수 있으니까! 터키어? 아, 그건 잘 모르겠군요. 징거 선생님, 혹시 터키어도 하십니까?"

징거 씨는 터키어를 해서 병원생활이 개선될 수 있다면 당장 배우겠노라고 대꾸하고 싶었다. 그런 대답이라면 그의 부친도 대단히 흡족해할 것이다. 하지만 그는 아무 말도 하지 않았다. 다만 자리에서 일어나 창문을 열었을 뿐. 따뜻한 기운이 좀더 방 안으로 밀려들었다. 원장은 혼자서 계속 뭐라고 떠들어댔다.

원장이 탁자에 놓여 있던 종이 몇 장을 보고는 징거 씨에게 물었다.

"일을 다시 시작하셨습니까?…… 약간요? 독서는요?…… 그것도 약간? 징거 선생님은 대단한 수학자시랍니다. 우리나라에서 최고로 손꼽히는 분이지요. 뒤투르 씨, 내킨다면 징거 선생님께 직접 자기 소개를 하시지요. 프랑스에서 민간인으로 있을 때에 무슨 일을 했는지 말입니다."

원장은 신참이 목에 걸고 있던 군번줄에 나타나 있는 대로 33세의 프랑스 군인이고 심각한 정신적 외상 때문에 괴로워하고 있다는 것 외에는 전혀 아는 바가 없음을 자기 입으로 털어놓지 않았다. 그는 왜 프랑스 군인이 적십자를 통해 본국에 송환되지 않고 난데없이 독일 병원으로 후송되었는지, 그 이유도 알지 못했다. 높은 사람들이 그 군인을 받으라고 했을 뿐, 그 이상은 아무 설명도 없었다. '여기는 독일인만 받기에도 벌써 자리가 모자라는데……' 그럼에도 불구하고 그 외국인 군인은 다른 모든 환자들과 똑같은 대우를 받았다. 이 병원 정도의 명성 있는 기관에서는 응당 그래야 했다. 더욱이 징거 씨 같은 상류층 환자와 마찬가지로 말이다. 국가에서 이 프랑스 군인의 입원 비용을 고스란히 부담할 거라고 했다.

원장이 나가자 뒤투르는 기계적으로 한 걸음에 창가로 다가가더니 계속 거기에 있었다. 침대에 꼼짝 않고 누워 있던 징거 씨에게는 눈곱만큼도 신경을 쓰지 않는 것 같았다.

시간이 그렇게 멈추었다.

잠시 후, 간호사 두 사람이 들어와 징거 씨 침대 맞은편에 침대를 하나 더 들여놓았다. 이제 두 개의 침대 사이에는 한 사람이 겨우 움직일 수 있는 좁은 공간밖에 남지 않았다.

간호사들이 다시 와서 징거 씨의 것과 똑같은 협탁, 수건걸이, 의자, 세 쪽짜리 칸막이를 들여놓았다. '탁자는 없군.' 노인은 생각했다.

방에는 벽장도 하나, 개수대도 하나뿐인데 마티아스는 어디에 자기 옷가지를 둘 수 있을까?

그제야 징거 씨는 마티아스가 병원에서 주는 환자복을 입고 있음을 알아차렸다. 윗옷이 넓게 벌어져서 빈약한 가슴팍이 들여다보였고, 바지는 너무 짧아서 발목 위로 깡총하니 올라와 있었다. 햇빛이 그의 목에 걸린 은 목걸이에 부딪혀 반짝 빛났다. 그에게는 다른 옷이나 개인 물품이 전혀 없었다. '청소하는 직원들이 좋아하겠구먼.' 징거 씨는 빈정대는 기색 없이 그냥 그렇게 생각했다.

더이상의 의문을 제기할 생각이 들지 않았다. 그럴 여력도 없거니와, 바라지도 않았다. 저 청년에게 무슨 일이 있었을까? 상관없었다. 그건 저 친구 일이니까. 그의 동물적 본능은 그가 그랬듯이 그 청년의 내부에서도 뭔가가 느슨해졌다고, 어쩌면 툭 끊어졌다고 속삭였다. 자기에 대한 애착의 끈이 끊어져버린 것이다.

이제는 자기를 붙잡고 있지 않으니…… 될 대로 놓아버리고, 넘어지고, 배우 노릇을 집어치우고…… 마티아스 뒤투르의 손이 미지근한 창문을 어루만지고 있었다. 살면서 그런 생각이 뇌리를 스쳐간 것은 이번으로 두번째였다. 그러나 그 생각은 말이 되어 나오지 않았다. 아, 그건 불가능했다! 말은 너무 꼭꼭 숨어 있었다. 얼핏 후광만 보였을 뿐, 생각 자체는 아직도 어둠에 잠긴 채 그의 손이 닿지 않는 곳에 있었다.

마티아스 뒤투르가 창을 뒤로하고 자기 침대에 가서 누웠다. 일단 자리에 누우면 상대를 마주 볼 수밖에 없도록 침대가 배치되어 있었다.

징거 씨는 보았다.

삼십대의 키가 아주 크고 몹시 여윈 남자. 금발, 보기 좀 거북할 정도로 빛나는 금발. 무연탄 덩어리처럼 크고 검은 눈, 수척한 얼굴. 이따금 놀라는 기색이 스쳐 지나갈 뿐, 감정이 드러나지 않는 얼굴이었다.

마티아스 뒤투르는 보았다.

무(無). 그는 눈을 떴으되 아무것도 보지 않고 있었다.

징거 씨는 호주머니에서 회중시계를 꺼내어 뚜껑을 열고 시간을 확인했다. 그가 침대에서 일어서자마자 남자 간호사 한 사람이 들어오면서 외쳤다.

"드세요! 나와서 드세요!"

오후 4시, 간식 시간이었다.

마티아스 뒤투르는 본능적으로 룸메이트 뒤를 졸졸 따라서 1층

구내식당으로 갔다. 그곳에서 다른 환자들과 함께 잔을 챙겨서 줄을 섰다. 잔을 내밀면 간호사가 뜨거운 차를 따라주고, 다른 간호사는 빵 한 조각을 주었다.

저녁 식사 전에 수간호사가 마티아스에게 속옷과 생필품이 들어 있는 꾸러미를 내밀었다. 마티아스는 그 꾸러미에 전혀 관심을 비치지 않았다.

1917년 여름이 이제 막 시작되려는 참이었다.

남성 병동 14호실. 징거 씨와 마티아스 뒤투르는 별 좋은 시간에 내처 침대에 누워 마주 보고 지냈다. 눈을 뜨고. 영원처럼. 누워 있는 두 사람. 무기를 잃은 튜튼 족 노기사와 예민한 프랑크 족 시종. 그들은 서로를 제대로 보지도, 관찰하지도, 염탐하지도 않았다. 그저 상대가 자기 시야를 차지하니까 그쪽으로 눈을 열어놓고 있을 뿐이었다.

프랑스 군인이 온 지 한 달이 지났다. 그 동안 대화는 단 한 마디도 없었다. "그러면 두 분이 대화도 나누실 수 있고요. 그건 중요한 문제니까요"라고 했던 원장의 말이 무색했다.

똑같이 흘러가는 하루하루에서 특히 중요한 두 가지가 있었다. 징거 씨는 매일 점심 식사 전에 수첩 한 장 정도의 글을 썼다. 마티아스 뒤투르는 새벽에 동이 트자마자 공동욕실에서 다른 사람들이 오기 전에 혼자 샤워를 했다.

오전이 다 지나갈 무렵이면 노인네는 탁자에 엄숙하게 앉아서 진지하게 글쓰기에 몰두했다. 그는 몇 분 이상을 넘기지 않았다. 한 장을 다 쓰고 나면 펜을 내려놓고 압지로 여분의 잉크를 빨아들인 다음 자기가 쓴 글을 읽어보고 만족한 듯 수첩을 덮었다. 종종 그 뒤에도 수첩과의 대화가 이어지곤 했다.

"배고프지. 배가 고프고 또 고프지. 아무것도 널 만족시키지 못하지. 뭘 줘야 하려나? 네 녀석은 밑 빠진 독이라니까."

수첩을 제자리에 놓으면서 징거 씨는 이 붉은 괴물을 먹이는 데에는 돈이 들지 않는다는 생각에 안심했다.

마티아스 뒤투르는 징거 씨가 수첩에 어떤 내용을 쓰는지 전혀 알지 못했다.

한스 징거는 몇 년 전부터 모든 기대를 접었다. 하지만 방을 함께 쓰는 처지에 프랑스 군인이 입을 열기를, 그의 입에서 잘 익은 과실처럼 말이 떨어지기를 기다리는 것 외에 달리 할 일이 무에 있겠는가? 여느 날과 하등 다를 바 없는 7월의 어느 날이었다. 아침 식사를 하러 가기 직전에 징거 씨는 방금 침대 정리를 마친 마티아스 뒤투르에게 다가가 버티고 섰다.

"한스 징거, 루프트슈타트 대학의 교수. 음…… 수학과 교수요."

마티아스 뒤투르의 안구에서 새카만 눈동자들이 잠깐 출렁거리듯 굴렀다. 하지만 그게 다였을 뿐, 마티아스는 별로 놀라는 기색도 없이 살짝 고갯짓만 해 보이고 놀랄 만큼 진중한 목소리로 이렇게 말했다.

"마티아스 뒤투르, 북부 철도 노선의 기관사, 250보병대 소속 하사. 제 의지와 상관없이 구조되었습니다."

"마티아스 씨, 내 평생 철도 기관사를 만나는 건 처음이오."

'프랑스어를 할 줄 아는 건 사실이군.'

마티아스는 생각했다.

여기, 혹은 다른 곳.

여기는 작센안할트의 중소도시 루프트슈타트, 불그스름한 벽돌로 지은 병원.

다른 곳. 다른 곳은 없어라.

마티아스는 이곳에 이송되어 남성 병동의 어느 방에 배정받았다.

초여름의 새벽은 일찍부터 시작된다. 불쾌한 꿈들이 잠을 좀먹은 탓에 멍해진 마티아스는 침대에서 소리 없이 나와 자기 수건과 비누를 챙겼고, 이내 방을 나와 복도 끝으로 걸어갔다.

이 아침 시간만은 병원 건물 전체가 온전히 그의 것이었다. 당직 간호사 두 사람은 잠기운을 이기지 못해 선 채로 잠들지 않으려고 용을 쓰고 있었다. 환자들은 새로운 날을 오락가락하는 정신으로 맞고 싶지 않은 듯 끈덕지게 밤을 붙잡고 놓지 않았다.

등, 목덜미, 머리로 떨어지는 물은 시원하다 못해 좀 추울 지경이었다. 물이 팔과 다리를 타고 흘러내렸다. 어려서부터 그는 매일 새벽에 하는 샤워에 중독되어 있었다. 어머니는 이렇게 말했다.

"가난할수록 말끔하게 하고 다녀야지. 그게 우리의 자존심이다."
마티아스는 생각했다. '그런데도 나는 지저분해지기 쉬운 직업을 택했으니 놀랍군. 하지만 그건 청결을 소홀히 해서 더러운 게 아니라 열심히 일하느라 더러워지는 거잖아. 물건들은 더럽지 않은가?'

프레 생 제르베의 집에는 오랫동안 나무통 하나, 물병 하나밖에 없었다. 그러던 어느 일요일, 아버지가 큰맘 먹고 샤워기를 설치했다! 수돗물! 샤워기 꼭지로 뿜어져나오는 물을 보면서 세 사람 모두 얼마나 좋아했는지 모른다. 아침이면 서로 먼저 샤워를 하겠다고 다투곤 했다. 적어도 여기서는 샤워기를 두고 경쟁하지 않아도 된다.

전쟁터에서도 꾀죄죄한 꼴로 죽게 될 것이 확실하다는 생각이 가장 참기 힘들었다. 더러운 행색으로 죽을 것이 뻔했다. '청결을 지키기. 그게 거기서 나 홀로 보이지 않게 수행한 진정한 싸움이었지. 악취와 혐오에서 내 몸뚱이 쪼가리를 구해내는 싸움.'

침묵 속에서 최대 수압으로 샤워기에서 떨어지는 물을 맞고 있으면 평화가 돌아왔다. 그는 시간을 잊은 채 산발총처럼 쏘아대는 물줄기에 몸을 맡겼다. 세상에서 고립되고, 세상의 고통에서 보호받을 수 있도록.

그는 상념에 젖어 공동욕실에서 나왔다.

방에 가보니 징거 씨가 일어나 있었다.

"'아주 작은' 걸 뭐라고 하나요?"

침대 정리를 하는 징거 씨에게 마티아스가 물었다.

"제어 클라인(Sehr klein)."

징거 씨는 자기 일에 여념이 없는 듯 고개도 들지 않고 대꾸했다.

"아뇨, 독일어 말고 수학에서."

"무한소."

'그럼 무한소 싸움이라고 해두자. 나를 더럽히는 모든 것, 전쟁, 증오, 질병, 죽음, 장교들, 쥐, 세상과 맞서는 싸움. 나를 더럽히는 수작질에 협력하려는 나 자신의 한 부분에 대한 싸움. 난 죽는다. 하지만 깨끗하게 죽을 거야.

깨끗하게, 꼿꼿이 서서.

거기선 꼿꼿이 서는 대로 골로 갔지. 죽지 않으려면 짐승처럼 진흙탕에 낯짝을 처박고 기어야 했어. 기지 않으면 죽는다. 자부심 따위는 쓰레기통에 처넣어! 자존심도 개나 줘버려! 네가 여기서 회복된다면 적어도 너 자신을 낮추는 법, 고개를 조아리는 법, 품위를 떨쳐버리는 법은 배우게 되겠지. 그게 네가 치르는 대가야! 인간은 긴 시간을 들여서 겨우 두 발로 서는 법을 배우는데 전쟁은 며칠 만에 기는 법을 가르치지. 고개 들지 마! 이 년 동안 나는 한 마리 도마뱀이었어. 서서 걷기를 얼마나 소망했는지, 그저 꼿꼿이 설 수 있기를 얼마나 꿈꾸었는지 몰라.'

마티아스는 침대에 앉아 창을 뚫어지게 바라보았다. 징거 씨는 창가에서 큼지막한 골든시가 한 대를 피우고 있었다. 평소 같으면 점심 식사 후에 한 대를 피우기 시작해서 저녁까지 물고 있는데,

오늘은 점심 전에 개시를 한 것이다. 징거 씨가 안락의자에 앉아 빨간 수첩을 붙들고 둘째 페이지를 공략하려는 찰나, 마티아스가 입을 열었다.

"아래쪽 패널 세 짝. 중간 패널은 고정. 측면 패널들은 수직축으로 움직이게. 이렇게 하면 열리기는 하지만 사람이 통과하지는 못하죠."

마티아스는 계속 주워섬겼다.

"위쪽 패널 세 짝. 측면 패널들은 고정, 중간 패널은 수평축으로 움직이게. 그러니까 위아래, 방 안쪽으로만 움직이게. 징거 선생님, 결론은?"

징거 씨는 마티아스의 시선을 좇으면서 그가 창문에 대해 말하고 있다는 걸 알았다.

"결론. 우리는 영광스럽게도 혁신적으로 설계된 창문이 달린 방에서 묵고 있군. 창살도 없고 자물쇠도 없고 얼마든지 열어놓을 수 있으니 환기가 잘 되고 자유로운 기분도 들지. 하지만 열리는 폭과 방향 때문에 창문으로 투신자살은 못 하겠구먼. 기발하게도 고안했군."

징거 씨는 마티아스의 관찰을 확인하기 위해 몸소 창가로 다가갔다. 실제로 창문을 작동해보니 마티아스의 말마따나 아래쪽의 측면 패널 두 짝과 위쪽 중간 패널 한 짝만 열렸고 나머지는 고정되어 있었다.

"언제 알아챘소?"

"여기 처음 온 날에요. 기억하실지 모르지만 선생님께서 창문을 여셨죠. 날씨가 참 더웠거든요. 열었다가 금방 닫으셨지만요."

징거 씨는 돌아서서 당황한 채 자기가 글을 쓸 때 이용하는 탁자에 가서 앉았다. 마티아스가 금방 알아본 것을 그는 벌써 몇 주 동안이나 이 창문을 보았고 전에도 이 방에 입원한 적이 있었는데도 미처 깨닫지 못했던 것이다.

"자살 충동이 일더라도 창문에서 몸을 던지는 것 말고 다른 방법을 생각해야 할 거라고 알려주는 거요?"

"자살할 생각을 하고 계셨나요, 징거 선생님?"

마티아스가 그를 홱 돌아보면서 물었다.

"아니, 스스로 명줄을 끊을 생각은 한 번도 해본 적 없소. 그럴 만한 이유를 모르겠으니까. 삶을 바라보는 내 방식에도 맞지 않고. 그래, '삶' 말이오. 아니면 기독교인으로서의 소양 때문일 수도 있고. 그런데 당신은? 마티아스 씨, 당신은 자살에 대해 생각해 보았소?"

아무 대답도 나오지 않았다.

코를 창문에 딱 붙인 마티아스 뒤투르는 눈이 부셔서 아무것도 제대로 보지 못한 채 징거 씨를 외면하고 있었다. 이미지들이 그의 뇌리를 스쳐갔다. 아니, 오히려 이미지들이 방울져 떨어지는 물처럼 서서히 흘러내리고 있었다고 해야 할까. 병원, 부상당한 군인들, 끊임없이 되풀이되는 한 마디. '프랑스인, 프랑스인……' 그 다음은 온통 하얗게 뒤덮였다가…… 머리맡의 독일인 장교들…… 다시 하얘졌다가…… 열차 객실에서 독일 군인들이 그를 보고 웃었다가…… 또다시 하얀 막…… 불그스름한 벽돌로 지은 병원. 그리고 이 방. 14호실.

그 전에는? 그 전에 그는 모든 만남, 모든 관계에 열려 있는 청년이었다. 요컨대 쉬운 남자였다. 사교적이거나 사회성이 좋지는 않았다. 그의 사교는 정치적이었고, 매번의 만남은 채워야 할 백지, 앞장을 더욱 풍부하게 만들고 인맥을 더 넓게 분포시키는 새로운 한 장이었다. 시민들은 이러한 작용을 통해 국가에 신세를 지지 않고 자기 선택에 따라 다른 시민과 직접 연결되었다. 그는 이 작용을 잘 숙지하고 있었다. 권력에 도둑맞은 사적 관계들. 집합적인 것이 되어버린 내밀한 것.

마티아스 뒤투르가 '그 전'을 말하지 않을 수 없게 된 계기는 사건은 무엇이었을까? 연어들은 자기들이 태어난 곳으로 돌아가기 위해 강물을 거슬러 헤엄친다. 마티아스는 연어가 아니었다. 비록 눈부신 금발 때문에 물고기 족속 가운데 연어와 가장 닮아 보이기는 했지만 말이다.

"안녕하십니까, 선생님."

"안녕하시오, 원장님."

징거 씨는 원장실에 들어가 사방을 두리번거렸다. 입원 수속을 위해 아들 니클라우스와 함께 이 방에 발을 들인 기억은 있었지만 이 장소를 도통 알아볼 수 없었다. 뒤틀린 코끼리 발 모양으로 떠받친 널찍한 아르덴 산 목재 탁자도, 회녹색 벨벳을 씌운 우아한 의자들도 그의 기억에는 없었다. '그때 내가 정말 맛이 갔었나보군.' 원장은 여전히 서 있었지만 그는 의자 하나를 끌어당겨 앉으며 그렇게 생각했다.

"선생님께서 사탕 종류를, 특히 캐러멜을 좋아하신다는 거 압니다."

"하나 드릴 수도 있소만."

징거 씨는 주머니에서 상자를 꺼내며 얼른 제안했다.

"아이고, 아닙니다! 고맙습니다만 업무 중에는 절대 안 됩니다."

병든 노인을 마주한 것에 불과한데도 원장은 이 대단한 동료 교수에 대한 정중한 태도를 보란 듯이 드러내지 않을 수 없었다. 그는 매일 대학 본관 로비에서 그의 조각상 앞을 지나가곤 했다. 그는 슬그머니 징거 씨의 얼굴을 뜯어보며 그 조각상의 얼굴과 비교했다. 그는 수학계에서 징거 씨가 얼마나 높은 평가를 받는지 잘 알고 있었다. 수학자들이 하는 말대로라면 징거 씨가 금세기가 낳은 가장 위대한 수학자이고 가장 독창적인 학자라는 데 반론의 여지가 없었다. 명성 때문에 성가신 일도 많았을 것이다. 그러한 이력이 발병 원인까지는 아니더라도 최소한 병의 예후를 악화시키는 데 일조했을 것이다. 독창적 작업으로 예상도 못했던 탐색 경로들을 얼핏 보여준 수학자. 그는 언젠가는 징거 씨에게 그토록 영광을 안겨준 무한에 대한 수학을 가르쳐달라고 청하리라 마음먹었다. 왠지는 알 수 없지만 이 노인의 광기(광기, 그건 그냥 광기였다)가 틀림없이 그놈의 무한과 관련이 있을 것 같다는 예감이 들었다. 원장은 이 연구 주제에 뛰어들어야 마땅했지만 현재의 입장 때문에 새로운 연구영역에 매달리기는커녕 개시조차 하지 못했다. '무한과 관련된 정신질환.' 당분간 그의 주요 임무는 정신의학의 발전에 이바지하는 것이 아니라 구체적으로 환자들을 치료해서 그들의 목숨을 부지하고 고통을 덜어주는 것이었다. 나중에 그는 병원장 자리를 그만둘 것이고, 그때쯤 연구에 전념할 것이다. 나중, 어디까지나 나중 일이지만. 믿을 수 없겠지만 인간은 전쟁 통에도 끊임없이 '나중'을 기약한다.

"선생님께서 여기 오신 지도 벌써 몇 주 됐네요. 괜찮으시다면 저희 병원에서의 생활에 대해 몇 가지 여쭙겠습니다. 혹시 뭐 부족하신 건 없습니까?"

"부족한 거야 한도 끝도 없지만, 병원에서 해줄 수 있는 건 없소. 전쟁은 가장 약한 이들을 후려치지요. 그리고 여기서는 우리가 가장 약한 사람들이오. 이를테면 지난번 입원 때 처방해준 대로 뜨거운 물에 몸을 담그고 싶지만 지금은 그럴 수가 없어서 아쉽다오."

노인네가 대꾸했다.

"하지만 더운물 목욕은 흥분성 환자들에게만 처방합니다. 징거 선생님, 요즘도 흥분 상태에 곧잘 빠지십니까?"

"더운물 목욕을 하기 위해 그래야만 한다면……."

"난방에 필요한 석탄이 부족합니다. 전쟁이 끝날 때까지 욕조에 물을 받아서 하는 목욕은 무리예요."

원장이 알려주었다.

"흥분에 빠지지는 않소. 다만 좀 서글플 뿐이지. 보통의 할아버지처럼 내 집에서 아내와 손자들과 함께 지낼 수도 있으련만. 그리고…….”

징거 씨가 미처 맺지 못한 말은 그의 시선처럼 한참이나 허공을 맴돌았다.

원장이 다시 입을 열었다.

“몇번째 입원인지 아십니까?”

“아! 알다시피 내가 숫자에 관해서라면…….”

“선생님, 이번이 아홉번째입니다. 아홉번째요.”

“그럼 나한테 병원비를 좀 깎아줘야 되겠구먼!”

“발작의 규칙적인 주기를 알고 계십니까? 보통은 초겨울에 시작해서 봄이 오면 물러나곤 했지요…… 그런데 올해의 발작은 예외입니다. 이 시기와의 관련성에 대해 뭔가 생각나는 게 있으신지요?”

“겨울이 끝날 무렵이면 병원에서 나가곤 했지…… 그때부터는 바깥 날씨가 너무 좋아서 틀어박혀 있기 아깝거든.”

징거 씨가 껄껄 웃으며 말했다.

“징거 선생님, 농담이 아닙니다.”

원장이 짐짓 단호하게 말했다.

“하지만 모르겠는걸. 이보시오, 나도 모르겠소이다.”

징거 씨의 솔직한 대답에 원장은 뭐라고 반박할 수 없었다.

“마지막으로 하나 더 여쭙겠습니다, 선생님. 선생님을 괴롭히거나 뇌리에서 떠나지 않는 생각이 있습니까? 뭔가 특별히 두려운…….”

“나의 수학을 더이상 이해할 수 없게 되는 것이오.”

징거 씨는 단박에 대답했다.

"하지만 계속 이해하고 계시잖아요?"

"점점 더 이해하게 된다오."

징거 씨는 그렇게 대꾸하고는 갑자기 화제를 바꾸어버렸다.

"이번에는 정말로 이곳 신세를 지고 싶지 않았소. 아내와 아들이 어찌나 간곡하게 나오는지, 가족들을 생각해서 어쩔 수 없이 입원하기로 한 거요. 하지만 과유불급이니, 이 정도면 가족들 마음은 충분히 헤아렸다고 생각하오. 이제 집에 돌아갈 때가 됐소."

징거 씨가 원장실을 나온 지 얼마 안 되어 마티아스는 자기 침대에서 일어났다. 그는 징거 씨의 벽장을 열고 이것저것 뒤지더니 캐러멜 상자를 꺼냈다.

그는 상자를 열려고 하지 않았다. 방 한가운데에 못 박힌 듯 서서 금속제 뚜껑을 뚫어져라 보기만 했다. 산악 지대의 청명한 공기를 끝없이 가르며 껑충껑충 뛰어가는 샤무아를 보았다. 그는 그 자유의 이미지를 마음에 간직한 채 다시 침대로 돌아가 누웠다.

징거 씨는 원장실에서 나오다가 병원 내 박물관 앞을 지나갔다. 그때까지 한 번도 들른 적이 없었지만, 지난번 입원 때에 한번 가봐야겠다고 마음먹기도 했었다. '시간이 쏜살같네…… 그러면서도 참 느리기도 하지.'

그는 남성 병동으로 돌아오면서 정신병원 박물관이라는 데는 과연 어떤 곳일지 머릿속에 그려보았다. 정신병자들이 박제가 되어 연대순으로 죽 진열되어 있는 광경이 맨 먼저 떠올랐다. 혈거 시대의 광인에서부터 현대의 정신병자까지. 고대, 중세 전기, 중세 후기도. 르네상스 시대 정신병자의 바로크적 표본. '정신병자와 르네상스는 전혀 어울리지 않아. 광기는 결코 새로운 탄생이 아니니까. 그보다는 일종의 대기실이라고 해야지. 죽음으로 가는 대기실.'

마티아스는 맨발로 침대에 누워 있었다.

징거 씨는 덧신을 신고 안락의자에 앉아 있었다.

"마티아스, 나는 자네가 말하는 것을 별로 좋아하지 않는 것 같다고 생각했네. 그러니 하고 싶을 때만 말을 하게. 말은 내가 할 테니 자네는 듣는 거야. 내가 말할 때 자네도 말해도 좋고. 내가 말할 때 자네가 듣지 않을 수도 있고…… 내가 말을 하지 않는데 자네가 귀를 기울일 수도 있고."

징거 씨는 희미한 웃음을 흘리며 마지막 말을 덧붙였다.

"내가 가끔 뭘 물어보더라도 반드시 대답해야 한다는 의무감을 느끼지 말게. 예를 들어 나는 당장 '내 제안에 동의하나?'라고 물어볼 수도 있지. 자네가 좋다고 대답한대도 그저 예의상 그러는 거라면 나는 마뜩찮을 걸세. 이보게, 마티아스, 나는 항상 우리가 무한과 직면해 있다고 굳게 믿어왔다네."

노인네는 겨를도 주지 않고 들입다 이 말을 내뱉었다.

징거 씨의 음성이 높아졌다.

"'우리'가 누구냐고? 음, 물론 자네와 나, 세상 모든 사람들이지. 인간들 말이야. 심지어 무한은 우리의 가장 주된 문제라네. 나는 무한과의 충돌이 우리를 인간으로 만든다고 생각하네. 언젠가 모든 인간이 죽는 것만큼이나 확실하게. 아마 무한과 죽음은 관련이 있을 테지만…… 그걸 누가 알겠나?"

마티아스는 놀라움 반 감탄 반으로 룸메이트의 말을 듣고만 있었다. 징거 씨는 본토박이 프랑스인보다 프랑스어를 더 잘했다. 그는…… 꼭 책을 읽듯이 프랑스어를 말하고 있었다.

징거 씨가 방금 한 말을 듣고 마티아스도 뭔가가 떠올랐다. 가슴을 뜨겁게 하는 그 무엇, 아주 중요하지만 꼭꼭 틀어박혀 숨어 있는 그 무엇이. 하지만 그는 룸메이트의 말에 관심을 끊었다. 그가 찾는 것을 기억의 수면으로 떠올리기에는 역부족이었기 때문이다.

징거 씨의 목소리에서 열의가 다소 가셨다. 이제 그는 속내를 털어놓듯이 말하고 있었다.

"우리처럼 이런 데 오게 된 사람들에게는 더욱더 명백하지. 정신 나간 사람, 신경질쟁이, 정신병자들은 다른 사람들보다 더 무한과 상관이 있다네. 그들을 가장 압박하는 문제라고 해도 좋아. 왜 그럴까?"

징거 씨는 갑자기 말을 멈추고 상대를 주시했다.

"자네는 내 말에 화가 나고 내 생각에 열 받겠지. 나는 자네에게 질문을 하나 던졌네. 하지만 내 제안을 잊지 말게. 오로지 그럴 마음이 들 때에만 대답을 하는 걸세."

마티아스는 그럴 마음이 없었다. 하지만 징거 씨가 방금 한 말은 그에게 의문을 남겼다. 미치광이들과 무한이 상관이 있다고?

그는 이런 의문을 제기해본 적이 없었다. 어쨌거나 이런 식은 아니었다. '미친 사람들이 무한과 관련이 있는지 없는지는 모르겠지만 이건 확실해. 미친 사람들은 고통, 괴로움, 절망과 분명히 관련이 있어…… 어쩌면 그런 것들이 무한과 맞닿아 있는지도 모르지.' 마티아스는 혼자 그렇게 추론해보았다.

징거 씨는 젊은이가 방금 그가 던진 질문에 대답할 마음이 있는지 없는지 알아보지도 않고 얼른 그 질문에 대한 대답을 내놓았다.

"정신병자, 신경증 환자, 미치광이가 보통 사람들보다 무한과 상관이 있는 이유는 일반적인 인간을 옭아매는 경계들이 그들의 경우엔 무너져서야. 그들은 우유가 냄비에서 끓어넘치듯이 경계들을 넘어버리거든. 늘 그렇지. 그리고 그게 바로 무한이야."

징거 씨의 괴상한 추론에서 마티아스는 이 말밖에 생각나지 않았다. '우유가 냄비에서 끓어넘치듯이 경계들을 넘어버린다.' 갑자기 냄비의 벽을 따라 흐르다가 다갈색으로 굳어버린 크림의 역겨운 냄새가 콧구멍을 찔렀다. 프레 생 제르베 집의 고빡지만 한 부엌, 나무로 불을 지피는 화덕 위에서 냄비가 끓어넘쳤다. 어머니는 황갈색 도기 사발에 뜨거운 우유를 부어주고는 그가 마지막 한 방울을 다 먹을 때까지 문지기처럼 뒤에서 버티곤 했다. 그는 양어머니의 시선이 자기 어깨에 가볍게 내려앉는 그 순간을 좀더 누리고 싶어서 일부러 천천히 우유 사발을 비우곤 했다.

징거 씨가 불쑥 물었다.

"춤은 좋아하나? 나는 자네가 틀림없이 춤을 아주 잘 출 거라고 생각하는데. 유연하고 곧은 자세를 보면 알 수 있다네."

징거 씨는 청년을 눈으로 세심하게 관찰하고는 이렇게 단언했다. 본의 아니게 마티아스의 입에서 말이 튀어나왔다.

"저는 춤을 삼갔습니다."

삼가는 편이 나았다. 토요일 저녁마다 바스티유 광장의 댄스홀 중 하나를 찾곤 했으니까. 여름이면 마른 강변에서 춤을 출 수 있는 술집들을 누비고 다녔으니까! 그는 파티의 왕자였다.

"우리 집이 여기서 아주 가까운데, 커다란 정원이 있지. 아, 물론 병원 정원보다야 작지만 그래도 훨씬 더 유쾌하다네! 우리는 정원에서 종종 파티를 열었지. 자네도 그런 파티를 알 걸세! 도시의 젊은이들이 다 모였지. 학생, 교수, 예술가들이 한데 모였다네. 작은 악단도 꾸몄더랬지. 나는 바이올린을, 내 아내는 피아노를, 나와 같은 대학에 몸담은 철학 교수 한 사람이 클라리넷을 연주했지."

징거 씨는 잠시 추억에 잠겼다가 이내 현실로 돌아왔다.

"내가 무슨 이야기를 했더라?"

그는 탁자에 놓인 바이올린 케이스를 탐욕스러우면서도 서글픈 눈으로 바라보았다. 마티아스는 징거 씨가 바이올린을 드는 줄 알았다. 징거 씨의 손가락이 허공에서 상상의 현들을 찾아 움찔했다.

그러고 나서 징거 씨는 고개를 끄덕였다. 그의 눈길은 아련한 향수로 흐려져 있었다.

"자네가 우리와 한데 어울리는 모습을 그려볼 수 있네. 난 자네를 데리러 역으로 갈 테지. 자네가 탄 열차가 늦는 바람에 우리가 집에 왔을 때에는 이미 파티가 한창일 거야. 나는 자네를 소개하겠지. '여러분에게 나의……' 나는 '친구'라고 하지는 않을 걸세. 아무도 이해하지 못할 테니까. '여러분에게 열차 운전수인 나의 프랑스인 동료를 소개합니다.' 열차 운전수라고 해야 하나, 기관사라고 해야 하나?"

징거 씨가 마티아스의 대답을 유도하려는 듯이 물었다.

'열차 운전수와 기관사는 똑같은 게 아닌데. 전혀 별개라고. 운전이랄 게 없는데 운전수는 무슨 운전수. 차장은 그냥 팔자 좋게 열차 첫째 칸에 있으면 돼. 열차가 움직이게 하는 사람이 있다면 그건 기관사 한 사람뿐이지. 운전수고 나발이고는 없어.'

마티아스는 속으로 생각했다.

"자네는 우리 집사람과 안면을 트겠지. 금세 그 사람에 대해 알게 될 거야. 우리 애들에 대해서도. 나는 자식이 여섯 있네. 사실은 다섯이지. 다섯밖에 남지 않았어."

이렇게 부연하는 그는 슬퍼 보였다.

징거 씨가 완전한 침묵을 깨뜨리고 봄날처럼 활발하게 수다를 떨게 되기까지는 며칠밖에 걸리지 않았다. 이제는 둑이 무너진 듯 단어, 문장, 묻혀 있던 추억이 부활했다. 그것들은 아주 긴 겨울잠을 자고 일어나 말의 열기에 달아오른 채 그의 생각에 다시금 깃들게 됐다.

마티아스는 무의식적인 힘에 이끌려 자리에서 일어났고, 상대의 말을 좀더 잘 듣기 위해 벽에 등을 기댔다.

"우리는 파티를 열 테지. 그리고 자네는 예쁜 여자들에게 인사를 건네겠지. 자네는 참 잘생긴 청년이니 여자들이 홀딱 빠져들겠지. 프랑스 남자들은…… 뭐라고 하더라?…… 인기가 있잖은가. 특히 여자들을 웃기는 재주가 있지. 여자들은 웃는 걸 좋아하고. 마티아스, 자네도 여자들을 한바탕 배꼽 잡게 만들 텐가? 거기에 춤까지 한번 추면 열성팬들이 얼마나 많이 생기겠는가! 그리고 자네의 머리칼…… 금발이 독일에도 없는 건 아니지만 자네는 시시한 금발이 아니라 진짜 황금색 머리칼을 지녔거든, 아무렴."

마티아스는 눈을 반쯤 감았다. 징거 씨가 어머니와 똑같은 표현을 사용했기 때문이었다. 황금색 머리칼. 징거 씨의 목소리는 약간 갈라져 나왔지만 거슬리지 않았고 되레 그를 달래주었다.

"나는 자네의 진짜 머리를 상상할 수 있네. 이런저런 일들로 망가지지 않은 머리. 황금 머리. 마티아스, 왜냐하면 자네의 머리는 왠지……."

그는 '연민을 자아낸다'고 말하려 했을까? '두려움을 자아낸다'고 말하려 했을까? 틀림없이 둘 중 하나였겠지만 그는 말을 다 맺지 못했다.

"내가 왜 이런 이야기를 다 하는지 나도 모르겠네. 아, 그래, 커플들! 하지만 그 전에 중요한 질문 하나. 자네는 왈츠를 추는가?"

마티아스는 망설였지만 징거 씨에게 대답을 한 번 하지 않을 수 없었다.

"네, 뮈제트*를 춥니다."

그는 정확하게 부연해서 말했다.

* 프랑스의 목가적인 삼박자 춤.

"그래, 그래. 그럼 이야기가 계속되겠구먼. 머리를 어지럽게 하는 춤은 왈츠뿐이지. 망각에 취해서 어지러운 거야. 파티 이야기로 돌아가세. 파티에 참석한 남자의 수와 여자의 수가 같다는 걸 확인하고 싶다면 악단에게 연주를 부탁하고 짝을 이루는 거야. 남자 한 명에 여자 한 명이 짝을 이루면서……."

징거 씨는 흥겨운 왈츠 가락을 흥얼거리기 시작했다. 그가 일어났다.

"남자 한 명, 혹은 여러 명이 남아 무대에 그냥 서 있다면 여자 수보다 남자의 수가 더 많은 게지. 짝이 없어서 무대 가장자리에 앉아 있는 여자들은(이런 일은 비교적 자주 일어나지는 않지만) '케이크 장식' 신세라고 하지. 이때는 남자보다 여자가 더 많은 게야. 멋지지 않은가? 아무도 짝이 없어서 남지 않고 모두가 춤을 춘다면 그게 파티라네! 그날 저녁 모임은 성공한 셈이지. 남자의 수와 여자의 수가 완전히 같아. 수를 세어볼 필요도 없지. 남녀의 수가 같다는 건 알 수 있지만 그 수가 얼마인지는 모르는 거야!"

마티아스는 징거 씨가 무슨 말을 하고 싶은 건지 알 수가 없었다.

"짝짓기는 애들도 할 수 있을 만큼 간단하지. 그 점에는 자네도 동의할 걸세. 어린애들도 말로 표현은 못 하지만 짝짓기를 할 수 있거든. 심지어 아직 수를 셀 줄 모르는 아주 어린 애들도 할 수 있단 말이네. 그런데 이 짝짓기라는 게 수학에서는 참 신통방통한 도구라네. 온갖 종류의 집합들을 비교할 수 있게 해주거든. 수학자들은 이걸 '일대일 대응'이라고 부르지. 영어로 '원 투 원(one-to-one)' 말이야. 남자 한 명에 여자 한 명. 여자 한 명에 남자 한 명. 이보게, 남자는 절대 혼자 춤을 출 수 없어. 여자는 어쩌다가 그럴 수 있어도…… 그래, 여자 둘이서 춤을 추는 모습도 더러 보이지. 왈츠를 출 때 말이야. 하지만 남자 둘이서 왈츠를 추는 일은 절대 없다네. 혹시 남자랑 춤을 추어본 적이 있는가? 나는 절대로 없다네. 여기서 나가면 한번 시도해보지."

그는 웃음을 터뜨리며 이렇게 말을 맺었다.

한스 징거가 이 병원에 입원하고 처음으로 터진 웃음, 쩌렁쩌렁 울리는 그 웃음 가운데로 둔탁한 소리가 울렸다. 마티아스가 바닥에 널브러져 손으로 귀를 틀어막고 온몸을 부들부들 떨었던 것이다. 징거 씨는 돌이 되기라도 한 듯 그 상태로 굳어버렸다. 방금 일어난 일은 너무 급작스럽고, 너무 인상적이며, 너무 충격적이었다. 그는 마티아스가 이럴 거라고는 상상도 못 했다. 마티아스가 뭘 어쨌는데? 마티아스가 발작을 일으킬 수 있다고, 그가 진짜 환자일 거라고 생각하지 못했다는 건가?

노인은 룸메이트를 구하기 위해 무기력 상태를 떨치고 일어났다. 일단 무릎을 꿇었다. 젊은이의 침묵이 무엇보다도 겁났다. 비명도, 신음도 터져나오지 않는 소리 없는 고통. 폭우가 몰아치는 와중에 벼락을 맞고 쓰러진 한 그루 나무 같았다.

징거 씨는 청년을 일으키기 시작했다. '네가 아직도 마흔인 줄 알아! 만약 그렇다면 이 청년을 일으켜 침대에 눕히는 것쯤은 일도 아니겠지만 지금은……' 간호사를 불러야겠다는 생각은 들지 않았다. 그런 발상은 그와 인연이 없었다. '지금으로서는 이 사람 옆에 앉아보는 수밖에. 그 외에는 아무것도 할 수 있는 게 없어.'

징거는 발작을 일으키는 사람을 제압하려고 해서는 안 된다는 것, 발작을 억지로 멈추려 하지 말고 자연스럽게 흘러가도록 내버려 두어야 한다는 것을 알고 있었고, 그 점을 용케 기억해냈다. 그는 기하학적 무한을 나타내는 듯한 타일 바닥에 앉아서 마티아스의 머리통을 받쳐들었다가 자기 허벅지에 얹었다. 그 접촉, 그 고통이 그의 마음을 흔들어놓았다. 징거 씨는 땀으로 젖은 마티아스의 머리칼을 헤치고 얼음장 같은 이마를 닦아주었다. 그는 자기 아들이 어렸을 때 그랬듯이 청년을 안고 가만가만 흔들어주었다. 그 기다랗고 여윈 몸뚱이를 학대하는 경련이 그의 몸에 생생하게 전해졌다.

간호사는 프랑스인 환자를 원장실로 들여보냈다.

"아! 뒤투르 씨, 들어오세요, 어서! 저를 잠깐 보고 가시지요."

원장은 그렇게 말하고 청년을 눈으로 살폈다.

"많이 좋아지신 것 같군요. 징거 박사님도 그렇지만 나 역시 '볼테르의 언어'를 구사할 줄 안답니다. 그러니 좀더 편하게 대화를 할 수 있겠지요…… 우리가 하는 일에서는 말이 아주 중요합니다. 인간은 말을 할 수 있는 유일한 족속이지요. 죽음을 의식하는 유일한 족속이자 두 발로 설 수 있는 유일한 족속, 그리고 정신줄을 놓아버릴 수 있는 유일한 족속이고요. 우리는 몇 가지 검사를 할 겁니다. 그 다음에 이야기를 좀 합시다. 이 의자에 앉으시지요."

마티아스는 원장이 가리키는 의자에 앉았다. 검사대 앞에 놓인 단순한 나무 의자였다.

원장은 먼저 맥박을 재느라 그의 손바닥 안쪽을 짚어보았다. 그 다음에 마티아스의 눈에 전등을 들이밀고 동공의 팽창 여부를 검사했다. 마티아스의 다리 밑에 팔을 넣어서 들어올려보고는 다리가 정상적으로 늘어지는지 살펴보았다. 조그만 망치로 무릎 앞쪽의 주름 있는 데를 살짝 쳐보기도 했다. 발이 자동적으로 올라갔다. 반대편 무릎과 팔꿈치들도 역시 살짝 두드려보았다. 마찬가지 반응이었다. 만족스러운 반사운동이었다. 원장은 주의깊게 손을 닦고 다시 거창한 안락의자에 몸을 묻었다.

"이번 발작으로 기력이 쇠했지요, 뒤투르 씨? 발작이 한 번 일어나면 엄청난 에너지 손실이 따릅니다. 그러니까 기운을 차리기 위해 안정을 취해야 할 겁니다. 전에도 이런 적이 있습니까? 프랑스에서 병원에 간 적이 있나요? 아니면 독일에서?"

원장은 이 질문을 통해 무엇보다도 마티아스가 전에 정신병원 신세를 진 전력이 있는지 알고 싶었다.

"기억이 안 납니다."

"이 병원에 오기 전에는 어떠셨습니까?"

원장이 입가를 오므리며 물었다.

"전선에 십팔 개월 내내 있으면 누구나 나빠질 수 있는 그런 정도였죠."

"그 말씀은?"

"더 할 말 없습니다."

"우울한 생각이 듭니까?"

원장을 좀더 자세하게 파고들었다.

"그런 생각이 안 든다면 그거야말로 내 머리가 이상해졌다는 증거겠죠."

원장이 폭소를 터뜨렸다. 그러고는 마티아스에게 담뱃갑을 내밀었다. 대화를 좀더 사적인 성격으로 끌고 가려는 수작이었다. 일반적으로 환자들은 긴장이 풀리면 속내를 더 잘 드러내는 법이니까.

"담배 하십니까?"

"말아서 피우는 담배는요."

마티아스가 담배 한 대를 집으면서 대꾸했다.

"그러니까 전에는 발작을 일으킨 적이 전혀 없었다?"

"입원 수속을 밟을 때 말씀드리지 않았던가요?"

"뒤투르 씨가 처음 여기 왔을 때는 굉장히 말이 없으셨지요. 사소한 말 한 마디도 듣기 힘들었습니다. 아, 말하는 데 정신이 팔려서 불 붙여드리는 것도 잊었네요."

그는 성냥불을 그어서 마티아스에게 내밀었다. 그런 다음에 자기 담배에도 불을 붙이고 길게 한 모금을 빨았다.

"무슨 일이 있었는지 자세하게, 소소한 부분까지 다 말씀해보십시오."

마티아스는 기억을 되살리려고 애썼다.

"룸메이트 분과 대화를 나누던 중이었습니다. 그분이 껄껄대고 웃었는데 갑자기 내 머리가 터지는 것 같은 기분이 들었지요. 불꽃이 튀는 걸 봤습니다. 그래서 손으로 귀를 틀어막았죠. 그 다음은 아무것도 모르겠습니다."

"왜 귀를 틀어막았는데요?"

"듣지 않으려고…… 그런 것 같습니다."

"무엇을?"

"들리는 것을."

"주위에서 무슨 소리가 나는 걸 들었습니까?"

"내 안에서 나는 소리였습니다."

"주위에서는 아무 소리도 듣지 못했고요?"

"못 들었습니다."

"확신하십니까?"

"아무것도 확신하지 않게 된 지 오래입니다."

마티아스는 한참 침묵을 지키다가 이윽고 다시 입을 열었다.

"우리가 최전선에 있을 때는 거의 매일같이 수백 개의 포탄이 비처럼 쏟아졌지요."

"그래서 어떻게 하셨나요?"

"어떻게 그런 질문을 하십니까? 하긴 뭘 해요! 나한테만 떨어지지 마라, 비는 수밖에 더 있습니까? 뭘 할 수 있겠어요!"

마티아스가 소리를 질렀다.

"그때도 귀를 틀어막았나요?"

"아뇨…… 그러지 않은 것 같습니다. 땅에 바짝 엎드렸죠. 내 몸을 최대한 작게 만들었어요…… 그리고 꿈을 꾸려고 했지요."

"꿈이라고요? 그런데 이번 발작이 일어나기 직전에 무슨 일이 있었는지 아십니까?"

원장이 물었다.

"모르신다고요? 그럼 제가 말씀드리죠…… 간호사 한 사람이 금속제 타구를 떨어뜨렸습니다. 그 방 바로 옆 복도에서요. 그 바람에 소리가 엄청 크게 울렸죠. 벌써 눈치채셨겠지만 우리 병원 복도는 소리가 굉장히 크게 울리거든요."

마티아스는 석연치 않았지만 원장이 왜 그런 얘기를 해주는지 이해하려고 애썼다.

"아마 그 소리가 정신적 외상의 원인이 된 폭격의 공포를 일깨웠을 겁니다. 이제 뒤투르 씨는 그 공포를 조금씩 (원장은 '제거'라고 말하고 싶었지만 이내 다른 단어를 선택했다) '분리'해야 합니다."

원장은 마티아스 앞으로 재떨이를 밀어주었다. 마티아스가 쥐고 있는 담배는 거의 다 타들어가 손가락을 위협할 태세였다.

"뒤투르 씨, 자신이 죽은 모습을 상상해본 적 있습니까?"

커다란 슬픔이 마티아스를 덮쳤다. 그는 고개를 옆으로 떨구었다.

'내가 살아 있다는 생각이 도저히 안 드니, 그게 나의 죽은 모습을 보는 셈일까요!'

원장은 마티아스가 잠시 혼자만의 내면여행에 빠지도록 내버려두었다.

"크게 울어본 적은 있습니까?"

프랑스 군인이 다시 그의 말에 귀 기울일 준비가 되었다는 감이 오자 원장은 그렇게 물었다.

마티아스는 그런 적 없다고 대답했다. 그는 최악의 순간에도 울지 않았다.

"우는 게 필요합니다. 울 수 있어야 합니다, 뒤투르 씨."

마티아스는 원장실을 나서면서 그를 괴롭히는 병명을 원장의 입을 통해 들었다. 이 새로운 질병은 이미 교전국들의 주요 언어에 등재되어 있었다. 독일어로는 '크리그스네브로제(kriegsnevrose)', 영어로는 '셸 쇼크(shell-shock)', 프랑스어로는 '오뷔지트(obusite)' 혹은 '포탄 공세 증후군'이라고 부르는 병이었다.

한스 징거는 방 안을 신경질적으로 왔다갔다했다. 룸메이트가 간호사를 따라 원장실에 불려간 후로 방이 너무 넓어 보였다. 그는 마티아스가 다른 방으로 옮기고 자신은 새로운 룸메이트에게 적응해야 하는 사태가 일어날까봐 걱정했다. 새로운 이의 습관, 목소리, 몸집, 물건을 정리하는 방식, 괴팍한 버릇, 잠자는 모습, 코 고는 소리에 익숙해지기는 싫었다.

그의 방에 배정된 프랑스 군인에게 익숙해지는 데에도 시간이 꽤 걸렸다. 그에게 '맞추기까지' 제법 시간이 필요했다. 그는 마티아스라는 청년이 그가 가장 만날 일 없는 부류, 단편적인 생각밖에 주고받을 수 없는 부류임을 알았다. 그런데 이제 좀 서로를 알아간다 싶으니 곧장 찢어질 판이었다.

한스 징거의 귀에 복도에서 나는 발자국 소리가 들렸다. 사람은 자기가 듣고 싶은 소리만 듣는 법이다. 마티아스일까? 아니면 간호사가 새로운 룸메이트를 위해 침구를 갈러 오는 걸까? 돈푼깨나 있는 머저리, 백치, 신경쇠약 환자, 온화하지만 얼빠진 정신병자,

시선이 경직된 미치광이가 오려나? 만약 그리 되면 참을 수 없으리라.

그의 생애 마지막의 행운은 그 청년이 우연히 그의 처소에 굴러들어온 것, 희망 없는 철도 종사자가 전쟁판에서 빠져나와 그에게 떨어진 것일지도 몰랐다. 그 청년과의 만남이 그런 의미일지도 몰랐다. 징거 씨는 문을 등지고 창가로 다가갔다. 창문의 구조상 자살이나 탈출은 불가능하지만, 바깥바람을 한껏 받아들여 지친 영혼을 달랠 수는 있다는 생각을 다시금 떠올리면서.

문이 열렸다. 마티아스가 가만히 들어와서 자기 침대에 앉았다. 징거 씨는 뒤를 돌아보고 뭔가 묻는 듯한 시선을 던졌다. 그러고는 안심해서 이렇게 외쳤다.

“뒤투르 씨, 우리 처소에 돌아온 걸 환영하네. 솔직히 자네를 기다리느라 꽤나 애를 태웠다고 고백해야겠네. 계제 나쁘게 그런 일이 일어나는 바람에 우리의 대화가 중간에 끊어지지 않았나. 그러니 우리가 하던 이야기를 계속했으면 하네. 우리의 긴장 상태를 종잡을 수 없지만 대화는 나눌 수 있지 않겠나?”

징거 씨는 마티아스가 자기 견해를 피력할 겨를도 주지 않고 아까 마티아스가 나가기 직전에 다루었던 ‘남녀의 수가 같음’과 ‘일대일 대응’ 이야기를 이어나갔다. 그는 어떤 집합쌍에 대해서든 크기를 비교할 수 있게 해주는 이 놀라운 도구의 장점들을 떠벌렸다. 그는 ‘어떤 것이든 가능하다’는 점을 특히 강조했다. 실제로 유한집합뿐 아니라 무한집합에도 일대일 대응을 적용할 수 있다. 특히 무한집합의 경우가 중요하다. 이 ‘비교도구’의 참신함이 바로 거기에 있으니까. 그는 이 비교도구를 십분 활용하여 자신의 수학을 이룩하는 데 큰 도움을 얻었다.

"이게 얼마나 대단한 것인지 자네가 그 진의를 제대로 알려면 먼저 내가 만들어내고 지표를 세운 분야에 대해 훈련이 되어야 할 걸세. 그게 바로 집합이론과 무한이론이지. 하지만 우리는 시간이 있어. 자네는 여기 오기 전에 끔찍한 시간들을 잠시 보냈으리라 생각하네. 무한에 대해서는 나중에 다시 매달리세. 그것들은 내가 알아차려줄 때까지 참으로 오랜 시간을 기다려주었지. 그런데 자네 표정을 보니 무척이나 지친 듯하이."

"징거 선생님, 이렇게 지친 제가 방금 하신 말씀을 다 이해했다고 말할 수 있겠습니까? 선생님이 그 '일대일 대응'으로 어디서 뭘 어쩌겠다는 건지 제가 지금 알아먹겠습니까? 저는 선생님이 아까 하신 말 가운데 몇 가지만 어렴풋이 기억날 뿐입니다."

마티아스가 솔직히 털어놓았다.

"아무것도 못 알아들었다, 이 뜻인가?"

"좀더 정확하게 말하자면, 거의 못 알아들었습니다. 발작을 하고 나면 머리가 더 좋아지나요?"

"병이 우리를 더욱 풍요롭게 해야 하는 건 맞네."

프랑스 군인은 잠시 쉬려고 침대에 드러누웠다. 한 시간 남짓 침묵이 남성 병동 14호실을 지배했다. 갑자기 징거 씨의 목소리가 들렸다.

"자네가 없는 동안 곰곰이 생각해봤네."

징거 씨는 마티아스를 괴롭힌 발작이 자기에게서 이제 영원히 사라졌다고 믿었던 다정한 마음을 다시 불러일으켰다고 털어놓지 않았다. 그를 다시는 못 볼까봐 얼마나 걱정했는지에 대해서도 절대 말하지 않았다. 그런 것들은 말로 드러낼 수 없는 법이다.

마티아스의 발작을 지켜보면서, 마티아스가 경련을 일으킬 때마다 그를 달래기 위해 이마에 얹은 손으로 그 여파를 직접 느끼면서 징거 씨는 무척이나 심란해졌다. 노인네는 당황한 듯했고, 그런 기색이 여실히 드러났다. 심지어 마티아스조차 그 점을 감지했다. 징거 씨는 일어나서 벽장을 열고 캐러멜 상자를 꺼냈다. 그는 아무렇게나 손에 잡히는 대로 캐러멜 하나를 꺼냈는데, 그게 이미 그가 평소 같지 않다는 증거였다. 원래 그는 자기 입에서 사르르 녹아내리는 영예를 누리게 될 캐러멜의 색깔을 고르느라 꽤나 공을 들이곤 했으니까.

그는 마티아스와 다시 지내게 된 것이 기뻐서 평생 그 누구에게도 하지 않았던 제안을 하기로 결심했다.

"내가 이끄는 연구에는 절대 학생들을 끼워주지 않는다고 얘기한 적 있던가? 나를 스승으로 모실 수도 있는 대학생들 말이네. 사실 대학에서는 교수가 으레 학생들을 연구에 포함시키거든."

그는 대뜸 마티아스를 돌아보며 그렇게 말했다. 입천장에 들러붙은 캐러멜의 맛이 입안에 퍼진 까닭에 한결 차분해진 목소리였다. 침대에 누워 있던 마티아스는 대답 대신 진솔하게 다른 질문을 던졌다.

"아무도 선생님과 함께 연구를 하고 싶어하지 않았나요?"

"그 짐작은 틀렸네…… 내 쪽에서 제자를 받지 않는 걸로 해두었으니까."

"아…… 그래도 저는 선생님이 좋은 교수일 거라고 생각하는데요."

"과목에 따라 다르다네. 수학에서는 그렇다고 할 수 있지. 하지만 내가 다른 과목들을 가르치려 들면…… 특히 철학은 끔찍할 지경이지. 이건 내가 수학을 포기하기로 결심했던 시기까지 거슬러 올라가는 얘기라네. 나는 수학 때문에, 그리고 수학을 위해 죽도록 고생을 했거든. 사랑에 빠진 이들이 그렇듯이, 수학 때문에 느끼는 기쁨의 총합보다 수학 때문에 겪는 고통의 총합이 더 클 때가 있었어. 그래서 처음으로 라이프니츠에 대한 강의를 개설했더니 그 즉시 스물다섯 명의 학생이 수강 신청을 했더랬지. 굉장한 성공이었어!"

아직도 캐러멜 상자를 열어놓은 채 있던 징거 씨는 그제야 뚜껑을 닫고 조심스럽게 상자를 벽장에 도로 갖다놓았다.

"그런데 몇 주 지나니까 실제 강의에 출석하는 학생들이 확 줄었다네. 대여섯 명밖에 참석하지 않았던 거야. 그 다음에는 넷, 그 다음에는 셋, 그러다 두 명까지 줄었지. 나중에는 한 명밖에 남지 않아서 원형 강의실에서 선생과 제자가 라이프니츠를 사이에 놓고 마주 보며 수업을 했다네. 나는 그 학생을 '최후의 모히칸'이라고 불렀지만, 그 학생도 그리 오래 붙잡아두지는 못했어. 어느 날 아침 그 학생이 어쩔 줄 몰라하면서 수업을 못 듣겠다고 하는 거야. 그러면서 변명이랍시고 하는 말이, 해야 할 다른 일이 너무 많아서 안 되겠다나! 나는 무척 유감스러웠지."

"그 사람이 선생님의 학생이네요!"

마티아스가 침대에서 다시 몸을 일으키며 말했다. 징거 씨는 의아하다는 시선을 보냈다.

"제 말은, 선생님이 가르칠 수도 있었던 학생, 선생님이 따라가서 잘 키울 수도 있었던 학생이란 뜻이에요."

징거 씨는 말이 없었다. 그의 치켜뜬 눈썹이 두 개의 희한한 악상 시르콩플렉스 모양(^)을 그리고 있었다.

"그럼요, 그 학생은 선생님께 충실했어요. 자기가 할 수 있는 데까지는 선생님의 수업을 따라갔으니 배반한 게 아니죠."

징거 씨는 문득 마티아스가 무슨 뜻으로 그런 말을 했는지 이해할 수 있었다.

"그 학생을 또 만나셨나요? 계속 연락은 하고 지내셨어요?"

"아니."

그렇게 대꾸하는 징거 씨의 말투에 희미한 아쉬움이 묻어났다.

"손아귀에 쥐고 있었으면서 도망가게 내버려두셨군요!"

징거 씨는 조금 생각에 잠겼다. 이윽고 그는 서글픈 목소리로 말했다.

"손 안에 있던 것을 놓치고 마는 일은 자주 있다네…… 그걸 쥐고 있는 손 때문에 그 안에 무엇이 있는지는 보이지 않거든."

징거 씨는 빛나는 눈으로 마티아스를 바라보면서 이렇게 덧붙였다.

"어쨌거나 나는 자네를 놓치지 않을 걸세! 아! 이해하게. 내가 하고 싶었던 말은…… 아니, 내 말은 이걸세. 자네는 젊고 나는 늙었어. 자네는 군인이고 나는 전쟁터 근처에도 가본 적이 없지. 자네는 부모를 모르고 자랐고, 나는 이날 이때까지 아버지가 항상 내 곁에 계시다고 생각하지. 자네는 가난한 어린 시절을 보냈고 나는 풍족하게 자랐지. 자네는 미혼이지만 난 이미 결혼을 했네. 자네는 자식이 없지만 나는 여섯이나 있고, 자네는 학교에 잠깐 있었을 뿐이지만 난 학교에서 평생을 보냈네. 뭘 더 이야기하길 바라나? 우리는 모든 면에서 딴판이야. 그런데 지금 우리는 여기서 얼굴과 얼굴을 마주한 채 정신 나간 사람이라는 딱지를 똑같이 붙이고 있네. 바라지도 않았던 기회지. 우리가 별이라면 별들의 아주 예외적인 회합이라 해야 할 테지. 이같은 만남이 또 성사되려면 얼마나 오랜 시간을 기다려야 할까? 이보게, 마티아스?"

징거 씨는 잠깐 말을 멈추었다가 젊은이에게 가까이 다가가며 말했다.

"자네에게 청하네. 내 제자가 되지 않으려나?"

이 요청에는 흡사 결혼을 청하는 듯한 엄숙한 기운이 서려 있었다. 징거 씨가 에르네스트처럼 연미복을 입고 실크해트를 쓰지 않았을 뿐.

마티아스는 스승을 모신 적이 없었다. 그는 상사와 대장밖에 몰랐다. 골수파 절대자유주의자 마티아스는 차장, 역장, 작업조장, 수석기사 등등 위계질서의 한 층 한 층마다 버티고 있는 그들과 끊임없이 싸웠다. 그가 스승으로 모실 수만 있었다면 조레스*를 선택했겠지만…… 그럴 수 있었다면 말이다.

"네."

그가 '네'라고 말했을 때의 진중함은 그가 이 서약에 얼마나 큰 가치를 부여하는지 고스란히 말해주었다. 그는 위험을 무릅쓰기로 한 것이다. 하지만 무슨 위험을? 지금의 그는 나무에서 떨어져 버린 낙엽, 역사의 무거운 발걸음 아래에서 바스락대는 낙엽에 지나지 않는데.

징거 씨는 아이처럼 천연덕스러우면서도 심각하게 선언했다.

"자네는 진정한 의미에서 내 첫번째 제자라네…… 일흔두 살에 맞아들인."

뒤에 덧붙인 말은 웅얼거림처럼 들렸다.

늙은 수학자의 입에서 나온 말들이 밀폐된 방 안의 공기 가운데 떠돌았다. 그들이 갇혀 있던 인큐베이터가 부서졌다.

"마티아스, 두번째 청이 있네. 나에게 열차에 대해 가르쳐주지 않겠나?"

마티아스는 바닥이 흔들리고 바이스가 어깨를 조이는 것 같은 기분이 들었다. 그는 자연스럽게 고개를 끄덕이고 나서 이렇게 말했다.

"전 수학에 대해 아무것도 모릅니다만."

"나도 철도에 대해 아무것도 모른다네."

"제가 무한에 관심을 갖게 될 거라고 생각하세요?"

---

* Jean Jaurès(1859~1914), '인민의 호민관'으로 불렸던 프랑스의 사회주의 운동가이자 반전운동가.

"자네는 내가 철도에 관심을 쏟게 되리라 생각하나? 우리에게 필요한 건 시간이 있는 동안 함께 키워보는 거라네. 철도에 대한 나의 관심, 무한에 대한 자네의 관심을 같이 키워보세."

두 사람은 한동안 아무 말 없이 그대로 있었다. 미동도 하지 않고 꿈을 꾸면서. 두 사람 모두 지금 그들이 맺은 협약을 어떻게 생각해야 할지 몰랐다.

징거 씨는 간호사가 "식사하세요! 식사요!"라고 외치기 전에 회중시계를 꺼내고 자리에서 일어날 채비를 했다. 저녁 6시 45분이면 간호사가 저녁 식사를 알리며 돌아다니기 때문이었다.

"자네 질문에 분명하게 대답하지 못했다는 걸 인정해야겠구먼. 왜 나는 제자들을 두지 않았을까? 그건 내가 부성을 겁내기 때문이라네. 아버지 노릇을 한다 생각하면 새파랗게 겁에 질리지."

"하지만 선생님께서 말씀하셨듯이 선생님은 이미 여섯 아이의 아버지시잖아요!"

"학생들의 아버지 노릇을 말하는 걸세. 연구에서의 아버지 노릇. 스승과 보조를 함께하는 제자는 어떤 면에서 수학적 자식이라고 할 수 있지. 나 자신도 베를린에 있을 때 크로네커라는 분의 제자였지. 레오폴트 크로네커, 난 그분을 참 존경했다네. 그런데 그분은 나를 배신했어. 그분이 내 최악의 앙숙이 될 줄이야. 그게 다 그분이 나의 무한이론을 마땅찮게 여기셨기 때문이라네. 개인적으로 내 연구에 반대하는 정도로 그치지 않고 다른 수학자들 앞에서 나를 무참하게 깎아내리셨지. 그분이 나를 두고 뭐라고 하셨는지 아나? 젊은이들을 타락시키는 사기꾼이라고 하셨다네!"

"그만하세요!"

마티아스가 말을 잘랐다.

"그분이 나를 사기꾼 취급했어."

"아니에요, 사실은 그렇지 않잖아요……."

"젊은이들을 타락시킨다고."

"믿을 수 없어요!"

마티아스가 양손을 부딪치며 열을 올렸다.

"1910년 대파업 때 철도회사 사장들도 나를 해고하면서 그랬어요. 내가 젊은 사람들을 꼬드겨서 물들인다고요. 나도 그런 말은 들어봤어요!"

마티아스는 기억을 더듬어 당시의 회사 간부 목소리를 흉내 내며 말했다.

"체제전복적인 행동으로 자유로운 노동을 방해하는 이들이 우리나라 청년층을 사악한 관념으로 타락시키고 있습니다……."

징거 씨는 룸메이트가 갑자기 흥분하는 모습을 보고 미소를 지었다. 지나치게 서둘러 빨아먹은 캐러멜 맛이 아직도 입안에 남아 있었다.

"이보게, 수학과 철도가 종국에는 서로 만나는구먼…… 내가 당했던 일을 나 또한 저지르지 않았다고 보장할 수 있겠나? 나는 내 제자들을 배신하지 않는다고, 나 자신이 고통스러웠던 것처럼 내 제자들을 고통스럽게 하지 않는다고 누가 말할 수 있겠나? 마음만 먹으면 스승만큼 제자를 아프게 할 수 있는 사람도 없지. 스승이 제자를 키울 수도 있지만 그만큼 망가뜨릴 수도 있는걸. 스승은 제자가 존재를 이룩하는 데 일조하는가 하면, 그 존재에 깊숙이 감춰진 주름들 속으로 파고들게도 할 수 있는걸. 내가 창조해낸 수학에 대해서 내가 책임감을 느껴야 할까? 음, 난 어떤 것에도 책임을 지고 싶지 않네. 내가 만들어낸 수들에 대해서도, 나의 '초한수론(超限數論)'에 대해서도! 내 수학은 실제로 존재한다네. 그러니까 펜으로 죽 그어서 지워버릴 수 있는 게 아니야. 그 수학에 대해 나는 애정을, 크나큰 애정을 느끼지. 하지만 그 수학에 내가 무슨 빚을 지고 있다는 느낌은 전혀 없다네."

징거 씨는 지쳤다.

마티아스 뒤투르는 동요했다.

징거 씨는 자신이 이제 수학을 연구하지 않을 것임을, 그리고 그것이 나이 때문만은 아님을 알고 있었다.

마티아스 뒤투르도 자신이 이제 다시는 열차를 몰지 않을 것임을 알고 있었다. 돌이킬 수 없는 일이 두 사람 모두에게 일어났다.

징거 씨는 회중시계를 꺼내고 주위를 흘끗 돌아보고는 서둘러 일어났다. 바로 다음 순간, 간호사가 외치며 들이닥쳤다.

"식사하세요! 식사요!"

아침 7시 기상. 7시 30분 아침 식사. 11시 45분 점심 식사. 오후 4시 간식. 6시 45분 저녁 식사. 10시 소등.

며칠이 흘렀다. 어울리지 않는 한 쌍은 남성 병동 14호실에서 그들의 동거를 계속하고 있었다. 징거 씨와 마티아스 뒤투르는 낮 시간을 함께 보내면서도 각자 자기 방식을 고수했다. 징거 씨는 말이 많았고, 그렇게 말을 쏟아놓기 위해 옛날 이야기를 자주 했다. 와르르 풀어놓는 말이 그를 안심시켰다. 반면에 마티아스는 유보적이었고 자기 삶이 전면적으로 현재의 표면에 드러나지 않도록 말을 삼갔다.

전쟁은 삼 년째로 치닫는 중이었고, 여름 첫물이었다. 유럽 북부의 날씨는 화창했다. 이렇게 아름다운 날에는 전쟁터에서라도 일광욕을 즐기고 싶을 것 같았다.

징거 씨가 시계를 꺼냈다. 잠깐 시계에 눈길을 주었다. 그러고는 일어났다. 마티아스도 숨어서 그를 흉내 냈다. 간호사가 문을 벌컥 열고 예의 그 외침을 내지르려다가 징거 씨와 마티아스가 벌써 나갈 채비를 하고 있는 모습을 보았다. 그는 목구멍까지 나왔던 말을 도로 삼키고 약간 실망해서 발걸음을 돌렸다. 두 사람은 간호사에게 인사도 하지 않고 그대로 방에서 나왔나.

계단에서 징거 씨가 마티아스를 돌아보면서 물었다.

"마티아스, 기관차가 어떻게 움직이는지 말해줄 수 있나?"

마티아스는 괴로운 듯이 징거 씨를 쳐다보았다.

"왜 그러시는데요?"

"왜 그러다니? 내가 뭘?"

"왜 저에게 말을 시키시나요?"

징거 씨는 그 문제에 대해 벌써 곰곰이 생각해본 적이 있기 때문에 곧바로 정확하게 대답했다.

“여러 가지 대답이 있을 수 있겠지. 나 혼자 떠들지 않으려고. 자네 목소리를 듣고 싶어서. 자네에 대해 좀더 알고 싶어서…….”

마티아스는 입을 다물었다.

그 세 가지 이유들은 합당하게 여겨졌다.

징거 씨는 정말로 철도에 대한 간절한 호기심을 품고 있었다. 그 주제에 대해 룸메이트가 묵묵부답으로 일관할수록 그의 갈망은 절박해졌다. 그의 폭넓은 교양이 입증하는 왕성한 지적 호기심은 결코 채워지지 않았다. 그리고 그가 판단하기에 마티아스의 목소리는 진중하고 듣기 좋았고, 프랑스어를 말할 때에는 더욱더 그러했다. 징거 씨는 프랑스어로 말하는 것을 좋아했지만 듣는 것은 더 좋아했다.

두 사람은 거의 마지막으로 구내식당에 들어가는 무리에 끼었다가 만족스럽지 않은 상태로 그곳에서 나왔다. 차 색깔은 점점 더 옅어졌고 향기도 점점 날아갔다.

마티아스는 찻잔에서 눈을 들어 주위를 둘러보았다. 그는 이제 겨우 주위를, 사람들과 사물들을 알아보기 시작한 참이었다. 그의 세상은 조금씩 넓어지고 있었다. 간호사 무리가 구내식당 입구 쪽에 있었는데(굉장히 멀게 보였다), 그들을 하나하나 구분하려고 애써보았다. 모두 똑같은 하얀 가운 차림이었기 때문에 그것은 고난도의 연습이었다. 그렇지만 마티아스는 새를 닮은 얼굴로 자신을 보는 듯한 한 사람을 알아볼 수 있었다.

마티아스와 징거 씨는 정원에, 원형 강의실 근처에 있는 얼마

전에 새로 칠한 초록색 벤치에 앉아 있었다. 그들과 얼마 떨어지지 않은 곳에는 오래된 연인들이 있었다.

남자와 여자는 벤치에 나란히 앉아 있었다. 항상 여자는 왼쪽, 남자는 오른쪽에 앉았다. 여자는 무릎에 두 손을 가지런히 모으고 있었다. 그들은 몇 살이라고 말하기도 뭐했다. 시간조차 그들에게는 백기를 든 것 같았으니까. 그들은 모두에게 '오래된 연인들'로 통했다.

그들은 이 정신병원에서 알게 된 사이였다. 그게 벌써 삼십 년 전 일이고, 그후로 두 사람은 잠시도 떨어지지 않았다. 그들을 만나러 오는 사람이 아무도 없다는 사실에 신경 쓰는 이는 없었다. 그들이 단 하루도 병원 밖으로 나간 적이 없다는 사실에 신경 쓰는 이도 없었다. 그들은 아침 식사 시간부터 저녁때까지 온종일 붙어 다녔다. 그 다음에 여자는 여성 병동으로, 남자는 남성 병동으로 갔다. 그들은 밤을 함께 보낸 적이 한 번도 없었다. 그들은 낮의 연인이었다. 그들은 손을 꼭 잡고 다녔다. 광기가 그들을 이 세상에서 추방했기에 그들은 서로 더욱 가까워졌다. 그들은 서로 말도 하지 않았고 지그시 바라보지도 않았다. 마주 잡은 두 손만으로 모든 것이 전해졌다.

아무도, 입원 환자들 중에서 가장 정신이 오락가락하는 이조차도 그들의 벤치에는 감히 앉지 않았다. 겁을 내서라기보다는 존중하는 마음에서였다. 한결같은 낮의 연인들, 변함없는 그들의 찬란한 존재는 모두가 바라는 증거와도 같았다. 혼돈에 맞서서도 어떤 한계를 세울 수 있다는 증거.

수다쟁이 대학생 무리가 그들에게 털끝만큼도 신경을 쓰지 않고 지나쳤다. 그들에게 환자들은 병원 건물이나 해부실의 사체들과 마찬가지로 배경의 일부에 지나지 않았다.

징거 씨와 마티아스는 그곳에서 그리 멀지 않은 곳에 등을 똑바로 펴고 앉아 있었다. 벤치의 등받이가 불편하게 수직으로 솟아 있어서 앉는 자세도 스파르타 식이었다.

환자들이 앉아서 쉬기보다는 일어나서 걸으라는 뜻에서 정원 설비를 일부러 그 모양으로 해놓았는지도 몰랐다. 결과적으로 정원에 남는 환자들은 이리저리 발걸음을 옮겼고, 그렇지 않은 환자들은 곧장 자기 방이나 공동침실로 돌아가 퍼질러 눕게 마련이었다.

"들리세요?"

마티아스가 귀를 곤두세우며 물었다. 징거 씨는 고개를 가로저었다.

"이따금 오후 4시 30분에, 그러니까 간식 시간이 끝난 직후에, 바람이 동쪽에서 불어오면 기관차 기적 소리가 나요. 세 번 길게 우는 기적 소리요."

"아, 난 아무 소리도 못 들었는데. 역시 나이를 먹으니……."

"아뇨, 사람은 자기가 간절히 바라는 소리를 듣게 마련이에요. 세 번 길게 울리죠. 피이, 피이, 피이. 바람이 동쪽에서 불어올 때만 말이에요."

'드디어 이 친구가 철도 이야기를 좀 하는군.'

징거 씨는 흡족하게 생각했다.

“실제로 역이 그쪽에 있거든. 동쪽에…… 아, 기차역들! 라이프치히, 베를린, 취리히, 파리, 동역…….”

“선생님을 역에 모시고 가서 기관차들을 보여드리면 좋겠네요. 선생님께서 현재 탈것들에 대해 지니고 계신 지식에 관심이 가네요. 사실 열차가 우리 눈앞에 있고 기적 소리가 귀에 들리고 그 열기를 느껴야만 열차에 대해서 무슨 말을 할 수 있거든요. 제가 부품 하나하나, 기능 하나하나를 설명해드릴 수도 있을 테고요. 제가 아는 차종에 관한 한, 그게 어떻게 오르막길을 올라가고 어떻게 커브를 트는지 말해드릴 수 있겠지요…… 그런데 동역을 아세요?”

마티아스는 괴로운 듯 눈꺼풀을 찡그리며 물었다.

“아내와 나는 파리에 갈 때마다 동역에서 내린다네. 꽤나 많은 기차역들을 전전해봤지! 특히 셰익스피어에 대한 강연 때문에 온 나라를 누비고 다닐 때는 더 그랬고. 난 기차역의 들뜨고 혼란스러운 분위기를 무척 좋아한다네. 모두 다 뛰어가지. 철도는 일종의 모험이야. 나는 교통수단이 말밖에 없던 시대에도 살아봤네. 최초의 열차가 선보일 당시에 난 아직 어린애였지. 처음 보았던 기차가 아직도 기억나. 끔찍하게 무서우면서도 매혹적이었지. 아버지는 그 상황이 아무렇지도 않다는 듯 행동하셨지만, 지금 다시 생각해보면 아버지도 벌벌 떨고 계셨던 것 같아. 뭐, 열차를 놓칠까봐 겁이 날 수도 있지만! 나 자신은 기차를 탈 때마다 마음이 들뜨고 불안하지 않은 적이 없었지. 이보게, 마티아스, 기차를 놓치는 것보다는 인생을 망치는 게 더 자주 있는 일일까…… 내 인생에서 기차를 놓친 적은 없어. 자네는 어떤가?"

"인생을 망쳤는지 물으시는 겁니까?"

"아니, 기차를 놓친 적 있냐고!"

"전 그러면 안 되는 사람이었죠. 기관사인 제가 기차에 못 타면 승객들은 플랫폼에 계속 서 있어야 하니까요. 만약 그런 일이 터졌다면 역이 도떼기시장처럼 혼란스러워지고 저는 호되게 야단을 맞았을 겁니다! 하지만 그런 경우는 한 번도 없었지요. 철도 승무원에게 시간엄수는 생활철칙입니다. 늦게 도착해서도 안 되고, 너무 미리 가서도 안 돼요. 네, 그럼요. 물론 그런 일이 일어날 수는 있죠. 하지만 도착시간은 단 하나, 열차 시간표에 나와 있는 도착시간뿐이에요. 그런 생활습관이 인간관계를 힘들게 할 수도 있어요. 저는 누가 약속시간에 늦는 걸 못 봐주는 사람이었거든요."

"같이 살던 여자 이야기인가?"

"같이 살던 여자친구, 그냥 친구들, 노조 조합원들 다요. 일종의 강박관념을 키우고 유지한 거죠. 이제는 시계가 없어서 아주 좋아요."

"난 시계 없이는 못 살걸. 한번 보겠나?"

징거 씨는 사슬을 잡아당겨서 항상 가지고 다니는 회중시계를 꺼냈다. 이중 뚜껑이 달린 금시계였다. 그는 조심스럽게 뚜껑을 열었는데, 뚜껑 안쪽에 H. S.라는 이니셜이 새겨져 있었다. 고도로 정밀한 태엽장치를 장착한 시계로, 월, 일, 요일 표시는 물론…… 문페이즈 기능*까지 있었다. 요컨대 작은 천문대나 다름없었다. 마티아스는 그 시계에 홀딱 빠졌다.

"시간표에 관한 한 여기서 운 좋게 지내는구먼, 마티아스!"

징거 씨는 시계를 도로 넣으면서 이렇게 말했다.

"시간엄수라. 오랫동안 내가 곧잘 꾸던 악몽 중 하나가 플랫폼에 서 있는데 열차가 저만치 멀어지고 불빛마저 안 보이게 되는 거였지. 난 그냥 그 자리에 돌처럼 굳어 있고 말이야…… 마치 조각상처럼."

징거 씨가 갑자기 너털웃음을 웃었다. 마티아스가 아연실색해서 바라보자 노인네는 이렇게 해명을 했다.

"내가 왜 웃는지 궁금한가? 대학에 있는…… 내 조각상 때문이라네! 이제 난 강의도 할 수 없게 됐으니 그 자리에 다른 사람의 조각상을 세우라고 해야겠구먼."

하지만 그런 해명은 마티아스를 더욱 당혹스럽게 할 뿐이었다.

산식을 먹은 두 사람은 병동으로 돌아왔다. 두 사람 모두 시둘러 계단을 올라갔다. 마티아스는 화장실 볼일이 급했고, 징거 씨는 협탁에 두고 온 책을 다시 펴고 종이 몇 장을 꺼내어 글을 써야 했다. 수학에 대한 글이었다. 마티아스가 방에 돌아와보니 징거 씨는 책을 읽는 데 골몰해 있었다.

그는 뚜렷한 이유도 없이 징거 씨에게 지금 읽고 있는 책이 직접 쓴 책이냐고 물어보았다. 징거 씨는 자신은 논문만 몇 편 썼을 뿐

---

* 보름달이 뜨는 시기를 알려주는 기능.

이고 책은 단 한 권도 쓰지 않았다고 말했다. 그는 책을 다시 덮고 안락의자를 마티아스 쪽으로 돌리면서 책을 좋아하느냐고 물었다. 암암리에 입 밖에 내어 말할 수 없는, 어쨌거나 대놓고 묻기는 힘든 또다른 물음이 솟아올랐다. '열차 기관사가 책 읽기를 좋아할까?'

마티아스의 눈에서 번쩍하고 광채가 일었다. 그는 자연스럽게 징거 씨의 침대에 앉았다. 그가 그렇게 행동하는 건 처음 있는 일이었다. 그의 집중하는 태도에서 '예전'에 있었던 일을 기억하려고 무던히 애쓰고 있음을 짐작할 수 있었다. 잠시 후에 그의 얼굴 표정이 풀어졌다. 추억의 물을 퍼올리는 펌프가 마중물을 맞고 말들을 콸콸콸 흘려보내기 시작했다.

"맨 첫번째 책은 어머니가 사주신 거였죠. 그때 저는 열세 살이었을 겁니다. 하루는 어머니가 포장지에 싼 작은 꾸러미를 들고 와서 탁자에 내려놓으셨어요. '마투, 네 거다'라면서요."

"마투? 어머니가 자네를 마투라고 불렀나?"

"네, 그게 뭐 어때서요?"

마티아스는 짐짓 강경하게 내뱉었다.

"예뻐서 그래. 아주 예쁜 이름이야! 어머니의 귀여운 고양이였겠구먼.*"

"고양이, 강아지, 생쥐, 그런 게 뭐가 중요해요?"

---

* '마투(matou)'는 거세하지 않은 수고양이를 뜻한다.

마티아스가 성이 나서 쏘아붙였다.

"한없이 사랑하는 자식이 아니고서야 마투라는 애칭으로 부를 수 있겠나? 만약 자네 어머니가 자네를 '라투'라고 불렀다면야 얘기가 또 다르지만."

"어머니는 저를 '라투'라고 부르지 않았거든요!"

마티아스는 누그러진 말투로 이야기를 계속했다.

"나는 포장지를 뜯었어요. 아주 조심해서 펴보았지요. 포장지가 찢어지지 않도록 주의했어요. 선물을 싼 포장지, 그것 자체가 이미 선물이니까요. 뚜렷하게 접힌 모서리, 매끈한 표면, 벌어지지 않게 단단히 매어놓은 당나귀 귀 모양의 리본…… 어머니는 기다리고 있었지만, 난 어머니를 안달 나게 하려고 일부러 선물을 얼른 꺼내보지 않았죠. 어머니는 어린애 같은 구석이 있었다고나 할까요. 난 뭐가 제일 좋은지도 알 수 없었어요. 선물이 무엇인지 보는 게 더 좋은지, 내가 얼른 선물을 보기를 바라면서 애태우는 우리 어머니를 보는 게 더 좋은지. 어머니가 뭘 그렇게 간절히 바라는 모습은 그때 처음 봤어요. 나는 포장지를 다 폈어요. 책이었죠! 에밀 졸라의 책. 표지에 큰 글자로 '인간 야수'라고 적혀 있었어요. 제목 바로 밑에는 거대한 기관차가 나를 향해 달려오는 모습이 보였어요. 도저히 시선을 뗄 수 없었죠. 어머니가 내 어깨를 흔들었어요. 나는 책을 펼치고 몇 장을 들추어보았죠. 삼백 페이지쯤 되는 책이었어요. 그게 다 내 거라니. 어머니는 내게 펜을 내밀며 말했어요. '자, 마……'"

마티아스가 갑자기 말을 끊었다. 자기 애칭을 떠올린 탓에 뺨이

붉게 달아올라 있었다.

"말해보게! 계속 말해보라고!"

징거 씨가 부추겼다.

마티아스는 그 애칭을 더는 입에 올리지 않겠다고 스스로 다짐하고 입을 다물었다. 하지만 머릿속에서는 마음을 달래주는 음악처럼 그 이름이 울려 퍼지고 있었다. '마투, 마투…….'

마티아스는 당당하게 고개를 들고 말을 이었다.

"나는 아무렇게나 한 페이지를 폈어요. 그 위쪽에 내 이름을 써넣었지요. 그후로 내 모든 책들의 59페이지 상단 여백에 내 이름을 써넣게 됐어요. 맨 첫 페이지에 쓰는 것보다 그게 더 은밀한 기분이 들죠. 어머니는 장을 보다가 나에게 책 선물을 할 생각이 났다고 했어요. 그래서 가게에 들어가서 '우리 아들에게 책을 한 권 사주고 싶은데요'라고 말했다고 해요. 어머니가 서점에 들어간 건 그때가 처음이었죠. 서점 직원이 '어떤 책이요?' 하고 물었대요. 어머니는 얼굴이 빨개졌고 도망치고 싶었대요. '작가는 누구요?' 어머니는 꿀 먹은 벙어리가 됐었다고 나에게 말해줬어요. '그럼 제목은요?' 일이 그렇게 됐던 거예요. 어머니는 '당신이 볼 만한 책 정도로 골라주세요'라고 했대요. 그러자 직원은 웃으면서 서가에서 책 한 권을 가져왔고요. 어머니는 그 직원이 꼭 어머니가 올 걸 알고서 미리 준비하고 있었던 양 곧장 책을 가져다줬다고 했어요. 직원은 어머니 손에 그 책을 넘겨주면서 '나 자신에게 주는 선물이라면 이 책으로 하겠어요'라고 했대요. 어머니는 그 직원이 가격도 깎아준 게 틀림없다고 했어요.

어머니는 불안한 듯이 물었죠. '그래, 내가 책을 잘 골라왔니?' 나는 '그럼요, 어머니'라고 대답했어요. 그리고 시간을 들여 그 책을 읽었죠. 작가들은 참 웃겨요. 자기들은 쓰고, 쓰고, 또 쓰면서 읽는 건 우리보고 하라잖아요."

마티아스가 지적했다.

"어머니는 말하고, 말하고, 또 말했지만 내 귀에는 더이상 어머니의 목소리가 들리지 않았어요. 기관차 소리만이 부엌을 가로질러 내 귀에 울려 퍼졌죠. 어머니가 그때 무슨 말을 했는지도 모르겠어요. 어머니가 그렇게 말씀이 많았던 적도 없었는데…… 그런데 선생님이 책을 한 권도 안 쓰셨다니 믿어지지 않네요."

갑자기 마티아스가 말을 뚝 끊었다.

"사실 난 주로 논문, 소논문, 개론 따위를 썼지. 그리고 셰익스피어에 대한 책은 한 권 쓴 적이 있다네."

"셰익스피어도 수학을 했어요?"

"내가 아는 한은 그렇지 않다네. 하지만 사람들은 그가 수백 편의 희곡을 썼다고 잘못 추정하고 있어. 다행히도 내가 진실을 밝혔지. 1600년대에 영국에는 유명한 대법관이 있었지. 베룰람 남작이라고도 하는 프랜시스 베이컨. 그는 위대한 철학자였어. 셰익스피어라는 이름으로 발표된 희곡들의 진짜 저자는 그 사람이라네. 「헨리 8세」, 「맥베스」를 그가 썼단 말이야."

"왜 그러시죠?"

"왜라니? 뭐가?"

"왜 그런 사연에 관심을 가지세요?"

"관심? 난 그 문제에 십오 년을 매달렸네. 그의 정체를 아는 건 아주 중요한 일이지. 그걸 모르면 엄청나게 혼란스럽거든. 누가 누구인가? 마티아스, 바로 이게 문제야. 나는 이 문제에 대한 논문도 한 편 썼다네. 예수 그리스도의 진짜 정체를 다룬 「빛은 동방에서」라는 논문이지."

"예수님도 수학을 하셨지요. 빵 다섯 덩어리를 몇 배로 불리는……."

"마티아스, 자네의 지적에서 다소 빈정대는 기색을 느껴야 하는 건가? 하지만 나는 자네가 읽은 책 이야기 쪽이 더 구미가 당기는데……."

"선생님이 쓰신 책들보다 말이죠? 선생님은 자신이 쓴 저작에 자부심을 느끼지 않으시나요?"

"아, 왜 아니겠나. 나도 자부심을 느낀다네. 내 논문들에 대해서. 그중 몇몇은…… 뭐라고 할까…… 역사적이지."

"무슨 뜻이죠?"

"그 논문들은 신기원을 이룩했다네. 어떤 역사의 시초가 되었어. 발표 이전과 이후를 뚜렷이 구분하는 한 획을 그었지."

마티아스는 징거 씨가 방금 한 말을 완전히 이해했다. 그에게도 역사적인 사건들이 있었다. 다만 그 한 사람에게만 역사적이었지만. 적어도 한 가지 사건은 '이전'을 논할 수 있는 주제에 합당했다. 하나의 역사를 끝장내버린 사건.

징거 씨가 그를 상념에서 끌어냈다.

"자네의 책 이야기로 돌아가세. 평소에 자네는 거의 말이 없으니…… 오늘 자네 목소리를 들을 수 있는 건 횡재구먼. 오랫동안 고대한 여름비가 쏟아진 것 같다고나 할까. 난 그 『인간 야수』라는 책을 읽어보지 못했네. 우리가 함께 그 책에 대해 말해볼 수 있겠지. 난 벌써부터 그 책을 아주 높이 평가하게 되리라고 확신하네. 아내에게 그 책의 프랑스어판을 부탁해야겠어. 난 원서로 읽고 싶으니까…… 하지만 또 내가 말을 하고 있구먼! 이제 입을 닫겠노라 약속하네."

마티아스가 미소를 지었다. 이 노인은 그의 마음을 누그러뜨렸다.

"철도회사에 있던 기관사들은 모두 그 책을 읽었죠. 하지만 기관사가 되기 전에 읽은 거였어요. 나는 그 책을 읽었기 때문에 기관사가 됐죠. 나는 왜 졸라가 주인공 랑티에를 미치광이이자 암살자 기관사로 그렸는지, 왜 랑티에라는 인물을 그토록 '희화화'했는지 궁금할 때가 많았어요. 사실 랑티에는 정신이 나가는 바람에 암살자가 되죠. 그래요. 하지만 왜 졸라는 그를 미치광이로 그렸을까요? 정신병 발작을 일으키면서 기관차를 모는 인물. 이건 전혀 좋지 않죠. 그의 손에 사람들의 목숨이 달려 있으니까요. 하지만 랑티에는 왜 정신병자가 되어야 했을까요?"

마티아스는 고개를 수그리고 중얼거렸다.

"어째서 우리가 미치광이여야 하나요? 선생님은 이 물음에 어떤 답이 있다고 생각하세요?"

징거 씨는 마티아스의 얼굴이 삽시간에 일그러지는 것을 보았다. 산산조각으로 부서진 거울처럼 망가지는 얼굴을. 징거 씨는 프랑스 군인에게서 점잖게 시선을 돌렸지만, 그가 방금 던진 물음에 마음이 크게 움직였다. 물에 빠져 죽지 않기 위해서 절박하게 내미는 손길 같은 물음. 이 젊은 프랑스인 기관사는 그 어떤 필연 때문에 정신병자가 되었을까? 던져서는 안 될 질문을 던지고 자신의 표적을 가차 없이 맞추는 이 청년이 왜?

마티아스는 이제 기운을 되찾았다.

"나는 자크 랑티에이자 그와 정반대예요. 나는 사람을 죽이고 나서 정신병자가 되었으니까. 군복을 입은 바람에 정신병원의 환자복을 입게 된 셈이니까. 전장으로 떠나면서 나는 그 책을 가지고 갔더랬지요. 공격에 나설 때만 빼고 항상 그 책을 갖고 다녔어요. 다른 군인들은 '암탉' 사진을 여기에 소중하게 품고 다녔지만요."

마티아스는 가슴팍을 가리키며 말했다.

"암탉?"

징거 씨가 물었다.

"암탉…… 꼬, 꼬, 꼬, 꼬꼬댁 우는 암탉이요. 수탉은 꼬끼오, 하고 울죠. 전쟁을 하는 남자들, 군인들 말이에요."

마티아스는 짐짓 건방진 파리내기의 억양을 흉내 내며 덧붙였다.

"꼬끼오오오오! 골 족의 수탉을 아세요?"

"아니, 아니. 내가 자네의 나라에 대해 뭐든지 아는 건 아니라네."

징거 씨는 마티아스의 억양을 재미있어하면서 이렇게 대꾸했지만 정작 마티아스는 조금도 웃지 않았다.

"이런, 난 프랑스 사람이 아니잖아! 난 독일인이야. 약간은 러시아인이기도 하고, 아주 조금은 덴마크인이기도 하지. 어쨌든 프랑스인의 피는 조금도 섞이지 않았다네. 어쨌든 나의 프랑스어 어휘를 늘려주느라 애쓴 건 고맙네, 마티아스. 자, 계속해보게. 내가 자네의 말을 끊은 셈이니. 단어 하나하나를 이해하려고 하는 건 바보짓이야, 전반적인 의미만 알아먹으면 돼. 그러니까 다른 군인들은…… 암탉의 사진을 품고 다닌다, 그거지? 그건 뭐 중요한 얘기가 아니군. 중요한 건 자네 이야기지. 자네는 가슴에 뭘 품고 다녔나?"

마티아스는 자기 이야기에 '집착'하는 징거 씨의 태도에 당황했다. 그리고 생각의 가닥을 다시 더듬느라 애를 먹었다.

"음, 저는 그러니까 『인간 야수』를 품고 다녔죠. 왠지 모르지만 그게…… 행복을 가져다주는 일종의 부적이었어요."

그는 자기 말에 얼굴을 찡그리지 않을 수 없었다.

"미안해요, 저도 모르게 그랬어요. 전 '행복'이란 말이 싫어요. 그 말을 들으면 겁이 나죠. 무슨 위협처럼 느껴지거든요. 행복이란 너무 깨지기 쉬워서 계속 두려워해야만 하는…… 음, 뭐라고 말씀드리면 좋을까요. 마치 조그만 얼룩만으로도 망칠 수 있는 너무 밝은 색깔의 옷 같다고나 할까요."

'신기원.' 징거 씨가 자기 논문들을 가리키며 사용했던 표현이 마티아스의 머리에서 떠나지 않았다. 그리고 역사적인 날짜, 자신의 고만고만하고도 중요한 삶 속에 존재하는 주요 날짜들을 떠올리려고 애쓰는 징거 씨의 머릿속에서도. 징거 씨는 상대의 반응도

볼 겸, 여름이 파고들어 눅눅해진 방 안으로 불쑥 이 말을 던졌다.

"1851년, 미국인 아이작 싱거가 최초의 재봉틀을 발명하다."

그러고는 자기 말을 듣지도 않는 마티아스에게 이렇게 말했다.

"아니, 이 사람은 내 친척이 아니야. 성은 같지만. 나는 미국인 친척이 없어. 내 아내도 싱거 재봉틀을 한 대 갖고 있지. 내가 언젠가 결혼 기념일 선물로 한 대 사줬거든. 참 실용적인 선물이었지!"

마티아스의 눈이 깜박였다. 그는 침대에서 다시 일어나 창가에 가서 섰다.

"1853년, 프랑스인 샤를 프레데리크 게르하르트가 아스피린 합성 제조에 성공하다."

징거 씨는 관자놀이를 툭툭 치면서 말했다. "나도 규칙적으로 아스피린을 복용하지. 아내가 나에게 줬다네. 아주 실용적이야…… 1857년, 미국인 조셉 카예티가 화장지를 만들다. 이것도 내가 늘 사용하던 거지만 여기에는 없지. 18……."

"1858년, 강철 레일이 발명됐죠."

마티아스가 그의 말을 끊으며 말했다.

징거 씨는 마티아스가 너무 빨리 '말려든' 것을 보고 흡족해했다.

"1863년, 미국인 콜빈이 착유기를 발명하다. 암소들은 이걸 늘 사용하지."

징거 씨가 분위기를 밀고 나갔다.

"1863년, 최초의 식당차가 필라델피아-볼티모어 노선에 선보이다. 1866년, 다이너마이트가 발명되다."

"1867년, 크리스토퍼 숄즈가 레밍턴 타자기를 발명하다."

"1867년, 열차 자동 폐색장치가 발명되다."

징거 씨의 눈이 휘둥그레졌기 때문에 마티아스는 징거 씨가 망설이는 틈을 타서 기선을 잡을 수 있었다.

"1868년, 센 강에서 바토무슈가 처음으로 베르시 교(橋)와 오퇴유 고가(高架) 사이를 운항하다."

"나도 아내와 함께 타봤지! 정말 근사했다네! 센 강의 갖가지 색채들……."

징거 씨가 탄성을 질렀다.

"1870년, 독일군이 파리를 점령하다. 선생님도 그때 계셨습니까? 파리에 말이에요."

마티아스가 반감 어린 말투로 물었다.

"난 군대에 몸담은 적 없네."

징거 씨가 볼멘소리로 대꾸했다.

"하지만 우리 집 마부 에르네스트는 당시 군에 있었지."

"1871년, 파리 코뮌, 민중이 봉기하다. 뤽상부르에서 열흘 동안 베르사유군이 시민군에게 총을 쏘아댔지요. 3만 명이 사망했고요!"

마티아스는 욕설을 내뱉고는 다시 정신을 가다듬느라 무던히 노력한 뒤 이 말을 덧붙였다.

"압축공기 자동 브레이크를 장착한 최초의 여객용 열차가 나오다."

"1874년, 징거 선생이 '집합이론'을 선보이다. 역사적인 논문이지."

징거 씨가 빈정대듯이 말했다.

마티아스는 좀 놀라기는 했지만 자기 차례를 놓치지 않았다.

"1917년, 루프트슈타트 정신병원 입원실 룸메이트가 자신의 공을 치하하다. 1874년, 조셉 글리든이 가축 떼가 도망가는 것을 막기 위해 철조망을 발명하다. 이것도 참 실용적이죠. 저도 자주 사용해봤습니다만."

마티아스가 냉담한 목소리로 말했다.

"1876년, 알렉산더 그레이엄 벨이 전화를 발명하다."

마티아스는 생각나는 게 없는지 룸메이트가 다시 치고 들어오도록 내버려두었다.

"1877년, 미국인 토머스 에디슨이 실린더 축음기를 발명하다."

징거 씨는 노래를 흥얼거리기 시작했다.

"매리 해드 어 리틀 램. 리틀 램, 리틀 램. 인류 역사상 최초의 레코딩이었지. 리틀 램, 리틀 램. 이츠 플리스 워즈 화이트 애즈 스노."

"영어로 노래도 할 줄 아시는군요."

"러시아어, 이탈리아어, 프랑스어로도 할 수 있다네. 아버지가 시켜서 다 배웠더랬지."

그는 옷에서 편지를 꺼내 펼쳤지만 내용을 보지도 않고 줄줄 외웠다.

"외국어를 구사하고 외국문학을 잘 알면, 네가 장차 해야 할 싸움에 대비할 수 있을 거다. 아, 마티아스, 난 대비를 위한 대비를 했지!"

노인은 다시 노래를 흥얼거리며 점점 더 목청을 돋우기 시작했다.

"리틀 램, 리틀 램…… 역시 1877년, 독일인 에른스트 베르메르가 확성기를 발명하다."

그는 손을 확성기 모양으로 만들어 입에 갖다대면서 말했다.

"1884년, 최초의 침대차…… 이런, 제가 실수를 했네요. 침대차는 1860년인데."

"이번 것은 무효. 그러니까 다시 자네 차례네."

징거가 짓궂게 말했다.

"1884년, 최초의 쓰레기통과 공중전화 부스가 파리에 등장하다."

"파리 오페라 극장 맞은편에 있던 공중전화 부스에서 푸앵카레에게 전화를 건 적도 있지. '여보세요, 앙리? 나 징거라네. 한스……' '누구요? 아니, 난 그런 사람 모릅니다.'"

징거는 신난다는 듯이 외쳤다.

"쓰레기통에 대해서는 하실 말씀 없나요?"

징거 씨는 당황해서 어깨를 으쓱해 보였다.

"하지만 만년필에 대해서는 할 말 있네. 1884년, 루이스 E. 워터맨이 만년필을 발명하다. 아내가 나에게 한 자루 선물해줬지. 만년필로는 잉크를 찍지 않고도 몇 시간 내내 글을 쓸 수 있어. 아내가 그걸 나에게 가져다줄 생각을 해야 할 텐데. 깃털 펜은 잉크병에 넣었다 빼서 쓰지. 그러니까 펜에 잉크가 떨어지면 잠깐 글쓰기를 멈춰야만 해. 그런데 그 점이 좋은 거야. 잉크에 펜을 담그는 동안 별일이 다 일어나니까. 심지어 어떤 아이디어가 떠오르기도 하고. 만년필을 쓰면 쉴 틈이 없어. 모든 발명에는 그것으로 인해 잃는 것이 하나쯤 따르게 마련이야. 마티아스, 발명은 뭔가를 잃어버리게 해. 모든 면에서 좋기만 할 수는 없어. 대가를 치러야 하는 거지. 모든 발명이 그래!"

"그럼 선생님이 만들어낸 무한 때문에 잃게 되는 건 뭐죠?"

마티아스가 물었다.

징거는 어안이 벙벙해서 마티아스를 바라보았다. 그의 눈이 반짝거렸다.

"나의 초한수 때문에 잃게 된 게 뭐냐고? 나의 집합이론 때문에 잃게 된 것? 그런 관점으로 생각해본 적은 한 번도 없네. 상실의 관점이라…… 하지만 자네 때문에 몇년도까지 했는지 잊어버렸잖나! 우리가 어디까지 했더라?"

"1885년은 생각나는 게 없고요. 1886년에는 알베르 피에르 레이몽이 스냅단추를 발명했죠. 어머니도 일하면서 많이 사용했어요."

"1895년에서 1897년까지, 기고문 「초한수 집합이론의 토대에 대한 논고」, 한스 징거. 역사적인 논문이지."

"1917년 한 번 더, 루프트슈타트 정신병원 입원실 룸메이트가 자신의 공을 다시 치하하다."

"1901년, 이탈리아인 굴리엘모 마르코니가 콘월과 뉴펀들랜드를 연결하는 최초의 무선전신에 성공하다. 톱, 톱, 톱, 마르코니가 모르스 전신에서 첫 글자 S를 가리키는 신호 세 번을 포착하다."

징거는 짐짓 침묵했다가 덧붙였다.

"뭐의 S였을까?"

"징거(Singer)의 S!"

마티아스가 외쳤다.

"마티아스, 자네 입에서 그런 말이 나오다니, 우리가 슬슬 손발이 맞아 돌아가는구먼! 마티아스, 우리의 레퍼토리를 잘 다듬어서 독일의 모든 정신병원에 선보일까나. 지금 눈썹을 찡그렸나? 그래, 그래. 프랑스 투어도 해야지. 국경을 초월한 두 정신병자의 월드투어."

징거는 입을 다물었다.

"이 말에 웃어서는 안 된다고 생각하는 건가?"

"아, 아닙니다! 무엇에든 웃을 수 있죠. 웃을 여력만 있다면요."

"그런데 자네는 그럴 여력이 없다?"

"아닙니다, 있어요. 방금 전에 선생님이 하신 말씀, 발명에 치러야 하는 대가 이야기를 듣고서 민중대학에서 처음에 들은 강의 하나가 떠올랐어요. 기억나는 대로 이야기해보지요. 그때 강의하시던 분이 시대와 사회에 부응하는 생각은 동시에 여러 사람에게 떠오른다고 하셨죠. 그리고 거의 항상 남들보다 그 생각을 더 명징하게 품고 있는 사람이 있다고 했어요. 생생한 감정으로서 그 생각을 품고 있는 한 사람, 바로 그 사람이 사회 안에서 그 생각을 '실어 나르는' 역할을 한다고요."

징거 씨는 주의를 바짝 곤두세워 귀를 기울였고, 누구보다 그 말을 잘 이해할 수 있었다. '생생한 감정으로서 그 생각을 품고 있는 한 사람.' 그는 자기에게 일어난 모든 일에도 불구하고, 그 모든 고통과 불행에도 불구하고 자신이 한때는 그런 사람이었다고 생각했다. 어떤 생각이 생생한 감정이 되어버린 사람. 그 생각이 그에게 가득 찼었고, 그는 서로 연결되어 있는 세 가지(집합 개념의 고안, 연속체의 정의, 무한수의 창조)로 그 생각을 추론해냈다. 한 손에 붙은 세 개의 손가락처럼 서로 연결된 세 가지. 그리고 넷째 손가락은 창조의 자유, 다섯째 손가락은 창조한다는 감정을 위해 남겨두었다.

노인은 갑자기 나가고 싶어서, 바깥 공기를 쐬고 싶어서 견딜 수 없었다. 지금 느끼는 감정을 담아두기에는 이 노쇠한 육신이 너무 좁을 성싶었다. 수학의 일대 혁명을 이룩한 세 가지 창조에 갇힌 에너지, 그 에너지가 그를 매몰시켰다. 모든 피조물이 그렇듯, 그는 창조가 깃들기에는 너무 작았다.

발명사를 연신 주워섬기면서 두 사람은 기억력을 동원했고, 그래서 진이 빠졌고, 결국은 나가떨어졌다. 최근 몇 년 사이에는 무엇이 발명되었던가? 무기, 무기, 무기뿐이었다. 인류의 지성은 다른 인간을 살상하는 데 고스란히 동원되고 있었다. 돈으로 왔다갔다하는 지성! 구역질 난다! 확실히 스냅단추 따위를 발명하는 시대는 아니었다…….

두 남자는 '원형로'라고 이름 붙여진 곳에서 죽치고 있었다. 병원 내부에 있는 통로 중에서 그 원형로가 가장 길었다. 갔던 길을 다시 가지 않으면서 가장 오래 걸을 수 있는 길!

병원 건물은 환자들의 생활환경을 치료의 결정적 요소로 보는 새로운 정신의학 정론에 걸맞게 지어졌다. 덩치 크고, 칙칙하고, 똑같은 문들이 중간중간 나타나며 직선통로가 끝없이 이어지는 건물의 시대는 끝났다. 가급적 감옥과 덜 비슷하게, 가급적 환자들이 (의사, 간병 담당 직원, 원무과 사람들의 눈에) 병이라는 벌을 고스란히 받는 죄수들처럼 비치지 않게 병원을 꾸며야 했다.

우울한 건물이 우울한 기분을 낳는다는 추측 때문이 아니더라도, 거의 어디서나 자연채광이 이루어지고 일정하게 환기가 되도록 건물을 설계하기 위해서는 지대한 노력이 필요했다. 건축가들은 직선통로의 단조로움을 깨기 위해 직선을 마음에서 접고 부속 건물들을 정원 내에 분산시켰다. 가족들이 징거 선생을 루프트슈타트 병원에 입원시키게 된 데에는 집에서 가깝다는 장점 이상으로 이 병원의 높은 명성이 크게 작용했다.

마티아스와 징거 씨는 커다란 연못 앞을 지나가다가, 그들의 발걸음이 거기에 미칠 때면 으레 그랬듯이 '병원의 여왕님' 그로스무터*에게 인사했다. 그리고 평소처럼 그로스무터는 헤엄을 치며 그들을 못 본 체했다.

그들은 지나가다가 자갈 고르는 사람과 마주쳤다. 불그스름한 벽돌담에 갇힌 이 세상의 안정성을 확증하는 세 존재가 있었다. 그로스무터, 자갈 고르는 사람, 오래된 연인들.

징거 씨는 이 병원에 도착했을 때에 자갈 고르는 사람을 어렴풋이 알아보았다. 마티아스도 들어온 지 얼마 안 되어 그의 존재를

---

* Gross Mutter, '크신 어머니'라는 뜻이다.

알게 됐다. 그후로 본관 쪽으로 걸어갈 일이 있을 때마다 그와 마주치곤 했다. 긴 머리가 이마를 다 덮은, 해쓱하고 여윈 사내. 그는 긁개에 자기 키만큼 기다란 손잡이를 연결해서 들고 다녔다. 그의 영역, 그러니까 창살문에서 첫째 건물 사이의 자갈 바닥은 그의 차지였다. 그는 분명히 동프로이센에서 제일 열심히 일하는 사람이었다.

그는 영영 끝나지 않을 자기 일에 홀딱 빠져서 도구를 쉬지 않고 밀어댔다. 금속 갈고리에 모난 데가 걸린 자갈들은 질질 끌려가다가 움푹 파인 곳에 굴러들어가곤 했다.

자동차가 한 대 지나갈 때마다 남는 흔적이 그의 눈에는 자갈들의 평평한 질서에 대한 테러처럼 보였다. 그리고 그는 매일 그 질서를 복원하느라 열심이었다. 하지만 그것은 축복받은 기회, 손실을 회복하고 자기 행위의 중요성을 확인하면서 보내는 시간의 성스러운 약속이기도 했다.

그렇게 고집스레 바닥을 고르는 행위가 그의 마음을 달래주었다. 병원 입구의 울퉁불퉁한 기복을 평화롭게 가라앉히는 그의 임무는 그 누구도 대신할 수 없었다. 그 작업이 그의 내면에 깃든 혼란을 몰아내고 평화를 찾을 수 있게 해주었다.

징거 씨와 마티아스 뒤투르는 무거운 창살로 막아놓은 입구 앞 빈터의 반대쪽 끝으로 향하고 있었다. 에르네스트의 친구이기도 한 경비는 두 사람을 보자마자 그다지 상냥하지 않은 기색을 보이며 초소에서 튀어나왔다. 징거 씨의 얼굴을 알아보자 그의 태도가 누그러졌다. 그는 '징거 선생님'을 우러르는 태도를 보이기는 했지만, 혹시나 생길 탈출 시도를 염려해서인지 보행자 출구 앞을 버티고 막아섰다.

'밖에 있어도 여전히 안에 있는 셈.' 마티아스는 이 말을 언제, 누구에게 들었는지 기억나지 않았다. 나갈 수 없다, 극복할 수 없다…… 그 무렵에, 그러니까 '예전'에 그 말은 매우 강한 인상을 남겼더랬다. 그가 꿈꾸던 사회적 행복에 대한 계획들. 그는 보편적인 꿈들을 소중히 여겼고, 전 지구를 자신의 열망으로 감싸고 싶었다. 그런데 이제 그의 세상은 불그스름한 벽돌로 둘러싸인 2헥타르 면적, 2미터 50센티미터 높이의 공간으로 축소되어버렸다. 게다가 그는 이제 그 공간에서 나가고 싶은 의욕조차 없었다. 나간다고? 어디에 가려고? 안에?

징거 씨는 상황을 훨씬 단순하게 보았다. 병원 측의 허가가 없으니 나가지 않는 게 당연하다고 여겼다.

징거와 뒤투르는 보행의 리듬 외에는 아무것도 공유하지 않는 은둔자다운 발걸음을 내디뎠다. 한 바퀴를 돌고, 그 다음에 다시 한 바퀴…… 그리고 돌아왔다. 텃밭에서 사람들의 시선을 피해 풍요로운 어머니 대지의 보호를 받으며 자라는 감자, 돼지감자, 스웨덴순무 따위에 흥미가 있는 척하기도 했다. 자신의 뿌리를 잃어버린 사람들이 매일같이 뿌리채소를 먹고 지내는 데에도 분명 모종의 아이러니는 있었다.

"안녕들 하십니까!"

원장이 원형 강의실 쪽에서 오고 있었다. 원장은 그곳에서 매주 한 번씩 의대생들에게 강의를 했다. 그는 징거와 뒤투르의 건강 상태가 아니라 전혀 다른 화제를 논하면서 자신의 프랑스어 실력을 과시하느라 바빴다. 미친 사람들에게는 '어떻게 지내세요?' 같은 인사를 건네지 않는 법이다. 잘 알려져 있다시피, 미친 사람들은 다 잘 지내고 다 잘되어간다. 두 사람이 나란히 병원의 산책로를 걷는 모습을 보고서 원장은 뒤투르를 징거 선생 방에 집어넣기를 잘했다고 속으로 자찬했다. 도저히 함께 지낼 수 없을 듯한 두 사람의 동거가 잘 풀려가고 있는 것 같았다. 미리부터 예상했던 일은 아니었다. 아니, 전혀 그렇지 않았다! 징거 씨는 마음먹고 작정하면 도저히 참아줄 수 없게 구는 사람이었다. 징거 씨에게 모욕을 당했다면서 쪼르르 달려와 고해바친 간호사가 하나둘이 아니었다. '우리가 하는 일에서 심리적 차원은 굉장히 중요하지.' 원장은 저만치 멀어져가며 그렇게 생각했다.

"우리가 운이 좋다는 거 아나? 여기 원장은 업계에서 아주 유명한 학자라네. 그가 정신의학에 바친 첫번째 공적은 발광하는 환자들이 자기 배설물을 먹는 사태가 일어나지 않도록 자세를 억압하는 특수의자를 고안한 거지. 그런 사태는 우리가 생각하는 것 이상으로 자주 일어나거든. 이보게, 마티아스, 자네는 기술을 좋아하고, 기술적 메커니즘의 기발함을 분명히 높이 평가할 테지. 원장은 전혀 새로운 종류의 의자를 고안했어. 배설물이 수평면으로 떨어지면 환자의 손에 다시 들어갈 위험이 있지. 그런데 그의 의자에서는 배설물이 빗면으로 떨어진단 말씀이야. 요컨대, 배설물이 떨어지는 족족 자동으로 미끄러져 크레올린 희석액이 들어 있는 분뇨통으로 들어가게 돼 있지. 그러면 배설물이 환자 손에 들어갈 소지가 없다네. 우리의 친애하는 원장이 이룩한 두번째 업적은 우리의 뇌, 좀더 정확하게 말하면 '추상적 사고'와 관련이 있다네. 우리 원장은 여러 차례의 실험을 거쳐서 추상적 사고 기능이 뇌의 전두영역에 있다는 걸 알아냈거든. 그러니까 인간이 다른 동물과 구별되는 점은 우리 뇌의 앞쪽에, '이마라는 장벽 너머에' 있다고 해야겠지."

'이마라는 장벽 너머에……' 징거 씨는 갑자기 침울해져서는 이 말을 곱씹어보는 듯했다. 그러고는 큰 소리로 이렇게 물었다.

"부모가 자기 아이들 생각을 알까? 나를 이 병원에 데려다준 사람은 아들 녀석이라네. 하지만 내가 녀석을 원망하는 건 아니야. 우리 아들이 무슨 일을 하는지 아나? 그 녀석은 의사야. 그것도 다른 의사가 아니라 정신과 의사지…… 그게 애정이 아니고 뭐겠어! 아들은 오로지 나를 위해서 정신과를 전공으로 택했다네. 알다시피, 정신과 의사는 의사들 중에서 가장 인기가 없어. 제일 꼬랑지 신세지. 그런데도 아들은 정신과를 택했다네. 하지만 이번에 아들은 나를 위해 아무것도 해줄 수 없었고, 그저 입원 허가를 받으러 여기에 왔지. 그렇게 해서 우리가 이 병원에 들어왔다는 건 알 테고…… 레드카펫을 깔아준 것은 아니지만 원장은 우리를 맞아주었지. 그 다음? 아들은 전선(戰線)으로 돌아갔어. 전선, 이마, 프랑스어로는 같은 단어*지. 전에는 그 생각을 못했지만. 전쟁터에서

* front, '전선' '정면' '이마' 등의 뜻을 갖고 있다.

우리 아들을 필요로 한다네. 미쳐버린 가엾은 녀석들이 말이야. 그런데 전쟁터에서 미치는 것보다 자기 침실에서, 민간인의 생활 가운데 미치는 것이 더 끔찍하지 않은가? 솔직히 비교는 못 하겠네. 하지만 그래도 아들 녀석이 여기 있어주면 좋겠어.

녀석의 꿈은 정신의학이 다른 의학 분과들에 뒤지지 않는 어엿한 분과가 되어서 여느 환자들을 보살피듯 정신병 환자들을 보살필 수 있게 되는 거라네. 아들과 나는 그 문제에 대해 곧잘 이야기하곤 했지. 우리가 아직 함께 대화를 나누던 그 시절에. 멋진 꿈이지만 역설적이기도 하지. 어떻게 한 사람의 정신이 다른 사람의 정신이 엇나간 이유를 납득하기를 바랄 수 있겠나……."

두 사람은 잠시 말없이 산책을 이어나갔다. 환자 세 사람이 간호사 두 명이 지켜보는 가운데 흙투성이 감자를 캐서 양동이에 던져 넣고 있었다. 이따금 불만 섞인 소리가 터졌다. 잘생긴 감자가 삽에 찍혀 망가진 탓에 수습정원사가 역정을 내는 소리였다.

"마티아스, 보았나? 어떻게 저 사람은 죄 없는 뿌리채소를 아무 감정 없이 잘라냈을까? 그런 무감각 때문에 저 사람은 위험한 인물일까? 마티아스, 모두가 위험한 사람들이야. 적어도 우리나라가 낳은 세계적인 정신의학의 대가 크래플린 선생은 그렇게 생각했지. 내가 여기 오기 전부터 이 분야에 대해 아는 바가 많았음을 고려해주게. 그러므로 그 걸출한 선생이 한 말을 자네가 이해하려면 정신을 바짝 차려야 한다고 미리 말해두는 바이네. '미친 사람은 위험하며 죽을 때까지 그 상태가 계속되지만, 애석하게도 그리 쉽게 죽지 않는다.' 그래, 이 친구야. 크래플린 선생 말마따나 자네와 나는 애석하게도 아직 살아 있어. 죽지 못해 살기는 하지만 어쨌든 죽지는 않았으니까. 우리 목숨을 끝내줘야 한다는 걸 누군가가 잊고 있는 게지."

그들은 텃밭을 떠나 기계실로 향했다. 부지 한가운데에 있는 기계실에는 병원 전체에 열을 공급하는 거대한 보일러들이 있었다. 마티아스가 기계실을 한 바퀴 둘러볼 수 있다면 좋았으련만, 기계실은 환자 출입금지 구역이었다.

"크래플린은 최고의 권위자지! 그는 광기의 질병학을 최초로 수립한 인물이라네."

"질병학?"

"서로 다른 질병을 한데 싸잡지 않기 위해 고안한 우리들의 체계지."

"아!"

마티아스는 이렇게 대꾸했지만 무슨 말인지 여전히 알 수 없었다.

'또 이런 식으로 설명하면 토론이고 뭐고 없어.'

그는 속으로 작정했다.

징거 씨는 상대에게 인심을 잃고 있는 분위기를 느끼고 이제 학자연한 어휘들은 쓰지 않겠다고 다짐했다. 그 자신도 알고 있듯이 그런 말을 써봤자 자신과 룸메이트의 문화적 차이를 더욱더 두드러지게 하는 효과, 앞으로의 교수법을 더 드러내는 효과밖에 없었다.

"크래플린은 광기를 열세 가지 유형으로 분류했다네. 열두 가지도 아니고 열네 가지도 아니고 딱 열세 가지. 자네도 그 열세 가지 유형 중 하나에 속하는 정신병자지. 이보게, 마티아스, 그런 분류를 피하지 말게. 그중 한 유형은 마치 손에 맞는 장갑처럼 자네에게 딱 들어맞게 마련이야. 자네를 위해 만들어진 거지. 자네는 그걸 찾아야 해. 조언을 하나 하자면, 전부 다 시험해보게! 그럼 결국 정답을 찾고 말 테니!"

마티아스가 물어볼 겨를도 없이 징거 씨는 다시 이렇게 덧붙였다.

"나의 유형은 찾았을까?"

그는 팔을 벌리고 누가 하는 대로 십자가에 못 박히는 시늉을 해보였다. 그는 고개를 가슴팍으로 떨어뜨렸다. 그러고는 갑자기 폭소를 터뜨렸다.

"모든 유형이 다 맞더라고! 난 한 가지에 너무 매이지 않으려고 주기적으로 유형을 바꾼다네. 옷을 갈아입는 거랑 비슷하다고나 할까. 오늘은 어떤 유형의 광기에 빠져볼까? 자네가 우리 처소에 오기 전에 난 프랑스어로 시를 한 편 썼지. 왜 그랬을까? 난 시 쓰기를 좋아해. 시는 자기가 쓰고 싶은 대로 쓸 수 있지. 아무도 자네의 시가 일관성이 없고 모순적이고 애매하고 불확실하다고 비난할 수 없어. 요컨대, 시는 수학과 정반대지. 자, 내가 한번 읊어보지!"

사람마다 취미는 제각각.
크래플린은 광기를 정리하고,
징거는 무한수를 정리하고.

좋지 아니한가?

"멋져요!"

마티아스가 외쳤다.

징거 씨는 그를 쳐다보고는 그러지 말라고 했다.

"운이 딱딱 맞잖아요."

마티아스가 짐짓 진지하게 설명했다. 징거 씨는 마티아스가 괜히 그러는지 정말로 감탄하는지 알 수 없었다.

마티아스는 화제를 바꿀 속셈으로 이렇게 물었다.

"선생님이 정리하신 무한수들은 크라핀이 정리한 광기의 유형보다 많은가요, 적은가요?"

"크라핀이 아니라 크래플린이네. 에밀 크래플린. 아, 훨씬 많다마다…… 무한하게 많지."

"그리고 선생님은 시도 쓰시고요."

"다 시켜서 한 거야. 잠깐 기다려보게!"

그의 눈이 빛났다. 그는 웃옷 주머니에서 봉투를 꺼내고 편지지를 펼쳤다.

우리는 무엇보다 다양한 기본 학문들에서 가능한 한 많은 지식, 실태, 기술을 습득하고 자기 것으로 만들어야 한단다.

—바티

마티아스가 의아하다는 눈길을 보내자 징거 씨가 부연했다.

"'바티'는 아빠를 뜻하는 애칭이지. 가능한 한 많은 지식을 얻으랬어."

징거 씨는 그렇게 말하고 다시 편지를 읽어내려갔다.

> 적들에게 내침을 당하거나 이류, 삼류만 차지하는 사람이 되지 않으려면 이건 절대적으로 필요한 과정이란다.
>
> —다시 바티, 그러니까 다시 아빠가

그는 편지를 정리하면서 말했다.

"우리 아버지도 참! 이게 오십육 년 전이야."

징거 씨는 마지막으로 편지를 한 번 더 매만지고는 다시 웃옷 주머니에 넣었다.

"내구성이 아주 뛰어나고 질긴 종이야. 자네의 『인간 야수』만큼이나 튼튼하지. 앞으로 몇백 년은 더 견딜지도 모르지. 난 아버지의 조언을 따랐다네. 그래서 지금의 내가 되었지. 이만하면 내가 잘해내지 않았나? 평생 아버지의 조언을 따른다는 이 과업을."

징거 씨는 말을 마치자마자 자신의 실수를 깨달았다. 마티아스는 고아원에서 자라지 않았던가. 마티아스가 그렇게 말한 적이 있었다. 한스 징거는 자기 아버지의 존재감이 어마어마했기 때문에 세상에 아버지가 없는 사람도 있다는 생각조차 하지 못했던 것이다.

얼마 지나지 않아 빗방울이 떨어지기 시작했다. 여름이 물러날 무렵의 비. 두 사람은 서두르는 기색 없이 병동으로 돌아갔다.

마티아스는 긴 베개에 머리를 받치고 평소 자세대로 누워서 징거 씨를 응시했다.

그의 고집스러운 눈길에 거북해진 징거 씨는 빽빽한 글씨로 반쯤 써내려간 빨간 수첩의 페이지에 집중할 수가 없었다.

"왜 그렇게 사람을 쳐다보나?"

"'그렇게'가 어떤 건데요?"

"꼭 나를 처음 보는 사람 같구먼."

"이렇게 보는 건 처음이에요."

"'이렇게'는 또 어떤 건데?"

"조각상을 바라보듯 보는 거요. 선생님은 자기 조각상도 있다면서요. 그걸 상상해보고 있어요."

"상상해봐. 그래, 상상해봐, 마티아스."

징거 씨는 일부러 포즈를 잡은 듯이 미동도 하지 않았다.

"실제로 '내' 조각상이 있다네, 마티아스. '내' 대학에 있지. 대학에서 날 위해 조각상을 세워줬어. 난 그 대학에서 반세기를 보냈다네. 내가 대학에 입학할 무렵만 해도 프랑스는 공화국이 아니었고, 독일도 하나의 국가가 아니었지. 이탈리아도 마찬가지였고. 반세기 만에 드디어 대학 입구 로비에 내 조각상이 세워졌지! 아니, 그렇다고 해서 내가 로비에서 반세기를 보낸 건 아니야."

그는 웃으면서 이야기를 이었다.

"어쨌거나 나는 사랑받았을 걸세. 게다가 로비는 대학에서 가장 활기 넘치는 장소인걸. 거기 서 있으면 못 보고 지나칠 수가 없지…… 사실 그 조각상은 로비에 있다기보다는 진열 통로에 있지. 시간이 너무 느리게 느껴질 때 한 바퀴 돌아볼 수 있도록."

"선생님은 어떻게 생각하세요? 그 조각상이 마음에 드세요? 조각가는 기억에 의존해서 작업한 건가요, 아니면 사진을 참고했나요?"

마티아스는 네 개의 물음을 연달아 쏟아놓으며 평소와는 다른 모습을 보였다. 조각상들에 대한 규정에 관심이 있었던 모양이다. 징거 씨는 거북했지만 결국 대답했다.

"아, 내가 포즈를 취했지. 그 과정에서 움직이지 않는다는 게 어떤 건지 배웠다네. 덕분에 여기서 움직이지 않고 지내는 데 톡톡히 도움을 받았지."

"저는 움직이지 않는 법을 참호에서 배웠죠. 움직임이 적을수록 죽을 확률이 낮아져요. 하지만 전혀 움직이지 않게 되면 그 사람은 죽은 거죠. 하지만요, 석상이나 동상은 이미 죽은 사람들을 기려서 세우는 것 아닌가요? 그 점이 마음에 걸리진 않으세요?"

"전엔 좀 그랬지…… 자네가 좋다면 하느님의 부르심을 앞당겼다고 해두지."

"조각상은 직접 보셨나요?"

"그건 항상 피해왔지. 살아서 자기 조각상을 보면 불행이 온다지 않는가. 그걸 안 봤는데도 지금 내가 어찌 됐나 보게. 난 내 조각상이 정확히 무엇으로 만들어졌는지도 모른다네. 화강암, 대리석, 청동?"

"청동은 대포를 만드는 데 쓰죠."

"자네 재미있는 친구구먼! 그럼 대포알은 뭘로 만드는지 아나?"

"전쟁터로 돌아가면 하나 보내드릴 테니 직접 확인해보세요."

"자네는 결코 전쟁터로 돌아가지 않을걸."

"여기서 죽을 테니까?"

"마티아스, 자네가 죽을 사람 같으면 벌써 죽었을 걸세. 자네는 이미 죽을 차례를 놓쳤어. 아, 미안하네. 지금은 내 이야기를 하는 중이었지."

마티아스는 일어나서 베개를 두드려 속을 고르게 다듬고는 다시 머리를 기댔다.

"흉상이에요, 입상이에요?"

"흉상."

징거 씨가 앉은 자세를 풀고 일어났다.

"그래, 흉상 맞네. 왜 입상이 아닐까? 아마 그렇게까지 중요한 인물은 아니었던 게지. 입상을 세우라고 할 걸 그랬어. 그러니까 대학에서 '저렴한' 상을 세워줬구먼! 그래도 나보고 돈을 좀 내라고 하진 않았으니 다행이네. 하마터면 자비 부담으로 내 조각상을 세울 뻔했어. 하지만 한편으로는 이해도 간다네. 그들이 나에게 관심 있는 건 다 내 머릿속에 들어 있었으니까. 내 발 따위엔 전혀 관심이 없었겠지. 수학자는 모든 걸 머릿속에 갖고 있지. 아예 내 뇌만을 조각상으로 만들었더라면 좋았을걸. 그럼 더 '싸게' 먹혔을 텐데."

징거 씨는 방금 자기가 내뱉은 말을 의식하며 문득 입을 다물었다. 그러고는 심각한 어조로 마티아스에게 물었다.

"마티아스, 우리의 정신적 문제들이 뇌에 드러날 거라 생각하나? 뇌에 그런 표시가 나타날 거라고 생각해? 난 회백질 속의 시커먼 자국들에 대해선 모르겠네만."

그는 손가락으로 관자놀이를 만지작거렸다.

"무엇이…… 우리 뇌에 새겨져 있을까?"

징거 씨는 미소를 짓고 나서 시원하게 웃어버렸다.

"왜 웃으세요? 특별히 웃긴 일도 없는데?"

"마티아스, 나에게 뭐라 하지 말게. 몇 세대 동안이나 미치광이 교수의 조각상 앞으로 대학생들이 지나갈 거라 생각하니 웃기잖아! 대학 바로 코앞에 있는 정신병원에서 최후를 마쳤다는 설명도 덧붙여야 할 테지."

"징거 선생님, 제 생각을 말씀드리자면 그 사람들은 신경 안 쓸걸요. 오직 선생님의 수학만 중요하게 여길 테니까요. 선생님의 수학도 미쳤습니까?"

"내 수학이 미쳤냐고? 나의 수학은 아름답고, 투명하고, 우아하고, 미묘하고……."

징거 씨가 웃음을 터뜨렸다.

"나의 수학은 멀리까지 나아가지. 무한 속에서 헤엄치는 판국이니 그럴 수밖에. 내 수학이 미쳤다? 아니, 전혀 아니네!"

하지만 그의 얼굴이 불현듯 어두워졌다.

"감히 '병든' 수학이라고 말한 사람을 꼽자면 앙리 푸앵카레라는 수학자가 있었지. 병든 수학! 그런 소리를 하려면 진짜 병이 들지 않고서야……."

은밀한 분노가 그의 내면에 치밀어올랐다.

마티아스는 알 수 있었다. 징거 씨가 떠올린 그 기억이 그를 힘들게 한다는 것을. 그는 징거 씨가 그 기억을 떨칠 수 있도록 넌지시 이런 말을 건넸다.

"그럼 선생님의 수학을 대리석 덩어리에 새기자고 해보세요. 그러면 사람들은 그 수학이……."

"대리석에 새긴 수학이라. 한번 생각해보지. 아주 좋은 조언을 해줬구먼, 마티아스."

"징거 선생님, 우리가 중요한 공통점이 있다는 걸 알게 되어 기분이 좋은데요. 우린 둘 다 푸앵카레란 사람을 미워해요. 그 둘은 사촌지간일 것 같아요. 앙리라고 하셨죠? 선생님의 수학에 전쟁을 선포한 사람 말이에요. 전 레몽 푸앵카레란 사람을 증오하죠. 프랑스의 수상이자 전쟁주의자, 프랑스를 피비린내 나는 싸움으로 몰아간 사람이에요. 참 잘난 집안이군요!"

징거 씨는 현재로 돌아오려고 애썼다. 희미한 미소가 그의 입가에 떠돌았다. 마티아스의 제안이 그의 마음에 들었다. 그는 자신의 수학에서 어떤 부분을 새길지를 상상해보았다.

'내 대각선 방법을 새길 테지. 내가 이룩한 작업 가운데 그 방법만큼 내가 좋아하는 건 없으니까. 대각선 방법은 미학적이고, 교묘하며, 유머가 가득해. 그 다음에 알레프 수(數)를 몇 개 새기는 거야. 내 무한수들을 지칭하는 데 첫번째 히브리 문자를 선택한 건 멋진 아이디어였어! 독일 대학 한가운데에 히브리어를 버젓이 모셔놓으면 꽤 여러 사람을 엿 먹이는 셈이지! 그러면 나도 완전히 시간낭비를 한 것만은 아닐 테지.'

징거 씨가 노기등등해서 14호실로 들이닥쳤다.

"이 사람들이 환자들을 미어터지게 받고 있나보군. 여기가 무슨 열차 객실인 줄 아나! 만약 우리 방에 환자를 추가로 배정하면 확 뒤엎어버리자고."

징거 씨는 완전히 흥분해서 마티아스 앞에 버티고 섰다.

"자네도 나와 함께 행동할 테지, 마티아스? 이 방에서 세 명이 지내라니, 그러면……."

징거 씨는 속으로 생각했다. '우리끼리 이러는 것도 끝이라고.' 그의 얼굴이 일그러졌다. 그는 창밖을 내다보러 가서 정원에서 오가는 사람들을 잠시 지켜보며 독일어로 불만스럽게 중얼댔다.

"셋, 셋이라니."

갑자기 그가 홱 뒤를 돌아보았다. 밑도 끝도 없이 돌변하는 거동에서 그의 동요를 읽을 수 있었다.

"이봐, 프랑스 군인 양반. 내가 알기로 자네 나라에서는 세 가지가 보조를 맞춰 돌아가는 경우가 많다던데."

불시에 그런 말을 들은 마티아스는 뭐라고 대꾸해야 할지 알 수 없었다.

"자네 공화국의 이념. 자유, 평등, 박애잖아. 학교의 이념. 세속교육, 의무교육, 무상교육 맞지? 프랑스 국기는? 파랑, 하양, 빨강. 자네는 뭐라 할 텐가? 이 정도면 충분하지 않나? 하지만 이건 한스 징거에게도 해당되는 얘기지. 내게는 수학, 철학, 신학이 있으니까."

"교회도 마찬가지죠. 성부, 성자, 성령. 안 그래요?"

마티아스가 응수했다.

"성자에 관해서는 내가 할 말이 있지. 더욱이 난 그 문제에 대한 글도 썼는걸."

징거 씨는 드디어 제3의 룸메이트가 들어올지도 모른다는 두려움을 저만치 밀어낼 구실을 찾아 이렇게 말했다.

"내 저작 중에 「빛은 동방에서」라는 것이 있다고 말한 적이 있잖아. 그 논문에서 나는 사람들이 주장하는 바와는 달리 예수 그리스도는 나사렛의 마리아가 성령으로 잉태해서 낳은 아들이 아니라, 마리아 막달레나와 아리마태아 사람 요셉 사이에서 태어난 아들임을 증명해 보였지. 난 분명히 '증명'이라고 했네. 그런데 마티아스, '누가 누구인지'를 아는 건 굉장히 중요하거든. 그렇지 않으면 혼란은 필연이야. 「맥베스」의 작가는 '누구'지? 영국 대법관 프랜시스 베이컨? 아니면 셰익스피어라고 불리던 사람? 예수 그리스도는 '누구'지? 나사렛의 마리아가 낳은 아들? 아니면 마리아 막달레나와 아리마태아의 요셉이 낳은 아들? 셀 수 있는 수 바로 다음에 나오는 초한수는 '무엇'이지? 한스 징거는 '누구'야? 그게 나야, 다른 사람이야? 마티아스, 자네의 공화국처럼 나눌 수 없는 하나이기는 쉽지 않지…… 예수 그리스도에 대해 자네에게 털어놓자면, 그가 탄생했을 것으로 추정되는 날짜는 사실 친부모가 양

부모에게 그를 넘겨준 날짜야. 그러니까 예수 그리스도는 실제로는 우리가 생각하는 해보다 삼 년 먼저 태어났을 거라고."

징거 씨는 자기가 마티아스의 극도로 민감한 문제를 건드렸다는 사실을 깨닫지 못했다. 사실 마티아스는 이미 오래 전에 자신의 진짜 부모나 조상에 대한 의문을 머릿속에서 추방하기로 작정한 터였다.

"세상 모든 트루플 중에서 이게 내 마음을 가장 사로잡지."

"'트루플'이란 말은 프랑스어에 없는데요."

마티아스가 냉담하게 말을 끊었다.

"그냥 내 마음대로 써먹는 말이야. 둘이면 쿠플(커플), 셋이면 트루플, 넷이면 크루플…… 나의 트루플은 어떻게, 왜, 얼마나라는 세 개의 물음으로 이루어진 쌍이지. 개인적으로 난 세번째인 '얼마나'에 천착하기로 마음먹었지. 자네는?"

"두번째인 '왜'요. 그러면 제가 선생님께 여쭐게요. 왜 '얼마나'를 택하셨죠?"

누군가 문짝에 다가와 그들의 이야기를 들었더라면 분명히 이렇게 생각했을 것이다. '이 두 사람은 실수로 여기 와 있을 리가 없군.'

"왜 '얼마나'냐고 묻는구먼. 마티아스, 그야 사물을 제대로 가늠하기 위해서지! 사물을 가늠하려고! 하멜른의 피리 부는 사람은 아이들을 몇 명이나 끌고 갔을까? 우주에는 모래 알갱이가 몇 알이나 있을까? 이 방에서 며칠이나 보냈을까? 숫자들은 항상 망을 보면서 대답으로 튀어나올 준비를 하고 있지. 그리고 나 징거 선생은 숫자들에게 질문을 되돌려보내지. 내가 그들에게 묻는 거야. 너희는 모두 몇이냐? 너희는 많고도 많은데 어째서 질문을 통과한 것들은 요것뿐이냐? '전체' 숫자들은 얼마나 많으냐? 처음에는 정수(整數)로 영역을 한정했지. 다른 수들은 그들의 때가 오면 질문에 따르게 될 테니까."

"전 수를 다룰 일이 있을 때마다 제가 볼일이 있는 그 수 딱 하나만 알면 그걸로 끝인데요. 나머지 수들은 내 알 바 아니죠."

"나는 그게 내 일이니까."

"생각해보세요. 저에게 금화가 가득한 지갑이 있다고 '상상'해 보라고요. 금화가 얼마나 들었는지 아는 게 저에게 어떤 효용이 있을까요? 스스로 물음을 제기하려면 회계의 정신이 있어야 해요."

"그렇고말고. 나는 숫자들의 회계 담당이라네, 마티아스."

"그게 선생님의 임무인가요?"

"나의 열정이지."

"죄송해요. 제가 하려던 말은 그게 아니고……."

"아니긴 뭐가 아닌데? 우리 아버지는 상인이셨지. 돈을 왕창 벌었다가, 몽땅 날렸다가, 또 왕창 벌었다가, 그 다음엔 돌아가셨다네. 난 내 몫의 유산으로 아름다운 저택을 지었지. 자네가 조만간 그 집에 한번 와주면 대단히 기쁠 거야. 보잘것없는 대학교수 월급만으로 그런 집은 어림도 없었겠지."

"그럼 제 월급은 뭡니까!"

마티아스가 참지 못하고 말했다.

“돈 이야기를 예로 든 건 자네야. 왜 하늘의 별이 아니라 금화를 예로 들었을까.”

“별의 예는 벌써 써먹었으니까요. 학교에 전학생이 오면 꼭 물어보는 질문이 있었죠. ‘하늘에 별이 몇 개게? 그래, 하늘에 떠 있는 별.’ 그럼 영리한 체하는 애는 몇 개라고 대답을 해요. 그럼 아이들은 ‘완전 헛짚었어!’라고 소리를 지르죠. 어떤 애는 ‘십억의 십억의 십억의 십억의 십억의 십억 배?’라는 식으로 대꾸해요. 그래도 ‘완전 헛짚었어!’라고 소리를 지르죠. 어떤 애는 그놈의 ‘십억의 십억’ 타령을 십오 분이나 늘어놓기도 했다니까요. 전학생이 ‘그럼 도대체 답이 뭐야?’라고 물어봐요. 그러면 일단 모두 조용히 하라고 해야죠. 정답은 이거예요. ‘하늘의 별을 절반만 세서 거기에 2를 곱하면 되지!’ 그 다음엔 모두 왁자하게 폭소를 터뜨리는 거죠. 난 애들이 그 짓을 하면서 왜 그리 희희낙락하는지 항상 이해가 안 갔어요. 웃기다기보다는 짓궂은 거죠. 짓궂다기보다는 꾀바른 거고요. 제가 보기에 그 놀이는 상당히 미묘한 두뇌싸움이었는데, 남들처럼 깔깔대고 웃지 않으면 꼭 이런 말을 들었어요. ‘넌 남들이 다 좋아하는 브리오슈 빵도 마다할 녀석이야.’”

징거 씨는 측은한 심정으로 구석에 있는 마티아스를 바라보았다. ‘애들이 제시한 답은 아주 정확한걸. 두 배의 절반은 딱 원래의 값이잖아. 3을 더했다가 도로 3을 빼는 것처럼. 2를 곱했다가 다시 2로 나누거나, 제곱근호를 씌웠다가 그걸 다시 제곱하는 셈이지. 대수 과목에서는 항상 어떤 작업을 했다가 그 역에 해당하는 작업을 하곤 하지. 내 동료 교수들은 프레 생 제르베의 꼬맹이들이 하

늘의 별들을 가지고 대수학을 하고 있다고 짐작이나 할까.'

징거 씨가 다짜고짜 물음을 던졌다.

"어머님은 수학을 좋아하셨나?"

"수학이요? 수학 때문에 부끄러워하시기는 했어도……."

"너무한 말을 하는구먼!"

"어머니가 선생님을 만났더라면 분명히 큰 도움을 받았을 겁니다."

마티아스는 징거 씨를 안심시켰다.

징거 씨는 이제 기쁘지 않았다. 그는 수들에 대해서 쉴새없이 수다를 떨었다. 마티아스는 드문드문 귀를 기울였다. 대체로 노인이 늘어놓는 말은 듣는 둥 마는 둥이었다. 그런데도 마티아스는 가장 중요한 부분을 머리보다는 감으로 알아들었다. 특히 소수(素數)에 대한 징거 씨의 이야기에는 감동마저 느꼈다. 징거 씨는 숫자 1이 존재와 정체성을 나타낸다고 했다. 2는 이타성과 공존을, 3은 줄 세울 수 없는 불가능성과 배제할 수 없는 세삼사를, 4는 정사각형과 제곱수를 나타낸다고 했다. 그중에서도 징거 씨의 다음과 같은 말은 마티아스에게 깊은 인상을 남겼다.

"'헤아려지다'라는 표현은 정말 수로서 계산되는지 알고 싶어서가 아니라 자기가 '존재'한다는 걸 확실히 하고 싶어서 쓰는 표현이라네."

징거 씨는 이렇게 딱 잘라 말했다. 징거 씨가 수는 오로지 셀 수 있는 것들을 위해서, 그것들을 표시하기 위해서만 존재하는 것은 아니라고 주장하는 순간, 마티아스는 심장이 두근거리는 것을 느꼈다. 그는 그런 말을 하는 사람을 한 번도 만나본 적이 없었으니까. 그렇다, 수가 이따금 정체성을 알려줄 수도 있다. 마티아스는 그 말을 이해하기에 더없이 적절한 입장이었다! 마티아스 자신이 맨 처음 지녔던 정체성이라면 고아원의 규칙에 따라 6학년까지 항상 목에 걸고 다녀야 했던 뼛조각 펜던트에 새겨진 숫자가 아니었던가. 그리고 지금 이 순간에도 그는 군번이 새겨진 금속판 조각을 목에 걸고 있었다. 군대에 속한 자들은 사망자 신원 확인을 위해 항상 군번줄을 지니고 다녀야만 했다.

'내 인생은 두 개의 숫자 사이에 걸쳐 있겠지. 하나는 내가 출생한 후에 얻은 번호, 다른 하나는 내가 죽은 후에 얻게 될 신원 확인 번호.'

마티아스는 생각했다.

'그런데 난 아직 이렇게 살아서 독일 수학자의 이야기를 듣는 걸로 하루하루를 보내고 있군. 천재임이 분명하고, 미친 사람임도 분명한 저 사람. 좋은 얼굴을 하고 있지만 절망에 빠진 저 사람. 동프로이센의 한 정신병동에서 창문을 열어놓고 초한수론을 늘어놓으며 쉴새없이 시가를 피우거나 캐러멜을 빨아먹는 저 사람. 하지만 지금도 서쪽에서는 살상의 총알 세례, 동물적인 윙윙거림이 들려오는걸. 나는 지독히도 운이 없어서 그곳에서 죽지도 못했지.'

마티아스는 루프트슈타트 정신병원의 입원 환자라는 자신의 새로운 신원이 지닌 공허함에 눈을 감고 있다가 이제야 눈을 떴다. 그는 오늘 동틀 녘부터 무기력하게 굴고 있었다. 새벽 샤워도 밤이 전해준 달콤한 절망을 씻어내기엔 역부족이었다.

징거 씨는 자기 안락의자에 앉아 있었다. 빨간 수첩이 탁자에 펼쳐져 있었지만 그는 아무것도 쓰지 않았다. 그는 두 손을 평평하니 탁자에 올려놓고 하염없이 생각에 잠겼다.

그는 똑같은 생각을 되풀이하고 있었다.

"한 인간이 평생을 살면서 가장 많이 보는 자신의 일부는 무엇일까?"

이건 일종의 질문처럼 들렸다. 하지만 실제로는 딱히 물어보는 것도 아니었다. 마티아스는 징거 씨의 이런 말버릇에 익숙해지기 시작했다. 마티아스는 그 물음에 관심이 없었고 어차피 징거 씨도 혼자 묻고 대답을 내놓을 참이었다.

"그거야 손이겠지! 사람이 한평생을 살면서 가장 많이 보는 자신의 일부분. 그중에서도 손바닥은 아니고 손등 쪽이겠지. 손바닥은 잘 감추어져 있지 않나? 그런데 손등은 일본 공주님처럼 연약하고 섬세한 손바닥을 보호해야만 하지. 싸대기를 날릴 때는 손바닥이 아프니까!"

징거 씨는 평소에 거친 욕설을 하지 않는 사람이 어쩌다 한 번 그런 말을 하고 방귀를 시원하게 뀐 것 같은 쾌감을 느끼듯이 '싸대기' 소리를 했다. 그러고는 자신의 대담한 표현에 얼굴을 붉혔다.

"그 결과? 나중에도 손바닥이 보들보들하고 촉촉하고 섬세한 장밋빛 살로 남는 거지. 마치 아기의 엉덩이처럼. 그런데 세월에 고스란히 노출된 손등은 모진 부침을 당하지. 거칠고, 관리하지 않은 채 무감각해지고, 털도 부숭부숭하고, 못난 모습으로. 손바닥을 햇볕에 노출시키는 사람이 있나? 그러면 세월과 더불어 손등에 닥칠 운명은? 노년이 손등에 마련해놓은 팔자는 뭐냐고. 늙으면 손등에 검버섯이 피지. 노쇠가 가차 없이 들이닥치며 서서히 손등을 제 식민지로 만들어도 우리는 그저 구경만 할 수밖에 없어."

징거 씨가 고개를 들었다.

"마티아스, 자네 나에게 손 좀 줘보겠나?"

"뭐라고요?"

룸메이트의 독백을 한 마디도 듣고 있지 않던 마티아스는 깜짝 놀라며 징거 씨를 바라보았다.

"자네 손 좀 줘보라고, 마티아스."

징거 씨가 다시 한번 말했다.

"손이요? 이보세요, 징거 선생님, 안 되겠어요. 전 지금 손에 뭘 들고 있잖아요."

마티아스는 선웃음을 치며 대꾸했다. 그렇게 말해놓고서도 손바닥을 징거 씨에게 펼쳐 보였다.

"손금 읽을 줄 아세요?"

"웬만하면 손등 쪽으로."

마티아스가 손등을 보였다.

"손등으로 손금을 보는 사람은 나밖에 없을걸."

징거 씨는 마티아스의 손등을 꼼꼼하게 관찰했다. 그러고는 고개를 들었다.

"자네는 한 개밖에 없구먼!"

징거 씨는 아주 감탄하면서 샘이 난다는 듯이 내뱉었다.

"뭐가 한 개밖에 없어요?"

"검버섯 말이네. 내 손을 좀 보라고!"

징거 씨는 자신의 두 손을 내밀었다. 상이군인이 이미 절단한 두 손을 내미는 것 같은 자세였다.

마티아스는 그 손들을 보았다. 전에는 한 번도 눈여겨보지 않았었다.

"난 여기 들어온 후에 양쪽 손에 새로운 검버섯이 벌써 세 개나 더 생겼어. 이놈의 검버섯들이 점점 더 세력을 확장하고 있다고. 더이상 차지할 자리조차 없게 되면 그때가 세상을 하직할 때가 아닐까……."

"징거 선생님, 사람은 심장이 멈추면 세상을 떠나는 겁니다. 그 외에는 달리 생각할 것도 없고요. 그 전에는 절대 안 죽습니다. 그런 것이 수학으로 치면 정리(定理) 아닌가요? 언제나 참인 정리요."

징거 씨는 보일 듯 말 듯 고개를 끄덕였다. 마티아스는 징거 씨가 그렇다고 인정해준 것인지 아닌지 알 수가 없었다.

마티아스는 머리도 없고 꼬리도 없이 얽히고설킨 이 바로크적 대화가 하루가 다르게 대단히 심오해진다는 것을 절감했다. 처음에는 그러한 심오함에 전혀 신경을 쓰지 않았다. 나중에야 그 영향을 느낄 수 있었다.

이 방에 틀어박혀 두 사람이 얼굴을 맞대고 대화를 나누는 동안 마티아스가 전에는 한 번도 접하지 못했던 오만 가지 주제들이 등장했다. '전'에는 철도, 파업, 시위, 집회, 혁명, 『인간 야수』, 민중대학 외의 주제들은 마티아스에게 존재하지 않았다. '전', 그건 이미 어제였다. 넘어간 페이지, 끝나버린 챕터, 이미 덮어버린 책이었다. '전', 그건 그가 '사라지기' 이전의 얘기였다.

지금의 마티아스는 확신했다. 만약 혁명이 사람의 손등에 덮인 검버섯에 대해 말하지 않는다면, 그런 혁명에는 절대로 승산이 없을 거라고. 그는 자신의 소명을 바쳤지만 지금에 와서는 너무나 멀게 느껴지는 혁명, 죽어버린 듯 흐리멍덩하게 다가오는 그 혁명에 무엇이 결여되었는지 어렴풋이 알 수 있었다. 그는 아직도 혁명을 갈구할 것인가? 아직도?

그들은 식당에 갔지만 배고픈 채로 돌아왔다. 마티아스는 차라리 식당에 가지 않는 편이 낫지 않을까 생각했다. 식탁에 앉아봤자 허기만 더 기승을 부릴 뿐, 대개 차갑게 식은 채 나오는 식당 음식으로는 그 허기를 잠재울 수 없었다. 그는 식사하러 갈 때보다 더 배고픔을 느끼며 나와야 했다. 징거 씨는 대응책을 찾았다. 스스로 식단을 작성하고 정신적 양식을 풍부하게 늘려서 그날그날의 형편없는 음식을 대용하는 방법이었다.

"마티아스, 오늘 식단에는 의자가 있네."

징거 씨가 말했다.

일부 굶주린 환자들은 영양실조에 시달린 나머지 가죽끈까지 뜯어먹을 지경이었다. 이런 판국에 징거 씨가 전채 요리로 의자를 권한다 한들 어찌 마다할쏘냐?

징거 씨는 벽장에 등을 돌린 채였고 마티아스는 방 저쪽에서 창가 난간에 의지한 채 징거 씨와 마주 보고 있었다. 징거 씨는 얼굴을 환히 빛내며 청년에게 오늘의 주제를 선언했고, 청년의 어두운 실루엣은 자살 방지용 창틀 때문에 중간중간 잘려 보였다.

"자네에게 무한을 정의하기까지의 내 전략을 전수해주겠네. 첫째 단계는 내가 '집합'이라고 명명한 새로운 대상을 만드는 거였지. 사실 우리는 항상 집합에 익숙해 있지만 그것에 대한 의식은 없었어. 이제 각각의 사물이 오로지 하나씩만 존재하는 세상을 상상해보세. 각 사물이 다른 사물들과 분리되어 실로 비극적인 고립 상태에 빠져 있는 세상을. 난 '상상해보세'라고 했네. 왜냐하면 현실에는 당연히 있을 수 없는 일이니까. 하지만 일단 나의 가정을 받아들이자, 이거야."

마티아스는 눈을 감았다. 꼬르륵 소리가 나는 그의 위장도 대회에 초대받았다. 그러나 징거 씨는 자기 말에 몰두해서 그런 소리 따위는 듣지 못했다.

"우리는 그같은 세상에서 살아갈 수 없겠지. 자네도, 나도, 그 누구도. 우리는 생각할 수도 없고 말할 수도 없을 테지. 말하고 생각하려면 간단한 조작이 필요하니까. 뭔가를 쌓고, 한데 모으고, 합치고, 묶음으로 나누고…… 뭐 이런 조작 말이네. 음, 내 말이 명쾌하지가 않은가? 분명히 말해봄세. 내가 '의자'라고 말할 때 내 마음속에서 어떤 작용이 일어나지? 아, 난 이 이미지를 정말 좋아하지. 마티아스, 일이 잘 안 풀리면 난 내 내면의 성채로 물러난다네. 두꺼운 벽으로 둘러싸인 성채에 숨은 채, 순찰로에서 내가 가장 좋아하는 총안(銃眼)을 통해 그다지 부럽지 않은 생의 광경을 굽어보는 거야."

프랑스어가 유발하는 미묘한 말장난*에 힘입어 노인네는 여담에 빠졌다.

"그러니까 선생님께서 '의자'라고 말할 때는요……."

마티아스는 삼천포로 빠지려는 징거 씨를 제지했다.

"내가 하던 말을 지적해줘서 고맙구먼. 그래, 내가 '의자'라고 말하는 동안 무슨 일이 일어나지? 아니, 어쩌면 내가 말을 하기 전에 무슨 작용이 일어났고 그 덕분에 내가 비로소 '의자'라는 말을 할 수 있었다고 해야 할까?"

그의 물음에 화답한 것은 기나긴 침묵이었다. 징거 씨에게는 수수께끼를 던지는 자기 나름의 방식, 모호한 것의 베일을 에로틱하리만치 가볍게 들추는 방식이 있었다. 그는 그러한 가벼움이 방안의 무거운 공기를 가르도록 내버려두었다.

"의식하지 못하는 사이에 내 머릿속에서는(이건 내가 '의자'라고 발음하는 것을 자네가 듣는 순간에도 마찬가지로 일어나는 작용이지만) 어떤 '집합'이 형성된다네. 세상에 존재하는 모든 의자들의 집합. 바로 이 집합에 준거해서 의자라는 관념이 내 안에서

---

* '내 마음속에서(mon for intérieur)'와 '내 내면의 성채(mon fort intérieur)'는 발음이 같다.

살아 숨쉬고, 나로 하여금 저것이…….”

징거 씨는 마티아스의 의자를 집게손가락으로 가리키며 말했다.

“……바로 의자라고 말할 수 있게 하지. 그리고…….”

이번에는 바이올린이 놓여 있는 자신의 안락의자를 가리키며 말했다.

“……저것 역시 또다른 의자라고 말할 수도 있고. 두 사물이 서로 다른데도 모두 의자라고 말할 수 있게 되는 거야. 하지만 바이올린을 보고 의자라고 하진 않지. 다만 내가 방금 의자를 예로 들어서 한 이야기가 바이올린을 예로 들어도 마찬가지라는 점은 일러두어야겠네. 우리의 정신은 숨을 쉬듯 자연스럽게 이러한 집합들을 만들어낸다네. 오늘날을 살아가는 우리만 그런 게 아니라 모든 인간들이 그래. 우리를 동일한 사회에 속하게 하는 것을 동일한 집합들에서 끌어온다고 할까. 아니, 우리가 동일한 집합들을 소유함으로써 동일한 사회에 속하게 된다고나 할까…….”

“진도가 너무 빨라요!”

마티아스가 외쳤다.

“그리고 자네는 아직 아무것도 모르겠다!…….”

징거 씨가 자기 시계를 들여다보았다.

“‘식사요! 식사!’ 소리가 나려면 아직도 한 시간은 있어야 해. 그리고 우리는 아직 우리의 ‘의자’를 다 해치우지 못했네. 내가 ‘이 의자는 ~이다’라고 하면 그건 무슨 뜻이지?”

‘절대 대답을 하면 안 되겠군. 질문이 간단할수록 대답은 그렇지 못한 법이지. 침묵을 고수하자…… 딴청은 부리지 말고.’

마티아스는 속으로 다짐했다.

"이 말에는 두 가지 단정이 담겨 있지. 우선 이 의자는 한 개라는 단정이야. 이 의자는 하나뿐이고 유일해. 세상의 다른 의자들하고는 별개야. 세상의 모든 사물은 유일무이하지. 그 점을 생각해보면 참으로 경이롭다네. 황홀하고 충격적이야. 하지만 이제 터널 끝이 거의 보인다네, 열차 운전수 양반……."

'열차 기관사라고요.'

마티아스는 속으로 징거 씨의 말을 정정했다. 문득 다른 환자들과 간호사들의 입으로 골백번은 들은 전형적인 문장이 마티아스의 뇌리를 스쳐갔다.

"징거 선생님, 우리는 어둠(schwarz) 속에 있어요.*"

"이제 자네가 현지어를 다 구사하는구먼!"

징거 씨가 깜짝 놀라면서 대꾸했다.

"그냥 저절로 튀어나온 말이에요. 하지만 이건 정확한 표현이 아니에요. 제가 선생님의 말씀을 이해하기로는 오히려…… 어렴풋이 알 것도 같고 모를 것도 같다고 해야 하나요. 지금의 제 정신에는 간간이 비치는 빛밖에 없어요."

"말 한번 잘했네!"

"의자는 그렇다고 하고요…… 바이올린은요?"

"앞서가지 말게, 마티아스! 하지만 속도에 박차를 가하는 것이

---

* 프랑스어 'être dans le noir'는 '이해가 되지 않는다'는 뜻이다. 마티아스는 이 표현에서 '어둠'을 가리키는 단어 'noir'만 독일어 'schwarz'로 대체했다.

젊음의 특권이지. 내 나이쯤 되면 '안단테'가 딱 좋아."

징거 씨는 다시 일어나서 장엄하게 말했다.

"마티아스, 난 자네에게 말했네. 모든 사람들의 머릿속에 있는 관념에서 내가 '집합'이라고 명명한 것의 정의로 나아갈 준비가 되었다고. 나는 집합을 처음으로 정의한 사람이고, 자네에게도 알려줄 준비가 되어 있다네."

"징거 선생님, 저는 당신의 제자로서 그 말씀을 들을 준비가 되었음을 알려드립니다."

한순간이지만 마티아스는 열변을 토하는 이 노인네에게서 지난 반세기 동안 파격적인 수학으로 학계에 파란을 일으킨 징거 교수의 진면목을 보았다. 마티아스가 징거 씨의 말을 다 알아들은 건 결코 아니었지만, 그게 뭐 그리 중요하겠는가? 그는 징거 씨가 자기에게 하는 말을 통해서 하루가 다르게 절실한 예감을 얻었다. 존재와 관련이 있는 아주 근본적인 무엇인가가 지금 여기서 작용하고 있다는 예감이었다. 그 무엇인가가 가끔씩 눈물이 차오르게 했다. 모든 것이 자취를 남기는 감광판처럼, 그는 어느새 감상에 빠지기 좋은 감수성, 모든 것에 깊은 인상을 받는 감수성의 소유자가 되어 있었다.

"나는 하나를 셈에 넣는 다수를 '집합'이라고 부른다네."

징거 씨는 이미 한참 전에 금속제 상자에서 꺼내놓았던 시가에 불을 붙였다. 그는 금띠를 벗겨 손가락 사이에 끼웠다. 그리고 연기를 내뿜으며 말했다.

"보다시피 나의 정의는 몇 개의 단어들로 간단하게 구성되어 있네. 솔직히 말하자면 그 점이 자랑스럽지 않은 건 아니라네. 그렇게 해야 했기 때문에 난 그렇게 했어. 마티아스, 우린 우리의 생각이 흘러오는 여기서 존재의 거품에 떠밀려 방황하고 있지…… 자네가 원한다면 좀더 밀착해서 살펴봄세. 다시 세상의 모든 의자들의 집단에 대해 생각해볼까나. 그 의자들이 서로 어떻게 다른지, 그 의자들이 모인 순서는 어떠한지를 전혀 고려하지 않는다면 나는 그 집단을 하나의 집합으로 볼 수 있겠지. 각각의 의자들이 '완전히 동등한 권리를 지닌 한 원소'로 인정받는 '세상 모든 의자들의 집합' 말이네. 나는 이로써 근본적인 변신을 이끌어낸 거야. 다수성이 단일성으로 변한 셈이니까. 이건 이중의 망각으로 가능했던 변신이지. 첫째는 의자들 간에 존재하는 차이에 대한 망각, 둘째는 의자들이 모인 순서에 대한 망각."

징거 씨는 다시 입을 열었다.

"추상화가 없으면 수학도 없다네. 망각이 없으면 추상화가 있을 수 없고. 추상화란 잊어버리는 거지. 무엇을 잊느냐고? 거의 전부를! 형태, 색상, 무게, 연령 등 개체적인 속성들을 전부 다 잊고 딱 한 줌만 남기는 거야. 그렇게 해서 우리가 집합을 정의할 수 있는 거지."

마티아스는 14호실 룸메이트의 열변을 자기 식으로 쫓아가고 있었다. 망각도 없고 지식도 없는데, 그렇다고 평화가 주어진 것도 아니다. '난 결코 잊지 않겠어.' 얼마나 끔찍한 말인가! 얼마나 지독한 저주인가! 살아가려면 잊어야 한다. 무엇을? 거의 전부를! 무엇보다, 그 무엇보다 망각을 잊어서는 안 된다!

노인네는 마티아스가 잘 따라오고 있는지, 딴 데로 새지는 않는지 살피려고 흘끗 시선을 던졌다.

"내가 아예 한술 더 떠줄까?"

징거 씨가 시가를 물어뜯으며 물었다. 이곳에서의 가장 주요한 관심사(먹기)를 반영하듯, 시가를 물어뜯는 입놀림에 그의 기분이 아주 좋아진 것 같았다.

마티아스는 그만하면 됐다고, 더이상은 소화를 못하겠다고 대꾸하고 싶었지만, 징거 씨가 옛날의 양어머니처럼 나오리라는 짐작이 들었다. 양어머니는 마티아스가 자기 몫의 접시를 깨끗이 비웠는데도 더 먹지 않겠느냐고 줄기차게 물어보곤 했다. 마티아스가 마다해도 굳이 "그래도 더 먹어. 내일 누가 너를 잡아먹을지 어떻게 아니?"라고 대꾸하면서 음식을 더 퍼주었다. 어머니 말씀이 옳았다. 그는 숱하게 잡아먹혔다. 누가 그랬는지도 잘 알았다. 그는 자신에게 잡아먹혔다. 자신이 믿었던 모든 것을 배신하면서, 조레스의 시신을 고독하게 내버려두면서, 전쟁을 하라고 명령하는 사람들에게 총을 겨누지 않고 다른 군인들에게 총을 겨누면서 스스로에게 잡아먹혔다.

"내일 누가 너를 잡아먹을지 어떻게 아니?"

마티아스는 자기 생각에 골몰한 나머지 큰 소리로 이렇게 내뱉고 말았다.

징거 씨의 말이 뚝 끊어졌다.

"어디 불편한가, 마티아스?"

징거 씨가 걱정스럽게 물었다.

"한술 더 떠줄까, 라고 물으셨지요. 그러세요. 저는 그러면 좋겠습니다."

"하지만 대답은 아까 하지 않았나. 그리고 난 이미 그 한술을 뜨는 중이었고. 난 자네에게 한 집합 내에서는 모든 원소들이 동등한 값을 지닌다고 설명하고 있었네. 원소들은 분명히 서로 별개의 것들로 구분되지만, 그 원소들 사이의 차이는 아무것도 인정되지 않아. 집합에서는 모든 원소들이 마찬가지이지만, 이건 그 원소들이 '동일자'라는 뜻은 아니네. 만약 원소들이 동일자라면 당연히 원소는 하나뿐일 테니까!"

이 말이 마티아스의 정곡을 찔렀다.

"한 집합의 모든 원소들은 동일한 방식으로 그 집합에 속하지. 각 원소는 한 개로 간주되며, '한 개의' 원소로만 여겨진다네."

하지만 징거 씨는 무엇에 대해 말하고 있었을까? 그것은 코드화된 언어였을까? 이 모든 이야기 가운데 수학은 어디 있는가? 징거 씨는 끊임없이 그게 수학이라고 했다. 그렇다고 치자. 하지만 그건 마티아스가 접한 바 있는 수학과는 조금도 비슷하지 않았다.

마티아스는 기운이 빠진 채 징거 씨의 이야기를 정치적 연설처럼 듣고 있었다. 하나의 개체로 간주되며, 한 개의 개체로만 여겨진다. 이건 바로 그 자신이 실현하기 위해 투쟁했던 사회 이야기가 아닌가? 각 사람이 동등하고, 아무도 남보다 못하다 여김받지 않고, 남보다 낫다고 여김받지도 않는 사회. 오로지 존재한다는 사실만으로도 침범할 수 없는 가치를 부여받는 사회. 징거 씨가 집합들을 통해 건설하고 있는 것도 그 사회가 아닐까? 하지만…… 인간은 자기가 듣고 싶은 이야기만 듣는 법이다.

"징거 선생님, 제가 선생님의 말씀에서 들은 바로는 선생님께서는 그 집합이론을 통해 원소들의 공화국을 대략적으로 그려 보이신 것 같습니다. 선생님께서 자신이 만들어낸 이론을 설명하는 방식이 무척 놀랍습니다."

마티아스가 슬쩍 칭찬을 건넸다.

"선생님께서 민중대학에서 강의를 하시지 않은 게 너무 유감스럽네요! 제가 수강생들을 잔뜩 끌고 갔을 텐데요. 그리고 아마 그 친구들이 저에게 고맙다고 했을 텐데요! 선생님이 가르친 학생들은 선생님의 강의를 굉장히 열심히 들었을 겁니다."

"음, 그 점은 잘못 생각했네…… 솔직히 내 강의는 꽤 지루했다네. 자네들 표현대로라면 주리를 트는 강의랄까. 좀 딱딱한 강의였다네. 그런데 여기서는 해방된 기분이야. 그렇긴 하지만 여기서 나가고 싶지 않다는 뜻은 아니네. 자네 덕분이네, 마티아스. 내가 만회할 기회를 누릴 수 있었던 것 말이네."

징거 씨는 자신이 '볼테르의 언어'를 구사할 줄 몰랐다면, 그래서 원장이 '함께 대화를 나눌 수 있도록' 이 프랑스 군인을 자기 방에 배정해주지 않았다면 자신이 어떻게 되었을지 잠깐 생각해보았다. 나아가, 만약 이 프랑스 군인이 뫼즈 전선에서 이곳으로 후송되지 않았다면…… 만약에…… 만약에…… 그렇다, 누구에게든 좋은 만남이 기다리고 있을 수 있다.

"한 마디 더 해도 될까? 집합이 '고려하는' 유일한 성질은 원소들의 공존뿐이라네. 원소들은 '함께*' 존재하지. 어떤 원소도 다른 원소보다 덜 존재한다거나 할 수는 없고, 존재는 오직 하나의 양태만을 인정한다네. 여기 처박혀 있는 우리는 그래도 의심을 품을지 모르지. 마티아스, 나는 단언하네. 우리를 깎아내릴 수 있는 그 어떤 몰락이 있더라도, 우리는 분명히 존재한다네."

지금 들은 말에 마티아스는 충격을 받았다. 그렇게나 모진 여정과 장애물과 시련을 거치고 오랜 세월이 흐른 후에, 세상을 바꾸고자 하는 열정이 있었던 시절 그의 마음을 뒤흔들어놓았던 말들을 다시 듣게 되다니! 게다가 그 말들을 전하는 사람이 바로 이 노인네라니. 게다가 이 노인네는 전장의 반대편에서 일상의 개념들과 완전히 동떨어진 수학이라는 학문에 대해 이야기하고 있지 않은가. 돌고 돌아 찾아온 표적! 아니, 표적이 아니다. 결코 표적은 아니다! '어쨌거나 나도 무슨 말을 해야겠군.' 마티아스는 생각했다.

징거 씨는 마티아스의 당혹스러운 기색을 누그러뜨릴 요량으로 캐러멜 하나를 권했다.

"노랑, 초록, 빨강, 파랑, 오렌지, 어떤 거?"

"오렌지로 하죠."

마티아스가 오렌지색을 고른 것은 처음이었다. 만약 다른 색깔들도 전부 맛을 본다면 어떨까? 그럼 뭔가 끝장을 볼 것이다. 캐러멜 상자가 깡그리 비워질 테니까.

징거 씨는 오렌지색 캐러멜을 꺼내서 내밀었다. 징거 씨는 가루

---

* '함께'라는 의미의 부사 ensemble은 명사로서 '집합'을 뜻하기도 한다.

설탕이 잔뜩 들어 있는 캐러멜 상자에서 다른 사람이 직접 캐러멜을 꺼내가는 일은 절대 용납하지 않았다.

"원래는 박하 맛이 나는 빨간 캐러멜밖에 없었다는 거 아냐? 다른 색깔들은 나중에, 생산자가 제품을 다양화하기로 마음먹은 후에야 나왔지. 초록색은 아니스 맛, 노란색은…… 레몬 맛, 갈색은…… 커피 맛, 오렌지색은 오렌지 맛이야."

'오렌지색은 오렌지 맛, 오렌지는 오렌지, 오렌지 대 오렌지.'

마티아스의 머릿속에서 이 문장은 프레 생 제르베의 꼬맹이들의 입에 붙은 노래처럼 자꾸만 반복되었다. 징거 씨는 마티아스가 캐러멜을 잘 골랐다는 뜻으로 미소를 지어 보였다. 마티아스는 차츰 안정을 되찾았다. 그는 좁은 입천장에서 일어나는 이빨과 혀 사이의 아주 작은 싸움에 골몰했다. 그의 혀는 캐러멜을 말았다가, 입안에서 굴렸다가, 이빨에서 떼어냈다가 하느라 바빴고, 이빨은 이빨대로 캐러멜을 호시탐탐 노리며 약점을 공략하는 데 몰두했다. 이게 다 그 할…… 아니, 마티아스는 전에는 한 번도 그 생각을 한 적이 없었다. 할아버지에 대한 생각. 만년의 할아버지! 마티아스는 할아버지가 그 소란스러운 외중에도 결국은 새 가정을 꾸렸을 거라고 생각했다.

마티아스는 격앙된 감정을 이기지 못해 혼자 있고 싶었다. 그는 환자들 무리에 끼고 싶지 않아서 병원 내에서 가장 외딴 곳에 떨어져 있는 벤치로 갔다. 그로스무터가 활개 치는 연못에서 그리 멀지 않은 곳이었다. 여름은 자기에게 주어진 시간을 온전히 차지하기로 마음먹었는지 햇살을 한껏 비추었으나, 못 견딜 정도의 뙤약볕은 아니었다. 마티아스는 곰곰이 생각해보았다.

'그 사람은 자기 이론에서 하나로 간주되는 것을 두고 농담을 하지! 나는 갈래갈래 떨어져나갔는데 그 사람은 이런 나도 하나로 간주된다고 해! 정수들도 그 사람 말대로라면 하나씩으로 여겨지지. 그리고 점들도 하나씩으로 여겨지고. 이봐요, 징거 선생님, 나는 과연…… 과연 무엇으로 여겨질까요? 기억하세요. 선생님은 얼마나에, 나는 왜에 매달리는 사람이라고 했던 말을요. 제가 묻는 말에 선생님은 뭐라고 대답하실 건가요?

유리가 깨져서 그 조각들을 다시 이어붙이면 그 조각들은 무엇이 되나요? 스테인드글라스죠. 스테인드글라스는 예뻐요. 그런데 나는 무엇이 되나요? 난 14호실의 정신병자가 되었죠. 머리에 맛이 가서 복도에 타구가 떨어지는 소리만 듣고도 발작을 일으키는 프랑스 군인이요…….'

마티아스는 일어났다. 더이상 그 자리에 있을 수 없었다. 그는 새벽녘부터 자신을 괴롭히는 수많은 물음을 떨치기 위해 걸음을 재촉했다.

하지만 그 물음들은 그의 빠른 보폭에 잠시 놀라는가 싶더니 이내 다시 머릿속으로 파고들었다.

'함께하기. 그런데 함께하기를 가능하게 하는 건 뭐지? 원심력? 구심력? 도대체 무슨 힘이냐고. 징거 선생님, 말해주세요. 광기는 더이상 함께할 수 없는 상태를 뜻하는 게 아닌가요? 폭발해

서 사방팔방으로 떨어져나갔는데 함께하기가 가능한가요? 한 인간이 석류처럼 터져버릴 수도 있는 건가요?'

이제 마티아스는 혼자 있으면서도 징거 씨와의 대화를 이어나가는 격이었다.

'안 돼, 이건 정말 좋지 않아. 순찰로에서 만나는 미친 사람들처럼 혼자 중얼중얼하는 건 그만둬야 해.'

마티아스는 간식 시간에 빠졌다. 머릿속에서 소란을 피우는 생각들 때문에 그는 기관차의 기적 소리도 듣지 못했다. 전적으로 자기 안에 매몰되어 있으면서도 정신이 완전히 딴 데 가 있는(자신의 부재에 갇혀 있는), 명백한 모순 상태였다.

'어째서 하나로 간주된다는 그 말이 이렇게나 너를 혼란스럽게 하지? 이봐, 마티아스, 혀끝에서 그 말이 맴돌고 있잖아. 터뜨려버려! 연못에 몸을 던져. 넌 아무 가치도 없는 놈이야, 그렇지? 너도 항상 그렇게 생각해왔잖아? 당연하지. 뭔가를 버릴 때는 그게 아무 쓸모도 없으니까 버리는 거야. 아무렴, 가치가 있으면 왜 버리겠어. 그게 논리야. 이봐, 이봐, 내 말을 들어. 간단하고 명료한 논리만이 소용에 닿는 법이지. 논리가 좀 복잡하게 들어가면, 논리에 사람 냄새가 섞이기 시작하면, 그 논리로는 아무것도 하지 못해.

벼룩시장을 봐. 그런 곳을 뒤지고 다니기 좋아하는 사람들이 있지. 남들은 버렸지만 자기 눈에는 쏠쏠해 보이는 것들을 찾아내는 사람들. 양아버지와 양어머니도 벼룩시장 마니아였지. 물건을 볼 줄 알아야 해. 그 사람들은 버려진 너도 주워왔잖아. 아니, 너무

심한 말은 하지 말자. 주워온 게 아니라 점찍었다고 해두자. 이번 한 번만 말할 거야. 넌 기정사실이야. 들었어? 기정사실. 무엇으로도 네가 이미 존재했다는 사실을 물릴 수는 없어. 그러니 이 사실에 익숙해져야만 할 거야.'

누군가가 노크를 했다. 분명하게 두드린다기보다는 가볍게 스치는 듯한 노크. 징거 씨가 일어났다. 마티아스는 아무 소리도 듣지 못했다. '사람은 자기가 듣고 싶은 소리만 듣게 마련이지.' 징거 씨는 침대에서 벌떡 일어나 옷매무새를 가다듬으며 그렇게 생각했다. 문이 부드럽게 열렸다.

검은 머리를 뒤로 쪽쪄 올린 중년 부인이 소리 없이 방으로 들어왔다. 아직도 꽤나 미인 축에 드는, 단아한 표정, 커다란 갈색 눈, 상냥한 얼굴이 호감을 불러일으키는 여인이었다. 머리에는 아무것도 쓰지 않았고 얌전한 벨벳 더블칼라 외투를 입었으며 굽이 낮은 구두를 신은 그녀는 한 손에 묵직한 바구니를 들고 다른 손에는 우아한 손가방을 들고 있었다. 방부제 냄새 완연한 이 병실에 나타난 그녀는 흡사 신기루 같았다.

징거 씨가 서둘러 그녀를 맞았다. 두 사람은 조심스레 서로를 포옹했다. 징거 씨가 바구니를 받았다. 사실 그는 바구니에 뭐가 들어 있는지 보고 싶어 애가 탔지만 가까스로 호기심을 다스렸다.

"마리아, 소개하지. 이쪽은……."

하지만 그녀는 징거 씨의 말을 마저 듣지도 않고 침대 앞에서 꼼짝도 않고 있는 마티아스에게 손을 내밀었다.

"당신이 프랑스에서 온 군인 분이시군요. 마티아스 뒤투르, 맞죠? 저는 프랑스어를 잘 못해요. 프랑스어를 하면 발음이 좀 뾰족하게…… 휘파람을 부는 것처럼 되어버려서요."

"네, 부인. 제가 프랑스 군인입니다. 마티아스 뒤투르 맞고요. 하지만 어떤 사람들은 뒤튀르라고도 부르고 두투르라고 부르기도 합니다."

징거 씨는 그사이에 비집고 들어왔다.

"마티아스 씨, 징거 부인을 소개하네."

"실례가 되지 않는다면 저도 마티아스 씨라고 부를게요."

"마리아, 우리가 결혼한 지…… 몇 년이나 됐지?"

징거 씨는 대화에서 빠지지 않으려고 극구 노력하는 중이었다.

"사십 년이죠. 한스, 당신도 잘 알면서 왜 그래요!"

"그게 늘 변해서 말이지! 그럴수록, 결혼생활이 길어질수록, 내가 아내를 사랑할수록…… 아내도 나를 사랑하는지 어떤지는 점점 더 모르게 되거든."

"바보 같은 사람! 마티아스 씨 는 그런 이야기에 관심 없어요."

마리아는 다정하게 징거 씨의 머리를 쓸어주며 말했다.

"관심이 없는 걸까, 상관이 없는 걸까? 이봐, 마리아, 뒤투르 씨와 나 사이엔 이제 별로 숨기고 자시고 할 것도 없어."

"한스, 당신은 발음이 너무 좋군요!"

마리아는 남편을 칭찬해주고 나서 마티아스를 향해 이렇게 말했다.

"그래요, 내 이름은 마리아에요. 한스 징거와 사십 년간 결혼생활을 했지요. 가장 기쁠 때나 가장 슬플 때나 함께했어요. 마티아스 씨, 당신은 결혼했나요?"

"아닙니다, 부인."

마티아스는 독일어로 대답했다. 한스 징거는 마티아스의 독일어에 깜짝 놀라서 약간 놀리는 듯한 시선을 보냈다.

"과거에 결혼하신 적도 없고요?"

"없습니다, 부인. 제가 있던 곳에서는 결혼을 잘 안 합니다. 그냥 살림을 차리고 동거를 하죠. 그렇게 붙어먹는 겁니다."

"붙어먹어요?"

"음, 서로 착 달라붙어서 산다는 뜻이에요. 그러다 사이가 틀어지면 헤어집니다. 붙었다가 떨어지는 거죠."

"그런 식이면 슬프지 않나요?"

"그런 식입니다. 물론 슬프죠. 가끔은 함께 살았던 이의 흔적들이 헤어진 후에도 남아 있기도 하고요."

"같이 살던 여자 분이 있었나요? 이 끔찍한 전쟁이 터지기 전에요."

"네, 한 사람 있었죠. 그런데 헤어졌습니다…… 많이 슬펐죠."

징거 부인은 마티아스가 다시 그런 감정에 빠지려는 것을 감지하고 조심스럽게 그 화제를 마무리했다.

"그런데 프랑스 군인님, 그쪽과 우리는 전쟁중이잖아요?"

그녀는 거리낌없이 이렇게 물었다.

"부인, 보시다시피 저는 더이상 전쟁을 수행하고 있지 않습니다. 독일이 저를 두려워할 만한 이유는 조금도 없습니다만.”

마티아스와 자기 부인이 대화를 주고받는 동안에 징거 씨는 슬슬 바구니에 든 물건들을 꺼내기 시작했다. 캐러멜 한 상자, 골든 시가 한 상자, 갓 구운 빵, 스위스제 양모 양말, 우편물, 만년필 한 자루가 들어 있었다.

“워터맨 철필형 만년필이군! 마티아스, 몇년도인지 아나?”

징거 씨가 마티아스에게 만년필을 가리키며 물었다.

“그건 선생님 분야지 제 분야가 아닌데요.”

마티아스가 방어적으로 나왔다.

“1884년!”

징거 씨가 의기양양하게 외쳤다. 어리둥절해하는 아내를 면전에 두고 징거 씨는 이렇게 말했다.

“넘어가…… 나중에 설명해줄게. 그런데 먹을 것은 이 빵밖에 안 가져왔어?”

“그럼 내가 뭘 가져왔으면 했는데요? 쐐기풀이라도 뜯어올 걸 그랬나요?”

징거 씨가 어깨를 으쓱했다.

“농담이 아니에요, 한스. 정부가 지금 최후의 수단으로 강구한 게 뭔지 알아요? 집집마다 일정량의 쐐기풀을 당국에 바치라고 했어요. 그것도 아무렇게나 내놓으면 안 돼요. 지침이 있어요. 쐐기풀을 뜯어서 잘 말린 다음에 줄기만 다듬어서 내놓아야 한다고요.”

“맙소사, 도대체 뭘 하려고?”

징거 씨가 외쳤다.

"밧줄을 만들기 위해서죠! 지금 독일은 밧줄이 모자라서 난리예요. 그걸 몰랐어요? 그렇지만 정부가 쐐기풀 이파리는 각 가정에서 수프를 끓여먹을 수 있게 남기고 줄기만 보내라고 하니 고마워서 죽을 지경이지 뭐예요. 쐐기풀 수프라면 꽤 먹을 만하니까."

장거 부인은 마지막 문장들은 일부러 독일어로 말했다.

"한스, 당신은 지금 온 나라가 얼마나 끔찍한 궁핍에 시달리는지 전혀 모르고 있어요. 식품, 석탄, 옷가지…… 모든 게 군대로 들어가니까요! 암시장에서 아직 살 수 있는 몇 가지를 제외하면 먹을 게 전혀 없어요. 사방에 집단 급식소나 아이들을 위한 급식소가 생기고 있죠. 마르크트플라츠에도 급식소가 하나 생겼어요. 거기가 사람으로 미어터진다는 말만 해두죠…… 베를린, 라이프치히, 그리고 다른 도시에서도 폭동이 일어났어요. 사람들은 점점 더 전쟁을 지긋지긋하게 여기고 있어요. 상황이 무척 좋지 않아요. 내 말을 믿어요. 당신은 여기 있어서 차라리 운이 좋은 거예요."

"여기 있어서 너무 좋다고 덩실덩실 춤이라도 추라는 건가? 하지만 여기 사람들도 배가 고파 죽을 지경이라고!"

실제로 정부는 정신병자들에게 먹을 것을 공급하는 일 말고 다른 할 일이 있었다.

마리아 징거는 침대를 흘끗 바라보았다. 그녀는 병원 간호사들이 환자의 '개인 물품'을 끔찍이도 싫어한다는 것을 잘 알고 있었기에 남편의 물건들을 서둘러 정리했다. 아들이 오후에 신나게 어질러놓은 방을 정리하는 엄마 같은 모습이었다. 징거 씨는 아무 말 없이 그런 아내를 바라보았다.

"나가서 한 바퀴 돌고 와요, 한스. 의사 선생님이 당신은 운동을 좀 해야 한다고 했어요."

마리아는 이렇게 말하고 남편이 외투를 걸치는 것을 도와주었다.

'저 두 사람은 얼마나 보기 좋은 한 쌍이었을까!'

마티아스는 두 사람이 나가는 모습을 보면서 그런 생각을 하지 않을 수 없었다. 사십 년이라니. 두 사람은 사십 년을 살아온 부부였다. 분명히 쉽지만은 않았을 것이다. 그렇고말고! 마티아스는 징거 씨가 전에 말했던 거대한 자택에서 그들 부부가 손님을 맞는 모습을 상상해보았다. 모든 이의 시선이 그들 부부에게 쏠릴 것이다. 모두가 징거 부부를 질투할 것이다!

"그 프랑스 군인이라는 사람, 아주 괜찮더군요. 훨씬 더 고약한 사람이 걸릴 수도 있었을 텐데요. 그리고 당신은 프랑스어를 써먹을 기회가 생겼잖아요. 어쨌거나 그 사람이 당신을 피곤하게 하지는 않죠? 프랑스 사람들은 원래 말이 많잖아요."

남편과 함께 로비로 내려온 마리아가 말했다.

"마리아, 되레 내가 떠드는 쪽인걸. 가끔은 내가 그 사람을 성가시게 하는 것 같아."

징거 씨는 아내를 안심시키려고 이렇게 말했다.

구름이 잔뜩 낀 날씨가 서서히 비 오는 날로 변해가고 있었다.

징거 부부는 조용히 병원 안을 걸었다.

"우리 둘은 그렇게 이야기를 한 적이 없었지."

징거 씨가 중얼거렸다. 마리아는 남편이 이야기를 계속하도록 그냥 듣고만 있었다.

"처음에, 당신으로서는 쉽지 않은 일이었을 거야."

그래도 마리아는 아무 말이 없었다.

"처음에 당신이 나를 병원에 데려왔을 때 말이야."

징거 씨는 아내가 무슨 말인지 다 알아듣고 있다고 확신하면서도 공연히 한 번 더 말했다.

실제로 그들 부부는 그 일에 대해 아무 말도 하지 않았다.

"왜 오늘 병원 이야기를 꺼내요? 어째서 오늘 그 이야기를 나누고 싶은 건데요?"

"워터맨!"

갑자기 징거 씨가 소리를 질렀다. 마리아는 아연실색하여 남편을 쳐다보았다.

"그래. 내가 좀더 분명하게 이야기를 해야겠구먼. 워터맨 만년필은 1884년에 발명되었어. 마리아, 그해가 바로 내가 맨 처음 정신병원에 입원했던 해야. 당신도 기억하겠지. 분명히 당신에겐 쉽지 않았을 거야."

징거 씨는 좀더 목소리를 낮추어 다시 한번 말했다.

"마른하늘에 날벼락이라고, 정말 갑작스러운 일이었죠. 그렇게나 강건하고 활기 넘치던 당신이 극도로 의기소침해져서…… 당신에게 닥친 사태를 난 이해할 수 없었어요. 당신은 무엇인가에 짓눌리고 찌그러진 사람 같았고요. 당신이 소리 지르고, 흥분하고, 격앙되어도 나에게는 그런 게 하나도 와 닿지 않았어요. 당신은 절대로 가족에게 벌컥 화를 내는 사람이 아니었죠. 정말 무던히도 참는 사람이었는데. 정도 많고, 세심하고, 가족의 행복을 위해서는 뭐든지 할 사람이었는데. 당신은 나에게 참 좋은 남편이었죠. 식사를 마칠 때마다 거의 항상 당신이 우리에게 이런 말을 했던 것 기억해요? '너희는 날 사랑하니?' 그런데 다른 사람들, 학계 동료들하고 있을 때는 사람이 어쩌면 그렇게 달라지는지…… 당신은 그 사람들에게 정말 미친 듯이 화를 냈죠. 학계에서의 싸움으로 기력을 다 소모할 정도로요. 하지만 그 사람들이 뭘 어쨌기에 당신이 이런 상태가 된 걸까요? 그래요, 나도 알아요. 크로네커 교수와 그 밖의 무리에 대해서요. 내가 하고 싶은 말은…… 그 사람들이 도대체 당신을 어떤 지경에 몰아넣어서 당신이 이렇게 심하게 상처를 받고 인생을 망치게 됐나 하는 거예요. 그래요, 전에는 우리가 이런 문제에 대해 대화를 나눈 적이 없었죠."

"나중에는 좀 적응이 되던가?"

징거 씨가 잘 들리지 않는 소리로 물었다.

"절대로 적응 안 돼요, 절대로!"

그녀는 화가 나서 부들부들 떨면서 대꾸했다.

"마리아, 마리아."

징거 씨가 부인의 팔짱을 꼈다. 그러고서 부부는 다시 조용히 걸음을 옮겼다. 하늘은 점점 더 위협적으로 변하고 있었다. 이제 곧 빗방울이 떨어지기 시작할 것이다. 벤치들은 대부분 텅 비어 있었다.

"난 발작이 또 일어날까봐 항상 두려웠어요. 당신 병이 재발하는 게 겁나서 항상 경계를 늦출 수 없었지요."

마리아가 다시 입을 열었다. 그래도 그녀는 이 대화를 통해 시름을 조금 던 것 같았다. 마침내 남편에게 자신의 두려움과 희망을 털어놓게 되어, 자기 마음을 열어 보이게 되어 홀가분했던 것이다.

"그러다 마음을 놓고 몇 년을 보냈죠. 당신은 내가 알던 예전의 남편으로 돌아왔고요. 당신은 다시 유쾌하고 강건한 사람이 되었어요. 마침내 나는 그 일은 그냥 사고였다고 치부하고 두려움에서 해방됐어요. 그리고 나중에는 완전히 잊다시피 했어요."

"나도 그랬어. 한때 지나가는 일이라고 생각했지. '나만의 수학 때문에 탈이 났던 거야'라고 생각했어. 아니, 정확하게 말하면 그게 아니고, '나만의 수학 때문에 사람들이 나를 못살게 구는구나. 그러니까 그런 수학은 때려치우자, 그런 수학은 외면하고 남에게 가르치지도 말자, 간격을 두자'고 다짐했더랬지. 그리고 그렇게 했어."

"그랬지만 당신은 두번째 발작을 일으켰죠. 십오 년 뒤였어요, 그 병이 우리의 발목을 또 붙잡았던 거예요…… 정말 끔찍했죠. 처음보다 훨씬 더 안 좋았어요."

"당신이 정신병자의 아내임을 자각할 수밖에 없었지."

"내가 말했죠, 한스. 절대로 그런 생각에는 적응이 안 된다고. 나는 상황을 헤쳐나가는 법을 배워야 했어요. 괜찮은 체하면서 내가…….”

“집안을 이끌어나가야 했나?”

“우리 집 가장은 당신이에요. 당신이 무슨 짓을 하든 그 역할은 당신 몫이에요. 그저 당신이 없는 동안은 내가 당신 역할을 대행했다고 해두죠.”

소나기가 퍼부으며 구름 떼를 무너뜨렸다. 이슥고 가는 빗줄기가 내리기 시작했다. 징거 부인은 외투 깃을 여몄다.

“당신이 나에게 외투를 입으라고 한 건 잘한 일이었군요.”

그러나 징거 씨는 부인의 말에 전혀 귀를 기울이지 않고 자기가 묻고 싶었던 질문을 던졌다.

“마리아, 어째서 당신은 내가 집에 돌아가는 걸 마뜩찮게 여기지? 난 우리 집에서 지내는 게 좋아. 평소의 습관대로 돌아갈 거야. 모든 게 잘될 거라고 당신에게 약속해. 내가 많이 생각해봤어. 내 상태는 개선될 수 있어.”

“한스, 나도 그렇게 믿어요.”

“그런데 집에는 돌아오지 말라?”

마리아는 대꾸하지 않았다.

“이번에는 당신이 나를 이곳에 입원시키지 않았지. 그래서 병원에서 나가는 문제도 당신 의견만으로는 안 되는 건가? 그런 거야, 마리아? 그래?”

징거 씨는 혹시나 싶어서 부인에게 물어보았다. 그녀는 고개를 끄덕였다.

“이번에는 니클라우스가 보호자 자격으로 나를 입원시켰지. 그러니까 퇴원도 그애가 나서야 하는군. 그래야 사리에 맞지? 니클라우스에게 여기 와서 퇴원 수속을 하라고 해."

"한스, 그애는 전선으로 복귀했어요. 안 그래도 당신에게 그 소식을 알리려고 했어요."

"복귀라니! 그럼 난 니클라우스가 돌아올 때까지 계속 기다려야 하나?"

징거 씨가 벤치에 주저앉았다. 그는 애원하듯이 아내를 올려다보았다.

"내가 행복하게 지낼 수 있는 곳은 내 집밖에 없어."

어떻게 말할 수 있을까, 조금 전에 원장이 그녀를 만나서 이 간청을 들어주는 것은 '바람직하지' 않다고 일러주었다는 사실을?

"당신은 이제 내가 집에 있는 게 싫지. 아니야?"

징거 씨는 마침 한 환자를 데리고 그 옆을 지나가던 간호사에게 냅다 소리를 질렀다.

"내 아내는 이제 남편이 집에 없었으면 좋겠답니다!"

14호실 문이 벌컥 열렸다.

징거 씨가 머리칼이 흠뻑 젖은 채 들어왔다.

그는 상념에 빠져 있던 마티아스의 침대 앞에 다가와 눈을 빛내며 말했다.

"마티아스, 자네가 보기에는 우리 집 '암탉'이 어떻던가?"

"아!"

"그래, 우리 암탉. 징거 부인."

“두 분이 나가실 때 참 근사한 커플이라고 저 혼자 생각했는데요.”

“자네는 우리를 봤을 텐데! 하지만 이건 나를 제외하고 징거 부인 한 사람만을 두고 하는 질문이네. 자네가 보기엔 그 사람이 어떻던가? 솔직하게 말해보게. 내가 자네 의견을 중요하게 생각한다는 걸 자네도 알 걸세.”

“상당히 품위 있고 위엄도 있는 분이라고 보았습니다. 그리고 미인이시더군요.”

징거 씨는 마티아스의 입에서 나오는 한 마디 한 마디를 음미했다. 그의 얼굴이 환하게 빛났다.

“나도 자네와 같은 생각이야. 병이란 참 끔찍한 것이네. 환자를 두 번 아프게 하지. 한 번은 직접적으로 환자의 몸과 정신을 아프게 하고, 또 한 번은 환자를 아끼는 주변 사람들을 불행하게 함으로써 간접적으로 아프게 하지. 환자 본인이 바라든 바라지 않든 간에, 그건 환자의 잘못이야.”

마티아스는 자기 입장에도 이점들이 있다고 생각했다. 그를 사랑했던 사람들은 그가 지금 정신병자가 되었다는 걸 모르고, 아무도 그로 인해 아파하지 않으니까. 마티아스는 처음으로 양어머니와 양아버지가 자기 처지를 알고 있을지 궁금해졌다. 군대에서는 그의 행방불명을 뭐라고 해명했을까? ‘군대 입장에서 나는 실종자겠구나.’ 마티아스는 속으로 생각했다.

“부모가 누군지도 모르고 태어난 사람이 실종됐어요. 시신도 영영 못 찾았고요. 그럼 그 사람이 존재하지 않았다는 요건이 다 충족된 거 아닐까요, 징거 선생님?"

마티아스는 자기 생각에 취한 나머지 불쑥 이런 말을 던졌다.

"뭐라고?"

"실종이라고요! 저에게 이보다 더 나은 일이 어디 있겠습니까?"

"마티아스, 자네는 스스로를 아프게 하려고 하는데, 난 그럴 필요가 없다고 생각하네. 그런 수고는 다른 사람들에게 맡겨버려. 남들이 어련히 알아서 잘할까."

"징거 선생님, 저를 가장 아프게 하는 건요, 다시는 기관차를 몰지 못할 거라는 생각입니다. 미친놈들 소굴에 있던 사람에게 열차를 맡기다니, 그거야말로 미친 짓일 테지요……."

그러나 징거 씨는 그의 말을 냉담하게 잘랐다.

"뒤투르 씨, 우리가 있는 곳은 미친놈들 소굴이 아니라 정신병원이라고 내가 꼭 지적해야 하겠나?"

"철도회사에서 미친놈들 소굴과 정신병원은 별개라고 생각해 줄까요? 혹 차이가 있어봤자 그런 건 중요하지 않아요. 어쨌거나 저도 열차를 운행하는 책임을 지고 싶지는 않네요. 그러다 혹시 발작이라도 일으키면…… 운행 중에 그런 일이 일어나면 어떻게 해요. 전 이미 군대에 몸담음으로써 수많은 사람을 죽였고, 이제 민간인으로 살면서까지 누군가를 죽게 하고 싶지는 않네요."

"그럼 화물차를 운전하면 되잖나!"

마티아스가 씁쓸하게 미소를 지었다.

"친절한 말씀이네요…… 하지만 저는 화물차도 몰 수 없을 걸요. 전 이제…… 믿을 만한 일손이 못 되니까요."

마티아스는 신경질적으로 담배쌈지를 뒤졌다. 담배는 하나도 없었다. 그는 궐련지를 만지작거리다가 쓰레기통에 던졌다. 담배 생각이 간절했지만 차마 징거 씨에게 부탁할 수는 없었다.

"시가 한 대 줄까? 자네도 알다시피 나는 시가밖에 안 피운다네. 골든시가 말이야!"

징거 씨가 쩌렁쩌렁한 목소리로 물었다. 그는 마티아스에게 선물을 하게 된 것이 신나서 서둘러 벽장에 다가가 시가 상자를 꺼냈다. 그러고는 상자를 둘러싼 종이띠를 손톱으로 찢고 나무 뚜껑을 열었다. 그는 귀한 시가들을 싸고 있는 금속판 두 쪽을 펼쳐서 마티아스에게 내밀었다. 마티아스는 징거 씨의 부추김에 용기를 내어 멋들어지게 종이띠를 두르고 있는 시가 한 개비를 집어들었다.

마티아스가 난생처음 피워보는 시가였다.

징거 씨는 시가 끝을 어떻게 자르는지 시범을 보였다. 마티아스는 시가를 입에 물었다. 어찌나 두툼한지! 징거 씨는 성냥갑을 가져와서 성냥개비 하나에 불을 댕겼다.

"1892년, 조슈아 퓨지가 처음 마분지로 성냥갑을 만들다. 이 사건을 내가 잊고 있었구먼. 이것도 리스트에 추가해야겠어."

"저도 또 하나 생각난 것이 있습니다. 1893년, 저드슨이 지퍼를 발명했죠. 우리 양어머니도 지퍼를 자주 사용했어요."

"담배와 시가의 차이는 총과 대포의 차이에 해당하지."

징거 씨는 성냥을 갖다대면서 이렇게 말했다.

"그걸 선생님이 어떻게 아……."

마티아스는 숨이 턱 막혀서 하던 말을 마저 맺지 못했다.

“자네 미쳤나! 그렇게 한꺼번에 뱉어버리면 어떻게 해! 마티아스, 이건 보통 담배가 아니라고. 익숙지 않은 사람은 머리가 팽팽 돌걸.”

‘나중에 누군가로부터 내가 독일의 병원에서 박사학위 소지자와 대화를 나누며 시가를 피웠다는 말을 들으면 기분이 어떨까!’

마티아스는 속으로 생각했다.

징거 씨는 마티아스에게 더이상 신경을 쓰지 않았다. 시가 상자를 들여다보는 데 푹 빠졌던 그는 마티아스에게 서글픈 사태를 주지시켰다.

“시가 상자는 꽉 찼는데 내 위장은 텅 비었군.”

“시가를 뜯어먹는 수밖에 없군요!”

마티아스가 대꾸했다. 징거 씨가 분한 눈으로 그를 바라보았다.

“프랑스 식 유머라고 받아들이지.”

징거 씨는 약이 오르는 듯 바람 빠지는 소리로 이렇게 응수했다.

마티아스는 미소를 지었다. 머리가 빠개지는 것 같았다. 그는 침대 가장자리에 걸터앉았다. 청소년기에도 이런 기분에 빠져서 식욕을 잃어버린 적이 있었다.

두터운 침묵이 둘 사이에 내려앉았다. 징거 씨는 심기가 상했다. 음식물과 관련된 것은 그 무엇도 가볍게 받아들일 수 없었다. 먹을 것을 가지고 농담을 해서는 안 되었다. 그들은 저녁 식사 시간까지 한 마디도 하지 않았다. 그들은 그냥 쉬었다.

처음으로 그들이 작은 불화에 빠졌던 것이다.

저녁 식사는 소박하다 못해 산책 한 번으로 다 소화될 정도였다. 마티아스가 먼저 처소로 들어왔고, 그 다음에는 징거 씨가 들어왔다. 서먹서먹하고 곤란 분위기는 벌써 물러갔다.

저 태양이 지지 않고, 날이 끝나지 않고, 밤이 오지 않으니…… 해도 지기 전에 잠자리에 드는 것보다 더 끔찍한 건 없다. 낮에는 깨어 있고 밤에는 자는 거다.

무엇보다도 세상의 리듬과 우리의 화합을 떠받치는 이 시간적 배분을 흐트러뜨려서는 안 된다. 그 균형을 잃어버리면 우리는 미친 개들처럼 시간의 모든 방향들로 아무렇게나 나아가버리니까.

그들은 잠자리에 들었다. 그 얼마나 절망적인가!

마티아스의 목소리가 무감각하게 들려왔다.

"아마 말씀드린 적이 없을 텐데요, 우리 양어머니는 재봉사예요."

마티아스가 처음으로 현재시제로 말하고 있음을 징거 씨는 놓치지 않았다.

"양아버지와 양어머니는 공장의 재봉실에서 서로 알게 된 사이였죠. 두 분은 동갑내기였어요. 저를 입양하면서 양어머니는 공장을 그만두고 집에서 재봉 일을 하시게 됐죠. 난 항상 일감에 고개를 처박고 있는 어머니의 모습을 봤어요. 두 분은 프레 생 제르베의 달동네에 작은 집을 빌려서 살았어요. 우린 부자가 아니었지만 찢어지게 가난하지도 않았어요. 양어머니는 제 몸에 딱 맞게 옷을 지어서 입혔는데, 그 옷을 입고 나가면 친구들이 부러워 죽으려고 했죠. 교실에서는 모두 똑같이 헐렁한 웃옷을 입었어요. 초등학생용 웃옷을 어떻게 입는지 아세요?"

징거 씨는 당황해서 마티아스를 멀거니 바라보기만 했다.

"단추가 등 쪽에 있어요. 뒤에서 단추를 채워야 되는 거죠, 징거 선생님."

"바보 같은 노릇이군! 애들이 혼자서 단추를 못 채울 거 아냐……."

"그러라고 단추를 뒤에 달아놓은 거예요! 종교재단이 아닌 세속 학교의 웃옷은 초등학생들이 서로 단추를 채워주면서 협동을 배우라고 만든 거예요. 제가 웃옷을 벗을 때마다 얼마나 우스꽝스러웠는지 몰라요. 어깨부터 발목까지는 세련되기 그지없는데 그 아래는 영 아니었거든요. 옷은 어머니가 만들어주셨지만 신발은 돈을 주고 사야만 했으니까요. 재봉사집 아들들은 신발이 형편없어요!"

마티아스가 진지하게 말했다.

"양어머니는 손님들 집으로 가봉을 하러 나갈 때가 많았어요. 그래서 파리를 손바닥처럼 훤하게 꿰고 있었죠. 나는 아버지가 직접 만든 작은 트렁크를 어머니를 위해 준비해놓곤 했어요. 아! 생각나네요. 1893년, 화이트콤 저드슨이 지퍼를 발명하다. 어머니는 지퍼를 자주 사용했죠. 어머니는 제가 손가락으로 재빨리 감아놓곤 했던 양면 줄자, 재봉바늘과 시침핀이 들어 있는 감초 상자, 입에 침이 마르도록 장점을 칭찬하던 똑딱단추 꾸러미 따위를 한데 넣어두셨죠. 그리고 '성게'라는 것도요. 검은 천으로 주머니를 만들어서 톱밥으로 속을 채우고 바늘을 수십 개씩 꽂아두는 쿠션 같은 건데, 그걸 '성게'라고 불렀거든요. 저는 성게를 손바닥에 올려놓고 바늘이 살을 파고들도록 힘껏 쥐기를 좋아했어요. 바늘에

찔려도 아프다고 소리를 내지 않았죠.

하루는 양어머니에게 왜 내 이름에는 't'가 두 번 들어가느냐고 물었어요. 어머니는 얼굴을 붉히며 대답했어요. '그건 내 생각이었는데…… 혹시 너를 잃어버리면 이렇게 말할 수 있잖니. 마티아스라는 아이를 찾습니다. 이름에 t가 두 번 연속으로 들어가는 마티아스(Matthias)예요. 넌 세상에 둘도 없는 아이야. 필요하다면 두 번이 아니라 세 번이라도 연속으로 넣을 거다.'

양어머니는 글을 읽을 줄도 모르고 쓸 줄도 몰랐어요. 하루는 제가(아마 여덟 살 때였을 거예요) 부엌 식탁에서 숙제를 하고 있었죠. 어머니가 뒤에 서 있는 걸 눈치챘어요. 저는 글씨를 쓰다 말고 멈추었죠. 어머니가 그렇게 제 뒤에 서 있을 때는 제 어깨에 손을 올려놓기를 기다리곤 했어요. 그런 걸 바라다니 이상한 놈이었죠. 어머니는 한 번도 그러시지 않았거든요. 저는 더듬거리며 단어 하나하나를 읽었어요. 어머니는 제 앞에 와서 보시고는 갑자기 당신도 글 읽는 법을 배워야겠다고 하셨어요. '그러면 너한테 뭐가 어려운지 나도 알 수 있잖니.' 저는 글 읽기를 처음부터 배우기에는 어머니 나이가 너무 많다고 말했어요. 하지만 우리 양어머니는 아가씨 같은 사람이었어요. 세월이 비켜간 것 같은 사람 있잖아요. 어머니는 '시작하기에 너무 늦은 때란 없단다'라고 하셨어요. 그 말이 제 마음에 남았어요. 그해가 다 가기 전에 어머니는 읽기를 떼었죠. 어머니는 나와 나란히 앉아서 번갈아가며 읽기 책을 들고는 목소리를 합하여 열심히 글을 읽었어요.

둘 다 초등학생처럼 말이에요. 겨울에는 어머니가 램프에 불을 밝혔죠. 그러다 해가 지면 어머니는 읽던 문장도 다 맺지 않고 퍼뜩 일어나서 '어쩌면 좋아! 저녁 식사!'라고 외쳤죠. '마투, 계속하렴. 너는 계속 읽어.' 그러면 나는 책을 계속 읽었어요. 그런데 어머니가 없으면 그렇게 열심히 하게 되지 않더라고요. 2인용 자전거 타보신 적 있나요?"

마티아스가 불쑥 징거 씨에게 물음을 던졌다.

한스 징거는 밑도 끝도 없는 마티아스의 물음에 놀라지도 않고 진지하게 대답했다.

"한 번도 없어. 하지만 두발자전거는 타봤지…… 어릴 때는 세발자전거도 탔어."

마티아스는 징거 씨의 대답을 조금도 새겨듣지 않았다.

"어머니가 일어나고 저 혼자 읽기를 계속해야 할 때에는 2인용 자전거를 혼자 타는 기분이었어요."

"뒷좌석에 앉았다면 더 곤란하지."

징거 씨는 여전히 진지한 기색이었다.

"2인용 자전거를 혼자 타보셨어요?"

"아니, 그냥 상상해서 하는 말이네만."

"글을 읽을 때마다 항상 뭔가가 빠진 것 같은 기분이 들었어요. 양어머니가 '너한테 뭐가 어려운지 알기 위해서'라는 똑같은 이유로 수학을 공부하기 시작하면서 사정은 나빠졌죠. 우리 어머니가 열심히 하지 않았던 건 아니에요. 그런데도 수학은 배우지 못하셨죠. 어머니는 '수학 공부는 사람 냄새가 안 나는구나'라고 했어요. 한번은 몹시 흥분하시기도 했죠. 저보다는 당신 자신에게 화가 나서 '네가 이해하는 걸 난 이해 못하겠다!'고 하셨어요. 어느 날 저녁, 그날따라 유난히 공부가 힘들었는데, 어머니가 행주를 던지면서 이러시는 거예요. '미안하다, 마투. 너 혼자 하렴. 엄마는 같이 못하겠어.' 어머니는 부끄러운지 눈을 못 드셨어요. 그래서 저는 수학에 앙심을 품고 있어요. 우리 어머니를 부끄럽게 한 수학에 앙심이 있다고요. 그리고 바로 그 이유로 저는 수학에서 좋은 성적을 받고 싶었어요. 수학 따위를 겁낼 필요가 없다는 걸 어머니에게 똑똑히 보여드리고 싶었거든요. 가증스러운 마녀에게 달려들어 모가지를 완전히 비틀어놓고 싶었다고나 할까요."

"수학의 모가지를 비틀고 싶었다고!"

징거 씨는 경악하며 몸서리를 쳤다.

"아니에요. 전 그냥 양어머니가 수학을 겁내지 않았으면 했을 뿐이에요."

마티아스는 잠시 입을 다물었다가 징거 씨의 눈을 똑바로 들여다보며 다시 이렇게 말했다.

"아실는지요…… 비록 이 지경이 됐어도 처음 이 방에 왔을 때, 원장님이 선생님을 수학자라고 소개했을 때 제가 얼마나 충격을 받았는지 말이에요…… 이 우연의 일치가 항상 놀랍지만, 굳이 해석하고 싶지는 않아요. 징거 선생님, 저는 운명을 믿지 않는답니다.

학교가 끝나면 친구들과 샤포 루주 언덕에 갔어요. 규칙을 계속 바꿔가면서 놀이를 하고, 지치지도 않고 싸움질을 해댔죠. 우리는 구주희(九柱戲)를 제일 좋아했어요. 어지간히 치고받고 한 다음에는 언덕 정상에 앉아서 파리를 내려다보았죠. 파리는 사람과 삯마차가 바글바글하고 거무스름한 웅덩이처럼 보였어요. 파리 시내 거리와 주요 이정표를 찾으면서 몇 시간을 보내기도 하고…… 에펠 탑은 물론이고, 우르크 운하, 생 루이 섬, 파리 주변에 남아 있는 성벽 흔적들은 찾기가 쉬웠죠. 광장들은 그때그때 달라요. 우리는 이름 때문에 페트 광장*을 제일 좋아했어요. 게다가 제일 가까이 있는 광장이기도 했고요. 그리고 우리의 정치적 견해상 레퓌블리크 광장, 바스티유 광장도 좋았고요. 그래요, 우린 그때 이미 정치적 견해가 있었어요. 우리가 살던 곳, 프레 생 제르베에서요. 선생님 이 노래 아세요?"

마티아스는 어느새 낮은 목소리로 노래를 흥얼거리기 시작했다.

징거 씨가 빛나는 시선을 던졌다.

"마티아스, 자네의 노래를 들어서 내가 얼마나 기쁜지 모를 걸세. 더구나 자네는 아주 멋진 저음을 지녔구먼…… 그래, 나도 그 노래를 안다네."

"보통은 '이 노래 아세요?'라고 물으면 대답이 '아니'일 거라고 생각하거든요. '그래, 알아'라고 대답하면 물어본 사람이 실망한다고요."

마티아스가 살짝 책망하듯이 말했다.

"그렇다면 아니라고 해두겠네. 그래, 그건 푸치니의 〈마농 레스코〉에 나오는 노래가 아니야."

---

* '축제 광장'이라는 뜻.

마티아스는 미소를 지으며 고개를 끄덕였다.

"선생님이 모르신다는 이 노래의 가사는 아시나요?"

"가사는 정말로 모르는데."

마티아스는 목소리를 꾸며내어 노래를 부르기 시작했다.

동이 트기 전에 깨어난 나는
프레 생 제르베…….

갑자기 불이 꺼졌다. 시간이 그렇게나 흘렀던 것이다. 밤 10시. 소등 시간이었다.

두 사람에게 소등은 타격이었다. 용납할 수 없는 간섭이랄까. 그들은 두 마리의 악마처럼 자리에서 스르르 일어나 방 안을 뒤덮은 희미한 어둠 속에서 서로를 알아보았고, 그런 식의 분노에 어느새 익숙해진 자신을 발견했다. 그들의 결심은 눈빛만으로도 충분히 전해졌다.

마티아스가 목소리를 낮추어 다시 노래했다.

동이 트기 전에 깨어난 나는
프레 생 제르베에서 왔어요.
아침이 이제 막 피워낸
이 생생한 라일락을 따러 왔지요.
봄이 우리를 초대하니
어서어서 봄을 즐깁시다.

어이할까나, 꽃이 피는 것도 한때요!

젊음도 라일락도 한때이니!

아! 아, 라, 라!

징거 씨는 팔꿈치를 괴고 마티아스를 뚫어져라 바라보았다.

"이 노래 가사는 사실이에요. 우리가 살던 프레 생 제르베에는 라일락이 지천으로 널려 있었거든요. 거기서 제일 가까운 성문 이름이 괜히 '포르트 데 릴라*'가 아니에요."

"참 듣기 좋은 알토 음성이구먼."

징거 씨가 감탄했다.

"아! 아, 라, 라!"

마티아스가 마지막 부분을 한 번 더 불렀다. 그러고는 하고 싶은 말이 너무 많은 사람처럼 숨도 돌리지 않고 이렇게 덧붙였다.

"저는 성적을 아주 잘 받아왔어요. 수학 덕분이었죠. 어머니는 제 성적을 보고 정말로 기뻐하셨죠! 제가 마녀의 모가지를 비틀어 버린 거예요. 덕분에 장학금도 받고 중학교까지 마칠 수 있었죠. 하지만 제 머릿속에는 항상 『인간 야수』가 있었어요.

열여섯 살 때의 어느 일요일이었어요. 점심을 먹고 나서 어머니는 케이크를 내왔고, 아버지는 식기를 내려놓고 냅킨으로 입을 닦더니 저를 똑바로 바라보고 말씀하셨죠. '마티아스, 난 너에게 돈을 대줄 수 없다. 그럴 돈이 없어. 너를 더 가르칠 수도 없다. 내가

* '라일락의 문'이라는 뜻.

가르칠 것도 없고. 내가 너에게 줄 수 있는 단 하나는 노동자로서의 내 의식뿐이다.' 아버지는 그렇게 말하고 나서 당신 잔과 내 잔에 맛있는 보졸레 포도주를 따르고 내 잔에 당신 잔을 부딪치며 말씀하셨어요. '인간이 언젠가는 평등해질 거라고 믿지 않으면, 인간이 언젠가는 행복해질 거라고 믿지 않으면, 그냥 확 죽어버리는 수밖에 더 있겠냐.' 우리는 어엿한 사내들처럼 함께 잔을 비웠죠."

"조금 전에 자네가 수학자랑 한 방을 쓰게 되어서 놀랐다고 했을 때 말이야. 그때는 자네 말을 중간에 끊고 싶지 않아서 가만히 있었네. 하지만 나도 원장이 자네 이름을 처음 가르쳐주었을 때 비슷한 기분을 느꼈지. 마티아스(Matthias). Math(수학)-ias! 이보게, 마티아스, 난 자네가 수학을 피할 수 없다고 생각해. 자네는 그러니까 나의…… 제자가 될 운명이었다고."

"저는 차고지 기관사 수습으로 들어갔습니다. 조금 지나니까 조작을 가르쳐주고 화물 수송도 맡기더라고요. 그렇게 해서 저는 기관사가 됐습니다. 처음으로 열차를 운행하던 날 제 기분이 어땠는지 상상도 못하실 겁니다. 정말 몇 번이나 점검하고 확인했는지 몰라요. 다행히 열차 운행에 능숙한 사람을 한 명 붙여주긴 했지만요. 그 사람은 아무 말도 안 했지만 그렇게 옆에 있어주는 것만으로도 안심이 됐어요. 저는 이제 곧 저 사람처럼 되겠다는 꿈을 꾸었죠. 그와 동시에 벌써부터 아쉬움도 있었습니다. 이 첫번째 운행에서 느끼는 기분을 이제 다시는 맛보지 못할 거라는 예감이 있었거든요. 벅찬 감정, 승객들에게 느끼는 책임감, 뭐 그런 거요. 믿어주세요, 마음을 편히 가지세요, 제가 책임지고 여러분을 목적

지까지 데려다드리겠습니다. 그때 이런 생각을 했던 것도 기억나네요. '이 일이 결코 나에게 판에 박힌 일과가 되지 않기를.' 저는 열차의 길이를 보려고 몸을 기울였는데, 그때 보고 말았습니다. 몇 미터 뒤 탄수차(炭水車) 부근 플랫폼에 서 있는 아버지를요. 일요일에 입는 정장을 차려입고 새 모자를 쓰고 계셨죠. 플랫폼에서 그 모자밖에 안 보였어요. 프로마주 블랑처럼 생긴 모자들과 뚜렷이 구분되도록 초록색 모자를 쓰고 계셨어요."

"프로마주 블랑이라니!"

징거 씨는 룸메이트가 횡설수설한다고 생각해서 일침을 가했다.

"맞아요, 먹을거리 이야기는 하면 안 되겠지요. 그런데 플랫폼에 있는 역무원들은 하얀 모자를 쓰기 때문에 원래 그렇게 불러요. 아버지는 나를 알아보셨지만 말은 한 마디도 안 하셨어요. 그냥 멀리에 꼼짝 않고 서 계시더라고요. 음, 조금은 선생님 조각상하고 비슷하게요. 그 한순간이 영원처럼 길게 느껴졌어요. 저는 여러 번 기적을 울리고 운행을 시작했죠. 기차가 막 앞으로 나아가는 순간이었어요. 내 손을 통해 수십 톤이나 되는 열차가 움직이기 시작한 거예요. 그때가 내 인생에서 가장 신명 나는 순간이었죠. 아버지는 옆에서 계속 기차를 따라 걸었어요. 뛰지도 않고, 계속 탄수차만큼 멀찍이 떨어져서 걷고 계셨죠. 더이상 기차를 따라잡을 수 없게 되자 그 자리에 멈추시더니 모자를 벗고 나에게 인사를 보내셨어요.

저는 기관차를 운행할 때면 항상 졸라의 이 문장을 떠올려요. 『인간 야수』에 나왔던 문장이죠. '열차에 대한 애정과 절도를 제외하면 기관사의 진짜 실력은 가급적 압력을 높여서 열차가 흔들리지 않고 균일하게 나아갈 수 있게 하는 데 있다.' 저는 바퀴들이 규칙적인 속도로 레일 위를 굴러가는 느낌을 좋아했어요. 곧 진동 없이 기차를 모는 실력을 인정받았죠. 열차 기관사는 계속 서 있지 않으면 안 돼요. 게다가 앉을 수 있는 좌석 따위가 아예 없고요. '제27조. 기관사와 운전수는 운행 중에 서 있는 자세를 유지해야 한다.' 항상 서 있어야 해요! 그런데 저는 이 병원에서 몇 주째 누워서만 지내는군요!"

징거 씨는 아무 말도 하지 않았다. 그는 지그시 감은 눈을 이따금 깜빡거리며 어둠 속에서 전해져오는 그 목소리에 집중했다. 그의 모든 상상력은 운명적으로 만나게 된 이 프랑스 청년의 삶의 편린들을 그리는 데 동원되었다. 그는 어느새 프레 생 제르베의 작은 집에 가 있었고, 마티아스의 양어머니와 양아버지도 순식간에 친근한 존재로 다가왔다. 정말로 순식간에…….

"저는 첫 월급으로 어머니를 위해 재봉틀을 한 대 샀습니다. 아시죠, 선생님과 똑같은 이름이 붙은 싱거 재봉틀 말이에요. 우리 동네에 사는 여자라면 누구나 싱거 재봉틀을 갖고 싶어했죠. 어머니도 벌써 몇 달 전부터 눈독을 들이고 있었고요. 어머니가 처음 그 재봉틀을 돌려보았죠. 차츰 규칙적으로 페달 밟는 소리가 들리는가 싶더니 어머니가 고개를 드시더군요. 전 어머니께 다가갔어요. 저에게 키스를 해주실 거라고 생각했거든요. 어머니가 '마투, 내가 살면서 이렇게 멋진 선물은 처음 받아보는구나'라고 했어요. 그 재봉틀은 할부로 샀어요. 저는 생활비를 벌었죠. 행복했어요.

항상 꿈꾸던 일을 직업으로 갖게 됐으니까…… 하지만 이제 다시는 그 일을 할 수 없을 테지요."

"마티아스, 전쟁은 끝날 걸세! 자네는 고국으로 돌아가서 다시 기관차를 몰 수 있을 거야."

"기관차를 몰다니요! 승객이 이삼백 명이나 되는데 미친놈이 기관차를 몰아요? 몇 번이나 발작을 일으켰던 제가요? 기관사가 사소한 실수 하나만 저질러도 수십 명의 사상자가 발생해요. 선생님이 실수를 하면 몇 명의 목숨이 위태로워질까요? 단 한 명도 위태로워지지 않아요. 수학적 공리에 '고장'이 발생하나요? 수학에도 긴급사고가 일어나요? 선생님이 하는 일에도 운행상의 실수라는 게 있어요? 그래서 해고당할 일이 있어요? 어쨌거나 다시 기관차에 몸을 담기에는 두려운 게 너무 많아요. 발작이 일어날지도 모른다는 두려움을 늘 안고 살아야 할 테니까요. 의사들이 뭐라고 지껄이든 상관없어요. 전 이미 절 믿을 수 없게 됐다고요. 마치 뭔가가 내 몸에서 잘려나간 것처럼."

"미안하네. 하지만 자네 양어머니는 이렇게 말씀하시지 않았나. '시작하기에 너무 늦은 때란 없다'고."

"처음 시작하는 것과 다시 한번 시작하는 건 다른 문제죠."

간호사의 무거운 발걸음이 복도에 울려 퍼졌다. 두 사람은 입을 다물고 이불 속으로 들어갔다. 잠시 후에 간호사의 동그란 머리통이 문짝의 감시창에 불쑥 나타났다가 사라졌다. 간호사의 걸음 소리가 멀어지자마자 마티아스가 다시 입을 열었다.

"제가 일하던 라 샤펠 차고지와 라 플렌 생 드니 차고지에서 파업이 시작됐어요. 우리는 일당 100수*를 받고자 했어요. 우리는 페루 노동자들이 아니었어요. 그런데 회사에서는 그 정도의 푼돈을 지불하는 것도 거부했지요. 정오에 모든 철도 노동자들이 작업을 중단했어요. 승무원, 역무원, 운전수, 매표원, 점등원, 상품 전담원…… 큰 역, 작은 역을 가리지 않고 너나 할 것 없이 손을 놓아버렸죠. 전에는 그런 일이 한 번도 없었어요. 철도 업무는 완전히 중단됐죠. 철도망마다 파업 위원회들이 자발적으로 생겨났던 거예요. 우리 파리 북역이 그중에서도 맨 처음 파업에 돌입한 만큼, 우리는 적잖이 자랑스러웠어요. 그 다음에는 서역, 동역, PLM 철도회사, 파리–리옹–마르세유가 동참했지요. 저는 파업 주동자 중 한 사람으로서 꽤나 활발하게 움직였다고 해두죠.

그러자 군대가 투입됐어요. 제5연대 공병이 기관사들을 맡았고, 그 외의 군인들이 역과 통로를 장악했죠. 우리는 군대와 맞서 싸울 만한 규모가 아니었어요. 전기 기술자들이 우리를 지지하기 위해 파업에 동참했지만 그걸로는 역부족이었죠. 가차 없는 진입이 이루어졌어요. 철도노조 조합원들은 즉시 체포되었고, 파업을 주동한 사람들은 제비뽑기를 통해 군대에 징병되었죠. 그때 우리는 이렇게 생각했어요. '저들이 우리의 입을 막을 수는 없을 거야. 우리는 언제든지 우리의 생각을 표현할 수단을 찾을 수 있어.' 한 동료가 멋진 표현을 찾아냈죠. '주둥이에 못이 박힌 앵무새는 방귀라도 뀐다'고요!"

---

* 500상팀, 즉 5프랑에 해당하는 금액.

징거 씨는 풋, 하고 웃어버렸다.

"우리는 점조직으로 분산해 행동에 들어가기로 했죠. 그리고 고의로 설비를 파괴하거나 태업을 유도했어요. 그 외에 우리가 싸울 방법이 뭐가 있었겠어요? 회사에서 군대를 투입하는 선까지는 가지 말았어야죠. 파업은 며칠 만에 중단됐고, 회사들은 조직을 개편했어요. 3000명이 해고를 당했죠! 저도 그중 한 사람이었고요. 하루아침에 실업자가 된 거예요. 친구들과 저는 행동조직을 만들기로 결심했어요. 저는 파업 실패가 너무나도 가슴 아팠어요. 솔직히 말하자면 정부의 무참한 폭력 진압에 완전히 질려버렸죠. 도저히 받아들일 수 없었어요.

하지만 기관차가 그리웠어요. 회사에서 잘리고 나서 열차 운행이 저에게 얼마나 중요한 일인가를 절감한 거죠. 본능만큼 절박한 욕구를 느꼈어요. 그런데 전 쫓겨났어요. 그들은 썩은 팔다리 잘라내듯 절 잘라냈어요. 회사에서 저는 이제 아무것도 아니었어요. 아무것도! 뱃속에서 부글부글 분노가 끓어올랐어요. 그래도 차고지 근처를 어슬렁거리며 석탄 냄새를 맡고, 선로변경장치가 철컥대는 소리를 듣고, 기차에서 뿜어져나오는 연기를 보고 싶어 견딜 수가 없었어요. 그래서 멀찍이서 기관차들을 구경했죠. 간신히 해고를 면한 동료들도 만났고요. 그들이 부러웠어요. 저는 며칠간의 파업에서 느꼈던 형제애를 되찾고 싶어서 투쟁하기 시작했어요. 그리고 술을 입에 대기 시작했고요. 양아버지가 저에게 주의를 주셨어요. '네 기분은 이해한다. 하지만 네가 잘하고 있다고 볼 수는 없구나. 네가 약해질수록 네 상대들은 강해진다. 그들에게 대항하

는 최고의 무기는 너 자신이야. 그러니 너를 망치지 마라.'

투쟁에 들어가면서 우리는 더 많은 수가 모였고 은행, 공장, 광산, 작업장의 사주들과 맞서 싸웠어요. 정치가들과도 맞섰고요. 놈들은 자기들을 위협하는 그 야만적인 투쟁을 어떻게 해서든 막아야 했죠. 그래서 또다른 싸움, 요컨대 우리를 총알받이로 써먹을 '문명화한' 전쟁으로 대체한 거예요."

징거 씨는 마티아스가 방금 한 말을 이해하지 못하는 기색이 역력했다. 마티아스도 그 점을 눈치챘다.

"지금까지 살면서 평화에 반대한다고 자기 입으로 떠드는 사람은 한 명도 못 봤어요. 주위의 모든 사람들이 말로는 전쟁에 반대한다고 하죠. 그들은 평화론자가 아니에요. 하지만 원칙적으로는…… 이런 말을 하면 선생님은 웃으시겠지요, 프롤레타리아 국제주의라는 미명하에 그에 반대되는 행동을 하는 거죠. '만국의 프롤레타리아여, 단합하라!' 우리의 단합을 위해 저들도 단합했죠! 하지만 그건 우리를 죽이기 위해서였어요. 참 서글픈 이야기 아닌가요?

선생님은 파리의 5월이 얼마나 화창한지 모르시겠죠. 5월은 파리라는 도시가 활짝 꽃피는 시기예요. 우리 민중에게는 날씨가 얼마나 중요하다고요. 가난한 사람들 중에는 밖에서 자는 사람도 많아요. 집이 코딱지만 하니까 그러는 거죠. 안락하기 그지없는 대저택에 사는 부자라면 비가 오든 바람이 불든 등 따시게 지낼 수 있겠죠. 하지만 가난뱅이들은 햇살이 조금만 내리쬔다 싶으면 밖으로 뛰쳐나와요. 거리, 공원, 광장, 운하 일대가 가난뱅이들로 넘쳐나죠. 징거 선생님, 이런 속담 아세요? '4월에는 실 한 오라기도 벗지 마라. 5월에는 너 하고 싶은 대로 해라.' 1914년 5월에 우리는 정말로 우리 하고 싶은 대로 했어요. 그게 마지막이었지만요.

정부는 크게 한번 부딪칠 기회를 찾고 있었죠. 해마다 파리 동부 페르 라셰즈 묘지에 있는 코뮌 전사들의 벽 앞에서는 1871년 당시에 총살당한 3만 명의 사망자들을 기리는 시위가 벌어져요. 그런데 정부는 우리를 도발하기 위해서 그해에는 시위 자체를 금지해버렸어요. 우리는 즉시 무장시위를 준비했죠. 평화를 위한 것이 아니라 싸움에 맞서기 위한 준비였어요. 그런데 그 장소가 어디였는지 아세요? 바로 프레 생 제르베였어요! 그것도 샤포 루주 언덕이요. 우리가 소집을 공고하자마자 이틀 만에 15만 명이 모였죠. 그렇게 사람이 많이 모인 건 처음 봤어요. 우리 집 바로 옆, 내 친구들과 구주희를 하며 놀던 바로 그곳에 말이에요! 가족 단위로 참석한 사람들, 플래카드의 숲, 노점상, 모두가 아는 노래를 다 함께 합창하던 기억이 생생하게 떠오르네요. 양어머니와 양아버지도 오셨어요. 우리 식구는 함께 있었죠. 저는 술을 끊었어요. 아버지는 알고 계셨지만 아무 말씀도 안 하셨죠. 굉장히 많은 사람들이 아버지에게 인사를 하러 왔어요. 노조 쪽에서 아버지는 무척 존경받는 분이셨죠. 사람들이 연단에 차례차례 올라가 열변을 토했어요. 우리는 박수갈채를 보냈죠. 사실은 우리 자신에게 보내는 박수였어요.

잠시 후에 조레스가 앞으로 나왔어요. 선생님도 그 사람을 보셨어야 하는데…… 키는 작지만 분위기를 확 압도하는 사람이었죠.

갑자기 떨리는 침묵이 지배했어요. 모두 조레스만 쳐다보고 있었죠. 우리는 조레스를 친형제처럼 사랑했어요. 그는 배신하지 않는 사람이었죠. 조레스가 입을 열었어요. 전에도 그의 연설을 들은 적이 있었죠. 조레스가 나타난다는 집회에는 빠짐없이 참석했으니까요. 하지만 그때는 좀 달랐어요. 뭐랄까, 꼭…… 지금 이렇게 말하기는 쉽지만요, 정말 그때 조레스는 마치 자기 유서를 읽듯이 연설을 했어요. 저는 오한이 났어요. 무더운 날씨였는데 말이에요…… 언덕에는 항상 바람이 다소 불게 마련이죠. 조레스의 음성이 천둥처럼 일어났다가…… 감미롭게 공중을 떠돌았죠. '나는 산 자들이 자기를 지키기 위해 지평선에 나타난 괴물과 맞서 싸울 것을 호소합니다. 또한 저기 동녘을 향해 잠든 수많은 죽은 자들을 위해 눈물을 흘립니다. 시체 썩는 냄새가 회한처럼 우리에게 밀려오고 있습니다. 나는 구름 속에서 으르렁거리는 전쟁의 벼락을 부숴버릴 것입니다.' 하지만 바로 그 전쟁의 벼락이 조레스를 부숴버렸죠."

이 말을 내뱉은 마티아스의 두 뺨은 불처럼 벌겋게 달아올라 있었다. 징거 씨는 상상력을 최대한 발휘해보았다. 하지만 때로는 상상이 자기가 공감을 느껴야 할 실제 사건에 미치지 못하는 법이다.

"백주대낮에 어둠이 떨어졌습니다. 조레스가 암살당했다는 소식을 들었을 때, 하늘이 시커메졌지요. 일식이었어요. 해가 가려졌던 거지요. 그 어둠이 지금도 이어지고 있고요. 나중에 저는 죽은 자들을 '보았어요.' 동녘을 향해 잠든 수많은 자들의 냄새를…… 시체 썩는 냄새를 '맡았어요.' 그 냄새에 찌들어버렸지요.

내가 바로 그…… 회한처럼 밀려오는 악취였어요."

마티아스는 이 고백을 마치자마자 눈물을 쏟았다.

징거 씨는 난감해져서 어찌해야 할지를 몰랐다. 마티아스가 어둠 속에서 계속 울도록 내버려둘 수밖에 없었다. 징거 씨 평생에 이렇게 손도 못 쓰고 누가 우는 소리를 내처 듣고 있기는 처음이었다. 울음소리, 크나큰 번민의 노래, 고통과 짝을 이룬 탄식을 듣고만 있다니. 그 순간 징거 씨는 정말로 마티아스 뒤투르와 진밀한 사이가 된 것 같았다.

"프레 생 제르베에서 그가 연설한 날이 1914년 5월 25일이었습니다. 다음날 프랑스 전역에서 무정부주의자, 노조 운동가, 사회주의자 등에 대한 가택수색이 벌어졌죠. 정부는 대결을 원했던 겁니다. 조레스는 제가 존경하는 유일한 인물이었습니다. 그는 사회주의자였고 저는 무정부주의자였지만 그딴 게 뭐 중요한가요…… 저는 조레스에게 무한한 애정을 갖고 있었고, 그에게 감동했습니다."

"조레스가 자네의 스승이었나?"

"그럴 수도 있었겠죠."

"마티아스, 그는 자네를 배반한 적이 없으니 자네의 스승이 될 수도 있었을 게야."

재차 그렇게 말하는 징거 씨는 우울해 보였다.

"선생님의 은사였던 크로네커를 생각하시는 겁니까? 하지만 그 사람은 선생님을 배반했고, 저는 저의 스승을 배반한 셈이죠. 우리 아버지는 '인간이 언젠가는 평등해질 거라고 믿지 않으면, 인간이 언젠가는 행복해질 거라고 믿지 않으면, 그냥 확 죽어버리는 수밖에 더 있겠냐'고 했죠. 하지만 그날 제 안에서 무엇인가가 부서졌습니다. 저와 수십만의 다른 사람들의 마음에서요. 우리 안의 가장 좋은 것이 망가져버린 겁니다. 8월 4일에 전쟁이 선포되었고, 그 다음날 노동총동맹(CGT)의 총서기는 조레스의 장례식에서 이렇게 말했죠…… 그때를 떠올리면 정말 끔찍하군요. '우리의 의지…… 어쩌고저쩌고…… 자유, 인민의 권리…… 어쩌고저쩌고…… 이러한 의지와 화합하여 우리는 소집명령에 부응하나니…… 형제여, 인간들의 화해라는 우리의 이상은 무너지지 않았다.' 아, 그래요. 시체들의 화해였죠! 무너지고 술에 취한 건 우리였어요. 몇 년 동안 우리는 인민파업을 준비했는데 이제 고개를 수그리고 민족전쟁에 뛰어들게 된 겁니다."

"결국 자네의 조레스는 그리스도와 다소 비슷한 구석이 있군. 모두가 그를 버렸다는 점에서."

"전 가톨릭 신자가 아닙니다. 조레스도 마찬가지였고."

"어쨌든. 자네도 알겠지만 나중이 되면 서로 그리스도를 차지하려고 싸울 거야. 모두들 자기가 그리스도의 참 제자였다고 떠들 테지."

"나중이요? 전 저에게 무슨 일이 있었는지 모르겠습니다. 뒤집힌 배처럼 저 역시 뒤집혔죠. 제가 전쟁에 박수갈채를 보내게 된 거예요! 제가 원수를 삼던 바로 그런 존재가 된 겁니다. 프롤레타리아 국제주의에서 극단적인 애국주의로, 계급투쟁에서 민족 간의 전쟁으로, 사회적 투쟁의 형제애에서 군대의 전우애로, 권위에 대한 거부에서 상관에 대한 복종으로 갑작스럽게 전향했다고요. 제가 믿었던 모든 것을 짓밟고 제 안의 어두운 힘을 해방시켰죠. 그럼으로써 세상 그 누가 저에게 했던 몹쓸 짓보다 더 끔찍한 짓을 저 자신에게 저질렀습니다. 저는 저를 부정했어요. 전에는 독일 사람을 한 번도 만나보지 못했죠. 선생님은 제가 두번째로 만난 독일인입니다. 첫번째로 만난 사람은 오래 볼 새도 없었어요. 전선에서…….

선생님은 그리스 시대에 알렉산드리아에 있었다는 공동묘지 이름을 아십니까? 그곳은 '지극히 많은 이들의 자리'라고 불렸다지요. 왜냐하면 세계사를 통틀어 어느 순간에도 지상에는 산 자보다 죽은 자가 더 많았으니까요. 오늘의 산 자는 내일의 죽은 자입니다. 오늘의 산 자도 내일은 죽은 자들의 대열에 합류하죠. 저의 고통, 조레스를 죽인 자들에 대한 저의 증오가 너무나 컸기에 저는 미움 덩어리가 되어버렸죠. 못된 개처럼, 저를 쓰다듬어주는 사람의 손도 물어뜯고 싶었어요. 전쟁터에서 그 일을 다시금 돌아보고 스스로를 이해하려고 노력하기까지 꽤 많은 시간이 필요했죠. 그런데도 정말 저 자신을 이해하게 된 건 아닙니다."

징거 씨는 보이지도 않는 마티아스의 얼굴을 보았다. 옛 일을 되새기느라 고통스럽게 일그러진 얼굴을. 징거 씨가 한 마디 하기로 마음먹었다.

"이런 이야기를 털어놓는 게 스스로에게 잘하는 일이라고 확신하나?"

"징거 선생님, 이건 그냥 역사의 한 페이지일 뿐입니다. 훗날 세

속학교 초등학생들이 줄줄 외우게 될…… 저로서는 제가 말씀드린 '이 모든 사건들'이 선생님께 성가신 이야기가 아니었기를 바랄 뿐입니다."

"전혀. 어쨌거나 난 듣지도 않았거든."

"고맙습니다. 극소수의 사람만이 조레스의 사상에 충실하게 남았죠. 저는 그렇지 못한 대다수에 속했고요. 양아버지는 당신의 노동총동맹 당원증을 찢어버렸어요. '마티아스, 잊어서는 안 된다. 네가 주동한 파업을 망친 것이 바로 군인들이었다. 군인들이 네가 일하던 선로, 차고지, 철도 신호기를 장악하지 않았느냐. 너 자신이 어떤 사람인지 잊지 마라.' 아버지는 그렇게 저에게 일깨워 주셨죠.

저는 동역 철도회사로 자리를 옮겼어요. 그쪽에서 전선에 물자를 대기 위해 화물 수송차 기관사를 찾고 있었거든요. 저도 제 생각을 믿고 싶지는 않았어요. '가자, 마티아스. 이 기회를 이용해서 다시 열차 운행을 하는 거야. 혁명은 엿이나 먹으라고 해. 남은 건 기차뿐이야. 이 기회를 잡아!' 저도 남들처럼 전쟁으로 한몫 보려는 사람이 된 거죠. 철도회사들은 서로 인력정보를 교환했어요. 그래서 이름만 대면 회사 측에서는 제가 1910년 파업을 주동한 죄로 해고당했다는 사실을 알 수 있었죠. 하지만 기관사가 워낙 부족한 실정이었기 때문에 저는 금세 채용됐어요.

화물 수송차는 끊임없이 전선으로 떠났어요. 집단의 광기는 개인의 광기들을 합한 것에 지나지 않아요. 그리고 저도 그 광기에 사로잡혀 그런 미친 짓에 가담했죠. 아무도 저에게 강요하지 않았는데 말이에요. 집단의 광기와 싸우기는커녕, 저도 그러한 광기에서 한몫을 담당했어요.

의기양양*! 이것만큼 상반되는 단어로 이루어진 표현을 아세요? 이것은 '신성한 단합**'이죠. 총들의 이익을 위해 서로 상반되는 꽃과 총이 단합한 경우요. 정말로 총의 개머리판에는 꽃이 있었어요. 르벨 식 연발총에 장미꽃과 패랭이꽃이 그려져 있거든요. 총을 '르벨'이라고 부르다니, 추잡하기도 하죠!*** 나는 청년들이 마치 자기 무덤에 놓일 꽃을 들고 다니는 것 같다는 생각을 하지 않을 수 없었어요. 그리고 여자들! 여자들도 광기에 사로잡히기는 마찬가지였죠. 어머니, 누이, 아내, 애인 할 것 없이 머리에 리본을 묶고 즐거운 듯이 노래를 불렀어요. 그래요, 여자들은 노래를 불렀어요. 전쟁터에 달려가는 자기 가족, 애인을 배웅하면서 노래를 불렀다고요! 저는 기관차에 탄 채로 플랫폼에 나온 군중을 사로잡은 병적인 열광을 지켜봤어요. 눈물을 흘리지는 않았지만 몸이 떨리더군요. 아마도 그때(분명히 그때)부터 제가 맛이 가기 시작했을 걸요. 왜냐하면 그 열광은 분명히 정상이 아니었으니까. 살상을 하러 가는 사람들의 분위기가 아니었다고요. 그리고 저는 전쟁터에 인간 제물을 쉴새없이 실어날랐지요.

---

* Fleur au fusil, 이 관용구를 직역하면 '총에 핀 꽃'이 된다.

** '신성한 단합(l'union sacrée)'은 프랑스가 제1차 세계대전에 뛰어든 후 프랑스 좌파가 애국심이라는 명분으로 전쟁 중에 파업이나 정치적 투쟁을 벌이지 않기로 결의했던 것을 가리킨다. 소설의 문맥을 통해 알 수 있겠지만 장 조레스는 사망 직전까지 반전과 평화를 부르짖었으며 이러한 결의에 반대하는 입장이었다.

*** '르벨(Lebel)'의 'bel'은 프랑스어로 '아름다운, 예쁜'이라는 뜻이다.

제가 수송차를 얼마나 많이 운행했는지 차라리 모르고 싶어요. 저는 보내야 할 것을 전달하고 즉시 돌아왔어요. 그리고 부상자, 상이군인, 기차를 탈 여력이 있는 사람들을 그들의 출발지점으로 데리고 돌아왔죠…… 그들은 한때의 열광에서 멀어졌어요. 살이 썩고, 얼굴이 망가지고, 다리가 떨어져나간 모습으로요. 휴가를 받은 군인들! 녹초가 된 사람들! 억지로 기쁜 체하지만 어떻게 온전한 모습으로 그곳에서 돌아왔는지 스스로 의아해하는 그들에게는 오로지 한 가지 생각밖에 없었죠. 이제 며칠 후면 지옥 같은 전쟁터로 돌아가야 할 거라는 생각.

저는 기관차를 몰았죠. 조종칸에서 열심히 일했어요. 그게 전쟁에서 수고하는 제 나름의 방식이었죠. 여자들은 군복을 바느질하고, 노인들은 총을 제조하고, 아이들은 깃발을 모으고, 마티아스 뒤투르는 열차를 몰았죠. 같은 열차를 계속 몰지는 않았어요. 수송열차가 워낙 많았으니까요. 이제 제가 사랑하던 일하고는 아무 상관도 없었죠. 얼마 지나지 않아 저는 열차가 고장 났으면 좋겠다는 생각을 하게 됐어요…… 자기 열차가 고장 나기를 바라는 기관사라니! 양들을 도살장에 끌고 가는 양치기 개나 다름없죠. '메리 해드 어 리틀 램, 메리 해드 어 리틀 램.'"

마티아스는 들어주기 힘든 악센트로 노래를 흥얼거리기 시작했다.

"영어 노래도 할 줄 아나!"

징거 씨가 감탄했다.

"마티아스는 죽이네, 어린 양, 어린 양을."

마티아스는 가사를 바꾸어 이렇게 노래했다.

"한번은 운행이 여느 때보다 유난히 끔찍하고 괴로웠어요. 그 다음에 결심했죠. 양어머니를 뵈러 가서 군대에 입대하겠다고 알렸어요. 어머니는 눈물을 보이지 않으려고 했어요. 저는 아버지가 돌아오시기 전에 떠나고 싶었어요. 아버지를 마주할 용기가 없었던 것 같아요. 아버지는 분명히 이렇게 말씀하실 테니까요. '네가 느끼는 대로 행동하려무나.' 아버지가 대놓고 뭐라고 하는 것보다 그게 더 괴로웠을 거예요. 어머니는 자리에서 일어나서 작은 상자를 하나 가지고 오셨어요. '너를 위해 따로 보관해뒀다. 네가 우리 식구가 된 후부터 공공 구호기관에서 매달 일정 금액을 보내줬지. 규칙상 받게 되어 있는 돈이라 거절할 수도 없었다. 돈은 조금도 쓰지 않았어. 네 거니까. 네 저축이니까. 며칠 전에 아버지가 그러시더라. 블랑슈(양어머니 이름이 블랑슈예요), 우리 애는 전쟁터로 떠날 거요. 그애는 자기 길을 끝까지 가봐야 하지. 그랬다가 다시 돌아올 거요. 나는 어머니에게 그 돈은 우리 세 식구 거라고, 우리 세 식구가 다시 만나는 날에 그 돈으로 성대한 잔치를 열자고 했어요. 하지만 저도 그 말을 믿지는 않았죠.

징병 사무소에서 저는 제 직업을 숨겼어요. 그리고 입대했지요. 한 달 후에는 제가 몰았던 군인 수송열차를 타고 전선으로 가게 됐고요. 아, 그 코스! 정거장들과 중간중간 나오는 다소 까다로운 지점들을 저는 훤히 꿰고 있었죠. 전 구덩이에 처박히고 싶어서 안달이 났어요. 자원 입대한 사람이 으레 그렇듯 최전방으로 투입됐죠. 참호에서 몇 달을 보냈어요. 밤마다 조레스의 뜨거운 음성이 떠오르곤 했죠. '산 자들을 부르노라! 산 자들을 부르노라!' 조레스의 부름은 응답을 얻지 못했죠. 산 자들은 이미 다 죽었으니까. 나는 그 부름을 들었었죠. 조레스가 외칠 때 나는 그 자리에 있었죠…… 그를 죽인 자는 한 명이었지만, 그를 배신한 자는 수백만 명이었어요. 나는 조레스를 배신하면서 나 자신까지 배신했죠. 알아요, 그날 이후로 나는 죽은 사람이에요. 몇 달이 지났고, 나는 몽유병자처럼 되어버렸어요. 아무것도 느끼지 않고, 아무것도 결정하지 않고, 그냥 명령에 따랐어요. 그랬더니 나를 하사로 임명하더라고요."

마티아스와 징거 씨는 아직도 한창 판이 벌어지고 있는 놀이마당을 지나갔다. 열에 들뜬 눈빛의 앙상한 청년 한 사람이 열심히 구주희 핀들을 세우고 있었다. 그는 세 개의 핀이 한 변을 이루는 정사각형 모양으로 아홉 번째 핀까지 모두 일정한 간격으로 세웠다. 청년은 나무 막대로 간격을 가늠해보고는, 간격이 규정에 맞지 않는지 핀을 다시 옮겼다. 이윽고 시합이 다시 시작됐다.

규칙은 간단했다. 핀이 하나 넘어질 때마다 1점을 얻는다. 먼저 31점을 획득하는 사람이 승자가 된다.

새록새록한 추억들! 공이 핀들과 부딪칠 때의 무딘 충격음…… 그때까지 놀이에 참여하지 않고 있던 마티아스가 더는 참을 수 없었는지 자기도 하겠다고 나섰다.

마티아스는 공을 잡고 구멍에 손가락을 끼웠다. 그러고는 팔을 늘어뜨렸다가 공의 무게를 가늠하는 저울처럼 가뿐하니 팔을 들어올렸다. 그는 눈을 반쯤 감고 팔 앞쪽을 당겼다가 공을 단숨에 놓았다. 공이 가운데 핀에 정통으로 맞았고 다른 핀이 두 개 더 쓰러졌다. 시작이 잘 풀렸다. 다른 입원 환자들과 간호사들이 구경을 하려고 몰려들었다. 마티아스는 공을 몇 번 던지지도 않았는데 금세 31점을 땄다.

"프랑스 사람이네, 프랑스 사람."

활기찬 게임 덕분에 일상의 절망에서 빠져나온 몇몇 환자들이 독일어로 외쳤다.

아까 핀을 세운, 게임에 홀딱 빠진 듯 보이는 청년이 마티아스에게 다가와 악수를 청했다.

"고맙습니다. 정말 고맙습니다."

"대단해!"

징거 씨는 휘파람을 불려다가 실패하고 이렇게 말했다.

두 사람은 이런저런 이야기를 나누며 놀이마당을 떠났다.

"꼬맹이 시절에는 돌멩이가 제일가는 무기였죠. 프레 생 제르베에는 빈터가 아주 많았어요. 저는 누가 좀 심하게 싸움을 걸어온다 싶으면 멀찌감치 가서 돌멩이부터 하나 주웠어요. 겨냥도 안 하고 그냥 감이 오는 대로 홱 던지는 거예요. 그래도 백발백중이었죠.

열차를 운행하는 사람에게 요구되는 가장 중요한 조건은 완벽한 시력이에요. 멀리 볼수록 예측을 더 잘할 수 있거든요. 나뭇가지나 선로에 떨어진 돌덩이 같은 장애물을 빨리 파악할 수 있으면 그만큼 열차 속도를 서서히 늦추어 큰 충격 없이 운행할 수 있죠. 부사관들은 내가 시력이 좋다는 걸 간파했어요. 하루는 대위가 저를 부르더니 특급사수를 해보라고 하더군요. 보상으로 가장 위험한 공습이나 작전에서 빼준다고 하면서요. 그런데 특급사수가 어떻게 그런 상황에서 빠질 수 있어요? 전투에 나갔는데 맞은편에 포복을 안 하고 있는 놈이 하나 있다고 쳐요. 그럼 잠깐이에요. 고개만 살짝 보여도 금세 총이 발사되어 머리통이 날아가고 없죠. 그냥 방아쇠만 살짝 당기면 끝이에요. 저는 대위에게 싫다고 했어요. 그랬더니 협박이 들어오더군요. 그래서 자꾸 강요하면 일부러 명중을 안 시킬 거라고 했어요. 과연 엄청난 대가를 치렀죠. 온갖 악의적인 행동, 최악의 공격에 다 끼게 된 거예요. 그런데 매번 저는 살아 돌아왔죠. 다치지도 않고요. 지긋지긋했죠. 하지만 저는 스스로를 보호하기 위해 한 일이 아무것도 없었어요. 동료들이 그랬죠. 뒤투르에겐 바라카가 있다고."

"뭐?"

"바라카…… 알제리 말인데, 뭔가 영험한 행운이 따른다는 뜻이에요. 재수 좋은 사람은 엉덩이에도 국수가 잔뜩 있다고 하잖아요."

"그건 또 뭐야?"

"그것도 억세게 운이 좋다는 뜻이에요."

"자네는 계속 먹을거리를 갖고 희한한 표현을 하는구먼!"

"특급사수는 방아쇠를 당기는 순간 표적을 놓치지 않기 위해 숨을 멈추고 있어야 해요. 자기가 겨냥한 사람의 숨통을 영원히 끊어놓기 위해서 자기도 몇 초간은 숨을 쉬지 않아야 하는 거죠."

마티아스의 말에 푹 빠져 있던 징거 씨는 마티아스가 입을 다무는 순간 깨달았다. 전날 저녁부터 마티아스가 하는 이야기를 몇 시간 내내 들었지만 정신이 딴 데 팔리거나 한 순간은 잠시도 없었다. 이러기는 참으로 오래간만이었다. 자기를 벗어나 타인에게 이처럼 관심을 기울일 수 있다는 것이 놀라웠다.

두 명의 유령이 남성 병동 14호실을 차지하고 있었다. 숫자들의 피안에서 돌아온 유령은 자신이 걸어온 발자취를 생각했고, 그림자들의 피안에서 돌아온 또다른 유령은 방황했다.

마티아스는 동정을 살피고 있었다.

마침내 청소부가 안으로 들어왔다. 여느 때와 마찬가지로 노크 따위는 없었다. 청소부는 프랑스 군인이 침대에 엎드린 채 고개를 늘어뜨리고 있는 모습을 보고 깜짝 놀랐다.

그는 비질을 한 번 하고 양동이 위로 걸레를 꼭 짠 다음 빗자루에 칭칭 감았다. 그리고 기다리던 걸레의 안무가 펼쳐졌다. 과연 징거 씨가 일러준 대로, 걸레는 민첩하게 움직이며 타일 바닥 위에 옆으로 누운 8자를 그렸다. 마티아스는 공모자다운 시선을 징거 씨에게 보냈지만 징거 씨는 짐짓 모르는 체했다.

"내가 연구를 시작한 무렵에 동료들 대부분은 이전 세대의 수학자들과 마찬가지로 특수한 병을 앓고 있었다네. 아페이로포비아라는 병을."

"뭐라고요?"

"아페이로포비아(apeirophobia). 일명 무한공포증이라고 할 수 있지."

"선생님이 말씀하신 크라핀이 그것도 질병분류학에 포함시켰나요?"

"크래플린이야, 마티아스. 내가 알기로 그건 아니네. 그 병은 무엇보다 수학자들이 걸리기 쉬운 병이었지. 잦은 구토, 넓은 곳에서 일으키는 공황 발작, 위험을 무릅써야 하는 결단은 무조건 회피하고 한계를 뛰어넘지 못하게 되는 증상이 나타나지.

아마도 그런 이유로 이십오 세기 전에 행해진 금지가 그토록 오랫동안 지속되었을 게야. 무한이 결코 현실화되어서는 안 된다는 금지 말이야. 그렇지만 일부 소소한 연구들에서는 무한의 대용품이 등장했지. 방금 축축한 방바닥에서 걸레가 그려 보였던 무한의 기호 같은 것. 하지만 그건 위험하지도 않고 아무것도 해치지 않아. 부정으로만 표시될 수 있는 존재. 이것도 아니고 저것도 아니고, 한계도 없고 끝도 없고, 경계도 없고 완성도 없으니 항상 미완으로 남는 거지. 이 무한에는 항상 뭔가를 더할 수 있고 뭔가를 뺄 수도 있지. 일반적인 수학적 존재에 요구되는 것과는 정반대란 말이야. 결국은 애매모호한 거지. 아! 자네도 공부하면서 그런 무한을 본 적이 있을걸! 아니면 내 손에 장을 지지겠네……."

"선생님의 손을 보전하셔야죠. 빨간 수첩에 글을 쓰려면 아직

손이 필요하실 테니까요. 언젠가 저 케이스에 고이 모셔둔 바이올린을 연주할 일도 있을 테고요, 아닙니까?"

징거 씨는 이 수상쩍은 제안에 한순간 균형을 잃고 대답할 말을 찾지 못했고, 자기 이야기로 돌아가기가 약간 힘들었다.

"내 손…… 에 장을 지지는 건 자네 요청에 따라 그만두겠네. 이 미완의 무한은 옆으로 누운 8자 모양을 하고 있지. 똑바로 서 있는데 너무 지쳐서 누워버렸다느니 하는 농담은 그만두게. 예전에 우리도 그런 소리깨나 해서 복습 지도 선생님들을 골탕 먹였지. 이걸 '잠재적 무한(infini en puissance)'이라고 부르지만, 난 오히려 '무능의 무한(infini en impuissance)'이라고 부르겠네. 내게는 모국어가 아닌 이 언어의 말장난을 잘 파악해주게, 마티아스."

마티아스는 잠자코 있었다.

"멋지다고 감탄해줄 줄 알았는데 아니구먼. 별수 없지. 무한이 자네의 관심사가 아니라서 그런가?"

징거 씨는 공연히 실망한 체하면서 말했다.

"아, 그런 건 아닙니다! 뭔가 심오하게 마음을 잡아당기기는 하는데, 그게 뭔지……."

"이천 년 동안 인간은 물에 빠진 사람이 구명대를 잡고 매달리듯 유한에 악착같이 매달려왔고, 그걸 놓아버리면 까마득한 심연으로 떨어질 거라고 믿었다네. 마치 르네상스 시대의 포르투갈 뱃사람들이 세상 끝을 넘어가면 낭떠러지로 떨어질 거라고 믿었던 것처럼 말이야."

징거 씨는 숨이 찬지 잠시 말을 멈추었다가 어렵사리 숨을 고르며 다시 이야기를 시작했다.

"자네도 알겠지만, 내가 말하는 문장들이 점점 더 길어지고 있다네."

"대단, 대단하십니다. 그런데 문장이 길어질수록 제가 이해할 가능성은 줄어듭니다."

"짧은 문장으로 말하도록 하겠네. 성경에 나오는 십계명, 그러니까 '살인하지 마라'라든가 기타 등등이 있지 않나? 무한의 사원을 지키는 파수꾼들은 자기들의 보물을 아무도 가로채지 못하게 지키느라 그 십계명에 열한번째 계명을 덧붙였다네. '무한으로 술책을 부리지 마라'라는 계명을. 그리하여 인간은 세대를 거듭하면서도 무한은 건드리지 않았지. 그런데 난 그걸 써먹기로 작정했다네. 그리고 마티아스, 자네가 받아들인다면 우리는 함께 그걸 써먹을 걸세."

"징거 선생님, 제가 기억하는 한 아무도 저에게 그 비슷한 제안을 한 적이 없군요."

"그래서 난 기분이 좋다네. 우리가 어떻게 살아왔든 간에, 우리에게 처음으로 일어나는 일들이 있다는 걸 함께 받아들이세. 나는 무한은 결코 비결정성과 불확정성에 매여 있어야만 하는 것이 아니라고 생각했다네.

내가 문을 열어젖히자 무한수들의 물결이 밀어닥쳤지. 유한의 사도들이 거하던 형편없는 오두막들은 지푸라기처럼 떠내려갔다네, 마티아스.

나는 유한 이후에 또다른 세상이 열린다고 주장했지. 나 이전에는 아무도 그 존재조차 생각지 못했던 세상이었어. 나는 그 세상에 '초한'이라는 이름을 붙였네. 그 세상은 우리의 사정거리 안에 있었지만 우리가 감히 접근하려 하지 않았던 곳이야. 가장 깨부수기 힘든 벽은 바로 정신이 우리 안에 세우는 벽이지. 그 벽들은 우리가 두려워하는 것에 대한 집착만큼 단단하니까. 내가 자주 하는 말이지만, 사람은 늘 자기가 보고 싶은 것을 보고 자기가 듣고 싶은 것을 듣는다네…… 마티아스, 자네는 여기 오던 날 이 창문이 어떤 구조로 되어 있는지 보았지. 하지만 나는 우리의 처소 바닥에 청소부가 걸레를 휘두르는 동작에서 무한의 기호를 보았다네.

나 한스 징거는 새로운 수학을 정초하는 결의안을 제시했네. '무한은 숫자다.' 이를테면 14나 59/11 같은 숫자들처럼 무한도 엄밀하게 정의될 수 있는 숫자라, 이 말씀이야.

새로운 세상은 나에게 개척자로서의 책임과 영예를 안겨주었네. 난 그 세상의 지도를 제작하고, 주민을 파악하고, 거주자들 간의 관계를 확인해서 그것들이 기존의 세상과 무슨 관계가 있는지 알아내야만 했지. 마티아스, 믿어주게. 자네를 내 영역에 초대하게 된다면 나는 무한히 기쁠 걸세. 잊지 않겠네. 자네가…… 어쩌면 내가 결코 가질 수 없었을 유일한 제자라는 사실을 잊지 않을 걸세. 자네가 나의 손님이 되어주겠나?"

마티아스는 늙은 수학자가 다시금 그에게 내보이는 신뢰에 마음이 움직였다.

"선생님의 초대에 응하겠습니다. 하지만 징거 선생님, 제가 알아듣지 못하는데 '쉬운 거야!'라고 일축하시지는 않겠다고 약속해주세요. 쉬운 건데 제가 못 알아듣고 있다면 그건 제가 멍청이라는 뜻밖에 더 됩니까. 약속해주세요, 징거 선생님. 저를 멍청이로 만들지는 않으시겠다고요."

마티아스는 당차게 말했다.

"그러지…… 다시 한번 말하겠네. 자네가 꼭 이해해야 할 의무는 없어. 요하네스 케플러는 천구(天球)의 음악에 대해 말했지만, 나는 자네가 수학의 음악에 몸을 싣도록 이끌 뿐이야."

징거 씨는 이 서론이 꽤나 자랑스러웠다. 그가 갑자기 이렇게 물었다.

"시가 한 대만 피워도 되겠나?"

그는 마티아스에게도 골든시가 상자를 내밀었지만 마티아스는 거절했다.

"기억력을 잘 보전하기 위해 삼가겠습니다. 그래도 머리가 팽팽 돈다면 그건 선생님의 무한수 때문이겠죠."

징거 씨는 편인해진 기분으로 눈을 깜박였다. 그는 시가 연기를 길게 한 모금 들이마셨다가 내뱉은 뒤 이야기를 계속했다.

"세고 계산하기. 나의 계획은 무한을 숫자처럼 '세고' 무한으로 계산을 하는 거였다네. 한편으로는 다양한 무한수들을 가늠하고 그 크기들을 비교하고, 다른 한편으로는 무한수끼리 더하고 빼고 곱해보려고 했지."

'숫자는 강이나 산처럼 항상 그 자리에 있었던 것 같은 인상을 주지. 누가 숫자를 만들어냈다는 기분은 들지 않는단 말이야. 그런데 그건 잘못된 생각이군. 난 숫자를 만들어낸 사람과 아는 사

이가 됐잖아. 이건 분명 흔치 않은 일이야.'

마티아스가 속으로 생각했다.

징거 씨는 마티아스의 생각이 틀리지 않음을 보여주기라도 하듯이 그 자리에서 자신의 또다른 창조물을 소개했다. 그는 실수(實數)를 만들어낸 사람이기도 했으니까. 징거 씨는 백지를 한 장 들고 골든시가 상자 모서리로 종이를 눌러서 직선을 그렸다.

"선분이네! 선분에는 정해진 길이가 있지. 이 길이는 하나의 수야. 이런 식으로 얻어내는 모든 수를 나는 '실수'라고 부르기로 했어. 이것들이 모두 실재하는 크기에 상응하는 수라는 점을 잊지 않도록 말이야. 그럼 각각의 실수들은 어떻게 나타낼까? 소수점 이하로 무한히 뻗어나갈 수 있는 숫자의 형태로 나타내지. 아! 자네도 알 걸세. 정수 부분이 있고, 소수점이 있고, 그 이후에는 무한한 숫자들이 이어져 있는 형태 말이야. 자네가 이 수들은 다 뭐냐고 물어볼 수도 있겠지. 우선 오래 전부터 친숙한 정수들이 있지. 그 다음에는 분수들이 있고. $\sqrt{2}$나 원주율, 황금률 등 그리 친숙하지 않은 몇몇 수들도 있지. 그런데 여기서 후자는 분수도 아니고 정수도 아니고 무리수(無理數)라고 불리지. 왜 그런지 아나? 이 수들의 행동방식이 과히 이성적이지 않아서 그렇다네. 분수도 별로 유쾌한 수는 못 된다고 하지만, 그래도 분수는 무리수에 속하지 않아. 분수는 그래도 속 편한 수지."

"선생님 말씀에 반박하고 싶지는 않은데요, 제가 공부를 많이 한 건 아니지만 '속 편한 수'라는 말은 처음 듣는군요."

"내가 왜 분수를 속 편한 수라고 했을까? 분수는 소소한 되풀이

방식으로 전개되는 수이기 때문이지. 분수의 전개에는 놀랄 만한 요소가 없어. 이걸 좀더 자세히, 아니면 다른 식으로 이야기해볼까? 그러지. 자, 마티아스, 자네가 갑자기 나에게 59/11라는 분수를 제시한다고 치세. 자네가 좋아하는 책들의 59페이지에 이름을 써놓는다고 해서 특별히 59로 하는 거야."

마티아스는 깜짝 놀라서 징거 씨를 바라보았다. 이 놀라운 노인네는 온전치 못한 상태에도 불구하고 소소하지만 중요한 것들을 고스란히 기억하고 있었다.

"간단한 나눗셈이지."

징거 씨는 59/11가 소수로 어떻게 되는지 종이에 적었다. 아예 답을 외우고 있는 것 같았다. 59/11＝5.363636…….

"열심을 불태우는 제자의 날카로운 시선으로 여기서 뭘 포착했나? 소수점 이하에서 36이라는 수가 끝없이 반복되고 있지! 그거야! 이렇게 '순환적인' 전개가 보인다네. 결과적으로 나는 계산을 계속하지 않아도 소수점 이하가 계속 어떻게 나올지 알 수 있지. 그러니까 놀랄 것이 없고 속이 편하다, 무조건 되풀이된다, 이 말씀이야.

그런데 무리수에서는 사정이 정반대라네. 순환주기는 조금도 나타나지 않고, 규칙성도 전혀 보이지 않아. 작은 공들이 마구 돌아가는 복권 추첨기에서 예측하지 못했던 숫자들이 무작위로 뚝뚝 떨어지듯이 소수점 이하에 아무 숫자나 막 나오지. 예를 들어 원주율(π)의 소수점 이하 부분은 내가 외우고 있는 한에서는 어떤 예측이나 규칙도 찾을 수 없어."

징거 씨는 숨을 크게 들이쉬었다가 숫자들을 외우기 시작했다.

"자, 간다! 3.1415926535897932384626433832795028841971693993751058209749445923078164062862089986280348253421170679."

마티아스는 그런 징거 씨를 눈을 못 떼고 바라보았다. 인생의 말년에 접어든 노인이 원주율을 소리 높여 외우는 모습을.

소수점 백째 자리까지 뱉어낸 징거 씨는 숨이 차서 그대로 침대에 주저앉았다.

마티아스가 침대로 다가갔다. 징거 씨는 얼굴이 해쓱해져서 숨을 고르느라 애를 먹으면서도 이렇게 덧붙일 기력은 있었다.

"원주율을 아는 대로 줄줄이 외워도 내가 붙잡지 못하는 뭔가가 꼭 있는 것 같아."

"왜 그렇게까지 외우셨어요?"

"내 기억력이 아직도 건재하다는 걸 보여주고 싶어서. 일흔둘이나 먹었어도 아직 정정하다는 걸 과시하고 싶어서. 이런 신문기사 제목을 상상해보게. '그 동안 소식을 알 수 없었던 수학자 한스 징거, 원주율을 소수점 백째 자리까지 외우던 중에 심장발작으로 별세하다.' 사람들이 뭐라고 하겠나? '최후의 순간까지 천생 수학자였다'고 하지 않겠나. 어쨌거나 그 다음에 나오는 숫자들은 내버려 둠세."

징거 씨는 '소수 묘기'를 보이느라 진이 빠져버렸다. 그 다음으로 넘어가기까지 며칠이 걸릴 정도로.

그 생각은 그의 머리를 떠나지 않았다. 다시 그 생각이 엄습하자마자 징거 씨는 본관 로비로 내려가는 계단으로 향했다. 그는 원장실을 지나 도서실 입구에 멈춰 섰다. 잠시 지체하던 그가 이윽고 문을 밀고 들어갔다. 늘 그랬듯이 믿기지 않을 정도의 적막, 학구적인 분위기가 흐르고 있었다. 도서관은 그의 우주였다. 학생으로서, 선생으로서 그 얼마나 많은 시간을 도서관에서 보냈던가? 평화로운 시간들, 그는 남들의 저작을 가교 삼아 기존의 지식들과 이어졌고, 그 자신이 만들어낸 것도 명철함을 통해 그 지식들에 더해지기를 꿈꾸었다.

그는 곧바로 열람계로 다가가 대출 신청서를 작성했다. 하지만 도서실에 소장된 도서 가운데 에밀 졸라의 『인간 야수』는 프랑스어본은 물론 독일어 번역본도 없었다. 그는 실망해서 도서실을 나왔다.

바깥에 나와보니 마티아스가 '가건물들' 근처 놀이마당에서 벌어지는 구수회를 구성하고 있었다. 두 사람은 함께 그 자리를 떠났다.

"도서실을 한 바퀴 돌아보고 왔다네. 그리고 마침 열려 있던 박물관도 좀 봤지. 내가 뭘 가져왔는지 보게나."

징거 씨는 웃옷에서 타자 친 종이 한 장을 꺼냈다. 그는 종이에 적힌 내용을 요약해서 마티아스에게 알려주었다.

"속이 텅 빈 거대한 바퀴를 상상해보자. 드럼 권양기처럼 세워진 바퀴. 그 바퀴에 속을 푹신하게 댄다. 불안증 환자가 한 사람 있다. 그 환자를 바퀴 속에 가둔다. 원리는 간단하다. 그 사람이 가만히 있지 않으면 바퀴는 자동으로 움직이기 시작할 것이다. 그러면 그 사람은 바퀴가 돌아가는 속도에 맞춰서 더 빨리 달릴 수밖에 없다. 반면에 그 사람이 가만히 있으면 바퀴도 가만히 있을 것이다.

그런데 그 사람도 가끔씩 자기 볼일을 보아야 하므로 바퀴에서 빼준다. 환자는 바퀴 안에서 36시간에서 48시간까지 지낼 수 있다. 바퀴에서 빼주면 환자는 바퀴의 '고정' 작용 때문에 유순해지거나 말을 잘 듣게 될 것이다. 혹은 계속 다리를 써서 운동을 한 탓에 피곤해서 잠을 잘 자게 될 것이다. 이것을 '하이너의 바퀴'라고 부른다. 기계깨나 만져본 자네가 보기에 이 바퀴의 역학적 원리는 어떤 것 같나?"

징거 씨는 둘째 종이를 펼쳤다.

"아직도 공급물자가 좀 있다네…… 자네의 무정부주의적 열망을 내가 이해했다고 생각하네만."

"무정부주의라기보다는 절대자유주의라고 해두죠."

마티아스가 정정했다.

"무슨 차이가 있나?"

"아주 작은 차이밖에 없죠! 절대자유주의자가 무정부주의자보다 더 무정부주의적이랄까요. 무정부주의자는 절대자유주의자만큼 분방하지 않아요."

"피넬이라는 사람이 쓴 이 대목은 특히 자네를 위한 것 같구먼. 피넬은 프랑스 정신의학의 창시자 중 한 사람으로 손꼽힌다네. '우리는 강렬하고 고통스러운 느낌을 불러일으킴으로써 환자의 주의력을 강하게 끌어당기고, 환자가 무조건 복종하는 데 익숙해지도록 하며, 환자의 마음에 필연성이라는 느낌을 뚜렷하게 새길 수 있다. 그들의 상급자들의 의지는 너무나 확고하고 불변하는 법칙이기에 환자들은 그것에 대항한다는 생각을 조금도 하지 않을 것이다.'"

"징거 선생님, 죄송한데요, 저는 선생님이 무한수에 대해 말씀하실 때가 더 좋네요."

"그럼 해볼까? 이야기 좀 풀어봐?"

징거 씨가 물었다.

"그러시죠."

"내 말을 잘 따라올 텐가?"

"무한까지도 따르겠습니다, 징거 선생님."

이 청년 이전에는 아무도 이같은 맹세를 바치지 않았다. 징거 씨는 두 손을 앞으로 모았는데, 그 와중에도 자기 손바닥에 새로운 검버섯들이 생기기 시작한 것을 알아차렸다.

"손가락으로 수를 셀 수 있게 된 후부터는 모두 알게 되지. 정수에는 끝이 없다는 것을 말이야. 또한 다른 모든 수보다 더 큰 수, 요컨대 가장 큰 수 따위를 딱 정해서 말할 수 없다는 것도 알게 돼. 무슨 수를 대더라도 거기에 1을 더하면 더 큰 수가 등장하는 셈이니까. 이렇게 만들어진 더 큰 수는 자기가 가장 크다고 주장하는 수의 주장을 반박하는 거지."

마티아스는 카드 알아맞히기 놀이를 하는 사람처럼 눈을 크게 뜨고 노인을 주시했다.

"이 정수들을 한데 모아보지. 정수들의 집합에 대해 이런 질문을 던지겠네. 이 집합의 원소는 모두 몇 개일까? 요컨대 정수는 '전부' 몇 개일까? 물론 이렇게 물으면 자네는 놀랄 걸게. 전에는 이런 질문이 제기된 적이 한 번도 없었지. 당신의 미천한 종이 이 땅에 태어난 후에야 비로소 이런 질문을 던지고 대답도 할 수 있게 됐다네. 잘 듣게, 마티아스. 이 '전부'가 중요한 거야. 바로 여기에 위대한 새로움이 있어. 아무것도 아닌 척해봐야 소용없어. 이건 실제로 대단히 중요하니까. 왜냐하면 나 이전에는 아무도 정수를 전체로서 고려하지 않았고 정수가 이루는 전체성을 검토하지도 않았거든. 자네도 나도 플라톤의 대화편에는 별 취미가 없으니, 자네가 마뜩찮게 여기지만 않는다면 나 스스로 질문과 대답을 모두 해보겠네. 우선, 아까의 질문에 대한 답은 정수일까? 친애하는 마티아스, 그럴 가능성은 없지. 끌어다 쓸 수 있는 수 가운데 그 어떤 수도 적합하지 않아. 아, 달콤한 강제성이여! 난 그래서 새로운 수를 만들어낼 수밖에 없었던 거야. '정수들의 수'라는 수를. 이것이 인간의 역사상 최초로 등장한 무한수지. 부족한 것도 없고 틀림없는 수야. 축하할 일 아닌가? 자네에게 콧구멍을 감미롭게 간질이는 향기로운 샴페인은 못 권하지만, 아직 뜯지도 않은 새 캐러멜 상자는 있네."

징거 씨는 벽장으로 다가가 새 캐러멜 상자를 꺼내고, 샤무아가 눈 덮인 산봉우리를 박차고 오르는 그림이 있는 예의 그 뚜껑을 열어젖혔다.

"두 개 먹게."

그는 가루설탕이 범벅 된 캐러멜을 굳이 두 개 내밀며 말했다.

"장밋빛이네요!"

마티아스가 캐러멜을 먹으면서 반은 진지하고 반은 재미있다는 듯 말했다. 징거 씨는 자기 이야기의 맥락을 놓치지 않고 이어서 말했다.

"나는 새로운 수의 이름을 정해야 했지. 졸라가 랑티에의 기관차에 이름을 붙여주어야 했던 상황과 비슷하게 말이야. 졸라가 기관차에 붙인 이름이 뭔지 자네가 나에게 가르쳐줬는데?"

"라 리종."

"그럼 자네도 자네 기관차에 이름을 붙였나?"

"기억이 안 나네요."

"이따금 기관차 생각이 나나?"

"그것도 기억이 안 납니다."

"이보게, 마티아스, 향수는 버리고 무한의 기차에 올라타자고!"

징거 씨가 괜히 열광적인 태를 내며 이렇게 선언했다. 룸메이트가 기억에 매여 갑자기 방향을 틀어버릴까봐, 여행의 끝까지 동행하지 않겠다고 할까봐 두려웠던 것이다.

"징거 선생님, 걱정하지 마세요. 저에게 향수 따위는 낯선 감정입니다. 향수에는 항상 희망이, 과거의 희망이 깔려 있죠. 그런데 희망이야말로 가장 무서운 적입니다."

징거 씨의 얼굴에 비친 미소에서 감탄하는 기색을 엿볼 수 있었다. 이 마티아스라는 청년은 정말이지 다른 사람들 같지 않았다.

"그래서 나는 새로운 수를 만들었네. 이름을 붙이는 일만 남아 있었지. 라틴어와 그리스어 문자들은 이미 죄다 사용중이었어. 나는 신성문자나 아랍 문자, 혹은 러시아 출신이었던 아버지를 기리는 뜻에서 키릴 문자를 선택할 수도 있었지. 하지만 나는 이 새로운 시작을 명명하면서 히브리어 알파벳의 첫 문자인 알레프(ℵ)를 선택했어."

노인은 마티아스에게 가까이 오라고 손짓을 했다. 그는 방금 탁자에 내려놓은 백지 한가운데에 만년필로 굵고 가는 세 개의 획을 그어 히브리어의 첫 문자를 그려 보였다.

"알레프를 선택한 이유에는 세 가지가 있었네. 첫째 이유는 뭐였을까? 알레프는 히브리어 수 체계에서 1에 해당하는 문자야. 둘째 이유? 그런 식으로 나의 친조부 야곱 징거의 유대계 혈통을 나타내고 싶었지. 셋째 이유는 결코 사소하지 않은데…… 타자기에 그 문자가 들어 있거든. 그래야만 내가 쓴 글이 인쇄되고 널리 퍼져 나가기가 용이하단 말씀이야. 나의 알레프가 다른 집합들의 크기와 비교되는 때가 왔지. 그래서 나는 일련의 대질을 준비했다네. 첫째, 0, 2, 4……로 나가는 짝수들의 집합과 비교하는 거야. 그런데 짝수는 항상 어떤 정수*의 두 배인 수지. 짝수와 정수를 비교하기 위해서 나는 예의……."

"일대일 대응을 쓰셨군요!"

마티아스가 잽싸게 대답했다.

"훌륭해! 자네 잘 따라오고 있구먼!"

---

* 여기서는 '0 이상의 정수'를 뜻한다.

“선생님이 두 마디 하시면 겨우 한 마디 따라가는 정도입니다. 그러니까 짝수에 해당하는 말씀만 알아듣는 셈이죠.”

“마티아스, 내가 누차 이야기하지만, 자네는 수학적 정신의 소유자야. 어째서 자네를 그쪽으로 밀어주는 사람이 없었을까?”

“제가 누가 절 밀어주는 걸 싫어했기 때문이죠. 전 공학자가 되고 싶지 않았어요. 공학자는 기관차를 몰 수 없잖아요. 징거 선생님, 그러니까 선생님의 일대일 대응이나 끄집어내서 짝짓기를 해보시지요.”

“그러고 있네. 각각의 짝수에 그 수의 절반에 해당하는 수를 대응시키는 거야. 물론 그 수도 정수지. 모든 짝수는 어떤 정수의 두 배에 해당하는 수니까. 자네가 직접 확인해보게! 어떤 정수도 멀거니 구경만 하지 않아. 짝이 없는 정수는 하나도 없다고! 그런 정수가 있다면 아무거나 하나만 대보게!”

마티아스가 입을 꾹 다물고 있으니 징거 씨가 혼자 열심히 증명을 해 보였다.

“예를 들어 자네가…… 14라는 수를 제시한다고 치세. 이 수가 정수들의 자리에 가만히 있을까? 어림없지! 14의 2배수인 28이 눈을 부라리며 짝을 찾다가 손짓을 해 보일걸. 그러면 그 둘은 서로 부여안고 춤을 추기 시작할 걸세. 그 다음엔 25와 50이 재빨리 손을 맞잡고 짝을 이루겠지. 1은 자기를 기다리고 있던 2를 찾아서 함께 홀로 나아갈 테고, 그들이 홀에 닿기도 전에 벌써 1034는 517의 팔짱을 끼고 앞장을 서겠지. 자네도 숨을 헐떡이며 춤을 추는 이 모든 커플들을 알겠지? 이런 음악이 흐를 때 춤을 추지 않고 가만히 있는 건 죄야. 마티아스, 공명정대한 증인으로서 정수들의 자리와 짝수들의 자리가 모두 텅 비어 있다고 말할 수 있나? 그렇게 말할 수는 없다고? 세상에, 왜 그렇지? 정수들의 자리는 비어 있지 않다고? 과연 자네는 보는 눈이 있구먼! 맞아, 실제로 짝수들의 자리는 다 비어 있지만 정수들의 자리에는 59가 서운한 기색으로 남아 있겠지. 그럼 뭐가 문제였을까? 자네가 한번 말해보겠나? 그런데 저기 홀에 보이는 저 수는 뭐지? 그래, 118이로구먼! 59와 118은 구두에 돌이 꼈는지 조금 비틀거리면서도 다른 숫자 커플들을 헤치고 나아가는군. 자네도 보고 나도 봐서 알겠지. 자리에 남아 있던 외톨이가 다행스럽게도 짝을 찾아 나가는 모습을. 마티아스, 이 일대일 대응이 예상치 못한 난관을 만나더라도 기막히게 잘 돌아간다는 점을 확인시켜줘서 고맙네."

마티아스는 잠시 숫자 커플들의 행방을 좇았다. 이 노인네는 자기가 아는 것을 남들에게도 알리기 위해 대단한 열정으로 이야기를 풀어놓고 있었다. 어린아이 같은 면이 있으니 분명 손주들을 재미있게 해주는 할아버지일 것이다. 손주들이 몇 명이나 있느냐고 물어보고 싶었다. 원래 병원에서는 개인적인 질문을 주고받지 않는 법이지만.

"그러니까 정수들의 수만큼 짝수들도 있는 거야! 확 믿음이 가는 주장은 아니지. 왜냐하면 사람들은 짝수들의 개수는 정수들의 개수보다 적을 거라고 생각하는 경향이 있거든. 심지어 짝수들은 정수들의 2분의 1만큼 있다고 주장하는 사람도 있어."

징거 씨는 어떻게 생각하느냐고 마티아스에게 물어볼까 하다가 그만두었다. 그런 식으로 미끼를 던지면 마티아스가 싫어할 거라는 사실을 잘 알고 있었기 때문이다.

"이런 식으로 부분이 전체와 똑같은 수의 원소를 가질 수도 있다네. 짝수라는 부분이 짝수와 홀수를 합친 정수라는 전체와 같은 수의 원소를 갖는 거지. 이건 지난 이천여 년간 인간이 주장해온 바와 정면으로 어긋나지. 그 동안은 항상 부분이 전체보다 작다고 생각해왔으니까. 우리는 모든 가락, 모든 양태, 모든 언어로 반복해가며 그렇게 말해왔어! 그런데 이 주장이 거짓이다? 간단하지 않은 문제지. 인간이 명백한 거짓을 주장하는 일은 드물지. 이건 더 미묘한 문제야. 인간의 발화가 참인 경우는…… 이것도 늘 그렇다고 할 수는 없지. 다만 어떤 면에서 참이라고 규정하는 걸 잊은 상태에서 결판이 나버린 거야. 자네가 나에게……."

징거 씨는 비밀을 털어놓듯 마티아스에게 바짝 몸을 숙였다.

"……한 말 중에도 어디서나 참인 것은 거의 없지. 더욱이 지금 내가 자네 귀에 속닥거리는 이 말도 확실히 어디서나 참인 것은 아니야.

부분이 전체보다 작다는 주장은 옳아…… 하지만 유한성을 전제로 할 때에만 옳다고! 무한에서는 이 주장이 먹히지 않아. 부분이 전체보다 작다는 주장에 모순을 일으킨다는 점이 바로 무한이 배척당했던 이유 중 하나지. 내가 어떤 일을 했는지 알겠나? 나는 무한이 배척당해야 했던 바로 그 성질로 무한을 규정했던 거라네! 이거야말로 완벽한 뒤집기지. 잘 들어보게. 어떤 집합이 자신과 같은 수의 원소들을 갖는 부분집합(진부분집합*)을 가질 때, 그 집합은 무한하지. 이로써 나는 유한과 무한을 구분하는 간단하고 빼어난 수단을 갖게 됐네.

요약해봄세. 1. 참을 제시한다. 2. 어떤 것이 그 참에 부응하지 않는다. 3. 그렇다면 그 어떤 것은 존재하지 않는다. 이런 식으로 굴러가는 거야. 내가 아는 한, 아닌 것을 배제하는 최선의 방법이지. 마티아스, 자네도 이 방법을 톡톡히 써먹어야 할 걸세."

노인은 자신의 삼단논법을 마티아스가 골똘히 생각해보도록 내버려두었다.

"철학으로 잠깐 새서 말하자면, 거의 모든 진리가 ('모든 인간은 죽는다'를 제외하고) 부분적인 진리에 해당한다네. 그런데도 거의 모든 진리가 보편적 진리를 자처하지. 내가 자네 나라 말 표현 중에 꽤 좋아하는 것이 하나 있네. '제 엉덩이에 방귀 뀐다(péter sur son cul)'는 표현."

마티아스가 놀라서 징거 씨를 빤히 바라보았다.

"혹시 '감당 못할 방귀 뀐다(péter plus haut que Son cul)**'를 말씀하시려는 거 아닙니까?"

"맞아, 맞아. 감당 못할 방귀! 어쨌거나 어떤 진리들은 감당 못할 주장을 담고 있다네, 마티아스!"

'징거 선생님은 정말 굉장하군! 프랑스어를 능숙하게 구사하면서 가끔씩 재미있고 엉뚱한 표현도 무람없이 써먹잖아.'

---

* 자기 자신을 제외한 부분집합.
** '힘에 부치는 일을 한다'는 뜻의 관용구.

이런 생각을 하니 마티아스는 기분이 좋았다.

"지금은 우리도 알지. 수학에서도 부분적인 진리밖에 없다는 것을."

"제가 생각하기에는……."

"내 말대로야. 완전한 참은 없다네."

마티아스는 그의 수학에 호감을 가질 수 있게끔 노력해준 징거 씨에게 감사의 뜻으로 미소를 지어 보였다. 징거 씨가 수학적 소양이 별로 없는 상대에게 자신의 연구를 설명하는 것은 매우 예외적인 경우임을 느낄 수 있었다. 마티아스는 진리들에 대한 징거 씨의 천명이, 무엇보다도 참이 아닌 것을 배제하는 방법에 대한 설명이 마음에 들었다. 나의 주장은 어디에서 참인가? 참이 참이 되는 곳은 어디인가? 그것은 민중대학의 강연에서 충분히 다루지 않은 문제였다. 민중대학의 '함께 생각해보기' 시간에서 다루지 않은 중요한 원리들이 얼마나 더 많이 있을까?

"여담의 좋은 점은 활력을 재충전해 잠시 괄호 밖에 놓아두었던 원래의 주제로 돌아가는 데 있지. 그러니까 짝수들의 수는 정수들의 수보다 결코 작지 않아. 나는 다른 방향에서 서둘러 두번째 대질을 준비했지. 이번에는 분수에 관한 문제였어. 흔히들 분수들의 총수는 굉장히 클 거라고 생각하는 경향이 있지. 그런데 그 결과는 앞에서 본 결과들 못지않게 명백하게 나왔다네. 그것도 당혹스럽게! 두 개의 분수 사이에 원하는 만큼 얼마든지 다른 분수들을 삽입할 수 있거든! 그런데 두 개의 정수 사이에는 이렇게 할 수 없지. 하지만 이 조밀성만으로 원소들의 수가 늘어나는 건 아니야. 그렇다면

단 하나의 무한만이 있을까? 그 경우 나의 무한이론은 셀 수 있는 것에 한해서로 축소되고 우스꽝스러우리만치 빈약해질 테지. 잔뜩 떠벌려놓고 쥐꼬리만 한 결과밖에 못 얻은 격이랄까.

나는 무슨 수를 써서라도 셀 수 있는 것에서 떨어져나와야 했어. 나의 안녕은 '연속체'에서만 올 수 있었지. 내가 만약 원소들을 하나하나 세어서 규명하려 했다면 나는 실패했을 테고 연속체를 셀 수 없는 것으로 보아야 했겠지. 그런데 반대로 내가 그러한 시도에서 성과를 얻는다면 나는 두번째 무한을 얻는 셈이지. 골치 아프게 생각하지 말게! 두번째 가정은 훌륭했지. 연속체의 위력은 셀 수 있는 것을 넘어서니까. 나의 무한이론에 식구들이 늘어나기 시작했어. 내가 이 탁월한 결과에 대한 증명을 보여주지. 정말로 근사한 증명, 간단하고 교묘하며 이해하기 쉬운 증명이라네……."

"……열차 기관사에게도 그럴까요!"

"아니! 자네에겐 너무 어려울걸. 마티아스, 그런 표정 짓지 말게. 아무 말 않을 텐가? 난 자네가 화끈하게 반발하는 모습을 봤으면 좋겠네. 사실은 자네도 이해할 수 있는 수준의 증명이라네. 잊지 말게, 나의 증명들은 극도로 간단하다네. 바로 그 점 때문에 그 증명들이 나의 동료들과 그토록 자주 마찰을 일으켰던 게지. 낯설고 당혹스러울 만큼 단순한 증명들이라고 해두겠네.

대리석에 새겨야 할 법한 '대각선 방법'에 대한 나의 증명을 기억하나? 그래, 이제 그 원리의 정체를 밝힐 때가 왔구먼. 우리에게 아주 길고 무한정 이어지는 목록이 있다고 치세. 그런데 그 목록에 들어 있는 모든 구성요소로 뭔가를 만들어야 해. 모든 구성요소가 나름대로 이바지하기 때문에, 우리가 만들어낸 대상 안에는 목록 전체의 자취가 남을 거야. 그럼 이제 이 대상 자체는 목록에 포함되지 않는다는 사실을 증명해보세.

마티아스, 얇은 옷으로 차려입게. 우리는 알렉산드리아로 떠날 테니. 햇살이 두려운가? 피부가 금빛으로 물들걸. '다비드 힐베르트*처럼 밀짚모자를 쓰게'라고 할까나. 하지만 금빛 피부는 전혀 문제 될 게 없어. 우리가 탄 스쿠너선이 출항지 베네치아에서 멀어짐에 따라 우리는 현재에서 멀어져갈 거야. 그리고 파로스 등대 밑에 내리는 순간 기원전 3세기에 가 있을 테지.

당시에는 프톨레마이오스 필라델포스가 이집트를 다스렸지. 그는 비운의 클레오파트라의 선조 중 한 사람이었어. 소시비오스라는 사람이 봉록을 요구하자 필라델포스는 이렇게 대답했다지. '자네 이름의 첫 음절은 소테르라는 이름에, 둘째 음절은 소시게네스라는 이름에, 셋째 음절은 아르타비온이라는 이름에, 마지막 음절은 아폴로니오스라는 이름에 있구먼. 그런데 나는 이 네 사람에게 이미 돈을 지불했네. 따라서 자네에게도 돈을 지불한 셈이야.'"

서기 징거는 삼각주에서 방금 입수한 파피루스에 돈을 받은 사람들의 이름을 죽 쓰면서 문제의 음절들을 진하게 표시했다. 그러자 그 음절들이 대각선을 이루었다.

---

* David Hilbert(1862~1943), '힐베르트의 문제들'로 유명한 독일의 수학자.

Soter

So**si**gines

Arta**bi**on

Apolloni**os**

첫째 이름의 첫 음절, 둘째 이름의 둘째 음절, 셋째 이름의 셋째 음절, 넷째 이름의 마지막 음절을 죽 연결하니 봉록을 달라고 했던 사람의 이름이자 대각원소인 '소시비오스(Sosibios)'가 되었다.

이번에는 마티아스가 징거 씨에게 이 방법을 설명해달라고 했다. 마티아스가 나서서 부탁하기는 아마 처음인 듯했다. 징거 씨는 좀더 고자세를 취할 수도 있었지만 즉시 마티아스의 청에 응했다. 그는 내심 만족스러운 미소를 짓고 있었다.

"이건 빗살의 원리야…… 내가 금세 설명해주지. 0에서 1사이에 자연수 전체와 같은 수의 점들이 있다고 가정하면 그 점들에 번호를 매겨서 목록을 작성할 수 있겠지. 각각의 점은 하나의 실수로 나타날 거야. 내가 써서 보여주지. 안 그러면 골치 아픈 문제에 빠질 테니까."

징거 씨는 상상의 파피루스에 적힌 아폴로니오스라는 이름 밑에 다음과 같은 식을 썼다.

$X_1=0.\ x_1^1x_1^2x_1^3\cdots\cdots$, $X_2=0.\ x_2^1x_2^2x_2^3\cdots\cdots$, $X_3=0.\ x_3^1x_3^2x_3^3\cdots\cdots$, $X_n=0.\ x_n^1x_n^2x_n^3\cdots\cdots\ x_n^n\cdots\cdots$.

징거 씨는 마티아스를 곁눈질하며 말했다.

"그래, 그래. 수들이…… 아무렇게나 뒤섞인 것 같겠지. 수학자가 아닌 사람이 보기에는 이 식만큼 '수학' 냄새가 나는 것도, 이렇게 겁나는 것도 없을 거야! 그렇지만 말이야…… 아, 난 '이보다 더 간단한 건 없다!'고 말할 뻔했지 뭔가. '이보다 더 복잡한 건 없다'고 정정해서 말하겠네. 판단은 자네가 하게. 이 식은 대상들을 명명할 수 있게 해주지. 가장 아래쪽에 있는 첨수는 목록에 있는 대상의 열(列)을 표시하는 거야. 그리고 위쪽에 있는 지수는 대상의 소수점 아래 자리의 전개를 나타내지. 그러니까 x_2^3은 목록의 둘째 수 X_2의 소수점 셋째 자리를 가리키는 거야."

징거 씨는 마티아스의 얼굴을 살폈다.

"자네 눈에서 불꽃이 탁탁 튀는 걸 보니 이게 어렵기 때문에 이해한 것 같구먼."

마티아스는 징거 씨가 자기를 조금 놀리는 게 아닌가 싶었다.

"프톨레마이오스 필라델포스 왕처럼 나도 대각원소를 만든 거야. 내 목록의 소시비오스를 구한 거지. 첨수와 지수가 동일한 소수들을 취해서 숫자 $D=0, x_1^1x_2^2x_3^3\cdots\cdots x_n^n\cdots\cdots$, 이 다음을 잘 따라오게, 내가 D의 각 소수들을 다른 수로 대체해 약간 다른 모양새로 만들 테니까. $S_1\neq x_1^1$, $S_2\neq x_2^2$…… 이렇게 나는 숫자 S를 만들었네."

"징거의 S군요!"

"잘 따라오고 있는 것 같군. 내가 써보지. $S=0, S_1\ S_2\ S_3\cdots\cdots\ S_n\cdots\cdots$.

이 수 S는 목록에 속하지 않아! 확실하게 말할 수 있지. 왜 그럴까? 소수점 첫째 자리 수 S_1은 X_1의 소수점 첫째 자리 수 x_1^1과 다르기 때문에 목록의 첫째 구성요소가 될 수 없지. 또한 소수점 둘째 자리 수 S_2도 X_2의 소수점 둘째 자리 수 x_2^2과 다르기 때문에 둘째 구성요소가 될 수 없어. 셋째, 넷째도 모두 마찬가지고…….”

“멈춰도 될까요?”

마티아스가 긴박한 듯이 말했다.

“그러게.”

“그만하세요!”

“고마우이, 휴! 이건 내가 어떤 목록을 작성하든 간에 그 목록을 이용하여 그 목록에 속하지 않는 어떤 요소를 수립할 수 있다는 뜻이지. 그런데 나는 아까 모든 실수를 포함하는 목록을 가정하지 않았나. 고로, 따라서, 당연히, 자연수와 실수 사이에는 일대일 대응이 일어날 수 없어. 고로, 따라서, 당연히, 연속체의 힘은 가산(可算)을 넘어서는 걸세.”

마티아스는 두번째 무한을 건져내기 위해 알렉산드리아까지 가야만 했던 징거 씨를 자랑스럽게 생각했다. ‘세상은 넓기도 하지.’

오후 3시. 텅 빈 시간. 가장 견디기 힘든 시간. 마티아스 뒤투르와 한스 징거는 멀찍이 마주 보고 있는 각자의 침대에 널브러진 채 각자 광대한 시간의 모래사장에서 표류하고 있었다. 매일같이 오후의 문턱을 넘어 저녁으로 가는 이맘때면 그들 앞에 이런 모래사장이 펼쳐졌다. 이런 순간에는 죽음조차 해결책이 되지 못했다. 이 시간은 한 방울씩 감질나게 마시지 않으면 안 되는 시간이었다. 이 부재 속에서, 숨소리로도 깨뜨릴 수 없는 침묵 속에서, 갑자기 어떤 소리가 울려 퍼졌다. 평소라면 있을 법하지 않은 일이라 그들은 순간 자기 귀를 의심했다.

누가 방문을 두드리는 게 아닌가!

징거 씨와 마티아스는 몸을 일으키고 도둑고양이들처럼 문짝만 노려보았다. 문은 열리지 않았다.

다시 노크 소리가 들려왔다.

"들어오시오!"

징거 씨가 독일어로 고함을 쳤다.

문이 열렸다.

스무 살쯤 된 독일 군인이 빠끔 열린 문으로 나타났다. 그는 주의깊은 눈으로 아무것도 놓치지 않겠다는 듯이 방 안을 둘러보았다. 문이 열리는 순간 자리에서 일어나 있던 마티아스와 눈이 마주치는 순간, 그는 마음이 흔들리는지 주저하다가 눈을 감아버렸다. 하지만 다시 눈을 뜬 독일 청년의 얼굴은 환하게 빛났다. 청년은 서툴게 목발을 짚고서 천천히 걸어들어왔다. 무릎께가 찢어진 바지 틈으로 두껍게 감아놓은 붕대가 보였다.

한 여자가 청년의 뒤를 따라왔다. 그녀 역시 마티아스에게서 눈을 떼지 못했다.

"우리 처소에 사람이 찾아오다니!"

두 개의 침대 사이 무인지대에서 일어나는 이 광경을 조금도 놓치고 싶지 않았던 징거 씨가 자리에서 일어났다.

마티아스는 청년이 자기에게 오는 모습을 보자 심란해졌다. 온

몸이 살짝 떨렸다. '지금은 안 돼! 지금은 발작을 일으킬 수 없어! 끝까지 사수하자, 고지를 버려서는 안 된다, 마티아스 하사!' 독일 군인이 마티아스 앞에서 걸음을 멈추었다. 마티아스와 키가 같고 어깨너비도 비슷했다. 다만 마티아스 쪽이 열다섯 살 정도 더 먹었다. 또한 독일 군인은 갈색 머리인데 마티아스는 금발이었다. 하지만 두 청년 모두 지칠 대로 지친 표정 하며, 유난히 해쓱한 낯빛 하며, 빼다 박은 듯 닮아 있었다.

두 가지가 그의 주의를 끌었다. 공포로 빛나는 눈, 나이를 알 수 없는 고통이 새겨진 얼굴에 어울리지 않게 어린애 같은 볼우물. 마티아스는 겨우 떨림을 자제할 수 있었다. 그의 일부가 팔만 뻗으면 닿을 곳에 꼼짝 않고 서 있는 이 군인을 바라보는 데 전적으로 매달리고 있었다. 반면에 또다른 일부는 금방이라도 터질 것 같은 발작을 막느라 안간힘을 쓰고 있었다.

독일 군인이 손을 내밀었고, 마티아스도 자기 손을 내밀었다. 하지만 두 사람은 악수를 나누는 대신에 놀라운 힘으로 서로의 손바닥을 맞부딪쳤다. 채찍이라도 휘두른 듯 요란하게 손뼉 소리가 울려 퍼졌다. 징거 씨는 깜짝 놀랐다. 독일 군인은 느릿느릿하지만 성의를 담아 상대의 이름을 불렀다.

"마티아스 뒤투르."

또박또박 한 음절씩 발음하는 모양새가 오랫동안 연습이라도 한 것 같았다. 그는 자기 손을 가슴에 얹고 다시 말했다.

"가브리엘 함리히."

두 사람을 하나로 묶는 이 소개가 잠깐이지만 그들을 세상과 격리시켰다.

여자는 여전히 뒤에 물러나 있었다. 서른쯤 되어 보이는 여자였다. 그녀도 독일 청년처럼 짙은 갈색 머리였다. 여자의 거무스름한 머리채는 어깨까지 드리워져 있었다. 소박하지만 맵시 있는 옷차림에 붉은 스카프를 뼈로 만든 브로치로 여미고 있었으며, 꽤 자주 드는 것으로 보이는 가죽 핸드백을 몸에 꼭 붙이고 있었다. 여자가 신은 굽 낮은 구두는 먼지투성이였다. 그녀는 키도 제법 컸다. 치마는 무릎 아래로 내려오지 않았다. 그녀가 독일 청년의 손을 쥐자 청년은 살짝 뒤를 돌아보았고, 그 바람에 마티아스 뒤투르와 가브리엘 함리히의 대면식도 끝났다.

"우리 누나 마르타입니다."

청년이 독일어로 말했다.

마티아스, 가브리엘, 마르타가 방에서 나갔다. 징거 씨는 마치 기억상실증에 빠진 두 연인이 각자 수행인을 대동하고 재회하는 광경을 보고 난 기분이라고 속으로 생각했다.

로비에 내려가자 마르타가 마티아스에게 말했다.

"동생은 프랑스어를 못하고 당신은 독일어를 못하니까 제가 통역을 할게요. 괜찮을까요, 마티아스?"

마티아스는 여자가 자기를 예전부터 잘 알던 사람처럼 이름으로 불러서 깜짝 놀랐다. 그녀는 't'를 강조하면서 '마티아스'라고 발음했다.

"저는 마르타예요. 서른 살이고 아이들을 가르치고 있어요…… 동생 가브리엘은 열아홉 살이고 부모님 농장 일 해요."

그녀는 두 남자 사이로 비집고 들어왔다. 그녀의 왼쪽에는 마티아스가, 오른쪽에는 목발을 어설프게 짚은 가브리엘이 있었다. 가브리엘은 시골 청년다운 투박한 말투로 누나에게 말을 걸었다.

"마르타, 그에게 말해……."

마르타가 통역을 해주었다.

"동생이 자기 부상 입어서 오랫동안 구덩이 안에 있었대요. 죽는 줄 알고 소리 질렀대요. 그런데 당신이 권총 가지고 왔대요. 동생은 자기 죽이는 줄 알았대요. 가브리엘이 겁나서 '동지여, 동지여, 어서 와줘!' 소리 질렀대요."

마티아스가 듣고 있는, 이 독일 여자가 따뜻한 목소리로 되풀이하는 '동지'라는 말은 한때 그가 세상에서 가장 아름답다고 생각했던 말이었다. 마티아스는 문득 감정을 주체하지 못하고 눈물이 그렁그렁해졌다. 마르타가 마티아스의 어깨에 손을 얹었다.

"마르타, 그에게 말해……."

가브리엘이 독일어로 계속 재촉했다.

"동생이 그러는데 당신이 자기를 꺼내줬대요. 구해준다고 생각했대요. 그런데 부릉, 하더니 바람이 일고 난리가 났대요. 당신은 계속 서 있고요. 동생이 소리 질렀대요. '엎드려! 엎드려, 동지!' 동생이 왜 당신은 엎드리지 않느냐고 했대요. 그러고 나서 펑! 포탄이 터졌대요. 마티아스 당신은 날아가고요."

"마르타, 마르타, 그에게 말해……."

가브리엘은 완전히 흥분에 빠져서 누나를 계속 채근했다.

"그래, 그래, 가브리엘. 조용히 있어. 당신이 날아가 공중에 떠 있었대요. 자기 꿈꾼 거 아니래요."

그들 세 사람은 가브리엘의 느린 보폭에 보조를 맞춰가며 걸었다. 가브리엘은 걸음을 옮기기가 무척 힘들어 보였다. 가브리엘은 이야기를 계속했고, 마르타는 통역을 했으며, 마티아스는 귀를 기울였다.

"그러고 나서 동생은 기절했대요. 오랫동안. 눈을 다시 뜨니까 당신이 자기 위에 쓰러져 있었대요. 그리고 당신이…… 당신이 웃었대요. 그래요, 당신이 웃었대요."

마르타는 부상을 입은 동생이 보았다는 마티아스의 미소를 흉내 내보았다. 그 미소는 사실 동생을 구해준 프랑스 군인에게 그녀 자신이 보내는 미소였다.

가브리엘은 잔뜩 들떠서, 자기가 직접 전할 수 없는 말을 누나가 행여 한 마디라도 빠뜨릴까봐 누나의 팔을 잡아끌고 난리였다.

"당신이 안 움직였고, 동생이 당신을 흔들었대요."

마르타는 이제 통역을 하기 위해 동생이 말을 듣는 게 아니었다. 그녀는 동생이 뭐라고 말하려는지 다 알고 있었다. 마티아스도 알아차렸다. 이 순간, 마티아스는 이 남매의 모습을 상상할 수 있었다. 그들의 농장에서 저녁마다 가브리엘은 말을 하고 마르타는 작은 사전 한 권을 뒤져가며 번역을 하려고 애를 쓰고. 남매는 그렇게 이 만남을 열심히 준비했을 것이다.

처소에서 살아남는 동안, 그는 안할트의 농장에서도 존재감을 갖고 있었다. 세상 또 어떤 곳에 그가 존재해왔을까? 마티아스가 아는 곳이 있었다. 프레 생 제르베의 작은 집 부엌. 그의 기관차가 있는 철도회사의 차고지.

"가브리엘이 당신 안 움직였대요. 소리 질렀대요. '죽었다! 죽었어!' 그런데 당신 웃었대요!"

마티아스가 걸음을 멈추었다. 도무지 이해할 수가 없었다. 그들이 원망스러웠다. 머리가 터질 것 같았다. 너무 많은 말, 무겁기 그지없는 말, 그가 감당할 수 있는 선을 넘어선 말. 빌어먹을, 이 사람들은 환자에게 무슨 소리를 하는 거야!

여자가 심상치 않은 기색을 감지했는지 잠시 기다렸다가 아까 마지막으로 했던 말을 되풀이했다.

가브리엘이 뭐라고 말을 했다. 마르타는 아연실색해서 동생을 바라보았다. 가브리엘이 고집을 피웠다.

"마르타, 그에게 말해!"

마르타가 다시 통역을 해주었다.

"가브리엘이 당신은 웃고 자기는…… 당신이 부러웠대요."

이 대목에서 마티아스는 웃음을 터뜨렸다. '내가 부러웠다! 듣다 듣다 이렇게 희한한 소리는 처음 듣는군. 내가 부럽다고? 이런 상태에 있는 내가!'

마르타가 두 사람을 남기고 일어났다.

"이제 둘이 함께 있을 수 있겠죠."

그녀는 저만치 멀어져갔다.

징거 씨는 룸메이트를 찾아온 아까 그 두 독일인이 누구일까 상상해보았다. 하지만 그 상상은 끝까지 이어지지 못했다. 누가 방문을 노크했기 때문이다. 그는 혼자 방으로 들어오는 마르타를 보고 깜짝 놀랐다. 징거 씨는 마르타에게 안락의자에 앉으라고 권했다. 그들은 둘이서 한참 동안 이야기를 나누었다. 그후에 마르타는 징거 씨의 환대에 감사하며 방에서 나와 남성 병동 입구에 있는 벤치에 가서 앉았다.

두 청년이 산책을 마치고 '병원의 여왕님' 그로스무터가 노니는 연못 근처까지 이르렀을 무렵 마르타가 다시 나타났다. 마르타는 그들을 유심히 살펴보았다. 가브리엘이 빼도 박도 못할 갈색 머리인 것만큼, 마티아스도 빼도 박도 못할 금발이었다.

"마르타, 그에게 말해줘."

가브리엘이 독일어로 말했다. 그러자 마르타는 다시 통역을 맡아 프랑스 군인에게 이렇게 물었다.

"왜 당신이 여기 있냐고 가브리엘이 물어요. 여기는 미친 사람들이 있는 데인데."

마티아스는 손짓을 동원해가며 '내가 이렇게 받아들여야 해요? 미친 사람들이 있는 곳이 당신 자리라고 생각하긴 힘들잖아요'라는 뜻을 전달하려고 애쓰는 그들 남매를 바라보았다.

가브리엘은 연대감을 나타내려고 어깨를 으쓱해 보였다.

"마르타, 그에게 말해줘."

"동생이 마티아스 당신은 여전히 웃고 있대요. 여전히요."

마르타가 잠시 침묵했다. 그녀는 눈을 들어 마티아스를 쳐다보았다.

"그리고 나도요, 마티아스 씨. 나 역시 말해요. 당신은 아직도 웃고 있다고요."

그들은 작별을 고했다.

마티아스는 병동으로 들어가기 전에 뒤를 돌아보았다. 저들은 어떻게 농장으로 돌아갈까? 그게 무슨 질문이나 되나! 틀림없이 그들은 여기 올 때 이용했던 교통수단을 돌아갈 때에도 이용할 텐데.

마티아스는 이 병원에 입원하고 처음으로 시간의 흐름을 느꼈다. 그는 계단을 오르면서 영원히 열려 있던 괄호가 다시 닫히고 있음을 깨달았다.

룸메이트가 돌아왔는데도 징거 씨는 전혀 관심을 보이지 않았다. 마티아스는 자리에 누우려다가 자기 베개 위에 뭔가 반짝거리는 작은 물체가 있음을 깨달았다. 그는 그것을 손에 얹었다. 그의 이름이 새겨진 오래된 팔찌였다. t가 두 번 연속으로 들어가 있는 이름. 마티아스는 자리에 누워 잠을 청했다.

징거 씨는 마티아스를 오랫동안 눈여겨보았다. 마르타의 이야기를 듣고 나니 이 프랑스 군인이 전혀 새롭게 보였다. 하지만 그는 그런 기색을 내비치지 않겠다고 다짐했다. 그런 사연을 혼자 간직할지 그와 함께 나눌지는 마티아스가 선택할 문제였으니까.

잠시 후에 간호사가 커다란 꾸러미를 세 개나 들고 나타났다.

"아까 그 손님들이 전하시는 겁니다."

간호사가 마티아스에게 말했다.

꾸러미를 싼 종이는 닳아빠지긴 했지만 분명히 선물용 포장지였다. 마티아스는 포장지를 조심스럽게 벗겨서 반듯하게 접었다.

그 다음에 내용물을 꺼내보았다. 먹을거리, 꽤 많은 음식이었다! 한여름의 크리스마스가 따로 없었다. 이 지독한 보릿고개에, 오직 농부들만 누릴 수 있는 먹을거리였다.

징거 씨는 마티아스가 침대에 이 경이로운 먹을거리를 하나씩 올려놓을 때마다 나지막한 탄성을 질렀다. 그러다가 문득 자신의 태도가 썩 점잖지 못함을 깨닫고 어색하게 자기 침대로 돌아갔다.

하지만 마티아스가 그를 불러세웠다.

"징거 선생님, 제가 먹을거리를 좀 나누어드릴까요?"

노인이 침대에서 벌떡 몸을 일으켰다.

"오! 그러면 나도 대단히 기쁘겠네, 마티아스! 우리라고 늘 불행에 찌들어 지낼 이유가 어디 있겠나."

"그럼요, 그럴 이유는 없지요."

이 향연은 하나의 사건을 기리는 자리였다. 전쟁의 포화 속에서 군인들은 서로를 죽이느라 난리였지만 솜 전투의 한구석에서 두 군인은 서로의 목숨을 구해주었던 것이다.

"마르타라는 여자는 젊은데도 놀라울 만큼 진중하더군. 그 여자와 내가 같은 직업에 종사한다는 거 아나? 그 여자는 어린애들을 가르치는데, 그 일은 또다른 어려움이 있지. 사실 그런 선생님들이 진짜 선생님이야! 내가 만들어낸 몇 가지 개념들은 어린아이들에게 적합하다고 생각했지. 이를테면 집합 개념. 집합을 안다는 건 그 집합의 원소들을 안다는 뜻이야. 간단하지. 하지만 원소가 많으면 그것들은 한꺼번에 다 알 수가 없겠지. 잘됐어, 내가 자네에게 그런 걸 요구하지는 않을 테니. 난 다만 내가 어떤 대상을 제시했을 때 자네가 그것이 집합에 속한다, 속하지 않는다만 대답할 수 있기를 바라네. 간단해. 사느냐 죽느냐.(To be or not to be.) 집합 내에 있느냐, 없느냐, 그것이 문제로다! 예를 들까? 자네의 속눈썹이 까딱거리는 걸로 봐서 자네가 예시를 좋아한다고 이해했네만. 다음의 두 원소, 그러니까 숫자 1과 탁자 위에 놓여 있는 바이올린을 한데 묶는다고 치세. 이 묶음은 집합이겠지? 1이라는 숫자가 주어지면 나는 '네, 집합에 속합니다'라고 할 거야. 바이올린이 주어져도 똑같이 '네, 집합에 속합니다'라고 할 테고. 그런데 전혀 엉뚱한 대상, 즉 숫자 1도 아니고 바이올린도 아닌 대상이 주어지면 '아니오, 집합에 속하지 않습니다'라고 하겠지. 이렇게 나는 매번 예 혹은 아니오로 대답을 할 수가 있어. 예의 묶음은 일종의 집합이야. 간단해. 하지만 어떤 대상의 귀속 여부에 뭔가 의심의 여지가 남는다면 그 묶음은 집합이라고 할 수 없다네. 이보게, 이건 꽤 준엄한 제약이야. 예와 아니오, 밖과 안. 모든 집합은 세상을 단칼에 자르는 분리인 셈이지."

마티아스는 모든 집합이 부과하는 이 분리가 세상에 대한 폭력이라고 생각했다. 그럼에도 소속 여부를 선택해야만 하는 이 의무는 그가 몇 번의 투쟁을 거치며 경험했던 현실과 무척이나 닮아 있었다. 미적지근하게 참여하는 동료들은 선택을 강요당했다. 반항하는 편에 속할 것인가, 받아들이는 편에 속할 것인가를 강요당했고, 압제자의 편이냐, 피압제자의 편이냐를 선택해야만 했으며,

노동자의 편이냐, 사용자의 편이냐를 분명히 해야만 했다. 가끔은 간단한 문제였고 가끔은 좀 까다로웠다. “동지여, 너의 진영을 선택하라!” 그런 상황에서 항상 중요하게 등장하는 말이었다.

마티아스의 정신이 딴 데를 떠도는 동안에도 징거 씨는 이야기를 계속했다. 징거 씨가 보기에도 마티아스는 혼자 딴 생각에 빠진 것 같았다. 하지만…….

“모든 묶음이 집합인가? 이건 당연히 제기할 만한 문제지. 묶음이 집합이 될 수 없게 하는 조건은 무엇일까? 마티아스, 그건 탐욕이야.”

마티아스의 새 친구들이 가져온 음식물을 이틀 만에 먹어치운 식탐 같은 탐욕?

모든 것을 가지려고 하면 지나치게 갖게 된다. 지나치게 가지면 더이상 함께할 수 없다. 함께할 수 없다면 공존할 수도 없다. 다시 말해, 원소들이 함께 존재할 수 없다는 뜻이다. 그런데 집합 내에 속하려면 원소들은 함께 존재해야만 한다.

“두 마리 토끼 쫓으려다 한 마리도 못 잡는다.”

마티아스가 중얼거렸다.

“뭐라고?”

“두 마리 토끼 쫓으려다 한 마리도 못 잡는다.”

마티아스가 목청을 높여 다시 한번 말했다.

“멋지군! 그런 속담은 몰랐는데. 참 잘 들어맞는 표현이야.”

“이 속담은 딱 맞아요. 모두에 대한 보편적 사랑은 되레 불쾌하죠.”

"아, 마티아스! 정말 내 마음에 드는 발언이야! 그럼 나도 자네만 단단히 쫓겠네…… 다른 쪽으로는 욕심 내지 않고. 내 말을 믿어도 된다네."

14호실의 두 환자는 알 수 없는 힘에 이끌려 두 사람이 같이 지내게 된 후 처음으로 함께 소리 내어 웃었다.

사실 마티아스는 모든 일반성을 벗어나는, 싸잡아 말할 수 없는 원소들이 존재한다는 것이 중요하다고 생각했다. 옛날의 자신도 그중 하나였다고 믿고 싶었다.

"전부 취해서는 안 돼, 전부 고려해서는 안 돼, 전부 생각해서는 안 돼. 전체주의적이라고 할 만한 이 욕망이 끔찍한 역설들을 초래하는 거야. 자네에게 비밀을 하나 가르쳐주지. 수학에는 보편성이 없다네."

"다시 한번 말씀해보세요! 아니, 저도 분명히 듣기는 했어요. 우리 양어머니는 이런 말씀을 하셨죠. '모든 달걀을 한 바구니에 담아서는 안 되는 법이란다.'"

수학자들과 자신의 시각이 일치한다는 말을 듣고 마음이 평온해진 마티아스가 말했다.

"아! 부탁이야, 마티아스. 달걀 이야기는 하지 말아줘!"

"맛있는 달걀 반숙 프라이……."

"마티아스, 밑에 깔든지 위에 덮든지 옆에 곁들이든지, 아무튼 거기에 얇게 저민 마늘과 포도식초 몇 방울을 뿌려주면……."

"그만하세요. 선생님만 더 괴로워진다고요."

"오믈렛도 좋은데. 달걀을 세 개, 네 개, 다섯 개 써서."

"징거 선생님, 오믈렛 하니까 선생님을 앞서간 사람이 한 명 떠오르네요."

마티아스는 생각에 잠겼다가 만족스러운 듯이 고개를 끄덕였다.

"선생님과 여러 모로 공통점이 많은 사람이에요. 그 사람도 철학자이자 수학자였을 걸요."

"프랑스인인가?"

"프랑스 사람 맞아요."

"19세기?"

"18세기 사람이에요."

철학자이자 수학자였던 프랑스인이라. 징거 씨는 희희낙락했다. '볼테르는 아니겠지. 그는 수학에 관해 단 한 줄도 쓰지 않았으니까. 유감스러운 일이야. 루소도 아니지. 그것도 유감이야.'

"아, 알겠다! 달랑베르로군."

"거의 맞았어요. 선생님이 관심을 가질 만한 그 사람의 일화를 하나 알고 있어요. 그 사람은 '에석히여긔, 모든 인긴에게는 온징이 필요하나니'라는 말을 남겼다지요."

"콩도르세*! 이토록 당연한 것을. 도대체 내 머리가 어떻게 된 거야?"

"맞았습니다!"

"콩도르세가 대식가인 줄은 몰랐는걸."

---

* Marquis de Condorcet(1743~1794), 프랑스의 철학자 · 수학자 · 정치가. 달랑베르, 볼테르 등과 교류하면서 『백과전서』 편찬에 참여했다.

그러자 마티아스가 이야기했다.

"콩도르세는 혁명의 시조로 꼽힐 만한 인물이었는데도 반혁명주의자로 고발당했기 때문에 파리를 떠나야 했죠. 이런 게 바로 일종의 역설 아닙니까, 징거 선생님?"

"역설이 아니라 역겨운 현실이지."

"콩도르세는 상퀼로트*로 가장하고 파리 남쪽 지역의 채석장에서 며칠 밤을 보내야만 했어요. 부상을 입고 기운도 없고 배도 고팠던 그는 마침내 어느 마을에 다다랐죠. 그는 맨 처음 보이는 작은 식당에 들어가 먹을 것을 달라고 했어요. 바로 오믈렛을요. 주인이 '달걀을 몇 개나 넣을까요?'라고 물었더니 그는 '열두 개'라고 대답했대요. 옆자리에 앉아 있던 남자가 눈살을 찡그렸죠. 주인이 오믈렛을 내오자 콩도르세는 걸신 들린 사람처럼 한 입에 먹어치웠어요. 그러자 아까 그 남자가 일어나서 콩도르세에게 '당신은 무슨 일을 하쇼?'라고 물었답니다. '채석장에서 일합니다.' '손을 좀 보여주시구려.' 하지만 콩도르세의 손은 매끈한 철학자의 손이었죠. 그 남자는 콩도르세를 추격하라는 명령을 내렸고, 결국 옆 마을의 감옥으로 보내버렸어요. 콩도르세는 다음날 감방에서 시체로 발견되었죠. 옛날에 부르그 라 렌이라고 불리던 그 마을은 얼마 전에 부르그 에갈리테로 이름을 바꿨죠! 콩도르세는 죽기 얼마 전, 그러니까 추격을 피해 다니던 와중에 이런 말을 남겼어요. 아마 선생님 마음에 쏙 드는 말일 걸요. '혁명, 이 말은 자유를 목

* 프랑스 혁명 때 혁명군 중에서 남루한 옷차림에 장비도 허술했던 의용군.

표로 하는 혁명들에만 적용된다.'"

"그래, 내 마음에 쏙 드는 말이군. 자네가 그 말을 인용하는 건 혁명을 말하기 위해선가, 자유를 말하기 위해선가?"

"둘 다예요. 그 둘은 함께 가야 하니까."

"이렇게 이야기가 엇나가고 끊어지기만 하니 이제 어디로 가야 할지, 무엇을 위해 이야기해야 할지 모르겠구먼."

"제가 압니다."

"자네는 내 말을 계속 듣고 싶은가? 그렇다면 내가 하는 말에 주의를 바짝 기울여야겠네."

"선생님은 모든 걸 탐욕 탓으로 돌리시지요. 선생님의 집합들을 성가시게 하는 모든 문제가 그 탐욕 때문일 테니까요."

"내가 그런 말을 했나? 말 한번 잘했군. 그럼 이참에 모든 집합들의 집합은 존재하지 않는다는 주장으로 나아가지. 우리가 세상의 모든 집합들을 한데 싸잡으려고 하면 마개가 터져버릴걸. 그 집합들은 공존할 수 없다고! 하지만 그 전에 잠깐만 딴소리를 해보지. 내가 고려하건대(난 이 표현을 좋아한다네), 수학자들은 '고려'로 소일하는 사람들이거든. 보통은 1인칭 복수형으로 '이걸 고려해보자, 저걸 고려해보자!' 이런 식으로 쓰이지만. 그러니까 마티아스 자네와 나 징거, 그 밖에 우리에게 합류하고자 하는 모든 사람들과 더불어 고려해보세. 모든 집합들의 집합은 자신에게 속하지 않는다는 것을 말이네. 마티아스, 눈가를 찡그리지 말게. 자꾸 그러면 눈가에 주름이 자글자글해질 테니. 아, 그래. 그게 항상 쉬운 일은 아니지! 자네 괴롭나? 좋은 일이야. 피곤할 정도로 머리를 써야 하는 거라고. 우리 아버지는 말씀하셨지. '그건 좋은 피로다.' 그러니까 자신을 포함하지 않는 모든 집합들의 집합이 있다, 이거야. '이 집합이 자기 자신을 포함할까?'라는 질문을 던져보게. 그리고 그 답이 그렇다, 라고 가정하면 그 집합은 '자신을 포함한다'는 속성을 가지게 돼. 그러니까 자신을 포함하는 집합인 거야. 요약하지. 자신을 포함하지 않는 모든 집합들의 집합이 자신을 포함하게 되는 거야! 가증스러워 치가 떨리지 않니! 만약 그 집합이 자기 자신을 포함하지 않는다고 치세. 그럼 그 집합은 '모든 집합들의 집합'이라는 속성을 지닐 수 없어. 그러니까 자신을 포함해야만 하는 거야. 요컨대, 자신을 포함하지 않으면 자신을 포함한다. 치가 떨리는 가증스러움이지! 자, 발작도 이런 식으로 일어나는 거야."

마티아스는 징거 씨가 우연히 이런 예를 든 것인지 의아했다. '하지만 자신을 포함하지 않는 집합을 선택한다면 문제가 생겨도 당연하겠지…… 진정한 소속이 아니라는 것. 바로 그것 때문에 여기서 우리 모두 죽어가는 거야. 가증스러워 치가 떨리고, 치가 떨리니까 가증스럽고.'

"그런 성질을 지닌 모든 집합들의 집합은…… 그건 집합이 아니야. 그건 나중에 두고 보세."

징거 씨가 결론을 내렸다.

탐욕, 탐욕이다……!

'어째서 너는 아니지?'

마티아스는 좁은 방에서 창문과 침대 사이를 계속 오가며 혼자만의 생각을 곱씹었다. 징거 씨는 그런 마티아스를 걱정스런 눈길로 바라보고 있었다.

'넌 전장에서 수많은 시체들의 밭을 넘고 넘었는데도 몸에 까진 데 하나 없이 돌아왔어. 어째서 너는 죽지 않았지? 넌 난관 속에서도 빠져나왔어! 넌 항상 그렇게 빠져나오지. 마투는 전쟁을 원했나? 그래! 도처에서 죽어나가도 마투는 잘도 죽음을 비켜났어.

조레스는 전쟁을 원하지 않았지. 그런데 그런 조레스는 죽었어. 너는 전쟁에 찬성함으로써 그에게 침을 뱉은 셈이야. 너는 세상을 변화시키기를 원했지만 정작 변해버린 건 너야. 통탄할 노릇이지. 원장도 그랬잖아. '울 수 있어야 합니다, 뒤투르 씨.' 그런데 언제 울어버릴 마음을 먹을래? 넌 네가 작정한 때에 죽지도 못했잖아. 이봐, 넌 뭐든지 실패해. 네 인생은 너하고 아무 볼일이 없어. 인생이 너를 뭣같이 안다고. 언제는 인생이 너를 존중해줬어? 넌 좆도 아니야. 형제애로 가득한 세상을 원했어? 모두가 형제 같은 프롤레타리아, 모든 나라들이 하나가 되는 세상. 그런데 그게 다 우리를 개 잡듯 잡으려고 뭉치는 거야. 노동자, 농민, 그건 눈물. 이제 유머까지 나오는군! 총검의 날, 유머의 날.* 평등한 세상을 꿈꾸었나? 그랬지! 학살당한 이들의 평등 말이야. 만국의 시체들아, 거름이 되기 위해 모일지어다. 전쟁터의 땅을 기름지게 만들기 위해 모일지어다.'

---

* '눈물'은 프랑스어로 larme, '날'은 lame이다. 두 단어의 철자가 비슷한 것에 착안한 표현.

마티아스는 땅바닥을 노려보며 계속 생각했다.

'평등을 원했던 이들 모두가 나가죽어야 할 테지. 네가 그중에서도 첫번째고. 자랑스러워해도 좋아. 평등이 정말로 이루어졌으니까. 모든 것을 통틀어 가장 성공적으로 이루어진 것이지! 37개국이 치고받고 싸우고 있어. 이보다 더한 전쟁은 없었지. 전투병, 이 단어에서는 음흉한 냄새가 나. 당신들은 이 냄새로 뭘 하지? 난 전투병이야. 그럼 총검을 들고 있는 당신들은? 우리는? 아무것도 아니야, 그냥 싸우는 거야…… 죽은 사람들도 집합을 이룰까? 이건 내 룸메이트에게 물어봐야 할 질문이군. 죽은 사람도 한 사람으로 헤아려지나요? 수백만 명의 죽은 사람들이? 1+1+1+…… 아! 징거 선생님, 이건 무한은 아니지만 무한에 가까워지지 않습니까. 그래요, 저도 압니다. 무한에는 결코 다다를 수 없다는 거. 비약을 해야 하지요.그럼 비약해버리죠, 뭐! 선을 넘어야 한다고요. 아무도 선을 넘지 않은 지 참으로 오래됐네요.'

마티아스가 불쑥 질문을 던졌다.

"트로이에 전쟁을 하러 간 그리스인은 몇 명이나 됐어요?"

마티아스와 징거 씨는 한 사람이 자기 환영에 사로잡혀 혼자 불쑥 내뱉는 말로는 대화가 이어질 수 없음을 잘 알고 있었다. 그 어떤 동반도 참아내지 못하는 고립된 생각을 상대가 따라잡을 수 없기 때문이었다. 관계가 깨지지 않게끔 할 수 있는 최선의 방법은 최소한 감정이 고양될 때까지 성심껏 귀를 기울여주는 것이었다.

"트로이 전쟁? 그리스인이 몇 명이었냐고?"

징거 씨는 '얼마나'라는 물음의 전문가였지만 이 물음에는 대답을 할 수 없었다. 모든 정수들의 수, 직선상에 있는 모든 점들의 수는 말할 수 있어도 트로이 전쟁에 참전한 그리스인의 수는 도저히…….

마티아스는 징거 씨가 함께 있음을 다시금 깨닫고 먼 데서 방금 돌아온 사람처럼 징거 씨를 바라보다가 서쪽을 가리켰다. 참호들이 끝없이 구불구불 이어져 있는 서쪽을. 그에게서 말 한 마디 한 마디가 힘겹게 새어나왔다.

"모두 죽지는 않았죠! 우리 중에는 '나가떨어지지도 않는 사람들', 마음대로 되지 않는 사람들도 많이 있었다고요. 저도 그중 한 사람이었죠. 죽는 데 실패한 사람."

문득 마티아스는 자기 얼굴에 물을 퍼붓고 싶은 강력한 욕구를 느꼈다. 그는 웃옷을 벗었다. 그는 거울에 비친 자기 모습에는 눈길도 주지 않고 정신을 차리려는 듯이 얼굴, 특히 목덜미 쪽에 물을 끼얹었다. 그러고는 세면대를 붙잡은 채 고개를 숙이고 한참서 있었다. 그 순간 그는 자기 손목에서 가브리엘과 마르타 함리히 남매가 주고 간 팔찌를 보았다. 마티아스는 물기도 닦지 않고 다시 옷을 걸치고는 빛나는 머리칼을 징거 씨에게로 돌렸다. 하지만 마티아스의 눈은 징거 씨를 보고 있지 않았다.

"어느 밤이었어요. 그날 낮에는 공격전과 방어전이 연달아 일어났고 우리 편에 꽤 큰 손실이 있었죠. 저는 업어가도 모를 만큼 깊이 잠들었었어요. 11시쯤 되어서 비명 소리에 잠이 깨었죠. 짐승 멱 따는 소리처럼 끔찍한 비명이었어요. 본능적으로 자리를 박차고 일어났죠. 무슨 일인지 전혀 이해할 수 없었어요. 하지만 늘 그런 식이었죠. 언제나 잠에서 깨는 순간부터 악몽이 시작되는 거예요. 그날 밤에는 다른 병사들이 보초를 섰죠. 저는 참호에서 나왔어요. 보초병이 전열 사이의 한 지점을 가리켰어요. 독일군과 우리 군 사이를 가르는 철조망 지대요. 전에도 말씀드렸지만 전 시력이 굉장히 좋아요. 보니까 어떤 사람이 철조망에 걸려 있더라고요. 도대체 그 사람은 뭘 어쩌려다가 그런 궁지에 빠졌을까요?

아무튼 그 사람이 비명을 질러대는 통에 자던 병사들이 전부 다 깼어요. 초소 밑에 꾸역꾸역 모여들어서 움직이지도 않고 아무 말도 없이 있었죠. 그 사람은 함정에 빠졌던 거예요. 빠져나오려고 애쓸수록 점점 더 가시철사들이 살을 파고들게 되어 있었죠. 그 사람이 한 번 움직일 때마다 뾰족한 가시들이 살점을 찢고 상처를 후벼서 피부가 너덜너덜해졌어요. 그는 말도 못 하고 죽어라 소리만 질렀는데, 정말 짐승의 울음이 따로 없더군요. 우리는 모두 그가 그날 밤을 넘기지 못할 거라 생각했어요. 그런데도 움직임을 멈추지 않는 거예요! 그에겐 아무 도움도 안 되는 짓이었죠. 살갗이라도 보전하려면 그래서는 안 되었어요. 그가 움직이지 않고 조용히 있었더라면 더 좋았을 거예요. 그를 위해서. 우리 모두를 위해서. 아니면 그가 그냥 죽어버렸으면 좋았겠죠. 그러면 우리는 들어가서 다시 잠자리에 들었을 테니까…… 다시 잠을 이룰 수는 없었겠지만요.

하지만 아니었어요. 그 사람은 우리가 우리 자신의 불행을 목격하기를 바라기라도 하는 것 같았죠. 우리가 겪게 될 고통을 예언이라도 하려는 것 같았어요. 저는 나중에야 이해했죠. 왜 우리가 꼼짝도 못하고 석상처럼 굳어 있었는지를. 그는 소리를 지르기 시작했어요. 제 생각에 그는 하늘을 향해, 전쟁을 향해, 우리를 그 똥통에 처박은 개새끼들을 향해 울부짖었던 것 같아요. 그는 우리 모두를 위해 참을 수 없는 소리를 내질렀어요. 그는 우리를 대신해 소리쳤어요. 그런데 우리는, 우리는 그를 위해 아무것도 하지 못했죠."

"자기 목숨을 끊어달라고 그랬던 것은 아닐까?"

징거 씨가 기묘하게 강렬한 눈빛으로 물었다.

"왜 그런 말씀을 하시죠?"

이번에는 마티아스가 물었다.

징거 씨는 대답을 기대하지 않는다는 듯이 덧붙였다.

"누군가가 나서서 그의 목숨을 끊어줄 수만 있었다면 그는 자기가 가진 모든 것을 주었을 걸세. 난 정말로 그렇게 생각하네."

징거 씨는 다시 이렇게 말했다.

"어쩌면 죽음에는 가격이 없는지도……."

"선생님이 무슨 말씀을 하고 싶으신지 모르겠지만, 우리는 정말 혹독한 대가를 치렀어요. 애원하는 그 가엾은 사내에게서 도저히 눈을 뗄 수가 없었죠. 게다가 그날은 달도 밝았어요. 그렇게 훤한 달밤도 없었기에 그 사람이 겪는 단말마의 고통을 남김 없이 볼 수 있었죠. 마침내 저는 그의 비명을 더 들을 수 없어서 참호로 돌아갔어요. 내 일에만 정신을 쏟으려고 애썼죠. 하지만 듣고 싶지 않은 소리를 향해 귀를 곤두세우고 있는 나 자신이 놀랍더군요. 다시 뛰쳐나갔다가 웅크리고 있는 청년 한 사람과 부딪쳤어요. 이제 막 전쟁터에 온 애송이였는데, 귀를 틀어막고 고개를 가로젓고 있더군요. 그 녀석은 실신하기 일보 직전이었어요…… 글리든! 조셉 글리든! 그날 밤 조셉 글리든이 얼마나 미웠는지 몰라요!"

징거 씨는 의아하다는 듯이 눈썹을 실룩거렸다.

"기억 안 나세요? 1874년, 조셉 글리든이 가축 떼가 도망가는 것을 막기 위해 철조망을 발명하다."

마티아스가 학자연한 말투로 대꾸했다.

"우리가 가축에 써먹으려고 발명한 것들은 전부 다 사람에게 쓰였죠. 사람이 철조망에 휘감긴다는 게 어떤 건지 상상도 못 하실 거예요. 정말 악독하다고요. 조금만 움직여도…… 이 이야기는 아까 했죠. 자기 눈으로 보지 않은 사람은 절대 그 광경을 그려볼 수 없어요. 몸부림도 치면 안 되고, 꼼짝 않고 있어야 하죠. 사방팔방으로 살을 파고드는 아픔을 참으면서요. 누가 그 고통을 감당하겠어요?

차라리 어두운 밤이었으면 그 사람을 데리러 갔을 거예요. 하지만 그날은 그에게 다가가는 모습이 훤히 노출될 수밖에 없었죠. 우리 바로 맞은편에서 독일군들이 총을 열나게 쏘아댈 테고요. 그를 위해 해줄 수 있는 일은 아무것도 없었어요. 그 사람을 구하는 동안만 잠깐 휴전을 선언할 수도 있었겠죠. 그 다음에 다시 맹렬하게 싸우기 시작하는 거예요. 하지만 우리가 치르는 전쟁에서는 그런 식의 타협이 먹히지 않았어요.

불구대천의 원수라 해도 그 사람이 당한 것과 같은 고난을 당하기를 원치는 않았을 거예요. 나는 글리든이 그 고통을 겪어봤으면 했지요. 울부짖음이 잦아들고 침묵이 깃들자, 우리의 불안은 한층 증폭되었어요. 평소 밤이면 소소한 잡음이 들리곤 했죠. 서로 잔을 부딪치는 소리, 부싯돌 켜는 소리, 기침 소리, 코 고는 소리, 방귀 뀌는 소리, 속닥대는 소리. 드높은 꿈을 꾸며 눈물을 흘리는 군인들도 있고요. 그런데 그날은 쥐 죽은 듯 고요했어요. 우리 쪽도, 맞은편 진영도 마찬가지였죠. 저쪽도 우리와 마찬가지였던 게 분명해요. 침묵이 길어지고, 모두들 이렇게 생각했죠. '그래, 끝장이 났구나. 우리에게도 잘됐구나.' 우리는 비로소 마음을 놓으려고 했어요. 그런데 갑자기 비명 소리가 또 터졌죠. 그 고통이라니! 그는 죽지도 않더라고요!

참호 근처에서 귀를 틀어막고 있던 애송이가 내 옆에 다가와서 섰어요. 그 녀석이 중얼대는 소리가 들렸죠. '짐승이 덫에 걸린 거네요. 구하러 안 가요?' 그러다가 그 사람이 무너지니까 녀석은 참호 앞에 쌓인 흉토로 펄쩍 뛰어올라가더니 소리를 질렀어요. '저 사람을 그냥 내버려둘 수는 없어요! 이건 인간의 도리가 아니라고요.' 다른 군인들이 그 애송이에게 달려들어 참호 안으로 끌고 들어갔어요. 그러고는 뭐라고 얘기를 좀 했죠. 그러고는 군인들의 말소리가 안 들리기에 전 다시 고개를 돌렸어요. 그런데 그들이 저를 바라보고 있더군요. 이해가 안 됐어요. 그들은 아무 말도 안 했죠. 정말이지 말하기 쉬운 일은 아니었어요. 저는 퍼뜩 알아차렸어요. '너희들 미쳤구나!'라는 생각이 들었죠. 그렇지만 그들 생각이 옳다는 건 나도 알고 있었어요. 뒤투르가 명사수라는 사실은 익히 알려져 있었으니까요. 모두 내가 지나가도록 길을 비켜줬어요. 나는 총을 집어들고 조준하기 좋은 위치를 찾았고요. 내 뒤에 있는 동료들의 기대를 감지할 수 있었어요. 저는 아무 생각도 하지 않으려고 애쓰면서 흉토에서 조준에 들어갔어요. 달 밝은 밤이라서 어렵지도 않았죠. 저는 숨을 멈추고 그의 머리통을 겨냥했어요. 바로 그 순간, 그가 다시 울부짖기 시작했고 저는 소스라쳤죠. 무슨 일이 벌어질지 그 사람도 예감했던 게 분명해요. 저는 냉정을 되찾기까지 적잖이 고생을 했죠. '딱 한 발. 절대 빗나가면 안 돼, 마티아스! 한 발로 부끄럽지 않게 끝내주자고.' 이 말만 쉬지 않고 속으로 되풀이했죠. 그의 울부짖음이 끝나지도 못한 채 허공에서 맴돌다가 사라졌어요. 완전히 조용해졌죠. 드디어.

그러자 독일 진영에서 몇 발의 총성이 울려 퍼졌어요. 공중에 예포를 쏘았던 거예요. 그쪽 진영 사람들은 우리에게 고마워하고 있었죠. 우리도 예포를 몇 발 쏘아서 그에 화답했어요. 철조망에 걸려 죽은 사람이 프랑스인인지 독일인인지는 영영 알 수 없겠죠. 믿으세요. 그의 머리통이 터지면서 튀어나온 회백질은 어느 편의 색깔도 아니었으니까!"

"그런 이야기는 하지 않아도 되잖아……."

"너무 자세한 이야기요? 선생님이 말씀하시는 그런 자세한 이야기가 우리 처소 동쪽과 서쪽에 버티고 있는 수천 명 군인들의 일상이에요. 그의 목숨을 끊어주면서 나는 누구를 도와준 셈일까요? 그의 고통을 단축시켜준 걸까요? 아니면 오장육부를 뒤집어 놓은 그 비명 소리를 막아서 우리들 자신의 안녕을 도모한 걸까요? 애송이 녀석은 철조망으로 달려가다가 다시 땅바닥에 쓰러졌어요. 온몸을 사시나무 떨듯 떨더군요. 우리가 지금 있는 곳 같은 정신병원으로 그 녀석을 보내버릴까봐 참 걱정됐지요.

그날 밤 이후로 그 무엇도 전과 같지 않았어요. 어느 날 아침, 제5연대 병사들을 만났죠. 북역에서 우리의 파업을 무력 진압했던 바로 그 병사들이요. 아버지 말씀이 생각나더라고요. '마티아스, 잊어서는 안 된다. 네가 주동한 파업을 망친 것이 바로 군인들이었다. 군인들이 네가 일하던 선로를 장악하지 않았느냐. 너 자신이 어떤 사람인지 잊지 마라.' 하지만 이제 제가 어떤 사람인지도 모르겠더군요. 우리는 이따금 자기가 죽지 않기 위해서 치명상보다 더 확실하게 타인을 죽이죠.

한밤중에 잠에서 깨어나면 내가 처한 악몽에 눈을 뜨곤 했죠. 나는 살인자가 되어 있었던 거예요. 십팔 개월이나 살인을 내 일로 삼았어요. 그들이 나를 검투사로 만들었어요. 죽여라, 아니면 네가 죽는다! 악에 받쳐 다른 검투사들과 싸웠죠. 그들도 나와 마찬가지로 불쌍한 사람들, 나와 똑같은 사람들인데요. 아니, 그래도 '동일인'은 아니죠. 징거 선생님, 그래도 나와 마찬가지인 사람들이었다고요! 그들과 나는 똑같은 낯짝, 똑같은 공포, 똑같은 수치, 똑같이 좆같은 미래를 안고 있었죠. 후방의 호텔에 머물며 총알받이로 쓰러져갈 작은 병정인형들을 이리저리 옮기면서 기막힌 작전을 세운다고 으스대는 참모본부의 고급 장교들에게 복속된 신세도 똑같았고요. 아! 몇 번이나 그놈들을 죽여버리고 싶었는지 모릅니다!"

"하지만 자네는 그러지 않았지."

"네! 그러는 것보다는 제가 뒈지는 게 나았죠. 그게 더 쉽고…… 덜 위험하니까."

슬픔을 띤 강박적 웃음이 살짝 떠오르면서 마티아스의 볼이 파였다.

"덜 위험하다니?"

"나 자신을 제거하면, 적어도 총살 집행은 면할 테니까요."

"자신을 제거하다니! 미안하네. 내가 나와 관계도 없는 일에 나서는 것 같네만, 그래도 자네 양부께서는 이렇게 말씀하시지 않았나? '네가 약해질수록 네 상대들은 강해진다.'"

"징거 선생님, 선생님은 기억력이 너무 뛰어나서 문제군요. 선생님과 말할 때는 늘 조심해야겠습니다."

"난 내 마음에 와 닿은 것을 기억할 뿐이야."

"다음날 아침에 일어나서 저는 결심을 했죠. 더이상은 기지도 않고, 웅크리지도 않고, 조아리지도 않겠다고요. 참호에서도 똑바로 서 있었습니다. 동료들이 윽박질렀죠. '너 미쳤어? 뒈지고 싶어 환장했냐고. 자세 낮춰, 마티아스!' 저는 뒈지고 싶지는 않았지만 꼿꼿하게 서 있고 싶었습니다. 저는 열차 기관사이고 열차 기관사는 서 있어야 하죠. 쪼그라든 노인네처럼 웅크리고 사는 게 지겨워졌던 겁니다."

"노인이라고 다 쪼그라드는 것도 아니고, 다 웅크리고 사는 것도 아니라네."

징거 씨가 마티아스의 말에 꼬투리를 잡았다. 마티아스는 그 말을 못 들은 체하며 징거 씨의 지적을 무시했다.

"죽는다는 건 맞는 말이었어요. 그래도 서 있고 싶었죠. 그날은 총알이 쌩쌩 날아가는 소리가 귓전에서 나더군요. 그런데 한 발도 안 맞았어요. 밤이 되어서는 모두가 잠들기를 기다렸죠. 저는 총을 들었습니다. 『인간 야수』도 챙겨서 군복 상의 속에 쑤셔넣었죠. 제가 챙긴 건 그 책뿐이었습니다. 그리고 될 수 있는 대로 멀리 나왔어요…… 암만 그래도 부대원들이 있는 데서 방아쇠를 당길 수는 없었으니까요. 그 친구들은 총 맞고 죽는 사람이라면 신물 나게 보아왔으니 굳이 나까지 거기 보탤 마음은 없었습니다. 바닥은 포탄들에 파여 있었고, 비가 내리고 있었죠. 저는 차분했어요. 발포가 시작되었고, 하늘은 환했고, 머리 위로는 총알들이 날아다녔죠. 저는 걸음을 멈췄어요. '부상까지 당하면 참 가관일 거야. 얼마나 우스워지겠어.' 저는 총을 꺼냈습니다. 방아쇠를 당기려는 순간, 무슨 소리가 났어요. '염병할, 한시도 내버려두질 않는군!' 하고 생각했죠. 그런데 어떤 사람이 '힐페! 힐페!' 하면서 우는 소리를 하더라고요. 그건 저도 알아들을 수 있는 독일어였죠. 도와달라는 뜻이었어요. 보니까 그 사람은 어깨까지 빠지는 구덩이에 처박혀 있더군요. 웬만하면 자기 혼자 나올 수도 있었을 텐데 못 그러는 걸 보니 부상자가 분명했어요. 저는 다가갔죠. 저도 제가 무슨 짓을 할지 몰랐어요. 속으로는 '넌 지금 네 앞가림이나 해'라고 생각했죠. 저는 권총을 꺼냈어요. 그자의 눈에 엄청난 공포가 떠올랐죠. 나를 소탕병으로 생각했던 거예요."

"소탕병?"

"밤중에 적들을 제거하도록 훈련받은 군인이요. 소탕병은 권총만 써요. 일반적인 총은 절대 안 쓰죠. 아무튼 그 군인은 내가 자기를 죽일 거라고 생각했죠. 그 군인이 체념했다는 감이 왔어요. 저는 구덩이에 다가갔죠. 그때 군인이 고개를 번쩍 들더군요. 그리고 '동지'라고 불렀어요. 저는 그를 구덩이에서 꺼내줬어요. 그 친구는 다리가 망가진 것 같았죠. 겨우 얼굴을 들여다볼 시간이 있었는데 아직 어려 보였어요. 그 친구가 가브리엘이었던 거죠. 그런데 우리가 소음을 좀 냈던 모양이에요. 총알들이 다시 날아오기 시작했죠. 지옥이었어요! 그 다음이요? 기억이 안 나요. 정신을 잃었으니까.

딱 하나 유감스러운 건 제 책이 그곳 뫼즈의 더러운 땅에서 썩고 있을 거라는 거죠."

아침을 먹고 방으로 돌아온 두 사람은 시트를 벗긴 침대를 보고 시트와 이불을 가는 날이 왔음을 기억했다. 그렇지만 마티아스는 격식이고 뭐고 집어치우고 침대에 드러누웠고, 징거 씨는 구겨진 잠자리를 외면하고 그냥 서서 뭐 할 일이 없는지 찾았다. 시가 한 대를 맛나게 피울 수도 있었지만 시간이 너무 일렀다. 징거 씨는 빨간 수첩을 붙잡았다.

그는 처음 몇 페이지를 들춰보았다. 오랜 세월 동안 그 페이지에 자신의 작업에 대한 비평들을 적어두곤 했다. 친절하지 않은 평가, 가시 돋친 지적, 악평에서부터 모욕적인 평까지. 그는 스웨덴인 친구 구스타 미타그 레플러가 보낸 편지를 읽는 데 시간을 들였다. 그 친구의 학술지에 발표할 논문을 보냈을 때 받은 답장이었다.

"마티아스, 좀 들어보게. 이 편지에는 배울 만한 것이 아주 많거든. 방해가 될 것 같으면 그렇다고 말해주게."

징거 씨가 자살 방지용 창문 연구에 몰두하고 있는 룸메이트에게 말했다. 그는 대답을 기다리지도 않고 이내 말을 이었다.

"구스타는 『악타 마테마티카』라는 탁월한 학술지를 이끌고 있었지. 나는 스스로 꽤 괜찮다고 생각하던 논문을 그에게 보냈다네. 내가 읽어보지."

징거 씨는 약간 걸걸한 음성으로 편지를 읽기 시작했다.

"'선생께서 새로운 수학 용어들을 구사하고 일반철학의 표현들을 끌어오기 때문에, 학술지가 선을 보이는 상황에서 대부분의 학계 동료들이 대단히 저어하지 않을까 우려됩니다.' 그러고는 내 문체에 대해 약간 띄워주는 말이 조금 나오다가 피할 수 없는 '그러나'가 등장하지. '그러나…… 제 생각에는 선생의 새로운 연구를 발표하는 일이 긍정적인 결과를 새로이 가져오기 이전에 수학자들 사이에서 선생의 평판을 크게 떨어뜨릴 것 같습니다. 사실 그래도 선생께는 상관없다는 것도 잘 압니다.' 그 다음에 다시 한번 '그러나'가 나오지. '그러나 선생의 이론들이 일단 한 번 불신에 휩싸이게 되면 그 이론들이 다시금 수학계의 관심을 끌게 되기까지 너무 많은 시간을 허비하게 될 위험이 있습니다. 선생의 생전에 선생 자신이나 선생의 이론들이 마땅히 누려야 할 영예를 누리지 못할지도 모르지요…… 그 이론들이 재발견되기까지는 백 년, 어쩌면 그 이상의 시간이 필요할 겁니다. 그때에야 사람들은 선생께서 그 모든 것을 이미 예측했음을 깨닫고 비로소 선생께 영예를 돌릴 테지요.' 여기서 세번째 '그러나'가 등장하지. '그러나, 그런 식으로는 선생의 학문 발전에 중대한 영향을 끼칠 수 없을 것입니다.'

나는 이 친구의 경고가 참으로 진실한 마음에서 우러나온 것이라고 믿는다네. 구스타는 내 논문 발표가 불러올 수 있는 온갖 불쾌한 일들에 대해 미리 알려주려 했던 게야. 하지만 내가 그 친구에게 그런 걸 부탁한 적은 없네. 나는 그가 나를 믿어주기를, 내 연구의 공모자가 되어주기를 바랐어. 바로 그런 선물을 나는 부탁했던 거야. 사람이 친구에게 원하는 바로 그것, 즉 공감을 바랐던 것이지. 이 편지를 다시 읽을 때마다 상처가 벌어지는 기분이야. 그는 최선의 호의로 무장해 이 문장들을 썼는데, 그게 가장 나를 아프게 한다네…… 난 이런 표현이 싫어."

그때까지 듣는 둥 마는 둥 하던 마티아스가 룸메이트의 말에 주의를 기울였다.

"얼마나 많은 상처, 대결, 모욕이 있었을까요…… 최선의 호의에서 나온 능욕은 또 얼마나 많았을까요? 그런 호의들이 과연 최선이라면 '호의로 무장했다'라기보다는 '호의로 장식했다'고 해야 할 텐데요."

마티아스는 미소지었다. 징거 씨가 이렇게 화를 내고 빈정대는 모습은 지금까지 본 적이 없었다.

"신이시여, 제게 최선의 호의를 면해주십시오! 그런 호의에 물들어 사는 사람들은 그놈의 호의가 어떤 영향을 미치는가에 대해서는 눈곱만치도 관심이 없다네."

징거 씨의 말투가 문득 진중해졌다.

"마티아스, 미안하네. 철조망에 걸린 사내의 머리통을 쏘았을 때 자네도 최선의 호의로 '무장'했겠지? 그 가엾은 사내는 특급사수가 자기 대가리를 날려주기를 갈망하고 희구했을 테지?"

징거 씨는 자기가 방금 너무 야만적인 단어들을 구사했음을 깨닫고 갑자기 입을 다물었다.

"징거 선생님, 그 물음은 저를 아프게 합니다만 그렇게 물어보실 만도 하죠. 저 또한 끊임없이 그 물음을 떠올렸고요. 답은 못 찾았습니다. 이제 제가 선생님에게 방금 그 질문이 최선의 호의로 '무장'한 것이었냐고 묻는다면……."

징거 씨는 딱 잘라 아니라고 말했다.

"그건 아니네. 자네도 어지간히 짐작하잖나. 자네가 말한 그 철조망 사내 이야기 때문에 며칠간 밤잠을 설쳤다네. 왜 자네가 총을 쏘았는지 나는 아직도 이해가 안 가."

"저도 이해가 안 갑니다."

마티아스는 시트와 이불을 치우고 정리되지 않은 침대에 걸터앉았다. 그는 맥 빠진 눈을 한 채 징거 씨의 이야기를 들었다.

"자네 이야기에서 제일 기억에 남았던 건, 자네가…… 개입한 후에 철조망을 사이에 둔 양쪽 진영에서 예포를 쏘아올렸다는 거야. 그게 마치 죽은 자들의 등뒤에서 산 자들이 결탁한 공범 행위처럼 느껴져서 말이지."

"공범들 맞아요."

징거 씨는 마티아스의 솔직한 대답에 어안이 벙벙해서 감탄하는 시선을 보냈다.

"마티아스, 굉장하군. 자네가 너무 솔직하니 내가 혼란스럽네."

하루하루 지날수록 마티아스는 징거 씨가 감추고 있던 극단적이고 거친 감수성을 좀더 발견할 수 있었다.

빨간 수첩을 계속 펼쳐놓고 있던 징거 씨는 대화가 예기치 않은 방향으로 흘러가자 얼른 예의 편지로 돌아갔다. 징거 씨는 손가락을 떨면서 첫 문장을 가리켰다.

"내 친구 구스타는 최선의 호의를 담아 뭐라고 말했나? 내 수학적 텍스트가 철학적 표현들로 어지럽혀져 있다고? 그래서…… 참새들이 저어할 거라고? 프랑스어로 이렇게 말하는 거 맞나?"

"그럼요. 참새라고 하면 됩니다."

"참새들이 저어한다, 늙정이 수학자들의 순결한 귀가 저어한다, 이 말이지. 그 교양 없는 것들은 피타고라스, 타란토의 아르키타스, 파스칼, 데카르트, 라이프니츠 같은 수학자들이 철학자이기도 했다는 걸 모르는 게지. 수학이 철학에 얼마나 많은 빚을 지고 있는지 상상도 못하고 말이야. 형이상학? 오, 영국 친구들 말마따나 '쇼킹'하구먼! 나는 한 알의 형이상학이 없다면 엄밀한 학문을 정초하기란 불가능하다고 단언하네."

노인의 손가락이 그 페이지에서 몇 줄을 내려갔다.

"내 친구 구스타는 뭐라고 했지? 수학자들 사이에서 내 평판을 크게 떨어뜨릴 것 같다고 했어. 당시에 그건 내게 아무렇지도 않은 일은 결코 아니었네. 난 수학자 사회에서 인정을 받고 싶었거든. 하지만 내 본연의 모습으로 인정받고 싶지 사람들이 바라는 내 모습으로 인정받고 싶은 마음은 없었네. 내가 만들어낸 것을 제외하고, 아니, 더 나쁘게는 그것에 반대해서 좋은 평판을 얻는다면 그 따위 호평이 무슨 소용이 있겠나? 나에 대한 평판이 나의 작업과 유리된다면 그런 게 무슨 가치가 있냐고. 기형학의 급작스럽고 불길한 전개에 따라, 내가 최선을 다한 연구가 나에 대한 평판을 가장 심하게 망쳐놓을 참이었지!"

징거 씨의 손가락이 다시 몇 줄 더 내려갔다.

"내 친구 구스타는 뭐라고 했나? 내가 학계 동료들이 만들어놓은 형식에 맞추지 않고 버티다가는 내 이론들이 불신에 휩싸이고 결국은 잊힐 거라고, 그걸 만회하려면 한 세기는 걸릴 거라고 했네. 운이 좋아 내 연구가 그 세월을 넘어 재발견돼봤자 너무 늦은 영광인지라 이미 나는 죽고 없을 거라고 했네. 그때쯤이면 자질 있는 수학자들이 궤도를 마련해놓은 수학의 무거운 수레는 벌써 멀어졌을 테고 나의 작업은 아무 소용도 없겠지. 그때쯤이면 나는 수학사의 일시적인 현상을 보여주는 소소한 인물 정도로만 남을 테지. 게다가 살아 있지도 않은. 그러한 퇴행은 나를 공허하게 해. 하지만 난 필요해. 절대적인 욕구를 느껴. 마티아스, 뭐라고 해야 할까. 생각이 나도록 자네가 좀 도와주게.

아니야, 아니고말고! 마티아스, 난 살아 있고, 살아 있다고 말하고 있어! 대단한 포부 아닌가? 무한으로 나아가겠다고 결정하면 난 절대 중간에서 그만두지 않아. 내가 그 기나긴 여정을 어떻게 헤쳐왔는지 자네에게 말해주겠네.

나는 맨주먹으로 시작한 게 아니야. 나에겐 작은 재산이 있지. 그 재산은 바로 '불가산'과 '연속체'라는 두 개의 무한이야. 나는 '대각선 방법' 덕분에 공간의 면적을 늘리면서 공간의 농도도 늘릴 수는 없다는 걸 증명할 수 있었지. 선, 면, 입체는 같은 수의 원소를 갖는단 말이야. 이것에 대해서는 나중에 다루지…… 시간이 있다면 말일세. 나는 다시 장벽에 부딪혔네. 연속체를 초월하여 모든 집합에 적용되는 일반원칙을 찾아내야만 했지. 이 지점에서 아주 작은 결과가, 어이없을 정도로 증명하기 쉬운 결과가 무한의 대로를 활짝 열어주었다네.

그게 뭔지 일러주지. 무한집합이든 유한집합이든 상관없이 모든 집합에 대해서 우리는 그것보다 더 큰 다른 집합을 상정할 수 있다네. 이건 아무렇지도 않은 게 아니야. 이 원칙을 밑거름 삼아 어디까지 나아갈 수 있는지 한번 보게.

나는 원소들이 무한한 불가산집합에 기대어 그보다 큰 제2의 무한집합을 얻을 수 있지. 거기서 다시 제3의 무한집합도 얻을 수 있고. 내가 얻은 것에서 출발하고, 그 다음에 얻어낸 것에서 다시 출발하고…… 마티아스, 이쯤에서 날 좀 말려줘야지!"

징거 씨가 큰 소리로 외쳤다.

"나이답지 않게…… 아냐, 아니야, 내 나이다운 짓이지, 난 자네가 감탄하는 눈으로 지켜보는 가운데 손가락 튕기기를 반복해 가면서 무한집합들을 무한히 만들어냈네. 다시 한 번 말하지. 무한집합들을 무한히 만들었다고!"

"징거 선생님, 제가 잘 따라가는 거라면 선생님 전에는 어떤 무한도 없었고 선생님과 더불어 무한이 무한해진 거군요."

징거 씨는 놀랄 만큼 수줍어하면서 눈을 내리깔았다.

"나는 무한들의 무한정한 계통을 세운 셈이지. 하지만 모든 것이 해결되지는 않았어. 두 가지 문제가 아직 답보 상태에 있었지. 첫째, 이 계통을 따라 정리한 무한들 외에 또다른 무한들이 존재하는가? 그리고 둘째 문제는 연속체의 위치와 관련이 있었어. 나는 이 두 문제를 푸는 데 평생을 바쳤다네."

'나는 수학에 이런…… 감정들이 있을 수 있다고는 결코 상상하지 못했어. 이성에 대립되는 감정, 지성과 이해를 잠식하는 감정이 아니라 지성에서 비롯되어 지성을 초월하는 감정 말이야.'

마티아스의 생각이었다.

마티아스는 이제 아무 말도 듣고 있지 않았다. 징거 씨가 그의 행동에 대해 던진 그 물음이 마음속 가장 깊은 곳에 잠자고 있던 다른 물음들, 무감각하게 마비되어 있던 물음들을 들쑤시고 일깨웠던 까닭이다.

두 사람은 각자 자신의 악마를 상대하고 있었다.

징거 씨는 빨간 수첩을 덮어서 탁자에 내려놓았다. 그럼에도 자기가 겪은 그 일화를 여전히 되새기고 있었다. 파문을 일으키기 싫다며 논문 게재를 거부했던 그 학술지 편집장의 입장과 사정을 떠올리며 그는 선수가 시합 도중에 사망할지도 모른다는 이유로 대관을 거절하는 권투 경기장 주인을 상상해보았다. '하지만 수학은 운동시합이 아니잖아. 어쨌거나 말이야.'

마티아스는 대화를 좀더 끌고 나가려고 노력했다. 그는 침대에 있는 룸메이트를 바라보며 이런저런 질문을 던졌다.

"선생님은 어떻게 하셨습니까?"

"무슨 주제로요?"

"선생님의 논문은요?"

"논문은 도로 거두어들였지. 미타그 레플러와의 우정도 있고 해서. 그리고 난 수학계에서 물러났네. 수학자 사회는 나를 거부했고, 나 또한 그 사회를 거부했지. 나를 구덩이 가장자리로 끌고 가는데 어떻게 그 길을 계속 걸어갈 수 있겠나? 아니…… 가장자리면 다행하지. 차라리 구덩이 밑바닥이라고 해야 할걸. 바로 그 무렵에 나는…… 첫번째 발작을 일으켰다네."

청소부가 깨끗한 이불 꾸러미를 한 아름 안고 들어와 양쪽 침대에 내려놓았다.

입원 환자들은 매트리스가 탄력을 잃고 꺼지지 않도록 시트를 갈 때마다 뒤집으라는 부탁을 받았다.

징거 씨와 마티아스는 서로 침대 정리를 돕는 게 습관이 되어 있었다. 두 사람은 매트리스를 뒤집고 머리 쪽을 발 쪽으로 돌려놓은 뒤 방수시트를 바로잡고 주름이 잡히지 않도록 주의하면서 시트를 깔았다. 베갯잇에도 속을 넣고, 늘어지는 자락의 길이를 보아가면서 위쪽 시트를 덮었으며, 주름 깃을 고르게 잡는 데 공을 들이다가 각각의 깃을 침대 가장자리로 접어넣었다. 그 다음에는 모포를 반듯하게 접어서 밤에 혹시 쓸 일을 대비해 침대 발치에 두었다.

징거 씨는 정말로 기분 좋게 침대에 누웠다.

감촉은 그저 그런 이부자리였지만 '새것 냄새'가 났다. 사람들이 '헌 것 냄새'라는 말을 안 쓰는 것도 희한하다. 이미 사용한 이부자리는 방구석에 희끄무레한 더미 모양으로 쌓여 있었다.

징거 씨는 은근슬쩍 마티아스를 바라보면서 어떻게 저 청년은 꼭두새벽부터 샤워를 하는 깔끔을 떨면서 시트도 깔지 않은 침대에 드러누울 수 있는지 의아하게 생각했다.

징거 씨는 미타그 레플러와 관련된 일화와 그 뒷이야기를 확실히 다 끝낸 게 아니었다.

"자네 그거 기억하나? 기고문, 1895년에서 1897년에 걸친 「초한수 집합론의 토대에 대한 논고」를? 역사적인 논문이지. 자네가 치하도 했는데. '루프트슈타트 정신병원 입원실 룸메이트가 자신의 공을 다시 치하하다'라면서 말이야. 그게 몇 주 전의 일이었지. 이런, 이런, 우리가 안면을 튼 지도 꽤 되었구먼!"

징거 씨는 다소 만족스러운 듯이 고개를 끄덕이며 덧붙였다.

"그리고 우리는 조금씩 공통의 과거를 만들어왔지. 그래서 이따금 그 과거에서 끄집어낼 것도 있고, '자네 그거 기억하나? 이건 기억나나?' 이렇게 물어볼 수도 있게 됐어. 기억, 물론 향수는 없는 기억이지! 내가 1884년에 수학을 버렸다고 했지? 그래, 방금 그 이야기를 했지. 그해는 하늘이 무너진 격이었어. 구스타의 편지와 아들의 죽음으로도 모자라서 첫번째 발작까지 일으켰으니까. 그렇지만 나는 갖은 노력을 했다네."

징거 씨는 말을 이어나갔다. 그의 생각은 추억과 추억을 넘나들며 미로를 헤매었고 어떤 논리도 괘념치 않는 것 같았다.

"난 아무 곳에나 지원을 했지. 심지어 외교관직을 맡을 마음도 있었어. 그런데 결과는 그리 좋지 않았어. 아! 퇴짜를 맞은 건 아니라네. 그건 아니야! 다만 그쪽에서 나에게 답신을 보내는 걸 잊었을 뿐이지.

그렇게 십 년이 훨씬 넘도록 수학을 끊었다가 다시 섭취했지. 머릿속에서 종종걸음을 치면서 떠나지 않더라고. 수학은 결코 나를 저버린 적이 없었어. 우리는 서로를 버린 바로 그 지점에서 재회했다네. 내게는 해야 할 복수가 있었지. 나는 다시 수학 학술지에 논문을 발표하고 내가 '마땅히 해야 할' 수학을 할 수 있는 사람임을 모두에게 보여주기로 마음먹었지. 그렇습니다, 여러분. 한스 징거는 매너를 아는 사람입니다. 가장 엄정한 수학적 언어로 자신을 표현하고, 정의를 제시하고, 개념을 다루고, 증명을 세우고, 이론을 수립할 줄 아는 사람입니다! 내 새로운 논문에 형이상학의 자취는 눈을 씻고 봐도 없고 신학적 암시도 없으며 100퍼센트 수학뿐입니다! 학계 동료들은 만족할 수밖에 없었지. 나는 학문적 정론을 완벽하게 따랐으니까. 나는 통과의례를 거쳤네. 규범에 맞는 수학자가 된 거야."

그러고서 노인은 긴 침묵에 빠졌다. 이윽고 그는 큰 소리로 자신에게 물었다.

"내가 학문을 바라보는 나만의 방식을 저버림으로써, 철학으로

빚은 나만의 수학을 단념함으로써, 나의 담론을 빈약하게 만듦으로써 나 자신을 배신했던 걸까? 그럴 수도 있지. 나는 그 논문에서 내가 탄생시킨 존재들을 길들이는 데 참여했지. 내 이론들을 '중재'한 거야. 구스타가 말했던 것과 같은 위험은 더욱더 커졌어. 그 논문이 표준을 따랐기 때문에 후세 사람들은 그것만을 내게서 취할 테니까.

반응은 지체 없이 나타났지. 할렐루야! 루프트슈타트의 늙은 악동이 다시 집으로 돌아왔지. 내가 지나가는 길에 사람들이 쌀을 뿌리더군…… 일종의 상징이야…… 난 이탈리아 파스타를 훨씬 더 좋아하는데. 19세기 수학의 판테온에 고딕체로 내 이름을 새긴 의자가 마련되었지. 이보게, 의자들이 내 이력에서는 참으로 중요하게 작용한다니까.

난 그런 식의 떠받들기를 참기 힘들었네. 나는 거장이 되었고, 그 직분에 내재하는 책임들도 떠맡게 되었지. 우리 학문 분과의 위대한 거장들이 짊어져온 책임들 말이야. 바이어슈트라우스,* 힐베르트, 쿠머,** 푸앵카레와 이제 곧 나에게 달려들 후대 수학자들의 책임이지. 나는 학생들을 '지도'하고 그들이 제대로 길을 찾도록 이끌어야 했겠지. 그런데 난 그런 역할을 맡을 그릇이 아니었

---

* Karl Weierstrauss(1815~1897), 독일의 수학자. 입실론-델타 논법, 고른 수렴의 개념을 고안했으며, 미적분학의 기초를 견고히 하고, 1변수 복소함수, 로그함수의 멱급수에 대한 이론을 정비했다.

** Ernst Eduard Kummer(1810~1893), 독일의 수학자. 정수론에서의 P. 페르마의 문제에 관한 연구에 '이상수'를 도입하여 후세의 수학에 큰 영향을 미쳤다.

어. 새로운 위상 때문에 나는 두려움이 많아지고 점점 약해졌지. 내 친구 리하르트 데데킨트만이 나름대로 자신을 보전하면서 광기에 빠지지 않았다네.

내가 책임을 받아들인 것은 수학 앞에서였지, 결코 수학자들 앞에서가 아니었네. 내가 그로네커 교수 같은 인물이 될 판이었나? 그 새로운 위상에 대해 느낀 두려움이 내 병의 재발에 뭔가 작용했는지는 나도 모르겠네."

"선생님이 거둔 성공이 병을 다시 불러왔다고 말씀하시고 싶은 겁니까?"

"그렇다네."

"저는 그 전의 실패가 선생님을 쇠약하게 만들었다고 생각했는데요."

청년은 다시 한 번 반박해보았다.

"나의 실패 그리고 나의 성공. 수학에서 모순이 추방당하는 만큼 인간의 영혼은 모순투성이가 되지. 내가 언급한 논문은 나의 마지막 저작으로 남아 있다네. 그후로는 아무것도 할 수 없고, 알 수 없고, 하고 싶지도 않게 되었거든."

징거 씨는 세면대 위의 거울을 마주하고는 수염을 너무 방치했다고 생각했다. 그는 징거 부인이 지난번에 주고 간 꾸러미에서 작은 가위를 꺼내어 얼굴선을 뒤덮은 수염 다발을 자르기 시작했다. 징거 씨는 그 가위로 앞머리와 옆쪽 머리칼도 잘랐다. 목덜미를 뒤덮은 뒷머리는 거울이 두 개가 아닌 이상 마티아스에게 도움을 청할 수밖에 없었다. 징거 씨는 마티아스에게 와서 머리를 잘라달라고 부탁하면서 세속 초등학교의 웃옷 이야기를 떠올렸다. 그는 뒷머리가 자라는 것은 분명히 인간들이 서로 머리 자르는 것을 도와주며 살아가게 하기 위해서일 거라고 생각했다. 징거 씨는 피곤한 얼굴로 속내를 털어놓았다.

"잠을 잘 못 잤다네. 내게 각별했던 한 사람을 생각하느라 말이야. 내게 진정한 친구라고는 그 사람이 유일하지 싶네. 그 친구는 정확히 일 년 전 오늘 죽었지. 우린 참 가까우면서도 달랐다네. 그 친구는 놀라운 사람이었어. 평생을 한 도시, 한 집에 살았지. 심지어 자기 부친이 교사로 있던 고등학교를 다녔을 정도야. 그는 자기가 태어난 바로 그 집에서 죽었다네! 평생 결혼도 안 하고 형제자매와 함께 살았지. 그 사람이야말로 연속성의 인간이라고 할 수 있을 게야. 우리는 피어발트슈테르 호 연안에서 만났다네."

징거 씨는 어조를 바꾸어 이야기를 이어나갔다.

"1872년 여름, 독일 최고의 수학자 두 사람이 우연히 스위스의 호숫가에서 만났다. 마티아스, 어떤가, 소설의 도입부로 괜찮지 않을까? 자네는 문학을 좋아하나?"

마티아스는 창가에 서서 등을 돌리고 있었다. 징거 씨는 마티아스의 대답을 기대하지도 않고 자신의 가장 아름다운 추억 중 하나를 하염없이 풀어놓았다.

"나는 어느 여인숙에 숙박하고 있었지. 스위스 여인숙들만 지닌 아담하면서도 편안한 분위기의 여인숙이었어. 창은 호수 쪽으로 트여 있고 날씨도 기똥차게 좋았지. 나는 행복했고, 젊었고, 고래 심줄처럼 튼튼했고, 삶에 대한 욕구로 말하자면 결코 만족을 몰랐다네. 내 초기 논문들이 막 발표된 후였고, 루프트슈타트 대학에 교수 자리도 얻은 참이었지. 나는 그 자리에서는 내 목적을 이루지 못할 것이고 머지않아 베를린 대학이나 괴팅겐 대학 같은 명문 대학이 내게 문을 열 거라고 생각했지. 그런데 맙소사, 환상에서 깨어보니……!

하지만 내가 보낸 그 멋들어진 오후를 칙칙하게 만들지는 말자고. 마티아스, 여기 창가에 서 있는 자네처럼 나도 그날 오후를 보냈었지. 나는 호수를 바라보았네. 깊이 있는 색채가 태양의 위치에 따라 변해가는 모습을. 때는 4월, 겨울은 이미 작별인사를 보냈고 완연한 봄이었네. 오후가 거의 끝나가고 해는 아직 지지 않을 무렵이면 호수가 뭐라고 표현할 수 없는 아몬드색을 띤다고 누가 일러주었지. 집을 한 번도 떠나본 적이 없는 어떤 이들은 호수가 남태평양의 금빛 해안에 밀려드는 바닷물 같은 색을 띤다고 주장하기도 했어.

제라늄 화분이 발코니를 장식한 집들로 둘러싸인 중앙광장 한가운데에 작은 역이 있었지. 내가 역 안에 들어가서 보니 아주 작은 빨간색 기차가 서 있었다네. 대부분의 승객들이 뒤쪽에 몰려 있어서, 나는 반대로 앞쪽에 자리를 잡으려고 서둘렀지. 마티아스, 이 이야기는 자네의 흥미를 끌 거야."

마티아스가 뒤돌아섰다.

"기차는 금속성 굉음을 내면서 흔들렸어. 나는 몇 달 전에 처음 운행을 시작한 유럽 최초의 아프트 식 철도* 열차에 탑승했던 거야. 해발 500미터 지점에서 출발하여 2000미터까지 올라가는…… 그래, 해발 2000미터! 상상이 되나? 역사상 인간이 기계를 타고 그렇게 높은 곳까지 올라가기는 처음이었지. 자네도 그 작고 빨간 기차를 탔다면 참 좋아했을 거야. 그 기차를 자네가 조종해도 좋았을 테지. 그랬다면 나도 기쁜 마음으로 자네와 동행했을 텐데, 마티아스. 기차는 당연히 초만원이었어. 빈의 프라터 유원지보다 더 짜릿했을 정도야! 나는 앞 차창 바로 뒤에 있는 긴 의자에 자리를 잡았지. 기차는 마을을 떠나 산비탈을 따라 올라가다가 눈밭 한가운데에 도착하지. 객차들이 땅바닥을 움켜잡고 제 힘으로…… 뭐라고 하지? 손힘이라고 해야 하나?"

"손목 힘**이요."

"그래, 그거! 객차들이 마치 자기 힘으로 산을 올라가는 것 같더라니까. 사면이 심하게 가팔라지니까 내가 나서서 열차가 산 타는 걸 도와주고 싶은 마음이 굴뚝같더군. 자네 내가 무슨 말을 하는지 다 알아듣나?"

그렇고말고! 마티아스는 징거 씨가 하고 싶은 이야기를 완벽하게 이해했다. 그 자신도 험준한 구릉에서 힘들어하는 기관차를 몸

---

* 두 개의 레일 중앙에 톱니 궤도를 부설한 철도. 이 톱니 궤도에 동력차의 기어가 맞물리게 하여 가파른 경사면에서 열차가 미끄러지는 것을 막는다. 고안자인 스위스인 R. 아프트의 이름을 따 명명되었으며, 스위스, 독일 등지의 등산철도에 널리 채택되었다.

** 'À la force des poignets'라는 표현은 풀어서 해석하면 '손목 힘으로'가 되지만 '자기 힘으로'의 뜻으로 이해해야 한다.

으로 도와준 적이 얼마나 많았던가! 말 그대로 기관차와 한 몸이 된 적이 한두 번이었던가! 그는 발을 바닥에 붙이고 그 자리에 버티고 서서 배 근육을 팽팽하게 당긴 채 기차를 밀어붙였다. 자신의 신발 고무창이 기차가 산비탈을 올라가는 데 도움이 될 거라고 굳게 믿으면서 말이다. 기차가 정상에 도착하면 그도 비로소 긴장이 풀렸고, 이마의 땀을 훔치며 다시 한 번 힘을 합쳐 일을 해냈다는 데 흡족해했다.

마티아스가 다시 정신을 차렸을 때, 징거 씨는 여전히 아프트식 열차와 자기 옆자리에 탄 승객에 대해 이야기하는 중이었다.

"나는 그 사람에게 맨 뒤에 앉아 호수가 점점 작아지는 모습을 구경하는 것보다는 정상이 가까워지는 광경을 보고 싶어서 맨 앞에 앉았노라고 했지. 그 사람이 자기도 나랑 똑같은 이유에서 맨 앞에 앉았다고 대꾸하더군. 우리는 우리가 나아갈 곳에 시선을 두었는데 뒷자리 승객들은 이미 떠나온 곳을 바라보고 있었던 거야. 우리는 도착지에 가까워지고 있었지만 그네들은 출발지에서 멀어지고 있었던 거야. 우리는 그런 식으로 해명을 달아가며 킬킬대고 웃었네. 다소 성급한 해명이었지만, 그래도 우리 둘은 무척이나 공감했어."

"죄송합니다, 징거 선생님. 지금 무슨 소설 이야기를 하시는 겁니까, 아니면 선생님이 실제로 겪은 추억담을 말씀하시는 겁니까?"

"소설, 소설이야!"

징거 씨는 아이처럼 흥분해서는 서둘러 이렇게 대꾸했다.

“아프트 식 열차는 첩첩산중에 덩그러니 자리잡은 역에서 정차했지. 승객들은 눈밭에 내렸고, 공기는 청명했으며, 햇살은 노곤하니 비추고 있었어. 끝없이 펼쳐진 눈밭으로 나아가기 전에 우리 둘은 통성명을 했지. 리하르트 데데킨트와 한스 징거. 우리 둘은 한목소리로 외쳤어. ‘세상에, 설마!’ 우리 둘 다 상대의 명성을 익히 들어 알고 있었지만 만난 적은 한 번도 없었지. 그런데 바로 그 데데킨트라니!…… 바로 그 징거라니!…….

데데킨트는 나보다 열 살쯤 나이가 더 많았지. 그는 대단히 뛰어난 수학자요, 극도로 신중한 사람이었어. 그 친구도 나처럼 수에 관심이 많았고, 당시 무리수에 대한 탁월한 저서를 발표한 지 얼마 안 되었지. 그건 역사에 남을 저작이었어. 우리 둘은 공통된 관심사가 참 많았고 연구 분야도 일치했지만, 경쟁의식 따위는 결코 없었다네. 그 사람 성격이 본질적으로 그랬지. 우리는 매우 흡사한 수학자들이었지만 천성은 참으로 판이했어. 한 사람은 잔잔한 물이요, 다른 사람은 펄펄 끓는 쇳물이었다고 할까. 데데킨트는 내가 가져보지 못한 큰형 같았지. 알다시피, 오남매의 장남으로 사는 것도 쉽지 않아! 어깨가 참으로 무겁지. 흔히들 장남에게는 아직 어린아이에 불과할 때도 어엿한 사내 노릇을 하길 바라거든.”

“압니다, 저도 장남이었으니까요.”

징거 씨의 눈썹이 꿈틀거렸다.

“난 자네가…….”

“……외동인 줄 알았다고요? 맞습니다. 형제도 없고 자매도 없었거든요. 그러니까 장남이라면 장남 아닐까요."

"대단하군, 마티아스! 그거야말로 전형적인 수학적 추론방식이야. 자네는 정말 수학을 해야 하는 사람이야. 자네만 좋다면 내가 가르쳐줌세."

징거 씨가 손뼉을 치며 말했다.

"우리 둘 사이의 미래에 대해서는 말하지 않기로 했죠."

"하지만 이건 즉시 닥칠 미래에 대한 사안이잖아. 우리가 당장 수학 공부를 시작한다면 그게 현재가 되겠지. 내가 고지에서의 만남에 대한 이 소설을 그만두고……."

"그러지 마세요. 그런데 저는 장남이지만 동시에 손아래라고 말할 수도 있을까요?"

"장남은 최상급이지. 이걸 '극대'라고 부르세. 그런데 손아래는 비교급이잖아. 따라서 손아래는 여러 명이 있을 수 있지만 장남은 오직 한 명밖에 없어. 그런데 우리가 무슨 이야기를 했더라? 마티아스, 자네 때문에 삼천포로 빠졌군. 새하얀 눈밭 한가운데에 새빨간 기차가 도착했다면 눈길을 한 번 줄 법도 하잖아! 독일 수학자들은 산을 사랑해. 사람을 도취시키는 정상의 공기가 그들 두뇌의 회백질을 살살 부추기는 게 틀림없어."

징거 씨는 잠시 말을 멈추고 생각에 잠겼다가 고개를 끄덕였다.

"인간이 생각을 할 수 있게 하는 물질이 회색이라면 우리가 어찌 즐겁기를 바라겠나! 마티아스, 자네에게 비밀을 하나 털어놓겠네. 나의 회백질은 무지갯빛이었으면 좋겠어. 그러면 유쾌한 생각들에 흠뻑 젖을 수 있지 않겠나. 유쾌한 나머지 눈물이 날 정도의 생각들."

그는 며칠 전 마티아스가 했던 이야기를 떠올리면서 목소리를 한껏 낮추었다.

"먼저 나선 사람은 나였네. 내가 그에게 편지를 썼지. 그는 아주 빨리 답장을 보내주었네. 우리는 이십 년에 걸쳐 편지를 주고받았지. 각자 상대의 편지를 수십여 통이나 받았어. 약혼자들이나 그런 서신 교환을 하지. 나는 청년처럼 조바심을 내며 그의 편지를 기다리곤 했네. 그도 내 편지를 그렇게 애타게 기다렸을까? 그것이 오랫동안의 내 바람이었지만, 지금 생각해보니 그에게 우리의 서신 교환은 내게 그랬던 것만큼 중요하지는 않았을 듯해. 그는 나만큼 그 서신 교환에서 많은 것을 얻지는 못했을 거야. 나는 내게 떠오른 질문들을 그에게 써보냈고, 그 결과들을 받아보았지. 나의 우주 안에서 작용한 무언가가 하루가 다르게 그를 나의 가장 심오한 물음들에 접근하게 했고, 그럼에 따라 그는 하루가 다르게 내 마음에 아주 각별한 사람이 되었지.

그를 두번째로 만난 곳은 어디였을지 짐작이 가나? 이번에도 스위스였지! 언제? 나의 신혼여행 때였어. 그 주에는 아내와 보낸 시간보다 데데킨트와 수학 이야기를 하면서 보낸 시간이 더 많았지. 난 어차피 아내하고는 평생을 함께하며 대화를 나눌 텐데 뭐 어떠랴 생각했지…… 참 돼먹지 못한 남자였어! 아내가 그 일로 한을 품지는 않았지만, 그래도 속상해했다는 걸 알아. 여자에 대한 사랑과 수학에 대한 사랑이 같은 차원에 속하지는 않지만 두 사랑 모두 열정적일 수 있고, 각각의 사랑이 가져다주는 행복도 막상막하이며, 각각이 불러올 수 있는 불행 또한 막상막하지. 수학자들은 참으로 희한한 혹등소들이야……."

"얼룩말이라고 해야죠.* 그래야 '괴짜'라는 뜻이 됩니다."

마티아스가 징거 씨의 표현을 정정해주었다.

"그들에겐 수학으로 지워진 자국이 없는 곳이 없지. 마티아스, 자네도 나를 봐서 알겠지만 난 수학으로 완전히 지워진 사람이야. 여기는 대수의 빗금, 저기는 해석의 빗금…… 데데킨트는 독신이었네. 그래서 그런 일이 나에게 어떤 의미가 있는지에 대한 자각이 전혀 없었어. 사실 난 아내를 무척 사랑했거든…… 지금도 그렇지만.

나는 내가 방금 만들어낸 거대한 영토에서 혼자가 되어 끔찍한, 그러면서도 경이로운 기분을 맛보았네. 나의 선생은 날 배신했지. 그러니 나의 의심, 매료, 비전을 누구에게 털어놓을 수 있었겠나? 누구에게 나의 증명을 보여줄 수 있었겠나? 그런 처지였으니 데데킨트와 나는 수학으로 맺어진 형제나 다름없었어. 그는 내가 만들어내는 것을 정말로 이해한 단 한 사람, 내가 만들어낸 대상들의 날개를 꺾어 꼼짝 못하게 하려 들지 않았던 단 한 사람이었지. 그는 내가 증명과정에서 범한 사소한 오류들을 몇 번이나 지적해주었다네.

그의 편지 가운데 특히 기억에 남는 한 통이 있지. 섬세함으로

* 징거 씨는 '괴짜(drole de zèbre, 단어의 원뜻대로 풀어서 해석하면 '희한한 얼룩말')'의 zèbre(얼룩말)를 철자가 비슷한 Zébu(혹등소)로 잘못 말했다.

빛은 보석 같은 편지였어. 나는 정사각형의 한 변과 정사각형 전체의 등가성에 대한 연구결과 중 하나를 그에게 보냈다네. 그런데 그는 내 주장에 반대하는 입장이었어. '나에게 좀더 명확하게 설명해주게. 자네가 공개적인 논쟁에 무모하게 나서지 않기를 간절히 바라는 마음에서 이 편지를 쓰는 것뿐이네.' 데데킨트는 내가 '혈기'를 다스리게끔 주의를 주었지. 그 친구는 혈기라고 불렀지만, 사실 나로 말하자면 내 수학을 증오하는 학계의 몇몇 동료들에게 아주 심한 말도 퍼부었던 사람이거든. 오로지 데데킨트에게만 내 수학적 고뇌들을 털어놓을 수 있었지."

징거 씨는 마지막 말을 아주 나지막이, 읊조리듯 내뱉었다.

"뭐라고요?"

"그래, 내 수학적 고뇌들. 아, 그래! 난 정말로 큰 고뇌를 안고 있었지. 사십 년이나 내 머리를 떠나지 않았지만 해결할 수 없었던 문제 때문에 고뇌가 가실 날이 없었다네. 자네에게도 벌써 조금은 이야기했지…… 물론 지금은 내가 이런 상태니 그 문제까지 나아갈 수 없을 테지. 모든 시도를 해봤지만 아무것도 소용없었네. 나 혼자 그랬던 것도 아니야. 나 이후에도 수학자들의 대부분이 그 문제에 매달렸지만 성공을 거두지 못했지. 그러나 그건 사실은 그들의 문제가 아니거든. 나, 바로 나의 문제란 말이네. 단 한 인간의 문제일 뿐이지. 내게 중요한 전부, 의미 있는 전부가 바로 그 문제에 포함되어 있거든. 그 문제에 나의 정체성이 있어. 그 문제는 내가 직접 만들어낸 수학적 대상들에 관한 것이니까. 그런데 나는 그 주제에서 가장 중요한 것들을 공식화할 수 없었다네.

데데킨트는 독일 중부의 중소도시인 브라운슈바이크에 살았지. 그래도 루프트슈타트보다는 큰 도시야."

징거 씨는 이야기가 이리 튀었다가 저리 튀었다가 하는데도 별 신경 쓰지 않고 이야기를 계속했다. 마티아스는 듣고 있지 않았다. 그는 브라운슈바이크도 몰랐고, 눈 덮인 산이나 초록빛 호수나 빨간 기차를 본 적도 없었으며, 남태평양의 금빛 해안에 밀려드는 바닷물 색깔을 본 적도 없었다. 그는 한 뙈기의 세상밖에 알지 못했다.

"우리 대학에 자리가 하나 났지. 나는 즉시 데데킨트에게 편지를 보내 그 자리에 지원하라고 했다네. 그 친구가 지원만 하면 현장에서 바로 승낙이 떨어질 상황이었어. 그런데 데데킨트는 그 자리를 거부했다네. 알겠나? 그 친구가 거부했다고!"

"선생님이 재직했던 대학은 별볼일 없는 대학이라고 늘 말씀하셨잖아요."

"그건 이유가 안 돼. 나는 우리가 매일 학교에서 만날 수 있다면 그 친구도 얼마나 기뻐할까, 라고 주제넘게 상상했던 거야. 우리가 같이 일을 하고 놀라운 작업을 해낸다면, 호흡이 잘 맞는 듀오처럼 우리 두 사람의 수학을 한다면 어떨까 생각했지. 리하르트 데데킨트와 한스 징거의 '초한수와 유리수 절단에 대한 네 손을 위한 콘체르토' 같은 식으로 말이야. 그러면 우리는 베를린에서, 빈에서 연주를 할 테지. 공연장은 유럽 수학계의 명사들로 만원사례를 기록할 테고. 하지만 그런 사람들만 오겠나. 선생들, 학생들…… 기관차 운전수들도 오겠지. 어쩌면 휘파람을 불어대는 관객도 있겠지. 휘파람 없는 콘서트는 정말로 성공했다고 볼 수 없거든. '앙코르'를 위해서는 '무한수열에 대한 작은 변주'를 몇 가지 준비해둘 테고."

"수학에서 즉흥연주도 가능할까요?"

징거 씨의 눈이 빛을 발하기 시작했다. 하지만 그는 이내 자기만의 생각에 빠졌고, 플라톤의 친구였던 타란토의 아르키타스처럼 그의 생애를 양분하는 수학과 음악에 대한 두 열정이 말년에는 서로 화합할 수 있기를 꿈꾸었다. 하지만 애석하게도 그는 그의 향수에 마법을 걸었던 수학적 습작의 최후 단계를 포기해버렸다.

"마티아스, 아직 거기에 있나?"

"제가 어디로 가버렸으면 하시나요? 기관차에라도 숨어버릴까요?"

"자네가 변함없이 여기 있다는 것이 고맙네. 데데킨트와 나 둘이서 루프트슈타트를 독일 최고의 학생들을 끌어들일 학문의 중심지로 만들 수도 있었을 거야. 베를린과 괴팅겐을 제칠 정도의 도시로. 그게 나의 계획이었어. 내가 루프트슈타트를 떠날 수 없으니 그렇게 할 수밖에 없다고 생각했지. 그래서 그의 거절은 나에게는 실연과도 같았어.

그는 지금의 자기 처지가 아주 좋다고, 브라운슈바이크의 고등기술학교 선생 노릇에 만족한다고, 더욱이 고향 집에서 누나, 동생과 함께 사는 것이 좋다고 했지. 아니, 어떻게 평생을 누나와 함께 살 수가 있어? 그는 몰랐겠지만 나로서는 너무나 불만스러운 응답이었지. 하지만 그 사람은 초지일관인데다가 사람들에게 인정받는 일에 무심했어. 그야말로 현자였지. 오늘날에야 자네에게 이렇게 말할 수 있구먼. 데데킨트가 내 제안을 받아들이지 않은 건 잘한 일이었어. 그리고, 뭐라 해야 할까, 그 사람은 참 차분했지. 침착한 사람이었어. 나에게는 너무 이질적인 태도였기에 난 그게 더 심란하고, 당황스럽고, 짜증도 났지만 말이야.

생각해보면 나는 우리가 서로 만날 수 없게 된 후가 아니라 만나기 전에 그 사람을 훨씬 더 그리워했다는 느낌이 들어. 내가 자네에게 말했지. 그는 자기가 가진 것에 만족하는 인간이었다고. 그는 자기 인생에 나란 사람이 등장하기를 기대하지 않았겠지. 인간관계에서 내가 저쪽을 생각하는 만큼 저쪽도 나를 생각해주기를 바라서는 안 돼."

마티아스가 더는 듣고만 있을 수 없다는 듯이 폭발했다.

"선생님 친구는 만족했다고요! 모든 것에요! 자기가 가진 것, 갖지 못한 것, 자기 존재, 자기 존재가 아닌 것, 자기 지위, 자기 집, 형제자매에 온전히 만족했다고요! 세상 모든 인간이 그분 같다면 호랑이 담배 피우던 시절부터 지금까지 아무것도 변화할 수 없었겠죠. 징거 선생님, 모든 사람에게는 불만의 의무가 있습니다. 불만을 품을 의무가 있다고요. 세계의 상태에 대해서, 빈곤과 기근과 압제와 착취와 불의에 대해서, 버림받는 아이들에 대해서 불만을 품어야 하지요. 그래요, 변화시키고 사랑하는 겁니다. 세상을 사랑하니까 변화시키려는 거죠. 물론, 그러자면 머물 수 없죠. 안주할 수가 없어요.

징거 선생님, 단 하나의 물음이 중요합니다. 불만을 품으면서도 어떻게 불행하지 않을 수 있는가, 라는 물음이죠. 불만이 선생님을 황폐하고 척박하게 만드는 것을 어떻게 막을 것인가? 어떻게 불만이 허심탄회하고, 빛나고…… 유쾌해질 수 있는가?"

징거 씨는 한 방 먹은 기분이었다. 마티아스의 이런 모습은 처음이었다. 그는 이제 집회에 참석하고, 군중을 선동하며, 동료들을 파업에 끌어들이는 마티아스의 모습을 좀더 쉽게 상상할 수 있었다. 지금 마티아스는 말을 던지는 게 아니라 이념을 천명하고 있었다.

징거 씨의 마음에 남은 한 문장이 있다면 바로 이 물음이었다. '어떻게 불만이 허심탄회하고, 빛나고, 유쾌해질 수 있는가?' 징거 씨는 그 답을 내놓기에는 비통하리만치 무력했다. 그의 불만은 그저 그를 황폐하게 만든 수준이 아니라 아예 그를 파괴해버렸으니까.

서로 합의를 볼 필요가 없는데도 마티아스와 징거 씨는 반드시 정해진 틀에 맞게 산책을 했다. 아침에는 각자 자기 코스대로 산책을 했다. 어쩌다가 중간에 마주쳐도 인사조차 주고받지 않았다. 그런 인사 따위는 아무 의미도 없을 테니까. 오후에는 둘이 함께 산책을 나갔다. 가끔은 길게 대화를 나누었고, 가끔은 서둘러 몇 마디 오간 후에 침묵의 해안이 펼쳐지곤 했다.

그날 아침, 자동차들 쪽으로 난 순찰로를 따라가는 마티아스의 걸음걸이는 활력이 넘쳤다. 빨리 걸을수록 움직임이 자동화되어

머릿속에 박혀 아무렇게나 널려 있던 생각들이 비워지는 법이다. 날씨는 후텁지근했다. 연중 이맘때로서는 일반적인 더위였다. 병원 직원들은 엄격한 규칙을 따라야 하기 때문에 제복을 입고 땀을 뻘뻘 흘렸지만 입원 환자들은 눈살을 찌푸리게 하는 차림새만 아니면(원장은 이것만은 절대 용납하지 않았다) 자기 마음대로 옷을 입을 수 있었다. 그래서 환자들의 가벼워진 옷차림 사이로 창백하고 여윈 몸뚱이가 엿보이곤 했다.

"혁명 기념일을 잘 보내게!"

제대로 들은 걸까? 마티아스는 뒤돌아보지도 않고 가던 길을 재촉했다.

"안녕하신가. 자네 프랑스 군인 아닌가?"

이 말은 프랑스어였다. 마티아스가 뒤를 돌아보았다. 새대가리를 한 남자 간호사 한 사람이 그에게 미소를 짓고 있었다. 식당에서 몇 번 본 적이 있는 얼굴이었다.

"오늘이 무슨 날인지 아나?"

마티아스는 고개를 가로저었다.

"7월 14일이라네! '가자, 조국의 아이들아……*' 혁명 기념일을 축하하네, 뒤투르! 그런 얼굴 하지 말게…… 아, 내가 어째서 프랑스어를 할 줄 아는지 그게 궁금한 건가?"

마티아스는 사실 아무것도 궁금하지 않았다.

"나는 알자스 출신이지. 지금은 그 지방이 독일 영토지만. 다행

---

* 프랑스의 국가 〈라 마르세예즈〉의 첫 구절.

히 난 너무 늙어서 어느 한쪽 편을 들어 싸울 수가 없지. 하지만 우리 가족끼리만 있을 때는 프랑스 사람으로 살아."

간호사는 가슴을 툭툭 치며 말했다.

"여기, 가슴으로는 프랑스인이야."

그 몸짓을 보자 마티아스는 뭔가 생각이 났다.

"우리 집 식구들은 이름이 모두 프랑수아지. 우리 아버지가 그 이름에 애착이 있어서 말이야. 난 그냥 프랑수아고, 내 남동생은 장 프랑수아지. 누이동생은 마리 프랑수아즈고. 같은 나라 사람이랑 이야기하니 참 좋군. 음, 난 가봐야겠네. 감시하는 사람이 있어서. 또 보세, 동지."

마티아스는 이 불청객이 중단시킨 산책을 계속했다. 몇 분 전에 유지하던 리듬을 되찾기가 힘이 들었다. 한동안 물러났던 생각들도 다시 찾아와 그의 머릿속을 비집고 들어왔다.

새대가리 간호사는 그를 '동지'라고 불렀다. 그는 시간이 한참 지난 후에야 비로소 그 말을 이시할 수 있었다.

14호실에서 징거 씨는 창에 딱 붙어서 시선으로 지평선 너머를 파헤치는 것 같았다. 마티아스가 방에 들어선 순간, 징거 씨는 뒤도 돌아보지 않고 이렇게 말했다.

"자네 나라의 쥘 베른은 독자들에게 환상적인 여행들을 잔뜩 제안했지. 그의 독자들은 그를 따라가 그의 곁에 함께했고. 그런데 우리는 여기에 갇혀 지낼 건가? 그건 우리를 잘 모르고서 하는 소리지. 광활한 공간이 여기, 우리 눈앞에 펼쳐져 있어."

노인은 갑자기 그 자리를 떠나 글을 쓸 때 이용하는 탁자 앞에 앉았다. 그는 종이를 한 장 올려놓고 펜대를 잉크병에 넣더니 펜 끝으로 종이 위를 찍었다.

"점이야."

이어서 징거 씨는 연극배우처럼 큰 동작으로 선을 하나 그었다.

"선이야. 이게 자네를 초대하고픈 세상이라네. 당장 떠나자고. 점심 먹기 전까지 돌아와야 할 텐데, 같이 갈 텐가?"

어떻게 거절하겠는가? 마티아스에게 여행이라고는 라 시오타 역에 열차가 도착하는 광경을 지켜보기 위해 가본 것이 전부였다. 단순한 왕복에 지나지 않았던 여행. 마티아스는 미소를 지었다. 좋다는 뜻의 미소였다.

"점에서 선으로 넘어가려면 심연을 건너야 해! 나는 자네를 데리고 이 심연으로 내려가려네. 점보다 작은 것은 절대로 없지! 그리고 점들이 선을 이뤄. 그러면 점들을 이어주고 함께 유지시키는 것은 뭐라고 해야 하지? 점들이 배에 사는 쥐들처럼 서로 떨어질 수도 있고, 선이라는 배를 버릴 수도 있을 것 아닌가. 여기에 모든 비극이 있고…… '연속체'의 화려함이 있지."

가장 단순해 보이는 질문들을 새롭게 던지는 룸메이트의 가공할 능력은 마티아스를 끝없이 놀라게 했다. 징거 씨는 아이의 눈으로 세상을 보는 노인이었다.

'왜 나는 이런 물음을 한 번도 던져보지 않았을까?'

마티아스는 선을 바라보며 한 번 더 그렇게 생각해보았다. 선은 징거 씨의 눈부신 말을 받아 반짝반짝 빛나고 있었다.

"기관차는 철도를 달리고 사람은 길을 걸어가지. 세상에 대한 우리의 이해에서 주된 쌍들 중 하나가 바로 연속과 불연속의 쌍이야. 연속에는 시간, 공간, 강에 흐르는 물 따위가 해당되지. 반면에 불연속으로는 손에 붙은 손가락들, 상자 속의 캐러멜들, 가상의 지갑 속에 든 동전들을 떠올릴 수 있겠지? 걸어가는 사람의 발걸음은 한 걸음 한 걸음 셀 수 있어. 그러나 달리는 기관차의 미끄러짐은 그런 식으로 헤아릴 수 없지."

징거 씨는 황급히 벽장으로 가서 케이스에서 바이올린을 꺼내더니 턱 밑에 괴었다. 그는 눈을 감고 활을 들더니 구슬프게 이어지는 저음을 뽑아냈다. 음이 이어지는 동안 징거 씨는 힘차게 발을 굴러가며 박자를 세었다. 소리가 사라지고 발도 장단을 멈출 즈음, 그는 마티아스를 바라보았다. 이 급작스러운 막간 연주의 의미를 마티아스에게 굳이 설명해줄 필요는 없었다. 사실 마티아스는 징거 씨의 바이올린 연주를 좀더 듣고 싶다는 기분만 느꼈을 뿐이다. 연주할 마음이 없다면 도대체 왜 여기까지 바이올린을 챙겨왔을까?

"내 친구 데데킨트는 연속체에 대해 매우 훌륭한 연구를 해냈지. 그 친구가 연속체, 바로 그것을 위해 태어났다 싶을 정도로. 연속체라는 개념은 데데킨트의 내면에 있는 모든 것, 그의 생애나 성품에까지 살아 숨쉬고 있었어. 마티아스, 자네가 좋다면 이제 물리학자들이 소위 사유의 실험이라고 일컫는 문제로 넘어가보세. 칼 한 자루, 빵 한 덩이가 있어. 칼을 잡고 빵을 잘라보게. 다시 한 번 해봐. 칼이 빵 반죽을 절단하지 못한다면 빵은 '합리적'이야. 그 빵은 반죽보다 무한히 많은 빈 곳을 포함하지. 반대로 어디를 자르든 간에 칼이 빵 반죽을 절단할 수 있다면 빵에는 빈 곳이 없어. 이건 '통밀' 빵이지. 그러니까 우리에겐 두 종류의 빵이 있는 거야. 빈 곳이 아주 많은 불연속적인 빵과 연속적인 통밀 빵. 빵과 우리가 함께 살펴볼 수 사이는 딱 한 입 차이야. 자네, 이스라엘 사람들이 금요일 저녁에 안식일을 위해 먹는 빵을 먹어본 적 있나? 양털 타래를 나선형으로 땋은 것처럼 생긴, 하얀색의 아주 난단한 빵이지. 굽기 전에 달걀 노른자를 바르고 아니스 열매 알갱이를 뿌린다네. 그렇게 구워내면 빵 껍질에 금빛이 도는데……."

"징거 선생님, 간단한 질문 하나만 해도 될까요? 지금 선생님이 저에게 말씀하시려는 게 사유의 실험입니까, 시식 실험입니까?"

마티아스가 짓궂은 질문을 던졌다.

"내가 한 약속을 깨우쳐주니 고맙구먼. 실은 나의 수학이 꽤나 먹을 만하다는 말을 듣고 싶어서 그랬다네. 합리적인 빵은 합리적인 수(유리수), 즉 분수의 형태로 나타낼 수 있는 수들의 집합을 나타내지. 통밀 빵은 유리수와 무리수를 포함하는 '실수'라고 하는 수의 집합이고. 실수는 정수, 분수, 그리고 원주율이나 황금률 같은 수들까지 모두 포함한다네."

징거 씨는 종이, 펜, 자를 이용해 직선을 긋고 점 하나를 찍은 뒤 0이라고 원점을 표시했다. 그 다음에 다른 점을 하나 찍고 거기에 1이라고 단위를 표시했다.

"숫자 2는 오른쪽으로 2단위 위치에 있는 점이지. 3/2는 오른쪽으로 1.5단위에 있는 점이고, 10/3은 3.33333……단위에 있는 점

이야. 원주율은 3.14……단위에 있고. 이처럼 실수들로 이루어진 직선에서 각각의 점은 하나의 수로 표현될 수 있고, 각각의 수는 하나의 점으로 나타낼 수 있다네."

"선생님은 제가 반드시 이해할 필요는 없다고 하셨죠. 이해하면 안 된다고 못박지도 않으셨고요. 왜 이런 말을 하냐면, 지금 하신 설명은 다 이해가 되거든요."

청년은 의기양양하게 말했다.

"할렐루야! 연속체의 본질이 바로 내 생애의 역사지. 내 모든 노력은 이 힘, 곧 '연속체의 농도'를 가늠하기 위한 것이었어. 선은 충만해. 두 점 사이에는 빈 곳이 전혀 없어. 그렇지만 두 점은 결코 서로 만나지 않아. 명백해 보이지 않는 이 사실을 증명해 보이지. 두 점을 상정하고 관례대로 이 점들을 x와 x'라고 부르세. 이 두 점이 동일하다면 두 점은 서로 겹쳐져서 하나를 이룰 거야. 하지만 이 두 점이 서로 동일하지 않다면 두 점 사이의 거리는 반드시 존재하고, 우리는 그 두 점 사이에 제3의 점을 찍을 수 있어…… 그러니까 선을 이루는 두 개의 점은 결코 서로 만나지 않아."

'만약 어머니가 지금 내 모습을 본다면…… 게다가 이 설명도 이해가 되는군.'

"내 손가락보다 길지도 않은 이 짧은 선분 안에도 현기증이 날 만큼 무수히 많은 점들이 있지. 정수들의 수보다 더 많이. 나는 '무한히 많다'고 하겠네. 선을 이루는 모든 점들을 하나하나 헤아려서 끝을 볼 수는 절대로 없을 거야. 자, 이 선을 보게! 이 선은 온화해 보이지만 그 속은 점들로 들끓고 있어.

가장 작은 조각도 가장 큰 조각만큼 '가득 차' 있다네. 어디나, 전부 그래. 이런 이야기를 프랑스어로 하니까 참 멋지구먼. 프랑스어는 정말 음악적인 언어야! 그런데 바로 그런 이유에서 프랑스가 위대한 음악가들을 많이 배출하지 못한 거야. 독일은 정반대지. 독일어는 아주 거칠어서 말의 투박함을 상쇄하기 위해 음악가들이 쏟아져나온다네. 창조를 부추기는 건 바로 결핍이거든. 오세아니아 사람들을 좀 봐. 그들은 천혜의 자연을 너무 누리는 탓에 발명의 필요성을 못 느껴. 그러니 유럽인들의 식민지가 되었던 게지!"

마티아스는 징거 씨가 종종 별의별 것에 대해 이론을 세운다는 생각을 했다. 그리고 징거 씨의 이론들이 그의 귓전에 곧잘 울림을 남긴다는 생각도…….

"오세아니아 사람들…… 내가 좀 곁길로 빠졌지만, 이건 해둘 만한 이야기라서!"

징거 씨는 농담을 했다.

"연속체가 차지하는 자리는 모두 완전히 연속적이야. 내가 이 사실을 발견한 날, 나는 나라는 사람 안에서 연속체의 경이로운 힘을 느꼈다네. 마티아스, 내가 환상적인 여행이 될 거라고 약속하지 않았나? 자네가 실망하지 않기를 바라네. 점, 선, 누구나 접근할 수 있는 것들이지."

징거 씨의 얼굴이 갑자기 다시 어두워졌다.

"이런 수학이 자네 양어머니에게 수치심을 안겨주었다니, 정말 난 그 충격에서 헤어나기 힘들었다네. 오히려 그 반대로 수학은 정신의 축제가 되어야 하는데 말이야. 뭔가가 제대로 돌아가지 않았던 게야."

"아니면 너무 잘 돌아갔던가요."

마티아스가 중간에 끼어들었다.

"누구에게 책임이 있는 거지?"

14호실 방문 옆에 서 있던 마티아스는 이쪽 발에서 저쪽 발로 까딱거리며 무게중심을 옮겼다.

"이봐, 마티아스. 심연을 산책하고 나면 점에서 점으로 이어지는 가장 미세한 선의 틈을 지나온 셈이지. 이제 정사각형의 연안으로 이어지는 둘째 단계에도 나를 따라 가볼 텐가?"

"선생님의 제안을 거절하는 건 결코 아닙니다만, 지금 당장은 잠깐 자리를 비워야겠습니다. 육신의 연약함은 어쩔 수가 없어서요. 이건 제 얘깁니다. 선생님은 어쩌면 그렇게 잘 참으시는지 놀랍군요. 불가사의할 정도로 오랫동안 화장실을 안 가고 버티시네요. 한 마디로 전 화장실이 급하나, 이겁니다."

마티아스는 14호실 바깥에서 잠깐 머물다 오더니 훨씬 느긋해져서 이제 무슨 말을 해도 알아들을 자세가 되었다.

"아, 과연 자네는 훨씬 더 건강해져서 돌아온 것 같으이! 그러면 정사각형과 변으로 넘어가세. 제2단계. 모든 일이 이 주 사이에 벌어졌지. 정확하게는 6월 20일에서 7월 2일 사이에. 1877년이었던가, 1878년이었던가? 뭐 중요하진 않아…… 무도회 커플의 예는 기억하고 있겠지? 그때 내가 말했지. 나는 증거를 좋아하지 않아. 증거는 바보들의 진리거든. 증거들은 일종의 면제를 통해 보호받는다고 생각하지. 하지만 난 증거들에게 그런 면제를 허락하지 않아. 다른 모든 주장들은 일단 증명을 거친 후에야 받아들여지지. 나는 증거들도 주장들과 마찬가지로 그러한 과정을 거쳐야 한다고 보았어. 증거의 빛나는 미래는 바로 진리로 승격되는 것이지. 만약 증거가 반박할 수 없는 것으로 판명된다면 가히 진리라는 이름을 얻게 될 거야. 마티아스, 자네는 정사각형 안에 있는 점들이 그 정사각형의 한 변에 있는 점들보다 더 많을 거라고 생각하나? 자네는 이 주장에 동의하나?"

마티아스는 이런 식의 우회적인 질문에 도전을 받았다. 이런 질문들은 사실 아주 당연한 듯이 보인다. 진정한 질문은 열린 질문, '선험적으로' 대답할 수 없는 질문이다. 이따금 마티아스는 징거 씨에게 조종당하는 기분이 들곤 했다. 뢰이 잔디밭 서커스에서 그의 밤을 황홀하게 했던 2인조 광대의 일원이 된 것처럼 말이다. 얼굴에 온통 하얀 칠을 한 광대는 자신을 한층 높이려는 목적밖에 없는 너절한 질문들을 퍼부어가며 하수인 어릿광대를 괴롭히곤 했다.

징거 씨가 부르는 바람에 마티아스는 자신만의 생각에서 퍼뜩 빠져나왔다.

"마티아스, 딴 데서 헤매는 사람 같구먼. 내가 계속할 필요가 있을까?"

"계속 말씀해주세요. 부탁입니다. 하지만 괜찮으시다면 저에게 질문은 하지 말아주세요. 저는 제가 운행하는 코스에 대해서 승객들에게 의견을 구하거나 한 적이 없었거든요. 선생님은 제게 선생님의 이야기를 들려주시지요. 그 이야기는 선생님에게 중요하고, 저는 그냥 함께 몸을 실을 것인가, 아니면 플랫폼에 서 있을 것인가를 결정하면 되는 거잖아요. 아마 저는 스스로 질문들을 떠올릴 겁니다. 선생님은 저 자신의 질문에 답을 찾도록 저를 도와주시는 거고요."

"수학은 진리를 만들어내기 위해서 여타의 모든 학문들이 부러워할 만한 궁극의 무기를 사용하지…… 가끔은 다른 학문들이 수학에게 그 무기를 빌려가기도 해. 그 무기의 이름은 증명이라네. 고대 그리스 사상가들이 만들어낸 경이로운 도구지. 역사상 그 어떤 시대, 그 어떤 문명도 이같은 도구를 만들어내지 못했어. 다른 진리들을 밑거름 삼아 새로운 진리를 틀림없이 생산해낼 수 있는 이 도구를.

그러니까 나는 이 명백해 보이는 증거를 공격하는 데서 출발했지. 즉, 정사각형과 그 정사각형의 한 변의 관계를 파고들었던 거야. 모가지를 비틀기 위해서가 아니라, 진리를 수립하기 위해서. 그리고 나는 증명해낼 수 있었지. 내가 '증명'한 것은 다음과 같아. 정사각형의 한 변에 있는 점들은 정사각형 전체에 있는 점들만큼 많다! 더도 덜도 아니고 딱 그만큼! 정사각형은 면이고 변은 선인데…… 그런데 정사각형에 있는 점들이 한 변에 있는 점들보다 더 많지 않다니! 단 한 개도! 대경실색할 노릇 아닌가?

눈을 휘둥그레 떠도 좋아. 자네의 얼굴에서 읽을 수 있는 그 어이없음은 곧 나의 감정이기도 하니까. 자네 얼굴에 떠오르는 믿을 수 없다는 기색은 곧 나의 것이기도 하니까. 그러니까 1877년인지

1878년인지 기억은 잘 안 나지만, 하여간 그해 6월 20일이었지. 나는 똑같은 증명을 열 번도 더 해보고 나서 내가 옳다고 확신했어. 그래서 내 친구 데데킨트에게 이 증명에 대해 편지를 써보내기로 작정했지. 데데킨트에 대해서는 내가 누차 이야기했지. 내가 당시에 얼마나 흥분했을지 상상 좀 해보게. 이틀이 지나고, 사흘이 지났지. 아무 응답도 없었어. 나는 예의상 좀더 기다렸지. 그 사이에도 나는 새로운 증명에 성공했어. 정확하기로는 첫번째 증명과 마찬가지였지만 좀더 간단한 증명이었지. 나는 그 두번째 증명도 데데킨트에게 보냈다네. 여전히 답장이 오지 않더군. 나는 병이 날 지경이었지.

그의 침묵은 아주 간단하게 설명되었어. 내게 가장 충실한 그 친구는 내 증명이 틀렸다고 감히 말할 수 없었던 거야. 내 아내는 내가 그 불확실한 상태에서 얼마나 괴로워하는지 잘 알았기 때문에 나보고 브라운슈바이크에 한번 다녀오면 어떻겠느냐고 하더군. 몇 가지 해결할 일이 있다는 핑계를 대고 가는 김에 데데킨트도 보고 오라고 했어. 나는 싫다고 했지. 6월 29일에 나는 더이상 견디지 못하고 그에게 다음과 같은 세번째 편지를 썼다네. '내가 최근에 당신에게 전한 바 있는 증명은 나 자신에게도 너무나 새롭고 예기치 않은 내용이기에 존경하는 친구인 당신이 그 정확성에 대해 뭐라고 판단을 해주기 전까지는 마음의 평정을 찾을 수가 없을 것 같습니다.' 나는 한 마디 한 마디에 힘을 주면서 이런 말도 덧붙였지. '당신이 나에게 동의하지 않는다면 나는 이렇게 말할 수밖에 없습니다. 나는 압니다. 하지만 믿을 수가 없어요!'

나는 나의 증명을 붙들고 몇 시간이고 보냈지. 끝없이 검증하고 또 검증해보았어. 내가 아무리 거짓으로 판명하려 해도 그 증명이 자꾸만 저항하는 거야. 사실 나도 그 증명을 믿을 수가 없었네. 그 결과는 그 동안 내가 배웠던 것과 완전히 반대되었으니까. 과거의 수학자들이 믿었던 것과도, 오늘날의 수학자들이 믿는 것과도 완전히 반대되었으니까. 그리고 나 자신이 그 증명을 수립하는 순간에 생각했던 것과도 정반대였지.

7월 2일에 나는 그의 편지를 받았네. '친애하는 벗이여, 나는 자네의 증명을 전적으로 수긍하네.' 편지에는 이 말만 적혀 있었지. 데데킨트다운 편지였어. 그 문장에서 가장 중요한 단어는 '전적으로'였네. 그가 침묵한 것은 아마도 충격을 받았기 때문이겠지. 나처럼 그 역시 골백번이나 그 증명을 붙들고 늘어지면서 뭔가 잘못된 논증이 없는지 찾아내려 했던 거야. 그렇게 증명을 검증했지만 아주 작은 오류도 끄집어낼 수 없었지. 데데킨트는 전적으로 수긍했고, 그의 수긍은 확인증과도 같은 의미가 있었지. 내 평생을 통틀어 그보다 더 아름다운 편지는 받아보지 못했다네.

내가 면과 선 사이에 수립한 농도의 등가성은 부피와 선 사이의 관계로 나아갔지. 가득 차 있는 삼차원적 입체로 발전한 거야. 어떻게 말하면 좋을까? 정사각형이라고 해서 그 도형의 한 변에 있는 점들보다 더 많은 점들이 있는 건 아니라고 했지. 케이옵스 피라미드*라고 해서 투탕카멘의 속눈썹보다 더 많은 점들을 지닌 것도 아

* 세계 7대 불가사의 중 하나로 꼽히는 이집트 파라오 쿠푸의 피라미드.

니야! 절대 아니지! 마티아스, 자네가 이제는 인정하기 바라네. 내가 '연속체의 경이로운 힘'이라고 표현한 것은 결코 과장이 아니었다고! 내가 어떻게 했는지 알려준다면 자네가 흥미를 가질까?

난 이거야말로 자네가 나에게 던지는 진짜 질문일 것 같으이. 난 자네에게 진짜 대답을 해줘야 하고. 아니야, 내가 관심 있어서 이러는 건 아니야."

"좋아요, 좋습니다. 전 실망하지 않았어요. 전혀요. 그 점을 선생님께 확실히 하기 위해서 저 혼자 증명을 해 보일 겁니다……."

"그런 얼굴 하지 말게!"

"저 혼자…… 머릿속으로요. 머리 밖으로도요."

징거 씨는 위엄 있게 방에서 나갔다.

방에 혼자 남은 마티아스는 그를 가장 사로잡은 것은 징거 씨가 만들어낸 대상들 자체가 아니라 그 대상들에 대해 징거 씨가 느끼는 감정임을 인정했다. 그는 사물들 자체보다 그 사물들 속에 깃들어 있는 인간에게 끌렸다. 징거 씨가 물음들에 대해 품는 관심 속에는 도취의 생명력이 있었다. 마티아스 자신은 잃어버린 바로 그 생명력이.

마티아스는 그와 지식을 이어주는 기묘한 관계에 대해 징거 씨에게 털어놓을 수 있을까? 그 관계는 사랑하는 여인의 음성을 지니고 있었다. 그는 아델 디네르의 음성을 통해 앎의 대부분을 발견했고, 그 앎이 그를 근본적으로 변화시켰다.

마티아스는 직업상 파리를 떠나 있을 때가 많았기에 민중대학 강의에 조금밖에 참석하지 못했다. 그가 파리로 돌아오면 아델이 그가 빠진 수업의 내용을 들려주곤 했다. 그녀를 통해 접하는 지식에서는 사랑의 맛이 났다.

징거 씨가 문을 밀고 들어올 때 이 한 마디가 그를 맞이했다.

"이제 속눈썹을 볼 때마다 연속체의 경이로운 힘이 생각날 것 같군요."

징거 씨는 감격에 차서 마티아스를 바라보았다. 마티아스가 자기도 모르는 사이에 미래에 대해 말하고 있었기 때문에, 자신의 미래를 가로막는 장벽을 뚫어보려 했기 때문에 감격한 것이다.

정사각형의 점들과 그 한 변의 점들 사이의 대응은 그때까지 수학자들이 사용하던 방식과 전혀 달랐다. 이러한 대응은 순수한 역학이며 그 이상의 의미는 전혀 없는, 그저 제조과정과 같았다.

당대의 수학자들에게(그리고 오늘날에도) 이 증명은 결코 당연한 것이 아니었다. 징거 씨는 데데킨트가 적어보낸 단어들의 무게를 잘 알고 있었다. 데데킨트가 이 대응을 알게 된 후 이런 글을 써 보내는 모습도 어렵잖게 상상할 수 있었다. '자네는 결함을 보완하기 위해 현기증 나는 불연속을 대응에 포함시켜야만 하네. 모든 것을 원자로 쪼개며, 아무리 작은 부분일지라도 완전히 떨어져 있는 모양새로서 서로 연달아 있는 불연속을.' 징거 씨가 느꼈을 불안을, 그리고 데데킨트가 이 대응을 보고 나서 느꼈을 원망과 질책을 어떻게 감지하지 못하겠는가? '완전히 떨어져 있는', '현기증'. 이 두 단어가 오랫동안 그의 귓전에 울려 퍼졌다.

마티아스는 순찰로를 연속으로 열 바퀴쯤 돌고 나서 기나긴 산책에 진이 빠졌는지 침대에 몸을 던졌다. 바스락거리는 소리가 나서 그의 주의가 쏠렸다. 그는 엉덩이 밑에 깔린 종이 한 장을 꺼냈다. 그는 자리에서 일어나 종이의 구김을 잘 펴서 징거 씨의 탁자에 올려놓았다.

종이에는 음영을 넣은 알레프 문자 하나가 큼지막하게 쓰여 있었다. 징거 씨는 이 문자에 넘치는 물질성을 구현하고 싶었던 것일까. 튼튼한 사지로 버티고 있는 모양새며, 무한으로 달아나는 음영은 가히 일자(一者)*의 영광을 기리는 기념비를 방불케 했다.

그와 동시에 징거 씨가 방으로 들어왔다. 생각에 빠진 징거 씨는 마티아스가 주의깊게 살펴보고 있는 알레프 문자도 보지 못했다.

"마티아스, 자네만 괜찮다면 한 가지 물어보고 싶은 게 있네. 어째서 기관차의 바퀴들은 그렇게나 눈에 띄게 나와 있지? 나는 그게 무서워서 말이야. 항상 바퀴 밑에 깔릴 것 같은 기분이 들거든."

"그건 우리 기관사들도 떨치지 못하는 상상이죠. 기관사들이 기계의 작은 진동에도 얼마나 안절부절못하는지 선생님은 모르실 겁니다. 기차가 한 번 흔들리면 우리는 공포에 떨죠. 그중에서도 최악은 사람이 기차에 치이는 거고요. 기관사에게 그보다 더 끔찍한 일은 없죠."

* 이 세상 만물의 근원이자 만물이 궁극적으로 돌아가는 것. 혹은 절대자와 동일시될 수도 있다. 로마 철학자 플로티노스가 창시한 용어이다.

"그럼 자네가 말 좀 해주게."

"문자 그대로 받아들여서는 안 되죠."

"그래도 금속판 같은 걸 덧대어 기관차 바퀴가 승객들 눈에 보이지 않게 한다든가 할 수는 있지 않겠나."

"일고의 여지가 없는 의견입니다. 그러면 기관차의 하중이 더 커지는 걸요. 제가 분명히 말씀드리는데, 저는 가급적 기관차의 무게를 줄이기 위해서 혹독한 다이어트까지 해야 했다고요."

"그럴 수가! 그건 납득할 수 없는 일이군. 아무리 그래도 누구나 자기 체중은 마음대로 할 수 있어야 하잖나!"

자기 룸메이트 같은 반항아가 신체에 대한 침해를 용인했다는 사실에 징거 씨는 무척이나 실망했다. 마티아스는 그런 징거 씨를 재미있다는 듯이 바라보았다.

"자네가 그런 다이어트 따위는 거부했으면 좋았을 텐데."

징거 씨는 분하게 여기고 있었다.

"징거 선생님, 거부하긴 뭘 거부해요. 뻥이었어요. 농담 한번 해본 거라고요!"

"나처럼 순진한 사람을 놀리다니, 자네도 별로 자애로운 사람은 아니구먼. 그래도 사실이 아닌 게 더 낫네."

징거 씨는 잠시 꿈을 꾸듯 생각에 잠겼다가 이렇게 덧붙였다.

"어쨌거나 일을 위해 사람을 굶기는 건 있을 수 없는 일이야!"

징거 씨는 좁은 방에서 몇 걸음을 물러나더니 마티아스의 몸집을 눈여겨보았다.

"기관차에 비교하면 어찌 됐든 자네는 절대로 무겁지 않을걸."

"제가 농담이었다고 말했잖아요!"

징거 씨는 완전히 믿음이 가지는 않았지만 고개를 끄덕였다. 하지만 자신의 강박증을 견디지 못하고 금세 또 이렇게 말했다.

"지금 우리의 상황은 다이어트 정도가 아니지. 이건 완전히 금식 수준이야. 나는 이 표현을 아주 좋아하네. '철로들의 매듭.*' 거대한 철로들이 스파게티처럼 뒤엉킨 모습이 떠오르거든. 자네 내가 뭘 간절히 원하는지 아나? 롤몹스.** 포도식초를 곁들인 롤몹스 서너 마리면 무한의 절반이라도 내주겠네."

징거 씨는 마티아스가 그에게 제안했던 것도 잊은 채 그를 역으로 불러들였다.

"마티아스, 자네를 우리 도시의 역으로 데려가서 기관차들을 보여주고 싶네. 그러면 자네는 우리 기관차들이 어떤지 자네 생각을 나에게 말해주겠지. 다양한 부속들에 대해 설명도 해주고 말이야. 그러면 우리는 함께 여행을 떠난 기분이 들겠지. 독일이 전쟁으로 궁지에 몰려 있으니 멀리는 못 가겠지. 떠난다는 게 중요한 거지. 자네도 가지 않겠나?…… 하지만 사람들이 나를 여기서 내보내주지 않는구먼. 이러기는 처음이야. 자네는 그 이유가 전쟁 때문이라고 생각하나?"

이렇게 말하는 징거 씨는 당혹스럽고 괴로운 심사가 역력했다.

---

* nœud ferroviaire, '철로들의 매듭'은 풀어서 해석한 것이고 실제의 뜻은 '교차역'이다.

** 소금과 식초에 절인 청어를 양파절임에 싸서 먹는 요리. 독일에서 아침 식사로 즐겨 먹는다.

"징거 선생님, 핑계를 찾으려면 한도 없죠. 기르던 개를 죽이고 싶으면 광견병에 걸려서 어쩔 수 없다고 하면 되잖아요."

"마티아스, 자네는 개처럼 울부짖어본 적이 있나?"

"실제로 그랬던 적은 없습니다. 하지만 그러고 싶은 적은 있었죠."

"이보게, 내가 보기에 사람들은 충분히 짖지 않고 있어."

징거 씨는 철학자 같은 말을 했다.

"어쨌든 나에게 이야기 좀 해주게. 이야기 좀 해주지 않겠나? 자네의 기차에 대해서. 전선에 끌고 가던 영구차 말고, 자네가 전쟁 전에 북역 노선에서 몰던 기관차 이야기를 듣고 싶네."

징거 씨는 갑자기 침대에서 일어나더니 이렇게 덧붙였다.

"자네는 나의 퇴원이 전쟁에 무슨 영향을 미칠 거라고 생각하나?"

'제가 무슨 대답을 하겠습니까, 가엾은 징거 선생님!'

마티아스는 생각했다.

"마티아스, 부탁이야. 나를 자네의 기관차로 데려가줘. 내가 나로부터 멀리 떠날 수 있게 해줘."

노인은 낮은 목소리로 다시 한 번 애원하고는 다시 침대에 누워 눈을 감고 금세 잠이 들었다.

마티아스는 소리 없이 방에서 나갔다. 복도로 걸음을 내딛자마자 발에 타구가 차였다. 날아가는 타구를 가까스로 잡아챈 덕분에 시끄러운 소음의 재앙만은 피할 수 있었다. 마티아스는 그런 소음이 그의 건강 상태에 유해한 영향을 미칠 수 있음을 잘 알고 있었다. 그는 생각에 잠긴 채 걸음을 옮겼다. 그는 오래 전 징거 씨에게 철도여행을 시켜주겠다고 약속했었다. 그러나 그럴 수는 없다. 이유는 알고 있었다. 고통 때문에. 무슨 일이 일어나도 이제 다시는 그 세계에 발을 들일 수 없을 것이다. 그런 이야기를 하기만 해도, 그냥 생각만 해도 상처가 다시 벌어졌다. 하지만 그가 징거 씨에게 약속을 지키지 않는다면 그들의 관계를 해치는 꼴이 되리라.

다음날 아침, 두 사람이 서로 등을 돌린 채 침대 가장자리 깃을 접어넣는데 마티아스가 징거 씨를 불렀다.

"선생님이랑 철도 이야기를 해야 했어요. 말만 그렇게 해놓고 지키지를 않아서 그런지, 잠이 안 오더라고요."

"바로 그거야. 나도 자네가 잊지 않았다는 건 알고 있었어. 지금으로서는 기관차가 받는 하중을 덜기 위해 다이어트를 해야만 했다는 말밖에 들은 게 없지."

징거 씨가 이렇게 말하자 마티아스는 더욱더 불편한 기분이 되었다.

"제가 선생님께 말씀드릴 만한 것 중 제일 나은 건, 제가 느끼기에 그렇다는 거지만, 기본원소, 그러니까 세계를 구성하는 원소들을 동원하는 거죠. 민중대학에서 신화에 대한 강의를 들었는데, 그 이야기가 꽤나 마음에 와 닿았어요."

마티아스는 망설였다. 징거 씨의 빛나는 눈과 다음 말을 듣고 싶어하는 조바심이 그로 하여금 결단을 내리게 해주었다.

"흙, 물, 공기, 불, 철. 5원소죠. 그런데 흙에서는 석탄이 나오죠. 그 석탄으로 기관차 보일러에 불을 때고요. 그 불로 물을 데우죠. 데워진 물에서 수증기가 나와요. 수증기는 실린더 속에서 압력을 받아 피스톤을 누르고, 그 피스톤이 로드를 작동시켜요. 로드가 작동하면 철로 된 바퀴가 돌아가죠. 흙, 물, 공기, 불, 철. 그리하여 기관차는 앞으로 나아가고, 연동되어 있는 객차들도 그 뒤를 따르는 겁니다. 이게 바로 철도의 마법이죠! 철도는 우주의 5원소를 동원해요. 선생님은 어째서 이게…….”

징거 씨는 홀린 듯이 듣고 있었다. 그가 불쑥 이렇게 물었다.

“마티아스, 자네 스페인어 할 줄 아나? 스페인어로 ‘미친, 미친놈’을 뭐라고 하는지 알아?”

영어로 ‘크레이지(crazy)’라는 걸 알고 있었다. 이 병원에 들어온 후부터는 독일어로 뭐라고 하는지도 알게 되었다. 독일어로는 ‘베뤼크트(verrückt)’라고 했다.

“‘로코(loco)’라고 한다네! 로코, 로코모티브*! 내 생각에는 졸라가 자기 소설의 주인공 랑티에를 미친 사람으로 설정한 이유가 바로 이것 같아. 음성학적인 이유였어.”

“선생님의 설명은 타당성이 없지만 꽤 마음이 가는데요.”

마티아스는 잠깐 쉬었다가 이렇게 덧붙였다.

“징거 선생님, 저는 이 방에서 기관차를 몰 수 없는 반면, 선생님은 여기서도 탁자에 앉아 수학을 하실 수 있죠. 그게 선생님과 저의 차이입니다. 선생님 손 안에 모든 게 있어요.”

“마티아스, 어쩌면 머리 안에도 조금 있겠지. 사실 인생이란 기

---

* locomotive, 기관차.

묘한 거야. 자네가 육체 노동자*인데 손 안에 모든 걸 쥐고 있는 사람은 나라니."

징거 씨는 웃옷 속주머니에 아버지의 편지를 집어넣은 참이었다. 그가 수백 번도 더 읽은 바로 그 편지였다.

"마티아스, 이렇게 말해도 될지 모르겠지만 난 자네의 넓은 식견에 놀랐다네."

"징거 선생님, 그것이 정확히 선생님이 하시고 싶은 말씀은 아닌 것 같은데요. '열차 기관사치고는' 식견이 넓어서 놀랐다, 이런 말씀을 하시려던 게 아닌가요?"

노인이 시선을 떨어뜨렸다.

"솔직히 그렇다네."

"그럼 열차 기관사들도 글을 읽고 써야 한다는 걸 알아두세요. 역 이름을 읽고 다음 역을 지나치지 않으려면 글을 읽을 줄 알아야 하지요. 그리고 매번 운행을 마치고 나면 보고서를 써야 하기 때문에 글을 쓸 수도 있어야 해요. 선생님께서는 그런 보고서를 열차에 탑승했던 교양 있는 승객, 이를테면 대학교수가 작성할 수도 있지 않겠느냐고 하시겠지만……."

"내가 졌네."

* manuel, 징거 씨는 이 단어의 어원이 '손(main)'에 있음을 염두에 두고 이렇게 말한 것이다.

"선생님은 민중대학에 대해 아십니까?"

"이야기도 들어본 적 없다네."

"'자유노동자들에게 적합한 교육을 실시하고 자유를 생각하고 실현할 수 있는 시민들로 양성하기 위해 설립된 노동자 단체'랍니다."

"광대한 프로그램이군! '자유를 실현하기 위해' 무엇을, 어떻게 가르치지?"

징거 씨가 외쳤다. 하지만 빈정대는 기색보다는 진심으로 감탄하는 빛이 엿보였다. 그가 아는 한, 독일에는 그런 기획으로 설립한 대학이 없었다. '수학의 본질은 자유다'라고 천명했던 징거 씨로서는 감동할 수밖에 없는 기획이었다. 그는 일찍이 말하지 않았던가. '수학은 그 발전에 있어서 완전히 자유롭고, 단 하나의 제약밖에 없다. 수학적 개념들이 그 자체로 모순적이어서는 안 된다는 제약 말이다.' 그는 자신의 모든 연구에서 이 자유를 경험했고, 그가 만들어낸 수학적 대상들에는 눈부신 비전의 자취가 남아 있었다. 수학의 발전을 종종 옭아매곤 하는 학계의 압박과 금지를 단연 뛰어넘은 비전이었다.

"그런 교육기관이 실제로 있나?"

징거 씨는 열띤 관심을 보이며 물었다.

"있었지요."

긴 침묵이 내려앉았다. 조금 있다가 마티아스가 아주 낮은 목소리로 천천히 이야기를 풀어놓기 시작했다. 그의 음성이 조금씩 높아졌다. 말도 점점 빨라졌다.

"제 기억으로는 1899년 10월이었습니다. 한 동료가 노조 사무소에서 모임이 있으니 같이 가자고 하더군요. 사무소가 꽉 차서 우리는 서 있어야 했어요. 앞에 단상이 있고 그 위에 플래카드가 있는데 '배워서 싸우라'고 쓰여 있었습니다. 저는 그 플래카드에서 눈을 뗄 수가 없었어요. 플래카드 아래에서는 광부 작업복을 입은 한 남자가 이마에 챙 없는 검은 모자를 눌러쓰고 말을 하고 있었습니다. 그렇게 단상에 서서 말하는 게 익숙한 사람 같은 느낌이었지만 자신의 감정을 감추지 못하더군요. 그는 자기 속에서 우러나오는 말을 허심탄회하게 쏟아내고 있었어요.

'나는 노동자로서 우리가 무의식의 어둠 속에서 도덕적 진실에 이르려면 얼마나 큰 어려움을 극복해야 하는지 알고 있습니다. 내 마음은 거칠기 짝이 없는 오류로 갈기갈기 찢겼고, 내 영혼은 과거에 건너야만 했던 고통스럽고 위험한 위기들로 인해 아직도 죽어 있습니다.'

그는 연설을 하다 말고 잠시 침묵했습니다. 엄밀하게 말해서 연설이라고 할 수는 없었고, 뭐랄까…… 그냥 속내를 털어놓는 말이었죠. 그는 우리에게 자신의 희망, 기대, 미래와 우리에 대한 신뢰를 쏟아놓고 있었어요. 사무소 안은 조용했습니다. 청중은 그의 말을 통해 자신이 어디에 있는가를 깨달았죠. 그는 좀더 격앙되고 떨리는 목소리로 다시 이렇게 말했습니다.

'인간이라는 이름이 부끄럽지 않은 모든 인간이 하는 일을 노동자도 할 수 있어야 합니다. 노동자는 자기 자신에 대한 교육을 계속할 수 있어야 합니다.'

그 다음에 그가 한 말이 불에 달군 인두처럼 제 마음에 낙인을 남겼습니다. 그는 이렇게 말했죠. '노동자는 짐승의 쾌락에 유혹당하지 않기 위해 인간적인 즐거움들에 동참할 수 있어야 합니다.'

나중에야 저는 그 말을 이해했습니다. 짐승, 그 짐승의 얼굴들 중 하나가 전쟁이죠. 짐승의 쾌락은 추잡한 살상의 즐거움이고요. 그는 다시 입을 다물었다가 이렇게 결론을 내렸습니다. '노예 없는 민주주의는 모든 사람에게 인간다운 삶이 가능함을 뜻합니다. 민중에 대한 고등교육을 주창하는 사람들은 여기서 더도 덜도 요구하지 않습니다.'

그 사람은 정리의 천재였어요. 징거 선생님과도 조금 비슷했고요. 그는 자신의 프로그램을 '민중에 대한 고등교육'이라고 이름 붙였죠.

저는 그곳을 나오면서 문 위에 걸려 있던 또다른 플래카드를 보았습니다. '우리는 가장 혁신적인 유토피아를 인정하며 그곳에서 살아갈 준비를 한다.' 나는 친구에게 '유토피아'가 무슨 뜻이냐고 물어보았죠. 그런데 그 친구도 모르기는 매한가지더라고요.

저녁 모임이 끝나고 저는 집에 걸어서 돌아가기로 마음먹었죠. 샤포 루주 언덕 공원을 지나가는 길이었어요. 연단에서 그 사람이 한 말이 자꾸만 생각났어요. 그때 저는 열여섯 살이었고, 이제 막 회사에 수습으로 들어간 참이었죠. '노동자는 짐승의 쾌락에 유혹당하지 않기 위해 인간적인 즐거움들에 동참할 수 있어야 한다.' 저는 『인간 야수』의 표지를 보았죠. 인간의 모습을 한 짐승이 되지 않기 위해서라!

다음날 저는 바로 민중대학에 등록했습니다. 짐승 같은 쾌락에 유혹당하지 않기 위한 회비가 한 달에 50상팀이면 비싼 건 아니죠. 민중대학에서(우리끼리는 '민대'라고 불렀어요) 일하는 선생님과 직원들은 모두 자원 봉사자들이었어요.

저는 몇 년 동안 열심히 그곳을 드나들었습니다. 프로그램은 이주에 한 번씩 바뀌었어요. 시장 보는 거랑 좀 비슷하게 자기가 강의나 과목을 선택할 수 있었죠. 어떤 날은 강의를 조금 들었고, 어떤 날은 엄청나게 많이 듣기도 했죠. 저는 민중대학에 완전히 빠져들었어요. 배우기도…… 참 많이 배웠고요. 가장 인상적이었던 강의 중 하나는 빅토르 위고와 정치적 참여에 대한 것이었어요."

마티아스는 그 강의에 대해 말하기가 어려웠다. 사실 지금도 생각나는 것은 단 한 문장뿐이었다. 하지만 그게 얼마나 대단한 문장이었는지!

"'저들은 아마 내 등에 탈 수 있겠지만 내 머리통에는 올라앉지 못할 것이다.' 가끔은 어떤 사람이 일어나서 모두가 기대하던 말을 해주죠. 그러면 그 말이 우리 안에 즉시 뿌리를 내리고 빛을 발하는 거예요. 저는 자유에 대해 이보다 더 아름다운 문장을 들어보지 못했어요. 징거 선생님, 선생님도 그렇게 생각하실 거라고 확신합니다만."

그렇게 생각하는 정도가 아니었다. 징거 씨의 머리통으로 말하자면 어느 파렴치한이 길들일 수 있다고 생각할 때마다 뒷발로 일어서서 난리를 치는 일이 한두 번이 아니었으니까.

"그리고 강사 선생님이 이런 이야기를 해준 것도 기억나요. 프랑스 대혁명 때 한 연설자가 국민의회에서 혁명의 목적은 '시민을 더 크게 하는' 데 있다고 말했다고요. 그 연설자의 이름은 잊어버렸어요. 그런데 더 강성하게, 더 힘있게, 더 부유하게 만든다고 하지 않고 '더 크게'라는 표현을 썼잖아요. 세상의 모든 부, 모든 열정, 모든 행복을 다 수용할 수 있을 만큼 시민이 커지도록 우리 안에 최대한의 자리를 마련하는 거죠. 나중에 저는 민대, 투쟁, 토론이 전부 이 계획, 즉 '우리를 더 크게 만들기'의 일환이라고 이해하게 되었습니다."

징거 씨도 혁명의 연설자 이야기를 듣고 있었다. 그는 편협함을 가장 두려워해야 함을 알고 있었다. 그는 마음으로부터 그 병을 알고 있었다. 매일같이 그를 조금 더 편협하게 만드는 병.

"동료는 금세 그만뒀어요. 그런데 저는 거기서 친구도 사귀고, 투쟁에도 참여하기 시작했죠. 모임, 집회, 대자보, 몸싸움. 저는 저녁에 여는 민중도서관에도 자주 갔어요. 민중도서관에서는 이주간 책을 대출해줬거든요. 저는 늘 집에 책을 빌려와서 어머니께 드렸죠. 어머니는 책을 열심히 읽으셨어요. 저는 손에 잡히는 건 거의 다 읽어치우는 편이었죠. 그야말로 주경야독이었어요.

강의 말고 '민중토론'이라는 것도 있었어요. 원하는 사람들끼리 모여서 어떤 주제를 다룰 것인지 합의를 보죠. 그 다음에는 토론을 해요. 지켜야 할 규칙들은 있어요. 남이 말할 때는 자기가 할 말을 생각하기보다는 그 사람의 말에 귀를 기울여야 하고, 남에게 설득당하기를 거부해서는 안 되고, 관점을 바꿔야 할 때에는 바꾸고…… '함께 생각하는 법'을 배우는 거죠."

징거 씨는 이제 마티아스가 그들이 주고받던 대화의 틀에 소리 없이 금세 파고들 수 있었던 이유를 좀더 잘 알 것 같았다…….

"고등사범학교와 파리의 고등학교에서 가르치는 선생들이 와서 강의를 많이 했지요. 이 말은 꼭 해야겠는데, 그중 몇몇 선생은 참 별로였어요…… 친절하기는 했지만 우리에게 말하는 법을 잘 모르더군요. 노동자들을 대상으로 강의를 해본 적이 없다는 게 뻔히 보일 정도로요. 우리는 일반 학생들과는 달라도 너무 달랐죠. 나이도 먹을 만큼 먹어서 몇몇은 선생보다 더 손위 연배였어요. 우리의 관심을 끌려면 다른 화법을 구사해야만 했죠. 하지만 그들이 와주고 자기 시간을 할애해줘서 좋았어요. 아! 한 번도 하지 않았던 일을 한다는 게 쉬울 리 없잖아요! 처음부터 진 싸움은 하지 않은 싸움뿐이죠.

자연과학, 물리학, 화학 쪽으로는 강의가 별로 없었어요. 천문학은 그래도 좀 있었고요. 그리고 수학은 거의 없었죠. 가르칠 사람이 없어서요. 징거 선생님은 운이 없네요."

"수학은 지속적인 연구와 발전 없이는 남에게 가르치기 어려운 학문이라네."

마티아스가 손을 확성기 모양으로 만들어 입에 대고 말했다.

"'신사숙녀 여러분, 세계적인 수학자이자 저 유명한 루프트슈타트 대학 교수이신 한스 징거 동지께서 지금부터 여러분에게……'"

젊은이는 룸메이트에게 무엇인가를 묻는 듯한 눈길을 보냈다.

"'……무한, 집합, 일대일 대응이라는 자신의 전공분야에 대해 가르쳐주시겠습니다.' 선생님이라면 그런 대학에 가서 노동자들에게 강의를 하시겠어요?"

"내가 과연 할 수 있을까?"

"아뇨…… 제 물음은 그게 아니에요! 그런 제안을 받는다면 어떻게 하시겠어요?"

"루프트슈타트에는 민중대학이 없었다네."

"빙 둘러 말씀하시긴 했지만 어쨌든 대답을 해주셔서 감사합니다."

이 작은 설전이 그들의 대화에 더 파고들지는 않았다. 두 사람은 이제 확고하게 자리잡은 습관대로 대화가 샛길로 빠지기 시작한 바로 그 지점으로 돌아가 본래의 흐름을 되찾았다.

"그 일은 아주 자연스럽게 일어났어요. 어느 날 저녁, 저는 식사를 마치고 민대에 갈 채비를 했죠. 아버지가 어머니에게 '당신도 저애랑 함께 가보면 어때?'라고 했어요. '제가요?' 어머니는 그렇게 말했지만 당연히 그래야 한다는 듯이 자리에서 일어나 모자와 외투를 걸쳤죠. 그래서 저는 어머니와 함께 민대에 갔어요. 저는 놀랐지만 아버지는 어머니에게 같이 가라고 했고, 어머니는 저와 동행했어요.

아버지와 어머니는 금슬이 좋았다고 생각해요. 그런데 두 사람 사이에 아이는 하나도 없었죠. 두 분 중에 어느 쪽이 문제였는지는 모르지만, 아마 두 분은 그런 것에 신경 쓰지 않았을 거예요. 아이가 없는 것은 두 사람 모두의 일이었으니까요. 저는 형제나 자매가 있다는 게 어떤 건지 몰라요. 오랫동안 동생이 있으면 좋겠다고 생각은 했지만요. 여동생? 여동생이 있으면 무척 감싸고 다른 청년이 여동생을 쫓아다니면 질투도 나고 그럴 거 같아요. 어쨌거나 저는 장남이었을 테죠. 동생에게 이야기도 들려주고, 같이 놀아주고, 동생이 울면 품에 안아줄 수도 있었을 테지요. 제가 안아줄 수 있는 유일한 사람은 부상을 입은 채 들것이 오기를 기다리는 동지들뿐이었지만요…… 그리고 더이상 기다릴 것도 없이 숨이 끊어진 동지들이요."

마티아스는 자신의 환영에서 빠져나오려고 애를 썼다. 그가 갑자기 외쳤다.

"아! 우리 둘이 들어가던 순간 쏟아지던 시선들! 게다가 우리는 지각생이었죠. 민대에는 항상 여자들이 적었어요. 어머니는 제일 예쁜 모자를 쓰고 계셨죠. 앞쪽에 황토색 천으로 만든 작은 새 두 마리가 달린 자주색 모자요. 어머니가 그 모자를 쓰신 걸 저는 그제야 알아챘지 뭐예요. 저는 어머니가 너무나 편하게 행동하는 걸 보고 어안이 벙벙했어요. 평생 거기에 드나들며 강의를 들은 사람 같았다니까요.

민대에는 외국어 강의가 많았어요. 프롤레타리아 국제주의 때문이었죠. 영어, 이탈리아어…… 독일어, 에스페란토까지. 독일어 강의를 듣지 않은 게 후회가 되네요. 살다가 독일어를 써먹을 일이 있을 줄 어떻게 알았겠어요? 어머니는 민대에 강의를 들으러 갈 때마다 그 새 달린 모자를 쓰고 가셨어요. 그걸 '지식의 모자'라고 부르셨죠. 어머니가 단장하신 모습을 봤어야 해요. 옷도 항상 옷장에서 제일 좋은 것으로 골라 입고 가셨죠. 진짜 귀부인처럼 차려입었어요. 하루는 어머니가 말씀하셨죠. '마투, 너도 알겠지만 이게 나의 유일한 외출이란다.' 어머니는 저도 일요일에 입는 정장을 차려입고 가야 한다고 고집을 피우셨죠. 강의를 들으러 가는 게 아니라 무도회에라도 가는 사람들 같았다니까요. 하루는 아버지가 그런 어머니를 놀리니까 어머니가 이렇게 대꾸하시더라고요. '내가 자주 외출하는 사람도 아니고…… 난 재봉사라고요. 내 옷차림을 보면 내 일솜씨도 드러나죠! 이렇게 잘 입고 나가서 주문이 더 많이 들어올지 누가 알아요?' 어머니는 금세 유명해졌어요. 민대 사람들은 모두 어머니를 '새 부인'이라는 별명으로 부르게 되었죠.

남자들이 어머니를 보는 눈은 틀리지 않았어요. 전에도 말씀드렸지만 어머니는 나이보다 젊어 보였거든요. 저는 어머니랑 나란히 걷는 게 자랑스러웠어요. 누가 보면 모자가 아니라 약혼한 커플인 줄 알았을 걸요. 우리는 지하철 7호선 막차로 집에 돌아올 때가 많았죠. 우리는 종점에서 내렸어요. 그러고도 길깨나 걸어야 했죠. 하지만 그 정도 수고할 만한 가치는 있었어요."

"길깨나 걸어?"

"네, 한참을 걸어가야 했다는 뜻이에요. 아버지는 우리가 집에 돌아오기 전에는 절대 잠자리에 들지 않으셨죠. 항상 똑같은 말로 우리를 맞이했어요. '어이, 먹물들! 접속법 반과거는 뭐지?' 아버지의 어린 시절에 무슨 일이 있었기에 접속법 반과거에 그렇게까지 연연하시게 됐는지는 모르겠어요. 아버지에게는 접속법 반과거가 지식의 최고봉이었죠.

어느 날 저녁, 아버지는 우리가 나가는 모습을 부러운 듯 바라보시더니 이렇게 말씀하셨죠. '난 민중대학에 가기에는 너무 바보 멍청이겠지?' 당신 자신도 가기로 결심하기까지 그렇게나 오랜 시간이 걸렸던 거예요! 어머니와 저는 우리가 나서서 아버지에게 같이 가자고 했다가는 틀림없이 싫다고 하실 거라는 걸 알고 있었죠. 아버지는 모자를 쓰셨고 우리는 함께 나갔어요. 우리가 얼마나 우스꽝스러웠는지 선생님도 보셨어야 해요. 그날 저녁은 유독 사람이 많아서 우리 식구들은 따로 떨어져 앉았죠. 아버지는 학교에서 쓰는 긴 의자에 앉았어요. 저는 그런 아버지를 곁눈질했고요. 학교에 다니지 않은 노동자들이 지식에 바치는 경의가 아버지의 태도에 고스란히 묻어났어요. 그날 강의는 천문학에 대한 것이었는데, 지금도 완벽하게 기억이 나요.

아버지는 기분 좋아했어요. 그런 모습을 전에는 본 적이 없을 정도로요. 나중에 아버지는 레퓌블리크 광장에 있는 큰 술집에서 한턱 내셨어요. 슈크루트*에 알자스 산 백포도주를 마셨죠. 아버지가 권해서 어머니가 종업원이 권하는 포도주를 시음했는데, 그때 그 모습을 정말 봤어야 해요. 잔을 눈높이로 들고 금빛이 도는 포도주를 바라보던 그 모습을요. '보렴, 마투. 네 머리칼과 똑같은 색이로구나.' 어머니 목소리가 좀 컸었나봐요. 옆자리 사람들이 저를 쳐다봐서 제 얼굴이 새빨개졌거든요. 얼근히 취한 어머니는 재미있다고 깔깔 웃으셨죠."

"얼근히?"

---

* 양배추 절임에 소시지, 고기, 감자 등을 곁들인 알자스 지방의 대표 요리.

"네, 취했을 때 쓰는 말이에요."

'노동자는 인간적인 즐거움들에 동참할 수 있어야 하죠.'

마티아스는 이렇게 생각했다.

"마티아스, 말해보게. 그 슈크루트는 맛이 좋았나?"

징거 씨는 무척 관심 있다는 듯이 물었다.

"파리 최고의 슈크루트였죠."

"내 아내에게 그 술집 주소 좀 일러주게. 전쟁이 끝나면……."

징거 씨는 마티아스의 책망하는 눈길을 깨닫고 다시 이렇게 말했다.

"그래, 알아…… 앞날은 입에 올리지 않기로 했지. 금방 닥쳐올 미래라 해도. 계획 따위는 이야기하지 말자고. 그런데 자신을 미래에 결코 투사하지 않기도 참 어렵구먼! 어떻게 자네가 그런 경지에 도달했는지 모르겠어."

"아버지는 그날 이렇게 말씀하셨죠. '이렇게 좋은 날 저녁에 가난뱅이들처럼 지하철을 타고 집에 돌아갈 수는 없지!' 그래서 우리는 택시를 타고 가서 바로 우리 집 앞에 내렸어요. 그날을 떠올릴 때마다 그 모든 일이 사실은 일어나지 않은 것만 같아요."

마티아스가 중얼거렸다.

얼마 전부터 징거 씨는 다시 자신을 닫고 지내게 되었다. 무슨 이유에서였을까? 의사들은 해명하지 못할 터였다. 그는 뱃사람들의 표현을 빌리자면 돛을 접었고, 외부와의 접촉을 끊어버렸다.

마티아스 뒤투르와의 관계도 이제 추억일 뿐이었다. 징거 씨는 꺼진 눈빛으로 하루 종일 누워서 지냈다. 잠도 자지 않으면서 말이다! 마티아스는 나이 많은 룸메이트에게 너무 연연해하지 않으려고 노력했지만 서글픔을 느꼈고, 그러한 감정을 억누르려고 안간힘을 썼다. 왜 대놓고 말할 수 없는지 이유는 모르지만, 마티아스는 둘이서 주고받던 난상대화가 아쉽고 그리웠다. 하루하루가 전보다 더 길고 칙칙하게 느껴졌다.

어느 날 오후, 간식 시간이 끝난 뒤에 징거 씨의 목소리가 기나긴 실어증을 기적적으로 극복한 듯 터져나왔다.

"마티아스, 자네를 주의시키고 싶네. 자네나 나나 피차 안된 일이지만 지금의 내 상태, 그러니까 이곳에서 자네가 보는 이 인간 때문에 자네가 잘못된 생각을 가질 수도 있을 것 같아서 말이야. 나를 사교성 없는 고독한 인간으로 보지 말게. 루프트슈타트의 칩거자, 무한들의 은둔자 징거로 보지 말라고. 나도 옛날에는 싹싹한 사람이었다네. 치가 떨릴 정도로 싹싹했지. 나아가, 나는 싸웠다네. 사적인 영역에서만 싹싹했던 게 아니라, 수학계에서도 붙임성 있게 굴었어. 내가 독일의 수학자 단체인 독일수학회를 처음 설립한 사람이라는 걸 자네는 믿지 못할 테지.

왜 수학자들의 단체를 만들었느냐고? 우리 수학자들은 자네들처럼 사용자나 사주(社主)에 대해 논할 수 없지만, 그렇다고 우리 자신이 우리의 주인인 것도 아니야. 우리의 집단행동(만남을 조직하고, 교육 프로그램을 짜고, 연구를 널리 퍼뜨리고, 학술지를 발행하는 등)은 외부세계를 향한 것도 아니지만, 그렇다고 수학계라는 작은 영역에만 속하는 것도 아니지. 하지만 그게 다가 아니라네. 그 단체를 만든 데는 젊은 수학도들이 내가 경험한 것과 같은 시련을 겪지 않도록 예방한다는 취지도 있었다네. 젊은이들이 나처럼 우리 학문분과의 세력가들과 혼자 맞서다가 버림받는 일이 있어서는 안 된다고 생각했던 거야. 수학자들에게 가급적 최대의 자유를 보장함으로써 그들이 이미 다져놓은 길 밖에서 모험을 추구할 수 있게 하려고 했지. 하지만 아주 개인적인 목적을 갖고 한 일이기도 해. 레오폴트 크로네커라는 이름에 대한 나의 강박관념이랄까.

그는 나에게 너무 큰 잘못을 했어. 나는 다음 수학자 대회는 우리 두 사람의 결투 장소가 될 거라고 생각했지. 우리는 그 대회에서 화해를 하든지, 죽기 살기로 싸우든지, 둘 중 하나였어. 나는 크로네커를 독일수학회의 회장으로 지명했다네. 그러면 그 사람이 개회식에 참석해야만 하고, 결국 나를 피할 수 없을 테니까. 나는 자리를 뜨지 않고 그를 기다렸다네. 독일의 모든 수학자들이 지켜보는 가운데 공개적인 대결이 벌어질 테고, 그들이 크로네커의 패배를 목격할 판국이었지. 특히 그 대회는 내 홈그라운드인 루프트슈타트에서 열릴 예정이었어. 크로네커가 거장으로 통하는 베를린에서가 아니라, 내 이력이 정상적으로 진행되었다면 떠나야 했지만 실은 그러지 못했던 루프트슈타트에서 말이야. 사실 나는 나의 도시에서 그 대회가 열리게끔 손을 써놓았지. 그해, 1891년에 나는 드디어 복수를 할 뻔했어. 크로네커가 나에게 끼친 시련들을 모두 통과하고 마침내 해방될 참이었지. 무엇 때문에 우리 둘이 그렇게 적대적이었느냐고? 참 간단한 문제야. 크로네커에게는 정수 외에는 아무것도 없었어. 정수들만이 하느님이 만드신 수라는 거야. 당연히 나의 무한수들은 수로 보지도 않았지. 잘 들어보게. 그는 $\sqrt{2}$나 원주율 같은 무리수의 존재마저 부정할 정도였어! 거의 미친 짓이지. 무리수 없이 무슨 수학을 해!

나는 공격 준비를 제대로 해두었지. 첫번째 회합에서 나는 대각선 방법을 증명할 예정이었지. 그 방법은 무한을 동원하기 때문에 크로네커를 열 받게 하기에 충분했어. 나는 복수를 하고 대단한 결과를 거둘 참이었지! 크로네커가 나의 연구에 대한 신뢰를 떨어뜨리기 위해 어떤 논증들을 사용하는지 모두가 보게 될 터였으니까.

그런데 그 시점에서 일은 예상처럼 풀리지 않았어. 개회 직전에 나는 '친애하는 한스 징거'로 시작되는 편지를 한 통 받았다네. 그 편지에서 크로네커는 아내가 등산 중에 큰 사고를 당해서 자신이 대회에 참석할 수 없다고 알려왔지. 편지는 사근사근했고, 심지어 따뜻하기까지 했지. 우리들의 대회에 가호가 있기를 바란다나. 나는 그의 편지를 대회 개회식 연단에서 낭독해야만 했다네. 내가 달리 어쩔 수 있었겠어?"

"다음 기회를 노리실 수도 있었잖아요."

"나도 그 생각은 했지."

"그런데요?"

"그 대회가 있고 얼마 지나지 않아 크로네커는 세상을 떠났다네."

"그건 크로네커의 더러운 수작이에요. 끝까지 선생님을 엿 먹인 거라고요."

"자네 생각은 그런가?"

물론 마티아스는 대답하지 않았다. 징거 씨의 물음은 진짜 물음도 아니라 확인에 불과했으니까.

"자네는 그 난쟁이 같은 사람의(그는 정말 키가 작았다네) 소일거리가 뭐였는지 아나? 등산이었지. 험준하고 가파른 산비탈을 타고 오르는 게 그 사람의 일이었어. 그는 노련한 등산가였지. 아마 다른 동료들 위로 타고 오르는 게 좋아서 그랬을 거야. 나는 독일수학회 회장으로 임명되었지. 전 회원이 모인 자리에서 대각선 방법도 증명해 보였고. 그 증명은 독일수학회 회지 제1호에 크로네커의 편지와 나란히 실렸다네. 나는 이겼지만 나의 가장 각별한 적수는 나를 버렸고 내 승리를 빼앗아갔어. 어쩌면…… 우리는 화해할 수도 있었을 텐데.

아! 그 시기에 나는 참으로 왕성한 활동을 했지! 나는 새로운 프로젝트를 시작했어. 친한 수학자들끼리 주기적으로 국제학회를 열기로 했던 거야. 사실 수학보다 더 국제적인 것도 없으니까. 물론 '피레네 산맥 이쪽에서 진리로 통하는 것이 저쪽에서는 오류'라고 친애하는 블레즈 파스칼은 말씀하셨지만, 수학에서는 이쪽에서 점이면 저쪽에서도 점이거든. 수학과 황금은 장소에 상관없이 어디서나 그 가치를 보전하는 두 가지라네. 수학자대회가 종종 에스페란토로 진행되는 건 결코 우연이 아니지."

하지만 징거 씨가 말하는 국제성이란 과연 무엇이었을까? '그

국제주의가 우리 프롤레타리아 국제주의보다 좀더 효율적이기를 바라자. 우리의 국제주의는 전쟁에 반대하지도 못했으니까. 만국의 수학자들이여, 단합하라!' 마티아스는 속으로 생각했다.

"첫번째 대회는 1897년에 스위스에서 열렸지. 유럽의 중심이라는 지리적 위치 때문에 그곳이 선택되었어. 내가 수학을 하기로 결심했던 도시, 혹은 이것이 너의 길이라고 속삭이는 작은 음성을 들었던 도시, 바로 그 취리히에서 대회가 열렸나네. 나는 거기서 어떤 표적을 보았지. 역사상 처음으로 전 세계의 수학자들이 그들의 열정을 기리고 연구결과를 소통하고 생각을 교환하고 만남과 인맥을 쌓기 위해 한자리에 모이게 된 거야. 마티아스, 수학자 한 사람 한 사람의 이면에는 인간 존재가 있어. 자네가 양어머니를 다시 만나게 되거든 내가 이런 이야기를 했다고 전해주게. 자네는 머지않아 어머니를 뵙게 될 터이니."

"징거 선생님, 선생님은 정말 구제불능이세요. 앞날에 대해서는 아무 말 말자고 했잖습니까!"

"나의 작업에 대해서도 몇몇 발언들이 있었지. 일부 수학자들에게는 참으로 괴이쩍게 보였음에도 나의 수학은 고전이 되어버렸어. 그때부터 인정받기 시작했지. 젊고 재능이 뛰어난 프랑스 수학자가 거기에 공헌을 했어. 자크 아다마르라는 그 친구가 나의 집합이론을 따랐거든. 그 친구는 자네 마음에도 들었을 거야…… 나는 자네가 드레퓌스주의자일 거라고 생각하거든."

"뭐라고요?"

"유대인 장교."

"아! 드레퓌스 파 말씀이시군요. 실제로 제가 그쪽 편이기는 합니다만."

"아다마르는 드레퓌스 장교의 사촌이었다네. 내가 전해 듣기로, 그 사건이 한창 시끄러울 무렵에 아다마르는 과학학술원에 자신의 연구를 발표해야 했다지. 그런데 또다른 뛰어난 수학자이자 나이도 많고 반동인사로 유명한 샤를 에르미트가 연단으로 걸어가는 아다마르에게 큰 소리로 이렇게 말했다더군. '아다마르, 당신은 매국노요!' 모두 그 자리에서 굳어버렸다지. 아다마르는 화가 나서 얼굴이 시뻘게진 채로 에르미트를 돌아보았고, 아다마르는 에르미트가 더 쏘아붙일 겨를을 주지 않고 당당하게 외쳤어. '당신은 기하학에 대한 해석을 배신했잖습니까!'

어쨌거나 우리의 대회는 큰 성공을 거두었어. 나는 그 동안의 노력을 보상받았지.

삼 년 후 파리에서 다음 대회를 열기로 약속이 잡혔지. 그런데 그 두 번의 대회 사이에 나는 발작을 일으켰어. 내 생애 두번째로 정신병원에 입원을 하게 됐지. 바로 여기, 남성 병동 14호실에…… 하지만 우리 화제를 바꾸세. 1900년 파리. 국제수학자대회와 만국박람회라는 두 행사가 세계에서 가장 아름다운 도시에서 같은 시기에 열렸던 거야. 기대치 않았던 회합이었지! 마티아스, 우리는 만국 속에 빠져 있었다네."

"트루플 아닌가요? 세번째 이벤트도 있었는데 잊어버리셨군요!"

"아! ……그게 뭔데?"

"올림픽이요. 정신적인 이벤트뿐만 아니라 신체적인 이벤트도 있었다고요, 징거 선생님!"

"자네가 나의 용서할 수 없는 망각을 용서해준다면 뒷이야기도 마저 해보지. 심지어 우리 수학자대회는 8월 초 만국박람회장 구역 내에서 열리기까지 했어."

"그럼 우리는 만날 뻔했군요!"

마티아스가 소리를 질렀다.

"자네도 만국박람회에 왔었나?"

"그럼요. 제가 거기 갔던 목적은 무엇보다도 루돌프 디젤이 발명한 최초의 엔진 시연을 보는 거였죠. 믿을 수가 없네요! 우리는 십칠 년 전에 만날 수도 있었네요, 징거 선생님."

"그래, 우리가 시간을 낭비했구먼. 하지만…… 그랬더라면 오늘날 우리의 이야깃거리는 아무것도 없을지도 모르지. 그날은 8월 8일이었는데, 무진장 더웠다네. 다비드 힐베르트가 제2회 국제수학자대회의 단상에 올랐지.

당시 사십대였던 그는 타고난 위엄이 있고 모두에게 존경받는 수학자였다네. 힐베르트는 푸앵카레와 더불어 누구나 당대 최고의 수학자로 꼽는 인물이었어. 힐베르트는 독일인이고 푸앵카레는 프랑스인이었지. 그가 입을 여는 순간, 좌중은 쥐 죽은 듯 조용해졌어. 그가 중대 발표를 할 거라는 소문이 벌써부터 돌고 있었거든. 힐베르트는 이렇게 선언했어. '20세기의 문턱이라는 이 시점은 오늘날까지도 끝을 보지 못한 중대한 문제들을 다시금 검토하는 데 참으로 적절한 때라고 사료됩니다. 시간의 거대분할은 과거를 돌아보게 해줄 뿐만 아니라 여전히 우리의 시선을 끌고 있습니다. 저는 이제 막 시작되는 금세기가 풀어야만 하는 중요한 문제들의 목록을 제안합니다. 저는 그 문제들을 23개 문항으로 정리해보았습니다.' 그는 작은 가방에서 종이를 한 장 꺼내고는 짓궂은 눈빛을 가려주는 그 유명한 작은 타원형 안경을 고쳐 쓴 뒤 목록을 읽기 시작했다네. '우리가 해결해야 할 첫번째 문제는 징거 선생님께서 제시한 연속체의 농도에 대한 문제입니다.'

마티아스, 내가 자네에게 말한 대로야. 그게 바로 나의 문제지! 내 용어로 기술되었고 내가 만들어낸 수학과 관련이 있는 바로 그 문제. 나의 문제, 그걸 풀기 위해 기울인 노력만큼 나는 집착하게 되고, 그 문제가 저항함에 따라 또 집착하게 되었지. 나와 그 문제가 공범의식으로 묶여 있기에 나는 그 문제에 더욱 집착하고, 오늘날에도 그 문제의 성격이 어떻다고 말할 수가 없다네. 바로 그 문제가 목록의 첫머리에 올라와 있었어. 그건 인정의 차원이 아니라 축성이었지. 기대치 않았던 경이로운 축성. 난 이제 혼자서 그 문제와 대결하는 게 아니었어. 이제 모두의 문제가 되었던 거야. 한순간, 나는 행복이 가능할 거라고 생각했지. 늦게나마 인정을 받았으니까.

힐베르트는 목록의 다른 문제들도 주워섬겼지. '2번 문제, 산술 공리체계의 무모순성과 독립성을 증명하기…… 3번 문제, 입체를 합동인 다면체들로 분해하는 유클리드의 방법을 모든 부피 계산에 그대로 적용할 수 있는가?…… 4번 문제, 선분이 두 점 사이의 최단거리인 기하학을 모두 정의하라…… 5번 문제, 연속군은 필연적으로 리군(Lie group)이 되는가…… 6번 문제, 물리학의 수학적 모델을 공리화하라…… 7번 문제, $a \neq 0,1$이 대수적 수이고 b가 대수적 무리수일 때 a^b은 초월수임을 증명하라.'

나는 그 23개 문항을 모두 외울 수 있다네! 힐베르트가 목록을 다 읽고 나자, 좌중은 그가 처음 입을 열었을 때보다 한층 더 조용해졌지. 대성당의 침묵이랄까. 믿을 수 없는 전대미문의 연구 프로그램이 이제 막 발표된 셈이었으니까. 그 정도의 대담성을 발휘하려면 적어도 힐베르트 정도는 되어야 했던 게야.

힐베르트는 그 자리에 참석한 226명의 수학자들과 생존해 있거나 장차 나타날 전 세계 수학자들에게 목표를 정해주었어. 우리가 다음날부터 당장 매달려야 할 과제였지. 우리는 그 공개적인 문제들에 파고들어야 했어. 비단 어렵기만 할 뿐 아니라 대단히 중요한 문제들이었지. 그 문제들은 전략적이기 때문에 중요했어. 그 문제들을 풀면 막혔던 상황도 풀리고 그때까지 아무 관련이 없었던 수학의 고장들 사이에 가교가 이어질 수 있었거든. 그로써 전에는 생각지도 못했던 문제들이 탄생하고, 오늘날 우리가 알지 못하는 새로운 수학적 대상이 나타날 수도 있단 말이야.

이 문제들은 거론하기는 쉽지만 그에 반비례해서 풀이는 극도로 어려워. 그래서 우리는 부나방이 불을 보고 달려들듯이 그 환히 빛나는 문제들에 달려들었지. 물론 힐베르트는 수학자들의 경쟁의식을 교묘하게 이용했던 거야. 수학자대회가 끝나자마자 모두들 힐베르트의 23개 문제 중 하나를 '드디어 꺾었다'고 선언할 희망에 부풀어 연구에 매진했지. 2000년까지 그중에서 몇 개나 해결될까? 그리고 몇 개나 미결 과제로 남을까?

그런데 왜 23개냐고? 난 스스로 그러한 의문을 제기하기를 단념했다네…… 내가 이 문제들을 주워섬기는 동안 이 머리통 안에서 난리가 난 것을 나는 알아. 내 말이 틀렸나, 마티아스?"

징거 씨가 손가락으로 마티아스의 머리를 가리키며 말했다.

"선생님께서 문제들을 읊는 동안 저는 저 나름대로 인류를 위해 해결해야 할 문제들의 목록을 작성했죠. 1번, 전쟁을 중단하려면 어떻게 해야 하나? 2번, 어떤 방법으로 착취를 근절할 수 있을까? 3번, 미치광이를 치료할 수 있는가? 4번, 인간 평등은 어떤 방법으로 수립 가능한가? 5번, 부모가 자식을 버리는 이유에는 어떤 것들이 있나? 6번…… 아, 이쯤 해둘게요! 웃기는 짓이잖아요."

"조금도 웃기지 않아!"

징거 씨가 젊은이에게 다가가며 외쳤다.

"마티아스, 자네에게 탄복하네. 자네는 자네 속에서 피어나는 것들을 쳐내려고 갖은 노력을 하지만 그건 계속 치밀고 돋아나거든. 자네 속에 뜻대로 떨쳐버릴 수 없는 뭔가가 있단 말이네. 난 그걸…… 사람에 대한 억누를 수 없는 끌림이라고 하겠네. 사람을 향한, 구체적인 사람을 향한 끌림. 자네가 희망이라는 감정을 끊어버리려고 얼마나 노력하는지는 내가 지켜봐서 알아. 그런데 그 끌림이 너무 진지하고 자네를 압도하기 때문에 자네 힘으로는 끝장을 볼 수 없었던 게지."

"수학자대회 이야기로 돌아가죠, 선생님. 그 대회는 선생님 입장에서 어떻게 끝난 겁니까?"

징거 씨의 말에 불편해진 마티아스가 냉담하게 말했다.

"몰라! 난 거기 없었으니까."

"수학자대회에 참석하지 않으셨다고요?"

"그렇다네, 마티아스."

"거기 안 계셨어요?"

"내가 그렇다고 말했잖나."

마티아스는 어안이 벙벙했다. 이 노인네가 사람을 당혹스럽게 하는 타고난 재주로 그를 놀려먹은 셈 아닌가. 마티아스가 마음을 가다듬고 침착한 어조로 자기 기분을 솔직히 표현하기까지는 다소 시간이 걸렸다.

"징거 선생님, 제가 늘 선생님 말씀을 알아들을 준비가 되어 있는 것은 아닙니다만, 그래도 선생님 말씀을 그대로 믿고자 하는 마음은 있습니다. 감히 용서를 청하며 여쭙습니다만 그렇다면 도대체 왜 아까는……."

"나도 몰라. 나도 모르겠네. 처음에 이야기를 시작할 때는 파리의 그 수학자대회장에 참석한 내 모습이 보였어. 그리고 그 순간을 다시 한 번 경험했지…… 내가 실제로 경험하지는 않았지만 정말로 간절하게 경험하고 싶었던 순간이지. 그래서 내 마음 가는 대로 이야기했던 거야. 자네를 놀릴 마음은 결코 없었다는 걸 믿어주기 바라네."

징거 씨가 미안한 표정으로 중얼거렸다.

"그럼 선생님은 그때……."

"힐베르트가 '우리가 해결해야 할 첫번째 문제는 징거 선생님께서 제시한 연속체의 농도에 대한 문제입니다'라고 말했을 때 난 거기 없었지. 몇 달 전에 다시 발작을 일으킨 터라 그 대회에 참석할 여력이 없었다네. 힐베르트는 23개 문항을 낭독하기 전에 몇 마디를 했는데……."

"하지만 선생님은 그때 파리에 안 계셨다면서요. 방금 저한테 그렇게 말씀하셨잖아요!"

놀림을 당해서 화가 난 마티아스가 다시 징거 씨의 말을 끊었다.

"나는 로마가 바바리아인들의 손에 넘어가던 때에도 그 자리에 없었지만 자네에게 얼마든지 그 이야기를 들려줄 수 있어."

"다행입니다!"

"뭐가 다행이지?"

"거기 안 계셨으니 다행이라고요. 그 자리에 계셨으면 맨 먼저 목숨을 잃으셨을 걸요!"

두 사람은 킬킬대고 웃었다.

"힐베르트! 매혹적인 챙 넓은 밀짚모자를 쓴 그 사람은 내가 아는 가장 결단력 있는 수학자 중 한 명이지. 어쩌면 시대를 통틀어 그렇게 결단력 있는 수학자는 없을지도 몰라. 이 말을 들어보게. '우리는 알아야 한다. 우리는 알 것이다.' 힐베르트는 수학계에서 일종의 총사령관이었어. 그것도 무섭도록 영리하고 투석기처럼 예리한 총사령관. 두뇌가 참으로 명석했어…… 어쩌면 지나치게 명석했지. 그의 수학에는 그늘이 너무 없었어. 사실 수학도 좀 어슴푸레한 구석이 있어야 한다네, 마티아스."

'어머니에게는 어슴푸레한 정도가 아니라 완전한 어둠이었는데.'

마티아스가 생각했다.

"내가 아까 언급한 힐베르트의 몇 마디가 자네의 관심을 끌 거라고 확신하네. '수학에서 접근할 수 없는 진리란 없습니다.' 우리가 제기하는 모든 수학 문제에는 우리가 그 문제들을 제기할 수 있다는 사실 자체로 인해 답 또한 있게 마련이라네. 그는 이러한 주장을 더욱 확대 적용해서 다음과 같은 결론을 내렸지. 이 결론은 특히 자네에게 하는 말 같을걸. '인간의 사유가 제기하는 모든 문제들은 인간의 사유를 통해 해결될 수 있다.' 그러니 감히 용기를 내야 해!"

마티아스는 징거 씨가 방금 한 말을 충실하게 받아들이려고 애썼다. 죽어버린 그의 정신이 허락하는 한 최대로 신속하게. 징거 씨가 쐐기를 박았다.

"그래, 그래. 내가 자네에게 말한 대로야. 우리가 제기하는 문제 하나하나를 해결할 능력도 우리 안에 있을 게야."

힐베르트의 23개 문항에 대응하여 마티아스가 생각한 인류의 문제들이 징거 씨의 머릿속에서 꼬리에 꼬리를 물고 스쳐갔다.

"이보게, 친애하는 마티아스. 희망은 아직 남아 있어. 슬퍼하지 않을 이유가 있다고."

민중대학에서 만난 친구를 떠올린 탓인지 마티아스는 여러 가지 추억이 생각났다. 영원히 사라졌다고 생각했던 그 추억들은 고통스럽기도 하고 영광스럽기도 했다. 징거 씨가 그 당시 이야기를 좀더 해달라고 청했을 때 마티아스는 그리 오래 망설이지 않았다. 특히 그가 잊고 지냈던 한 가지 추억이 머릿속에 떠올랐다.

“이 주간의 프로그램이 발표되었는데, 마침 ‘에밀 졸라의 작품에 나타난 직업들’이라는 강의가 잡혔죠. 그런데 그 강의가 제 근무랑 겹치지 뭐예요. 운도 지지리 없었죠! 저는 갖은 수단을 써서 근무에서 빠졌어요. 어머니랑 일찍부터 와서 맨 앞자리를 잡았지요. 강의실은 꽉 찼어요. 에밀 졸라는 그의 책을 한 번도 읽지 않은 사람들도 다 아는 대단한 명사였으니까요. 그가 드레퓌스를 옹호한 글 「나는 고발한다」 덕분에 모두 에밀 졸라를 알고 있었죠. 강사로 온 삼십대 청년은 도서관 사서였어요. 그는 다음과 같은 물음으로 강의를 시작했죠. ‘예술가는 직업으로서 일을 하는가? 페인트공과 화가는 둘 다 직업인인가? 작가는 직업인인가? 졸라는 노동자인가?’ 강사는 이 물음의 답을 말하지 않고 수강생들에게 의견을 물었죠. 아무도 대답하지 않았어요. 수강생들은 민중대학에서 말을 하는 데 익숙지 않았죠. 정치 집회에서는 서로 말을 하려고 싸우는 등 사정이 전혀 달랐지만요. 하지만 그때는…… 분위기가 차츰 달라올랐죠. 광부, 세탁업자, 농부, 채소 재배업자, 레 알 시장의 배달꾼, 기계공, 운전수가 너나 할 것 없이 입을 열었어요.

강사가 『인간 야수』에 대해 말하자 어머니는 제 무릎에 손을 올려놓았어요. 그 책을 추천해준 서점 직원이 굉장한 일을 했다고 생각하고 계셨죠. 그때로부터 세월은 흘렀고, 저는 행복했어요. 제가 좋아하는 일을 직업으로 삼고 있었고요.

저는 조금 산만해져서 강사 옆에 작은 탁자를 놓고 앉아 있는 젊은 여자를 바라보았죠. 그녀는 강의를 속기로 받아적고 있었어요. 전에도 본 적이 있는 여자였죠. 미인이라고 말할 수는 없었겠지만 그래도 그녀는 제 마음에 들었어요. 성적 매력도 좀 있었고, 칼라에 수가 놓인 하얀 블라우스와 빨간색 긴 치마를 입고 있었죠. 강의에 완전히 푹 빠져서 얼굴이 강사를 쳐다보는데도 손은 야무지고 민첩하게 수첩 위를 누비다가 메트로놈처럼 일정한 간격을 두고 페이지를 넘기곤 했어요. 그녀가 어찌나 빠르게 강사의 말을 옮겨쓰는지 어머니도 매료되었어요. 어머니는 신속한 노동의 몸짓에 속하는 것들에는 전부 열광하시곤 했으니까요. 어머니 자신도 그러한 관심을 반영해서 매일같이 싱거 재봉틀을 돌리면서 엄청난 쾌거를 이룩하시곤 했죠.

강사는 평소보다 길어진 강의를 끝맺으면서 강의를 속기해준 아델 디네르에게 감사한다고 말했어요. 참석자들은 그녀에게 뜨거운 박수를 보냈죠. 나는 어머니에게 말을 건넬 시간조차 없었어요. 어느새 어머니가 그 여자에게 다가가 있었거든요. '아가씨, 나는요……'라면서 어머니가 자기 소개를 하려는데, 그 여자가 '말씀 안 하셔도 알아요. 새 부인이시죠?'라고 말하더군요. '저를 아세요?' '민대 사람이 부인을 모르면 간첩이죠.'

어머니는 당황하지도 않았어요. '우리 아들이 아가씨를 우리 집 식사에 초대하고 싶다고 하는군요.'

제가 무슨 상황에 놓인 건지도 모르겠더군요. 그런데 어머니는 내처 쐐기를 박았어요. '마티아스, 맞지?'

속기사 아가씨는 놀리는 듯한 미소를 띤 채 제 쪽은 돌아보지도 않고 어머니에게 대꾸했어요. '댁의 아드님은 제가 매일 저녁 여기서 일한다는 걸 잘 알고 있을 텐데요. 거의 모든 강의를 듣잖아요.'

저는 저 자신을 저주했죠. 강의실이 차츰 비어가고 있었어요. 저도 나가고 싶었죠.

'아델 양, 물론 내 남편과 나도 마티아스와 마찬가지로 아가씨를 초대하고 싶어요. 한번 와서 아가씨의 일에 대해 이야기해주세요.'

아델 디네르는 어머니에게 고맙다고 말하고 그 다음에는 저에게 말을 걸었어요. '물론 마티아스 씨도 그 자리에 계시겠지요? 설마 열차 운행 때문에 자리를 비우시진 않겠죠?'

아니, 그녀가 어떻게 내 직업을 알았을까요? 나중에 그녀는 자기도 정보 수집을 했다고 그러더군요. 왜냐하면…… 뭐라고 할까, 내 머리 색깔이…… 그래요, 그녀도 내가 꽤 마음에 들었던 것 같아요. 어머니가 먼저 말을 안 걸었으면 자기 쪽에서 접근하려고 했다더군요. 그랬더라면 저는 더 좋았겠죠. 우스운 사람이 됐다는 기분도 들지 않았을 테고요. 저는 어머니가 그런 말을 해서 잔뜩 골이 나 있었거든요.

돌아가는 길에 우리는 아무 말도 하지 않고 걸었어요. 저는 어머니에게 왜 그렇게 사람을 난처하게 만들었느냐고 물었죠.

'바라는 게 있을 때 다른 사람에게 대신 해달라고 청해서는 안 되지.' 이 말을 듣고 저는 다시 물었죠. '어머니는 뭘 바라셨던 건데요?'

어머니의 시선이 먼 곳으로 떠나갔죠. 어머니는 고개를 뒤로 젖혔어요. 그러자 어머니의 목이 부러지기라도 할 듯이 구부러지며 훤히 드러났어요. 어머니가 다시 제게로 고개를 돌렸을 때에는 흡사 먼 여행에서 돌아온 사람 같았어요. 어머니는 아무 말씀도 안 하셨지만 저는 어머니의 눈을 보고 이러저런 바람들을 감지했어요. 그 바람들이 무엇인지 밝히는 건 제 몫이었죠. 어머니는 정말로 아버지를 사랑했어요. 왜 저 말고 다른 자식들은 없었을까요? 형제자매가 있었다면 저는 무척 사랑하고 아꼈을 거예요. 동생들을 잘 돌봐주고, 진정한 장남이 될 수 있었겠지요. 수학적으로 따진 외동인 동시에 장남이 아니라 진짜 장남이 되었을 거라고요. 하지만 저는 외동이었고, 어떤 면에서는 부잣집 외동아들 같았죠. 집안은 가난하지만 아이만은 풍요롭게 자라는…….

저는 어머니가 지친 눈을 쉴 수 있었으면, 시간적 여유를 누릴 수 있었으면, 생 제르맹의 부인네들처럼 근사한 집에서 살았으면 했어요. 6층에는 남향으로 대로를 내려다볼 수 있는 발코니가 있고, 널찍한 욕실이 딸려 있고, 수납장도 잔뜩 있고, 아버지가 앉으실 커다란 안락의자도 있는…… 아, 물론 우리는 비참하지도 않았고 찢어지게 가난하지도 않았어요. 다만 행복하게 살고 싶을 뿐이었죠!"

징거 씨가 갑자기 침묵을 깨뜨리고 이렇게 외쳤다.

"자네 말에는 운율이 있구먼!"

"아델은 어느 사회당 의원 사무실에서 일했어요. 하루는 그 의원이 아델에게 연설문을 작성해달라고 했죠. 그녀는 자기는 오로지 자기 생각만을 글로 쓸 수 있다고 말하며 거절했어요. 만약 자기가 연설문을 대신 써주면 당신은 즉시 당에서 제명당할 거라고 대꾸하면서요. 아델은 정치적 소신이 아주 명확한 여자였어요. 어떤 난관에도 꺾이지 않는 저항정신의 소유자였죠. 징거 선생님, 저는 저항보다 아름다운 것을 알지 못해요. 저항이야말로 가장 인간적이고 다정한 것 아닐까요. 생생하고도 막대한 다정함이죠. 저는 모두들 적어도 인생에 한 번쯤은 저항의 시기를 살아보고 그 시기를 추억했으면 해요. 그게 좋은 거죠. 하지만 압제에 대한 저항도 의무감이 아니라 확신과 열정에서 나와야 하죠. 아델은 바로 그런 열정으로 가득 찬 여자였어요."

"그래서 그후에 자네와 그녀는 붙어살게 됐나?"

징거 씨가 물었다.

"선생님!"

"뭐가 어때서? 자네가 이 표현을 가르쳐줬으면서 나보고는 쓰지 말라는 건가!"

"그건 그렇죠. 그래도 선생님이 그런 말을 하시니까 이상한데요."

"어쨌거나 난 천박한 사람은 아니라네. 이제 됐지?……그 속기사 아가씨와의 식사는 어떻게 됐나?"

"아델은 정오에 딱 맞춰 우리 집에 도착했죠. 시간엄수를 중시하는 아버지는 그걸 아주 좋게 보았어요. 아버지는 '시간을 잘 지키는 사람은 약속을 잘 지키는 사람'이라고 항상 주장하셨으니까요. 아버지는 친절 공세에 들어갔어요. 아버지가 사교계 신사처럼 차려입은 모습도 그때 처음 봤죠. 아버지는 보졸레 포도주를 한 병 땄고 우리는 어머니가 강낭콩을 곁들여 만든 양 넓적다리 요리를 두 번씩 가져다 먹었어요. 어머니는 금세 아델을 마음에 들어 했어요. 우리는 마치 한 가족 같았죠. 어머니는 벌써 사방으로 정신없이 뛰어다니는 손자들을 상상하고 계셨어요. 아마 아기 옷 색깔도 이미 정해놓고 계셨을 거예요.

식사를 마친 뒤 어머니는 잠시 실례하겠다고 하시더니 예쁜 포장지로 싼 꾸러미를 들고 와서 아델에게 주셨어요. 아델은 그 꾸러미를 받고 잠깐 자리를 비웠죠. 그녀는 딱 맞게 지어진 파란색 비단 블라우스를 입고 다시 나타났어요. 어머니가 만들어주신 옷이었죠. 어머니는 한 번 척 보고 신체치수를 다 짐작하신 거예요. 아델이 블라우스가 너무 예쁘다고 감탄할 때 아버지의 눈빛이 어찌나 자랑스럽던지! 저도 그녀를 보고 있었죠. 그녀는 미인은 아니었지만 그 이상이었어요. 그녀는 대단한 사람이었죠. 아니, 차라리 이렇게 말할게요. 그녀는 예뻤어요. 참 예뻤죠. 앞머리가 일자로 내려오게 자른 검은 머리, 강철처럼 파란빛이 돌지만 모질어 보이지 않는 진회색 눈동자가 참 예뻤어요. 하지만 지금 제가 하는 말은 제 안에서 일어난 감정, 우리 둘 사이에서 일어난 감정을 조금도 전해주지 못해요.

나중에 우리는 샤포 루주 언덕으로 산책을 나갔어요. 그 다음에 함께 살기 시작했고요. 그후에 조레스 암살사건이 일어났죠. 그리고 그 다음에는 전쟁이 터졌고요. 그렇게 해서 우리는 '찢어진' 사이가 됐어요."

마티아스는 입을 다물었고, 징거 씨는 벽장 정리에 몰두하는 체하면서 마티아스의 침묵을 지켜주었다. 마티아스가 나지막하게 중얼거리는 소리가 들렸다.

"전쟁에 나가겠다는 제 결심을 그녀는 용납하지 못했어요. 아! 아델은 저를 조금도 책망하지 않았지만 그 점을 저에게 이해시켰죠! 우리의 신념은 누가 강요해서 생긴 게 아니었어요. 그 신념을 바꾼다는 건 아델이 보기에 용납할 수 없는 일이었던 거예요. '지금 당신은 도대체 누구야?' 그렇게 말하는 아델의 눈에 눈물이 그렁그렁했어요. 그날 아델은 일부러 어머니가 만들어주신 파란 블라우스를 입고 있었던 걸까요? 저 밖에 나가서 한 바퀴 돌고 올게요."

마티아스는 방에서 나갔다. 그는 이슬비를 맞으며 아무것에도 주의를 기울이지 않은 채 발걸음을 옮겼다.

'지금 당신은 도대체 누구야?' 아델의 그 물음은 결코 그를 떠난 적이 없었다. 아델에 대한 추억 역시 그를 떠나지 않았다. '붙었다가 떨어지는 거죠…… 물론 슬프죠. 가끔은 함께 살았던 이의 편린들이 헤어진 후에도 남아 있기도 하고요.' 그는 징거 부인에게 이렇게 말했었다. 다시 과거의 그 사람이 될 수도 있을까? 말할 필요도 없는 얘기다. 선로 변경에서 잘못된 방향으로 빠진 호송차는 끝내 길을 잃고 만다. 후진보다 더 실행하기 어려운 코스는 없다.

기관사 마티아스 뒤투르가 왔던 길을 되돌아갈 수 있는 유일한 방법, 그건 객차에 다른 기관차를 매달고 반대 방향으로 전진하는 것뿐이다. '지금 당신은 도대체 누구야?' 아프게 찌르는 물음이 그를 계속 괴롭혔다.

마티아스는 산책 중에 우연처럼 새대가리 간호사와 마주쳤다. 사실 간호사는 마티아스를 만나고 싶어서 작정을 한 참이었다.

간호사가 말했다.

"지난번에 만났을 때 내가 자네를 '동지'라고 불렀잖아. 자네가 나쁘게 받아들이지 않을 거라는 확신이 있었지."

마티아스는 지난번에는 뭐라고 반응할 여력이 없었다는 말을 하지 않았다.

"루프트슈타트에서 우리는 전쟁에 반대하는 소그룹인 셈이지. 하지만 대부분은 여기서 끝이야."

이 사람은 무슨 뜻으로 '여기서 끝'이라고 하는 걸까? '여기서 끝'이 아니면 그건 도대체 뭔데?

정신병원에서는 질문을 할 수 없게 되어 있었다. 감옥에서와 마찬가지로 입원 환자들은 아무것도 물을 수 없다.

새대가리 간호사와의 세번째 만남은 가을 초입에 있었다. 간호사는 식당에서 나오는 길에 마티아스에게 늪 근처에서 기다리라고 넌지시 일렀다. 그곳에 가보니 간호사는 벌써 기다리고 있었다. 눈이 반짝반짝 빛나는 품이 지난번보다 더 흥분해 있었다.

"뒤투르!"

그러고서 간호사는 세상을 뒤흔들어놓은 사건들에 대해 이야기해주었다.

"자, 자네에게 할 말이 있어. 얼마 전에 전(全) 유럽 노조 회합이 있었어. 내 말 알아듣겠어, 뒤투르? 유럽 전체의 노조들이 다 모였다니까! 그 자리에서 호소문이 발표되었지. 나는 그 글을 입수했지. 내용을 다 외워버렸어…… 그러니까 설령 내가 붙잡혀도 나한테서는 아무것도 발견되지 않을 거야. 내 머리통을 갈라볼 수는 없을 테니까!"

간호사는 큰 소리로 웃으며 말했다. 그는 불안스러운 시선을 사방으로 던지면서도 기억을 더듬어 그 호소문을 외웠다. 그 모습이 먹이를 찾아 자갈 위에서 깡충대는 참새를 연상케 했다.

"……이 전쟁은 우리의 전쟁이 아닙니다…… 이 전쟁은 노동자를 더욱 예속시키고, 국가 간의 증오를 부추기며, 가장 인간적이고 가장 고귀한 소망들을 한낱 허상으로 만들 뿐입니다. 이 전쟁은 우리의 전쟁이 아닙니다! 모든 나라에서 모든 인간적 사유가 추방당하는 이때에, 증오가 앞장서며 민중을 민중에 대한 학살로 무분별하게 이끄는 이때에 노조연맹은 프랑스 노동자들의 이성과 양심에, 국제노동자연맹에 이렇게 외침으로써 간곡히 호소하는 바입니다. 이제 됐습니다! 시체는 이제 그만! 국제노동자연맹은 반박도 하지 않은 채 살육의 한 해를 보냄으로써 지울 수 없는 수치를 입었고, 그것으로 이미 정도를 넘어섰습니다!"

마지막 한 마디가 마티아스에게 강렬한 인상을 남겼다. 그건 마티아스를 두고 하는 말이었다. 지울 수 없는 수치, 그게 바로 마티아스 자신이었다.

간호사는 자리를 뜨기 전에 호소문에 서명한 나라들의 이름을 열거했다.

"프랑스, 독일, 러시아, 이탈리아, 스위스, 네덜란드, 스웨덴,

노르웨이, 불가리아, 루마니아, 폴란드. 동지여, 국제적인 노동자 연맹이야!"

그는 모든 게 자기 머릿속에 있다는 뜻으로 이마를 검지로 톡톡 치면서 그곳을 떠났다.

마티아스는 그 길로 그로스무터에게 가서 잠시 이런저런 이야기를 나누었다. 세상은 그렇게 다시 움직이기 시작했다. 생명의 힘은 오랫동안 돌처럼 굳어 잠들었다가 그렇게 꿈틀대기 시작했다.

마티아스는 수프를 아주 좋아했다. 어릴 때부터 어머니가 수프 없이는 못 살게 길을 들여놓은 까닭이었다. 어머니가 만든 수프가 없는 저녁 식사는 있을 수 없었고, 이틀 연속 같은 수프가 식탁에 올라오는 일도 절대로 없었다. 어머니의 수프 레퍼토리는 이십여 가지에 달했고, 언제나 프레, 팡탱, 몽트뢰유의 가족농원에서 생산하는 지역 산물을 재료로 사용했다. 정신병원에서 몇 주를 지내다보니 수프 맛을 볼 기회는 있었다. 물론 징거 부인이 집에 있는 아이들에게 만들어준다는 쐐기풀 수프는 전혀 나오지 않았다. 양배추, 무, 순무 따위로 끓인 기름기가 전혀 없는 수프가 나왔다. 음식은 맛이 없어도 시장이 반찬이라는 식이었다!

"언제였는지는 모르지만 내가 자네에게 말한 적이 있지. 꽤 오래 전인 것 같기도 하고, 어쩌면 바로 어제였는지도 모르겠군. 내가 무한들의 무한정한 계통을 세웠고, 그 계통의 첫번째 단계는 가산이 차지한다고 했잖나."

징거 씨가 식당에서 나오면서 불쑥 이렇게 말했다. 그러고는 이내 최신의 표현을 써먹었다.

"허기를 채우지 못한 나에게는 무한들이 남아 있지."

"기계들이 이상한 소리를 내는 것 같지 않아요?"

기계실 앞을 지나갈 때 마티아스가 징거 씨의 말을 끊고 이렇게 물었다. 난방장치가 고장 난 게 아니라면 벌써부터 꽤 쌀쌀한 날씨였다. 징거 씨는 기계음에 귀를 기울이는 척했다.

"아니야, 아니네. 내가 듣기엔 정상인걸. 마티아스, 사람은 자기가 듣고 싶은 소리를 듣지. 자네는 난방장치가 고장 나기를 바라나?"

징거 씨는 짐짓 심각하게 물었다.

"그래, 내가 자네에게 나에게는 연속체라는 두번째 무한이 있다고 했지. 제기하지 않을 수 없는 질문이 하나 있었어. 도대체 이 연속은 어느 단계에 속할까? 나의 신념은 확고했네. 연속체는 두번째 단계, 그러니까 가산 바로 다음에 온다고 믿었어. 그걸 증명해야 한다는 게 나의 강박관념이었고 이론적으로 시급한 과제였지. 그것이 바로 힐베르트가 23개 문항의 최상위에 올려놓았던 저 유명한 연속체의 문제야.

나는 그 문제의 증명에 불같이 매달렸지. 앞서의 증명들과 마찬가지로 그놈도 나에게 배겨나지 못해야 마땅했어. 그런데 마티아스, 결론부터 말하자면 나는 실패했다네. 모든 사람에게는 요지부동한 세상의 저항에 맞부딪히는 때가 오게 마련이야. 모든 한계를 뛰어넘겠다는 어리석은 꿈의 날개가 꺾이고 뚜렷하게 선이 그어지는 때가. 그 문제에 대한 증명은 끊임없이 내 노력을 요구했지만 여전히 내 머리에서 떠나지 않고 있어.

그런데 연속체가 두번째 무한이라는 이놈의 확신은 대체 어디서 오는 걸까? 그렇게 실패를 하고도 버릴 수 없는 이 확신은. 나는 굳게 믿고 있다네. 내 손으로 지은 그 세계 전체에 대해 내가 아는 전부에 비추어보건대, 그럴 거라는 감이 와. 그리고 또…… 이 표현은 입에서 나올 듯 말 듯 생각이 안 나는군. 느낌이 배에서부터 온다고 해야 하나, 위장에서부터 온다고 해야 하나?"

"창자에서부터 온다고 하죠. 마음속 깊은 데서 우러난다는 뜻으로."

"그래, 맞아. 그거야. 창자로 느낀다, 이거지. 자네는 내장 요리를 좋아하나?"

"전혀요. 비위가 상해서요."

"난 안 그런데. 개구리 뒷다리 요리, 달팽이 요리, 그런 걸 먹을 때는 자네도 비위가 상하지 않겠지. 그런데 내장 요리는……."

"자기가 싫어하는 것, 비위 상해하는 것, 분개하는 것은 각자 알아서 선택할 문제입니다, 선생님. 도대체 선생님이 싫어하시는 음식은 뭔가요?"

"현재 말인가? 없어. 뭐든지 다 좋아. 먹을 게 아무것도 없으니까."

징거 씨는 다시 진지한 얼굴로 돌아왔다.

"가산에 대한 연속체의 위치…… 그래, 난 그걸 수립하는 데 결코 성공하지 못했지. 그래도 하느님께서는 내가 얼마나 아등바등 매달렸는지 아실 게야! 매번 증거를 잡았다 생각하고 식을 세우려고 하면 펜 끝에서 무너지고 마는 거야. 전에는 이런 경우가 없었지. 마치 증명이 나를 갖고 노는 것 같았어. 내가 증명이란 놈을 꼼짝 못하게 포위했다 싶으면 놈은 대번에 사라져버리고 나만 종이를 마주한 채 절망에 빠지는 거지.

나는 평생 수학을 해왔고 1급 전문가지. 수학을 어떻게 하는지 아는 사람이야. 그런데 그 문제는 도대체 어떻게 되어가는 요량인지 이해가 안 갔고 지금도 이해가 안 돼. 뭔가가 증명에 자꾸 걸리는 거야. 더 난처한 노릇은, 어떤 결과를 증명하러 이미 나섰는데 도중에 그 결과의 정반대가 참이라는 것을 깨달았다가 다시 그 다음날 처음 결과가 참이라고 생각하게 되는데 그걸 증명할 능력은 없는 거지. 솔직히 이 정도면 평정심의 귀재라도 돌아버리지 않겠나? 어떻게 말할까? 그 증명 불가능성이 나를 극도로 심란하게 했던 거야.

소리들이 들렸지. 아직도 그 소리들이 귓전에 들리곤 해. '이봐, 징거, 우리가 그렇게 반대 의견을 내놓았는데도 당신이 무한을 정의했잖아. 그래놓고서 이렇게 간단하고 근본적인 문제도 아직 해결 못했어? 이봐, 징거, 연속체는 도대체 어디에 위치하지?'"

징거 씨가 회중시계를 꺼냈다.

"오! 준비를 해야겠구먼. 딸들이 찾아올 거라네."

징거 씨는 세면대 위에 고정된 거울 앞에 서서 수염에 빗질을 하고 머리 모양을 정리했다. 그는 손바닥으로 옷을 털면서 이렇게 말했다.

"이건 이벤트지. 딸들이 여기까지 병문안을 오는 건 처음이거든…… 넉 달이나 입원했는데 처음이야. 워낙에 바쁜 애들이라서."

그후에 이어진 밤은 끔찍했다.

병원은 꽁꽁 얼어붙은 채 아침을 맞았다. 마티아스가 새벽 샤워를 포기할 정도였다. 식당은 반쯤 비어 있었다. 입원 환자들의 대부분이 너무 추워서 침대에서 나올 엄두를 내지 못했던 것이다.

전날 마티아스가 기계실 앞을 지나가다가 뭔가 이상한 소리가 난다고 했던 말이 옳았다. 아침에 일어나보니 병원의 난방장치가 전부 고장 나 있었다. 관리부에서 난방장치를 다시 가동하려고 갖은 애를 쓰기는 했다. 하지만 허사였다. 솜씨가 뛰어난 기계공들은 모두 전선에 가고 없었다.

징거 씨와 마티아스는 옷을 여러 겹 둘러쓰고 이불에 파묻힌 채 서로 한 마디도 주고받지 않았다. 추위는 광기를 마비시키지 않는다. 광기를 더욱 절망적으로 몰아갈 뿐이다.

오전에도 상황은 전혀 변하지 않았다. 침대에 누운 징거 씨의 날카로운 시선이 마티아스에게 고정되었다.

"마티아스 뒤투르, 자네는 기계를 다루는 사람이지. 자네가 나에게 그렇게 말했잖아."

그리하여 마티아스는 병원장의 허락을 받아 징거 씨와 함께 기계실에 들어가게 되었다.

마티아스는 프란츠라는 나이 많은 기계공의 도움을 받아 난방장치를 분해했다. 한 시간 정도 뜯어보고 나서 결국 문제가 있는 부속품을 찾아냈다. 다행히도 프란츠는 교체할 새 부속품을 시내 어디서 구할 수 있는지 잘 알고 있었다.

프란츠가 나간 후에 징거 씨와 마티아스는 어두컴컴하고 휑한 기계실에 앉아서 생각에 잠겼다. 아까 마티아스가 기계를 분해하면서 감각적인 즐거움을 맛보는 기색이 너무나 역력했기에, 징거 씨는 마티아스에게 그것과 관련된 이야기를 하지 않는 게 좋을 것 같다고 생각했다.

프란츠는 금세 부속품을 구해서 돌아왔고, 원장과 그 부하 직원들이 즉시 달려왔다. 난방장치를 다시 조립하는 데는 고작 몇 분밖에 걸리지 않았다. 모두의 시선이 마티아스에게 쏠렸다. 마티아스가 난방장치를 다시 가동시키는 순간, 모두들 숨을 죽였다.

세번째 시도 끝에 난방장치는 다시 돌아가기로 마음을 먹은 모양이었다. 그러고는 전처럼 크릉크릉 소리를 내기 시작했다. 따뜻한 공기가 금세 방 안에 퍼졌고, 몇 안 되는 관객들에게서 탄성이 터져나왔다. 원장은 마티아스에게 다가가 악수를 했고 프란츠는 그의 어깨를 두들겨주었다. 징거 씨가 '그의' 열차 기관사를 바라보는 눈빛에 애정이 흘러넘친다는 것은 아무도 간파하지 못했다.

징거 씨의 두 딸은 너무 바빠서 막바지에 병문안 일정을 연기해야만 했다. 바로 그 두 딸이 지금 막 병실에서 나갔다. 딸들이 있을 때는 거의 침묵으로 일관했던 징거 씨가 대뜸 마티아스를 불렀다.

"자네…… 내 딸을 보았나?"

"어느 쪽이요?"

"어린 쪽."

"매력적인 여성 분이시더군요."

"난 그런 이야기를 하는 게 아니야. 그애가 하품을 했잖아…… 아비 병문안을 와서 하품을 하다니!"

"저는 못 봤는데요. 눈을 감고 있었거든요."

"그런데 그애가 매력적이라는 건 어떻게 알았지?"

"계속 눈을 감고 있지는 않았으니까요."

"그래, 딸내미는 하품을 했어. 내 딸들은 아비랑 같이 있기가 지루한 거야. 하지만 항상 그렇지는 않았는데. 마티아스, 늘 그랬던 건 아니라고……."

징거 씨는 창가로 다가가 아래쪽 창을 열었다. 얼음처럼 찬 공기가 방 안으로 밀려들었다. 그는 고개를 숙이고 팔을 올렸다 내렸다 하면서 두 딸이 걸어가는 모습을 지켜보았다. 딸들의 모습이 보이지 않게 되자 징거 씨는 고개를 들고 창을 닫은 후에 침대에 와서 앉았다. 그는 하고 싶은 말이 많았다.

"십 년도 더 된 일이지만 우리 셋이 처음으로 한자리에 모여서 내가 수학자로서 살아오면서 맞이한 영광의 순간을 축하한 적이 있었지. 난 항상 연구와 가정생활은 별개로 보고 살아왔어. 집에서는 수학의 '수'자도 입에 올리지 않았다네. 그게 잘한 걸까, 잘못한 걸까? 아버지 입장에서는 자기가 하는 일에 자식들의 관심을 얻는 것보다 더 어려운 것이 없다네. 내가 음악가라서 악기를 연주해줄 수 있다면 좋으련만. 요리사라면 내가 만든 음식을 딸들에게 맛보일 수 있으련만. 하지만 수학은…… 아내는 나의 수학에 대해 아는 바가 거의 없었고, 나도 전혀 거론하지 않았지. 아내는 이해하지 못할 거라고 내가 섣불리 생각했던 걸까? 그건 아니네. 그보다는 각자 자기 역할에 충실하자는 뜻이었어. 하지만 그런 탓에 아내는 내가 수학적 발견들과 더불어 부딪쳐야 했던 문제들의 여파를 감당하지 못했다네.

하이델베르크에서의 시간은 눈부셨지. 수백 명의 수학자가 참석했어! 그 바닥의 '누룽지' 같은 사람들이 다 모였더랬지. 힐베르트는 물론이요, 고르단, 쇤플리스, 체르멜로……."

'누룽지.'

마티아스는 룸메이트가 또 음식과 관련된 표현을 썼다는 점에 주목하지 않을 수 없었다. 강박적으로 빠지곤 하는 여담보다는 그를 끈덕지게 괴롭히는 배고픔의 문제가 더 큰 듯했다. 병원 사람들 모두 허기에 시달리기는 마찬가지였지만, 유독 징거 씨만은 그러한 상태를 잘 참지 못했다. 그는 사물을 마음대로 할 수 없으니 단어들로라도 허기를 채우려고 했다.

징거 씨는 1904년 하이델베르크에서 열렸던 제3회 국제수학자대회에 참석했던 수학자들의 이름을 여전히 나열하고 있었다.

"자코비, 팽르베, 보렐, 부트루, 아다마르, 탄느리, 제우텐, 레비 시비타, 에네스트룀, 미타그 레플러, 그래, 그 친구도 있었지. 미타그 레플러와 나는 이십 년도 더 거슬러 올라가는 그 논문 게재 건 때문에 사이가 계속 틀어져 있지는 않았다네. 독일과 프랑스가 대격돌했지만…… 이렇게 말하는 걸 양해해주게. 그보다는 인원

수가 제일 많았던 나라가 그 두 나라였다고 해두지. 당연하지. 프랑스와 독일은 최고의 수학자들을 자랑하는 나라들이니까. 그 밖에도 이탈리아, 덴마크, 스웨덴, 영국, 오스트리아, 그리스, 헝가리의 수학자들이 참석했지. 사실 수학에서 국적 따위는 별로 중요하지 않고 국적을 따지는 것도 어리석은 일이야. 수 세기 전만 해도 지구상에는 오직 하나의 수학과 그 수학을 공부하는 단 한 가지 방식만 존재했지. 그리고 수학자대회는 국가들의 회합이 아니라 철저히 개인들의 회합이지. 힐베르트는 곧잘 이런 말을 했어. '수학은 피부색도 국경도 모른다.' 수학에서 세계는 하나의 유일한 나라야. 국경은 수학의 본성과 상반되지.

둘째 날이었나, 우리는 어느 러시아 수학자의 멋들어진 발표에 참석했지. 티코만드리츠키 씨의 「다변항 세타함수의 소거에 대하여」라는 논문이었어. 참으로 시적인 제목 아닌가?"

마티아스는 아무 말도 하지 않았다. 그는 미심쩍은 기색으로 징거 씨의 말을 조용히 듣기만 했다. 사실 이 젊은이는 징거 씨가 파리에서 열렸던 수학자대회 이야기를 한 다음부터 징거 씨가 하는 말을 믿을 수 없었고 그냥 되는대로 지어낸 이야기가 아닐까 의심했다.

"나는 두 딸과 함께 멋진 호텔에 묵었지. 그 호텔에서 도시 위로 솟아 있는 성채의 유적을 볼 수 있었어. 그 성을 파괴한 사람들은 자네와 같은 프랑스인이었지. 하지만 그 지역 사람들이 프랑스에 원한을 품고 있지는 않았다네. 성이야 원래 무너뜨리라고 쌓는 것 아닌가? 그래야 더 아름다운 새 성을 쌓아올리잖아.

처음 이틀간 딸들은 소풍을 나갔지. 그리고 저녁에는 나와 함께 식사를 했고. 딸들은 아버지와 함께 지내면서 너무나 행복해했어. 그 전에 또 한 번 잠깐이지만 병원 신세를 졌었다는 이야기를 해야겠군. 내가 완전히 맛이 가기 전에…… 딸들이 나와 시간을 보내고 싶어한다는 생각이 들었던 거야. 저녁 식사를 마치고 우리는 테라스에서 다른 대회 참가자들과 합류했지. 날씨가 참으로 찬란했어. 우리는 으레 한목소리로 부르곤 하는 노래들을 합창했고, 그래서 적잖이 시끄러웠지. 수학자들이 침울한 인간들이라고 생각해선 안 되네. 수학자들은 물리학자들과는 달리 좀 독특하고 무뚝뚝할 뿐이야. 수학자들에게는 특별한 유머가 있어. 항상 굉장히 논리적이고, 신랄하고, 피할 수 없는 유머를 구사하지. 술도 좀 마셨겠다, 나는 '얼큰이' 취해 있었지."

"'얼근히'겠지요."

"자네 식구들이 술집에서 신나게 먹고 마셨던 그날 자네 어머니가 그랬듯이 말이야! 하이델베르크는 마법의 도시야. 독일에서 가장 오래된 대학도시이기도 하고. 셋째 날 아침에 나는 일찍 일어났지. 수염을 깎고 제일 좋은 정장을 입었어. 내 마음을 사로잡은 주제에 대한 논문 발표를 기다리느라 안달이 났었지. 자네 생각에는 그 주제가 뭐였을 것 같은가?"

마티아스도 조금 짚이는 바가 있었다. 하지만 징거 씨에게 그런 말은 하지 않았다.

"대회가 열리는 강연장은 아주 가까이 있었다네. 나는 양쪽으로 딸들의 팔짱을 끼고 보란 듯이 입장했지. 자네도 보았지만 우리 딸들이 꽤 예쁘잖아. 대부분의 참가자들은 이미 와 있었어. 나는 의자들 사이의 통로를 차분하게 걸어갔고, 우쭐하기 이를 데 없었지. 내가 고대하던 첫번째 발표의 제목은 '연속체의 문제'였다네."

마티아스가 제대로 짐작했다.

"연속체의 문제는 그리 유명하지는 않은 헝가리 수학자 율리우스 쾨니히라는 사람이 맡기로 되어 있었지. 바로 나의 문제 아닌가! 힐베르트가 23개 문항의 첫머리에 올렸고 그 밖에도 기타 등등…… 내가 골백번은 한 이야기니까 자네도 알겠지. 그런데 이 쾨니히라는 친구가 우리에게 과연 무슨 말을 해줄까? 그가 발표를 시작했다네. 그리고 세상이 무너졌지. 내 인생 최대의 시련이었어! 그것도 수학계의 모든 동료들 앞에서. 게다가 내 딸들 앞에서! 자식은 응당 부모를 자랑스럽게 여겨야 해. 딸들의 눈에서 믿을 수 없다는 기색을 읽었지. 그애들은 믿으려 하지 않았어. 절대적으로 믿었던 아버지가…… 난 딸들의 눈에 비친 감정을 똑똑히 보았다고 확신하네. 그애들은 나를 부끄럽게 여기고 있었어. 부모를 부끄러워하는 자식이라니, 그렇게 비참할 데가! 어째서 그 친구는 나에게 그런 궁극의 모욕을 안겨주어야만 했을까? 나는 함정에 빠졌던 거야…….

용서해주게. 그 끔찍한 추억을 떠올리면서 너무 흥분해버렸구먼. 적어도 그 모든 치욕의 원인을 제공한 발표 내용만이라도 자네에게 말해줘야 할 텐데 말이야. 쾨니히가 '우리가 보는 앞에서' 뭘 증명했느냐고? 연속체의 농도는 알레프가 아니라는 것을 증명했지! 내가 미심쩍은 말장난을 해도 괜찮다면, 내가 장담하건대 자네에게는 이 문장 자체가 히브리어 같겠지."

마티아스는 징거 씨가 말장난을 한다는 것은 알아차렸지만 징거 씨가 하는 이야기를 완전히 이해한 것은 아니었다.

"쾨니히는 자신의 증명을 통해서 더도 덜도 아닌 이런 주장을 펼친 셈이야. 징거가 정의한 무한 외에도 다른 무한들이 존재하는데 징거는 자기의 무한들만이 유일하다고 말한다. 한스 징거는 무한에 대한 죄를 지었고 선택의 여지를 날려버렸다. 연속체에 절대로 오류가 없다고 주장하던 그의 그물코 사이로 빠져나가고 만 것이다.

물론 쾨니히는 나의 수학에 존재하는 오류를 규명할 권리가 있었지. 일단 오류를 발견했다면 수학자 사회에 그 오류를 알릴 의무도 있고. 하지만 아무에게도 그 오류를 미리 알리지 않고 있다가 그런 식의 폭로전으로 나오다니, 그건 범죄야. 나는 사전에 아무 말도 듣지 못했어. 국제수학자대회가 진행되는 동안 공개적으로 폭탄을 터뜨려서 극대의 손해를 입혀야만 한다는 듯이 말이네. 그런 경우에는 참가자들에게 정보를 전달하기 위해서도 그렇고 참가자들이 발표 내용에 지지를 나타내게 하기 위해서도 그렇고 미리 알리는 게 관행이야. 그러지 않으면 공개 총살형이나 마찬가지지. 실제로 그 사건은 총살형이나 다름없었어!

자네는 늙고 불쌍한 징거에게 동정 어린 시선들이 쏟아졌을 거라고 짐작할 테지. 아! 그런데 그때는 그렇게 늙지도 않았었다네! 지금보다 열세 살이나 더 적었으니까. '젊고 불쌍한'이라고 할 수는 없어서 '늙고 불쌍한'이라고 말하는 거지만, 어쨌든 '불쌍한' 것은 확실했지. 나란 인간이 얼마나 비참해졌던지! 나는 가장 예기치 않았던 순간에 그 일격을 당했지. 딸들과 그 대회에 동행한 것도…… 잠깐이나마, 병이 나를 잠시 놓아준 유예기간 동안이나마 함께 행복을 느끼고 싶어서였는데. 내가 좋아하는 도시에서. 그런데 그 도시가 내게는 골고다로 변해버렸지.

세계 최고로 꼽히는 이백여 명의 수학자들이 쾨니히의 증명에서 반박의 여지를 전혀 발견하지 못했어. 마티아스, 나는 수학자야. 올바른 증명으로 입증된 것은 무엇이든 받아들여야 해. 그게 수학자의 약속이지. 수학자로 살기로 한 사람의 은밀한 서약 같은 거야. 쾨니히가 실제로 자기 주장을 증명했다면, 나는 동의해야만 하고 아무런 토를 달 수가 없다고. 수학의 진리는 그 진리를 낳은 증명에 오류가 없고 처음에 사용한 데이터가 참인 이상 절대로 다시 문제 삼을 수 없어. 하지만, 하지만 말이야…… 나는 나의 수학을 절대적으로 믿었지. 전에도 자네에게 고백하지 않았나. 나의 수학은 반석처럼 굳건했다고."

마티아스는 너무나 연약하면서도 확신으로 가득 차 있는 이 노인에게 부러움을 느꼈다. 그랬다, 이제 아무런 의욕도 남지 않은 그는 징거 씨를 부러워하고 있었다.

"역습을 준비해야 할 때가 왔지. 나는 늙은 장군처럼 나의 수학에 동조하는 젊은 수학자들을 내 편으로 끌어들여서 오류를 찾아내라고 요청했어. '왕이 아니라 대신들을 공략해야지.' 나는 그들에게 말했네. 이 말은 아주 자연스럽게 나에게 떠올랐어. 나 자신은 이미 너무…… 위축되어 있었거든. 내게는 쾨니히의 증명을 혼자서 검증할 능력이 없음을 잘 알고 있었던 거야. 돌이켜보건대,

나는 심한 흥분 상태에 빠져 있었어.

나는 무한들의 계통을 작성했지. 무한을 나타내는 한 칸 한 칸이 점점 더 상위로 올라가고 그런 식으로 끝없이 이어지는 거야. 무한의 사다리가 일종의 야곱의 사다리처럼 천상까지 올라가는 거지. 내가 보기에 무한의 농도가 그 칸들 중 하나가 아니라는 주장은 불가능했어.

파문은 엄청났다네. 어디를 가나 그 이야기만 할 정도로. 수학자대회에서만 그런 게 아니라 바깥에서도 시끌벅적했지. 기자들이 그 사건을 붙잡고 늘어졌고, 도시의 일간지 1면에 다루어지기도 했어. 도지사 본인이 꽤 관심을 가졌던 게야. 내 덕분에 수학 이야기가 신문 1면에 다 나오게 된 거지. 그리고 나의 비참함은 다시 한 번 독일에서 폭발해버렸어."

"저기요, 선생님."

마티아스가 갑자기 말을 끊었다. 자신의 룸메이트가 소위 중심 역할을 차지하는 이 무한에 대한 이야기가 못내 의심스러웠던 것이다.

"선생님이 명배우 같다는 생각이 드는데요. 선생님은 하이델베르크에 계시지 않았잖아요. 파리 수학자대회에 참석하지 않았던 것과 마찬가지로요."

"마티아스, 잘못 생각하고 있군. 파리 대회에는 실제로 참석하지 않았지. 나의 영광을 기리던 그 대회에는 불참했어. 반면에 치욕을 입은 하이델베르크 대회에는 분명히 참석했네. 행복의 길을 피해 다니기만 하는 사람들이 있는 법이지."

징거 씨는 언짢은 듯이 말했다. 마티아스는 징거 씨의 착 가라앉은 모습을 보고 그의 진실성에 대한 의심을 거두었다.

"죄송하다는 말씀을 드려야겠군요."

마티아스가 중얼거렸다.

"다음날로 에르네스트 체르멜로가 오류를 발견했어. 이 친구 이름이 우리 집의 충직한 마부 에르네스트 츠반치히와 똑같지. 젊은 세대에서 가장 명석한 수학자 중 한 사람이야. 내가 일렀던 대로 왕의 결점을 찾지 말고('쾨니히'는 독일어로 왕이라는 뜻이거든), 대신들을 공략해야 했지. 쾨니히는 베른슈타인의 결과에 기대고 있었는데, 쾨니히가 증명에서 취한 입장의 경우에는 그 결과가 유효하지 않았거든. 그러니까 쾨니히의 증명은 잘못된 것이었어. 쿠데타가 실패로 돌아간 셈이지. 하지만 잔치는 이미 망쳤는걸. 체르멜로는 내친 김에 좀더 나아갔지. 그는 나의 알레프 수들이 모든 무한수라는 증명까지 내놓았어. 나는 무한한 무한들을 낳았을 뿐만 아니라 그것들 '전부'를 창조했다고! 내가 정의한 것 이외의 다른 무한은 없었어!"

침대에 앉아 있는 징거 씨는 기운이 없었다. 마티아스는 그의 중얼거림을 들었다.

"딸이 하품을 했어. 아버지 병문안을 와서 하품을 했단 말이야."

끼니때마다 나오는 빵은 군인들이 먹는 것과 똑같은 '밀기울과 감자로 만든 빵(Kleie und Kartoffeln)'이었다. 프랑스 군인들은 그것을 K-K빵이라고 부르곤 했다. 그보다 더 나은 이름은 찾을 수 없었다.*

그들의 옆자리에서 한 사람은 잔을 던지고 다른 한 사람은 '아슬아슬하게' 그 잔을 받는 놀이를 하면서 좋아하고 있었다.

징거 씨는 병원 식단에 대한 불만들을 하나하나 나열하며 곱씹었다. 사실 식사는 점점 더 소박해졌고 점점 더 먹을 만한 수준에서 벗어나고 있었다. 마티아스는 룸메이트의 맞은편에 앉아서 멍하니 침묵을 고수했다.

옆자리의 환자가 드디어 잔을 받는 데 실패했다. 유리잔이 마티아스의 발치에 떨어져 깨지면서 요란한 소리를 냈다. 마티아스는 퍼뜩 뒤로 물러났다가 이내 의자에 주저앉았다. 징거 씨가 얼른 마티아스에게 다가갔다. 간호사 무리에 끼어 있던 새대가리 간호사도 서둘러 달려왔다. 환자들이 독일어로 외쳤다. "프랑스인, 프랑스인이야." 그들은 이 이질적 원소, 별로 아프지 않아 보이는 프랑스 군인이 자기들처럼 병자라는 사실에 안도하고 있었다.

새대가리가 차분하게 마티아스의 귓가에 속삭였다.

"뒤투르, 내가 여기 있네. 아무 일도 없을 거야."

징거 씨와 간호사는 공모자들처럼 은근한 시선을 교환했다. 마티아스의 발작은 지난번처럼 격렬하고 급작스러우며 예측할 수 없었지만 전보다 훨씬 짧게 끝났다. 징거 씨는 할 수만 있다면 중

* K-K를 프랑스어식으로 읽으면 'caca(응가, 똥)'와 발음이 같아진다.

력이란 놈을 없애고 싶다고 생각했다. 중력 때문에 물건이 떨어지면 룸메이트의 건강 상태에 지대한 영향이 있으니까. 전쟁을 없애는 것보다는 중력을 없애는 게 분명히 더 쉬울 듯했다.

다시 정신을 차리자 마티아스는 징거 씨에게 몸을 숙이고 이렇게 청했다.

"선생님, '세타함수의 소거'가 뭔지 가르쳐주실 수 있나요?"

마티아스는 발작을 일으키고 난 다음부터 상태가 별로 좋지 않았다. 한스 징거는 하루가 다르게 그 점을 알 수 있었다. 마티아스의 얼굴은 다시 홀쭉해졌고 시선도 그들의 처소에 처음 왔을 때처럼 불안하게 한 점에 고정되어 있었다. 그를 돕기 위해 무슨 일을 할 수 있을까? 아이디어는 떠올랐지만 징거 씨는 시험을 하기에 적절한 때를 기다렸다. 하지만 적절한 때란 존재하지 않거나 모든 때가 적절하거나 둘 중 하나다.

"마티아스, 정신적 발작에 휘둘리는 존재는 우리 인간들뿐이라네."

징거 씨는 룸메이트의 호기심을 끌고 싶어서 은근히 속내를 떠보듯이 말을 걸었다.

"내가 자네에게 아주 특별한 종류의 발작을 전해줄 수 있을까? 수학자들을 매섭게 후려쳤던 그 발작 말이네. 내가 하는 말이니 믿어도 돼. 나는 고대 그리스 이래로 수학자들이 감당해야 했던 가장 심각한 발작에 대해 책임이 있는 사람이지! 이십삼 세기 동안은 고만고만한 발견, 해결하기 쉽고 별 반향도 없는 문제들의 연속이었지. 내가 수학사에 등장하기 전까지는 말이야. 내 동료들은 '토대의 위기*'라고 진단을 내렸지. 자네도 마찬가지라네. 마티아스, 내가 제대로 이해한 거라면 자네는 전쟁 전에 사회의 토대를 무너뜨리는 일을 하던 사람이었어. 그리고 나도 그랬다네. 사람들은 내가 수학의 토대를 무너뜨렸다고 비난했지! 그러니까 우리는 결코 우연히 만나게 된 사람들이 아니라는 걸 자네도 알 걸세.

수학자들은 대상들을 만들고 제대로 성립하는 '구조'를 세우지. 토대가 불안정하면 구조에 균열이 가게 되어 있어. 엄청난 손상을 입힌 징거 태풍이 몰아치고 난 후에 바로 이런 일이 일어났던 거야. 자네가 생각하기에는 도대체 이 손상의 책임이 누구에게 있는 것 같나? 형이상학이야. 나는 나의 수학에 형이상학을 끌어들였거든! 내 친구 미타그 레플러가 나에게 경고했던 대로지. '징거, 여지를 남겨둬. 우리가 하는 대로 두라고! 우리가 자네를 위해 이 모든 것을 확고히 해줄 테니. 이제 그렇게 보이지 않을 거야. 어떻게? 수학을 왜곡하는 형이상학을 제거하고 기술로 틈을 메워야지. 말해보게, 형이상학과 기술만큼 서로 모순되는 게 어디 있겠나? 기술은 그렇고 그런 하청업자들도 써먹을 수 있는 저렴한 해결책이야. 손상은 회복될 걸세. 그러니 자네는 가서 쉬게나, 징거.' 나는 그들의 충고를 따라 쉬러 갔다네…… 병원 구석으로. 그

* 'crise'는 '발작'과 '위기' 두 가지 의미로 번역될 수 있다.

들은 이제 나에 대한 이야기를 들을 수 없게 됐어.

지뢰 제거반이 도착했지. 헤어 힐베르트, 메너르 얀 브라우어르, 미스터 러셀, 시뇨레 주세페 페아노, 무슈 푸앵카레. 부디 높이 평가해주게. 한 사람은 독일인, 한 사람은 네덜란드인, 한 사람은 영국인, 거기에 이탈리아인과 프랑스인까지 전 유럽이 '징거의 우스운 짓'이 불러일으킨 토대의 위기를 종식시키기 위해 단합했으니까. 모두 자신의 작은 구조에서 출발하여 이 작업에 이르렀지. 그들은 모래성을 세웠지만, 모래에 시멘트를 섞었기 때문에 그 모래성은 무너지지 않았어. 파도와 밀물이 그 성벽을 핥았지만 아이들은 더이상 모래성에서 놀지 않았지. 가정부는 아이들을 '푸른 물결' 호텔의 따뜻한 방으로 돌려보내 거기서 멀어져가는 바다 구경이나 하게 했으니까."

노인은 잠시 아무 말도 하지 않았다. 그는 어린 시절의 자기 모습을 보고 있었다. 어린 징거가 바람, 햇살, 자꾸만 밀려오는 파도가 무너뜨리는 모래성 앞에 서 있었다.

"발트 해가 바라다보이는 '푸른 물결' 호텔, 그곳에서 부모님과 여름휴가를 보내곤 했었지. 징거의 우스운 짓!"

징거 씨는 갑자기 어린애처럼 소리를 질렀다.

"아내에게 이야기를 해야겠어. 그 사람은 너무 날씬해. 자네도 우리 집사람의 가늘고 긴 손가락을 봤겠지. 그 여자는 언어의 미묘한 뉘앙스를 무척 좋아하지. 집사람에게 편지를 써야겠네. 그러는 김에 나를 이 병원에서 빨리 빼내줘야 한다는 말도 한 번 더 하고. 나도 이제 지긋지긋해지기 시작했거든. 미안하네. 솔직히 말해서 나는 여기서 꺼져야 할 때가 됐어도 한참은 됐다고 생각해."

징거 씨의 얼굴에 그림자가 드리웠지만 이내 천사 같은 미소가 환하게 떠올랐다.

"아, 마티아스! 이런 말을 해도 좋을지 모르지만 내가 그들을 왕창 엿 먹였어! 인간이 수학을 한 지는 이십오 세기나 됐는데 내가 집합과 무한을 거느리고 등장해서는 기념비적인 아수라장을 만들어버렸지. 이제 난 자네를 좀더 잘 알 것 같네. 자네가 내 편에서 이 발작을 경험한다면 꽤나 즐거울 거라고 확신해. 왜냐하면 자네는, 자네는 날 이해할 수 있거든. 기존의 질서를 무너뜨리고, 우상을 파괴하고, 정신적으로 위험하게 살아가며 미지를 향해 나아갈 때 느끼는 희열을 자네는 잘 알잖나."

"기존의 질서를 무너뜨리고 우상을 파괴하려고 노력해보긴 했습니다. 그러나 미지를 향해 나아가는 건…… 전 육지를 떠난 적이 없어요. 늘 궁지에 몰려 있었죠. 제가 가본 유일한 외국 땅은 이곳입니다. 그러니 어떤 상황인지 선생님께서 판단할 수 있으실 테지요."

"그러니까 결국 내가 무슨 짓을 한 거지? 난 단지 어린애 같은 질문 몇 가지를 던졌어. 그리고 스스로 그 질문에 대답했고. 수들의 수를 거론한다는 게 무슨 고약한 주술은 아니잖아! 아니, 어쩌면 주술일지도…… 그런데 사람들은 주술사들을 어떻게 하지? 불에 태워 죽이지! '광기의 공포와 유령들의 왕국은 우리 독일인에게 맡겨라. 독일은 늙은 주술사들에게 딱 맞는 나라이니.'"

징거 씨가 과장된 선언조로 말했다.

"어째서 마녀들을 화형에 처할까? 존재하지 않는 것을 존재한다고 믿게 하기 때문이야."

"그로써 그것은 존재하게 되나요?"

마티아스가 물었다.

"자네는 존재하게 되기를 바라나, 아니면 그 반대인가?"

마티아스는 한참 생각을 해보고는 비밀을 털어놓듯 살갑게 말했다.

"존재하기를 바랍니다."

"아!"

징거 씨는 울부짖듯이 외치더니 마티아스에게 달려가 놀랍게도 그를 껴안았다.

두 사람 사이의 신체적 접촉은 처음 있는 일이었다. 그들은 너무 당황해서 잠시 그대로 있었다.

"자네는 자네가 나에게 얼마나 큰 기쁨을 주는지 모를 거야. 자네가 그 반대로 대답할까봐 얼마나 두려웠다고. 토대는 다시 다져졌고, 주민들은 집으로 돌아갔어. 그들은 다시 시작했지. 그 뭐더라…… 수다 떨기?"

"'요리*'를 말씀하시는 거겠죠. '수다 떨기'가 아니고요. 둘 다 입으로 하지만 하나는 말하기이고 다른 하나는 먹기죠."

"요리 얘기가 나왔으니 말인데, 배가 고파 뒈져버리겠어. 자넨

---

* '요리'는 프랑스어로 popote, '수다 떨기'는 papoter이다. 철자가 비슷한 두 단어를 징거 씨가 혼동한 것.

안 그런가?"

"아니긴요."

"그런데 어째 자네 입에선 배고프다는 소리가 통 안 나오지?"

"그게 선생님께는 도움이 되잖아요?"

"그래, 맞아."

징거 씨와의 신체적 접촉으로 인해, 마티아스가 결코 말하지 않았지만 끔찍이도 괴로워하던 결핍감이 되살아났다. 어머니는 결코 마티아스의 몸에 손을 대지 않았다. 신체적 접촉에 대한 마티아스의 바람이 어찌나 간절했던지, 어머니가 따귀라도 때려주었으면 하고 바랄 정도였다. 어머니가 신체적 접촉을 피한 이유를 마티아스가 납득하기까지는 긴 세월이 걸렸다. 이제 마티아스는 이해할 수 있었다. 어머니는 자기에겐 그럴 권리가 없다고 생각했던 것이다. 마티아스는 자신이 낳은 자식이 아니었으니까. 아버지도 결코 그에게 손을 대지 않았다. 마티아스는 그들에게 속한 존재가 아니었다. 그들은 입양을 임대 비슷하게 생각했다.

'그래. 부모님은 나를 빌렸고, 누가 와서 나를 도로 데려갈 때까지만 돌보았던 거야…… 아무도 데리러 오지 않기를 간절히 바라면서. 그래, 알아.'

행정당국에서는 그것을 '배정'이라고 불렀다. 딱 맞는 말이다. 노동자에게 자기 것이 아닌 물건을 독차지하는 행위보다 가증스럽고 혐오스러운 것은 없다. 그러니니 차라리 죽는 것이 나으리라. 그 상황에 대해 말할 수 있을까? 가난뱅이들의 도덕. 때로는 그 도덕이 크나큰 아픔을 낳는다.

징거 씨는 칸막이를 쳤다. 아주 드물게나 있는 일이었다. 그러고는 칸막이 세 쪽을 다 펼치고 셔츠와 속옷을 벗었다. 거울을 들여다보지는 않았다. 그는 자신의 외모를 그리 탐탁하게 여기지 않았다. 괜히 하는 소리가 아니라 "난 이제 맛이 갔지"라는 말을 자주 하곤 했다. 그는 오 드 콜로뉴 병을 열어서 상체, 목, 팔에 거의 반 병 가까이 발랐다. 방 안에 상큼한 향기가 진동했다.

칸막이 뒤에서 나온 징거 씨는 완전히 딴 사람이 되어 있었다. 민첩하고 정력적이었으며, 오 드 콜로뉴 병을 비웠듯이 자신을 사로잡은 문제도 말끔히 비워버릴 태세였다. 진리의 문제, 어쩌면 범용한 문제.

"참말이야. 참, 참이라고. '간단하게' 참인 것들이 있었던 것처럼 말이야! 마티아스, 자네가 세간에 널리 퍼져 있는 생각을 경계하길 바라네. 그런 생각에 따르면 수학적 진리들은 모든 예속에서 자유로운 것으로 여기기 쉽지! 수학적 진리들은 서로 떼려야 뗄 수 없이 이어져 있어. 하나가 참으로 성립해야만 다른 것도 참으로 성립한단 말이야. 수학적 진리들은 전체가 성립하거나 전체가 성립하지 않거나 둘 중 하나지. 그 진리들은 참으로 단단히 결속되어 견고한 구조를 이루지. 하지만 그 구조는 가공할 만큼 튼튼한 동시에 마음을 뒤흔들 만큼 연약하기도 하다네. 왜냐하면 각각의 진리가 전체 구조를 붕괴시킬 수도 있는 치명적 힘을 지니고 있기 때문이지. 전체가 성립하면 각각의 진리 또한 전체에 대해 온전히 성립해야만 해. 하나라도 무너지면 전부 다 망하는 거야. 마티아스, 자네도 투쟁을 하면서 이런 사실을 알았을 테지?"

"다른 구성원들에 대해서, 다른 구성원들을 위해서, 다른 구성원들에 의해서 제대로 성립한다…… 몇 가지 추억이 떠오를 것 같군요. 우리는 그걸 '연대'라고 불렀죠."

"그 진리들이 죽는다고 생각지는 말게. 그건 자네를 속이는 거야. 아니, '자네가 자네 자신을 속이는 거야'라고 말하겠네. 하지만 우리는 수학에 대해 논하는 중이었고 자네는 '자기 관심에 입각하여' 내 이야기에 귀를 기울이고 있었지. 이 수학적 구조물의 취약성은 어떤 성질을 띠고 있을까? 우리는 여기서 모든 수학자들을 옥죄는 불안의 기원에 접근하지. 어느 날 문득 참인 동시에 거짓인 주장을 만나게 될 거라는 두려움 말이야. 참 '그리고' 거짓! 어떤 운석이 수학이라는 행성에 충돌할지도 모르지. 참인 동시에 거짓인 주장 하나만으로도 전부 다 망가뜨리기에 족하잖아? 그 주장을 거두면! 주장을 거둬봤자 아무 소용도 없을걸. 왜냐하면 각각의 수학적 문장들 또한 참인 동시에 거짓이 될 테니까. 정사각형은 네 변이 있는 '동시에' 네 변이 있지 않을 것이요, 2 더하기 3은 5인 '동시에' 5가 아닐 테지. 더는 아무것도 남지 않을 거야. 모든 걸 새롭게 재건해야 하겠지. 마티아스, 자네의 눈빛을 보니 딴 생각을 하고 있구먼. 그렇지만 그러한 순간은 극도로 비극적이라네."

"선생님께는 도저히 뭘 숨길 수가 없군요. 사실 저는 어떤 놀이 노래를 생각하고 있었습니다.

서로서로 턱수염을 잡고서
우리 둘 중에 먼저 웃는 사람이 맞기.
셋까지 센다. 하나! 둘! 셋!

이건 둘이 부르는 노래예요. 서로 마주 보고 턱을 붙잡은 채로요. 서로 눈을 들여다보면서 노래를 하다가 먼저 웃음이 터지는 사람이 지는 거죠. 선생님이 말씀하시는 진리들도 서로 턱수염을 붙잡고 있다는 생각이 들었어요."

"뭐야, 자네는 내 턱수염이 마음에 안 드나, 마티아스?"

"천만에요, 저는 되레……."

"나는 턱수염을 달고 다닌 지가 하도 오래되어서 태어날 때부터 턱수염이 있었던 게 아닐까 싶을 정도지. 어쨌거나, 내 턱수염을 없애고자 하는 자네의 노력은 사전에 봉쇄하는 바일세."

"아니, 제 말은요……."

"어쨌거나! 그런 생각을 하긴 했잖나."

"잘 들으세요. 선생님을 안심시키기 위해서 굳게 약속하는데, 선생님의 수염에 해를 가할 일은 결코 없을 겁니다. 그 정도가 아니라, 저도 당장 내일부터 턱수염을 길러볼 거라고요."

7시 15분. 두 전선에서 같은 거리에 위치해 있는 동프로이센의

한 병원에 새 날이 밝았다. 동쪽 전선에서는 싸움이 수그러들고 있었지만, 서쪽 전선에서는 더욱더 격렬해지는 형편이었다. 여명의 독일은 승기를 거머쥐고 있었지만, 석양의 독일은 패전으로 치닫는 중이었다. 각자 중요할 것도 없는 긴박함에 매여 있는 사이를 틈타 가을이 조심스럽게 입장해 있었다.

말쑥한 차림의 징거 씨는 아침 댓바람부터 잔뜩 고무되어, 샤워기 밑에서 한참 시간을 보내고 아직 물기도 다 말리지 못한 마티아스에게 이렇게 말했다.

"마티아스, 기다리고 있었네. 내가 만든 삼단논법을 아침 식사 메뉴로 전해줄까 해서."

"죄송한데요, 전 물기부터 닦고 싶어요."

"그러게. 얼마든지."

마티아스가 느긋하게 물기를 닦고 옷을 갈아입는 동안 징거 씨는 생각을 곱씹고 있었다.

"이제 괜찮을까?"

"괜찮습니다."

"그러면…… 모든 개는 죽는다. 그런데 소크라테스는 죽는다. 그러므로 소크라테스는 개다!"

징거 씨는 이 말을 끝내기가 무섭게 짤막하니 개 짖는 소리인지 고양이 울음인지 모를 소리를 내어 병원의 같은 층을 지배하던 침묵을 갈라놓았다.

턱 끝에서 떨리는 짧은 수염 하며, 움푹 들어간 뺨 하며, 그 모습이 참으로 괴상했다. 너무 괴상하고 우스꽝스러웠다! 마티아스는 자기도 똑같이 해보기로 했다. 그도 한번 짖어보았다. 그런 짓을 하고서 이토록 기분이 좋아질 줄은 상상도 못 했다. 두 사람은 서로 돌아가면서 짖는 소리를 내다가 나중에는 아예 합창을 했다.

문이 벌컥 열렸다. 간호사 두 사람이 미친놈들을 진정시키러 급히 들이닥쳤다.

징거 씨와 마티아스는 타일 바닥을 네 발로 뛰어다니며 서로 울어댔다. 징거 씨가 발바리처럼 날카롭게 짖는다면, 마티아스는 독일의 양치기 개처럼 쉰 소리를 냈다. 개의 애국심 따위는 꺼져버리라지!

징거 씨는 숨을 고르더니 다시 두 발로 일어섰다.

"괜찮아, 괜찮다고. 물지 않습니다. 물지 않는다고요!"

간호사들은 두 사람에게 똑바로 일어서라고 엄포를 놓았다. 하지만 두 사람은 헐떡거리면서 개처럼 혓바닥을 축 늘어뜨렸다.

"라우스!"

간호사 한 사람이 독일어로 고함을 질렀다.

"저 친구가 '나가!'라고 하는군."

징거 씨가 해석을 해주었다.

"저도 알아들었어요."

마티아스가 말했다.

두 사람은 식당까지 종종걸음을 쳤다.

식당은 평소보다 소란스러웠고, 하나뿐인 입구의 양쪽으로 버티고 서 있는 간호사들도 신경이 더 날카로웠다. 입원 환자들은 으레 자기만의 세계에 갇힌 채 서로 아무 말도 주고받지 않았는데, 오늘만은 다소 왁자지껄한 급식소 분위기가 났다. 원인은 환자들이 귓속말로 속닥대는 뉴스거리에 있었다. 독방에 수용된 여성 환자 한 명이 병원에서 도망쳤다는 소식이었다. 징거 씨는 그 소식에 난처해하는 눈치였다.

원장은 그 환자의 감독을 맡은 간호사들에게 당장 환자를 찾아오지 않으면 몽땅 전쟁터로 보내버리겠다고 으름장을 놓았다. 즉시 보안조치가 강화되었다. 이제부터 병원에서 나가는 차량은 전부 규정에 따라 수색에 응해야 했다. 에르네스트의 오랜 친구인 병원 경비가 이 임무를 맡았다. 그는 한때 규율에 죽고 사는 군인이었던 만큼 열심히 이 임무를 수행할 터였다.

다음다음날, 탈주했던 여성 환자는 헌병대에 이끌려 병원으로 돌아왔다. 병원에서 15킬로미터쯤 떨어진 국도 근처의 골짜기에서 농부들이 추위에 꽁꽁 얼어붙은 채 잠들어 있는 그 환자를 발견했다고 했다. 탈주한 환자가 돌아왔으므로 감독 지시는 그렇게 강경하지 않았지만, 경비는 한결같이 열심을 내면서 차량 수색에 임했다. 식당은 다시 조용해졌다.

한스 징거는 마티아스가 샤워하러 가기도 전인 새벽부터 일어나서 안절부절못했다. 그는 흥분이 절정에 달해서 아침 식사는 거의 건드리지도 않았고, 마티아스와 같이 가야 한다고 고집을 피우면서 서둘러 남성 병동으로 돌아왔다. 마티아스는 징거 씨를 따랐다.

14호실로 돌아온 징거 씨는 얼른 자살 방지용 창으로 다가갔다.

마티아스는 침대에 널브러졌다.

점심시간이 되었다. 그들은 함께 식당에 갔다가 함께 돌아왔다.

노인은 한 시간 동안이나 자신의 감시대를 지키며 서 있었다.

"들리나?"

징거 씨가 갑자기 소리를 질렀다.

마티아스는 아무 소리도 듣지 못했다.

"잘 들어보게!"

삐익, 삑, 하는 경적 소리였다.

"사람은 듣고 싶은 것을 듣는 법이지…… 에르네스트야! 마티아스, 자네가 나를 기꺼이 따라와주기 바라네."

징거 씨가 웃옷을 걸치면서 심각하게 말했다.

"제발, 제발 부탁이네."

그는 아직도 침대에 드러누워 있는 청년에게 애원했다.

마티아스는 아무 말 없이 일어나 웃옷을 걸치고 징거 씨의 뒤를 좇았다. 그로서는 두려움도 호기심도 일지 않았다. 그에게 무슨 일이 일어날 수 있을까?

두 사람은 잰걸음으로 금세 병원 부지의 가장 끄트머리에 있는 정원 근처까지 나왔다. 그 시간대에는 대개 아무도 없는 곳이었다. 징거 가의 마차가 나무 아래에, 조심성 없는 시선들이 닿지 않는 곳에 서 있었다. 에르네스트가 불안하게 바라보는 가운데 두 사람이 그곳으로 달려왔다.

"마티아스! 우리 산책을 나가는 거야! 내가 자네에게 약속하지 않았나?"

징거 씨는 이렇게 외치며 에르네스트가 치는 덮개 안으로 모습을 감추었다.

에르네스트는 아무 말 없이 조심스럽게 고삐를 잡아당겼다. 라자레트가 몸을 뒤틀기 시작하더니 잰걸음으로 순찰로를 걸었다. 창살문 가까이 가자 라자레트는 이미 세 대의 차량이 기다리고 있는 대기줄에 섰다. 앞뒤로 거창한 마차들이 서 있고, 가운데에는 번쩍번쩍한 벤츠 한 대가 있었다. 에르네스트는 자동차를 향해 못마땅한 표정과 고압적인 경멸감을 드러냈다.

라자레트가 창살문을 통과하려는 순간, 경비는 큰 소리로 늘 하는 질문을 기계적으로 던졌다.

"입원 환자들이 타고 있습니까?"

에르네스트는 아무렇지도 않은 듯이 큰 소리로 자신 있게 대꾸했다.

"없습니다. 수색해도 좋습니다."

경비는 마차 안쪽을 추궁하는 듯한 눈으로 바라보면서 말했다.

"만약 자네 때문에 내 모가지가 잘리면 그땐 죽을 줄 알아. 기억해둬, 에르네스트…… 6시 정각이야. 자네를 믿겠네."

일행은 라자레트의 무거운 걸음걸이를 따라 경비 초소에서 멀어져갔다.

덮개 안에 있던 마티아스는 징거 씨가 왜 그렇게 불안해했는지 이해했다. 분명히 징거 씨는 경비를 에르네스트와 공범으로 끌어들여서 이 작전을 세우느라 고생깨나 했을 것이다.

몇백 미터쯤 가서 에르네스트가 삐익, 삑, 하고 고무 경적을 울렸다.

"이봐요! 기숙생들! 이제 남들이 봐도 괜찮습니다."

두 사람은 시뻘게진 얼굴을 덮개 밑으로 내밀었다.

징거 씨는 어린애처럼 손뼉까지 쳤다.

"됐다! 통했어! 자네에게 깜짝 산책을 시켜주게 됐다고. 자네에게 소개하겠네."

징거 씨가 손가락으로 자기를 가리키자 마부는 독일어로 자기소개를 했다.

"에르네스트 츠반치히! 사십 년 전부터 징거 가의 마부로 일했습니다."

"그리고 그의 동반자 라자레트 양이네."

징거 씨가 소개를 마무리했다. 마티아스는 라자레트에게도 인사를 해야 함을 알아차렸다. 징거 씨가 그를 곁눈질로 보고 있었다.

"안녕, 라자레트!"

마티아스가 독일어로 인사말을 건넸다. 그러자 징거 씨가 너털웃음을 터뜨렸다.

"이제 이 친구가 말들에게도 인사를 하네그려. 게다가 독일어로!"

소탈한 인사 덕분에 에르네스트의 마음의 문이 금세 마티아스를 향해 활짝 열렸다.

"그러니까 자네구먼, 프랑스 군인. 우리 주인어른이 종종 자네 이야기를 하셔서…… 어쨌거나 주인어른이 말씀을 하실 때는 말이야. 왜 이렇게 말하느냐 하면, 나 혼자 떠들 때도 더러 있거든.

그런데 자네는 말수가 좀 많은 편인가?"

"이 친구는 나보다도 말이 없다네."

징거 씨가 끼어들었다.

"두 사람 사이가 참 즐겁기도 하겠습니다! ……그런데 주인어른, 어디로 갈까요?"

"일단은 역으로 가지. 마티아스도 찬성하겠지?"

마티아스의 얼굴이 창백해졌다. 심장이 빨리 뛰기 시작해 터져버릴 것만 같았다. 마차가 앞으로 나아가고 있어도 그는 알아차리지 못했다. 징거 씨는 마티아스의 감정을 헤아려 그 침묵을 지켜주었다. 이제 곧 역에 가 있을 것이다…… 그 모든 시간, 그에게 일어났던 그 모든 일을 거친 후에야.

마차는 정식 입구에서 좀 떨어진 곳에 멈추었다. 마티아스는 주저했지만 징거 씨의 눈길이 그의 용기를 북돋아주었다. 그들은 한산한 역 안으로 들어갔다. 징거 씨가 자주 이용했던 라이프치히행 열차가 플랫폼에 서 있었다.

징거 씨는 마티아스가 혼자 앞장서도록 내버려두었다. 청년은 호송차량을 천천히 지나쳐갔다. 그의 발걸음이 탄수차 앞에서 멎었다.

그 다음에는 기관차에 이르렀다. 갑자기 그의 태도가 돌변했다. 가슴이 펴지고 유연성이 돌아왔다. 변신은 인상적이었다. 마티아스를 쫓아온 징거 씨는 어안이 벙벙했다. 징거 씨의 머리를 스쳐가는 이미지가 있었다. 동물원에 갇혀 있다가 자신이 살던 스텝으로 돌아온 한 마리 사자의 모습.

"미안하네만, 이 바퀴들을 보면 난 정말로 불안해진다네. 나는 여전히 이 바퀴들이 안 보이게 감춰야 한다고 생각하네만."

"저는 반대로 사람들이 이 바퀴들을 봐야 한다는 입장입니다. 바퀴, 엔진, 기관사, 운전수…… 기차를 굴러가게 하는 모든 것을 보여줘야 해요. 승객들도 사람이 하는 일, 기계가 하는 일을 봐야죠."

"마티아스, 그래도 광산 깊숙이 들어가 일하는 광부들을 사람들이 봐야 한다는 이유로 끌어낼 수는 없잖나!"

마티아스는 대답하는 시늉조차 하지 않았다. '이 논리는 언제나 가차 없어.' 그 혼자만의 평이었다.

기관사와 운전수는 차체 안에 있었는데, 마티아스가 입었던 것과 똑같은 파란색 작업복 차림이었다. 마티아스가 그들에게 미소를 짓자 그들도 미소로 화답했다. 동료들이었다. 마티아스는 간략하나마 룸메이트에게 기관차에 대해 설명을 하려고 했다.

"여기, 이게 보일러예요. 이게 증기를 만들어내면 엔진이 증기를 동력으로 변환시키죠. 이게 몸통이고. 나머지는 프레임, 바퀴, 섀시죠. 기관차 바로 뒤에 붙어 있는 건 탄수차인데, 기관차의 식당차인 셈이죠. 먹을 것과 마실 것, 그러니까 석탄과 물을 공급하는 차량이에요. 이쪽은 기관사가 압력을 조정하는 핸드레버고 저쪽은 운전수가 사용하는 브레이크 스크루 핸들이에요. 기적도 빼놓을 수 없죠. 보세요, 차체 안에 좌석이 하나도 없잖아요. 운행 내내 서서 일해야 한다고요. 매연이 우리의 적이죠."

징거 씨는 마지막 말은 알아듣지 못했다.

“연기가 눈에 들어가니까요. 안경을 착용해야만 해요. 안 그러면…… 제 동료 중에는 한쪽 눈을 실명한 사람도 한 명 있어요. 그 친구는 이제 사무 쪽 일을 해야만 하죠.”

마티아스는 역을 떠나기 전에 마지막으로 한 번 더 뒤를 돌아보았다. 가능한 한 더 많은 모습을 눈에 담으려는 듯이.

‘여기는 그의 세상이야. 평생을 이 세상과 떨어져 살아야 한다면 과연 무슨 일이 일어날지 누가 알겠어!’

징거 씨는 속으로 생각했다.

그는 다시 마차에 올라 이렇게 외쳤다.

“에르네스트, 대학으로 가주게!”

“안 됩니다, 주인어른. 그건 미친 짓이에요!”

마부가 외쳤다.

“바로 그걸세!”

“죄송합니다. 제가 하려던 말은, 만약 사람들이 주인어른을 알아보면…….”

“걱정할 것 없어. 난 마차에서 나가지도 않을 거니까.”

징거 씨는 마티아스를 유심히 바라보았다.

“자네는 턱수염을 기르지 말 걸 그랬어. 자네한테는 영 안 어울리는구먼.”

과연 마티아스는 징거 씨에게 약속한 대로 수염을 기르고 있었다.

“내 수염은 소금과 후추를 섞은 듯한 잿빛인데, 자네 수염은 카옌 후추 같은 붉은색이군.”

"당연하죠. 파리코뮌주의자들을 보내버린 데가 카옌이니까."

라자레트는 조금 더 가서 대학가 길모퉁이에 멈춰 섰다.

"마부가 나는 마차 밖으로 나가면 안 된다고 하는군. 그러니 마티아스 자네에게 좀 중요한 임무를 맡길 수밖에 없어. 부탁인데 대학에 있는 나의 조각상을 보고 와서 이야기를 좀 해주게. 내가 내 눈으로 그 조각상을 본 적이 없다는 걸 명심하고."

마티아스는 마차에서 내렸다. 몇 달 만에 처음으로 혼자 거리를 걸어보았다. 그의 걸음걸이는 자신이 없었다. 그는 병원에서 혼자 도망쳤던 환자를, 혼자서 길을 걸어갈 만큼 용기가 넘쳤던 그 여성 환자를 생각했다.

그는 최대한 자연스럽게 보이려고 애쓰면서 대학으로 들어갔다. 문제의 조각상은 사람들이 오가는 원형 로비의 중앙에 있었으므로 쉽사리 찾을 수 있었다. 그는 여러 각도에서 다가갔다 물러났다 하고 주위를 뱅뱅 돌면서 조각상을 관찰했다. 그 모습을 이상하게 여긴 수위가 곧장 다가왔다.

'저 사람이 물어보면 뭐라고 대답하지? 몇번 보병대 소속이었는지도 생각 안 나는 마티아스 뒤투르 하사가 정신병원에서 빠져나와 룸메이트의 조각상을 살펴보는 임무를 수행하는 중이잖아. 기분 좋은 탈선이 끔찍한 재앙으로 변하기 전에 얼른 떠나자.'

마티아스는 걸음을 재촉하여 그곳에서 나왔다.

징거 씨는 그를 보자마자 질문 공세를 퍼부었다. 마티아스는 참을성을 발휘하며 상세하게 대답했다. 마지막으로 그는 이렇게 덧붙였다.

"제 생각은 확고해요. 입상이었으면 훨씬 더 나았을 겁니다."

"내 말이. 내가 그랬잖아."

징거 씨가 짜증스럽게 대꾸했다.

"발이 있으면 걸을 수 있다는 뜻에서 그렇게 생각한 겁니다. 하지만 실물보다 얼굴을 너무 홀쭉하게 해놓았더군요. 그리고 머리까지 깎아놓았어요! 선생님의 조각상은 대머리던데요."

"신경 안 써. 그래도 내가 자랑스러워할 만은 하던가?"

"그럼요. 수천 년 후에 다른 행성에서 야만인들이 이 도시를 침공한다면 이게 여기 사람들이 숭상하던 우상인가보다, 하면서 선생님의 조각상을 부숴버릴 거예요."

징거 씨는 응수하지 않았다. 그는 호주머니에서 회중시계를 꺼냈다.

"시간이 됐군. 도시를 잠깐만 둘러보세, 에르네스트!"

그러고서 그는 마티아스에게 말했다.

"대학의 식물원까지 둘러볼 시간은 없을 거야. 나중에…… 아니면 영영 못 볼지도 모르지."

그는 앞날을 환기하자마자 마티아스의 얼굴이 굳어지는 것을 보고 얼른 말을 바꿨다.

"그게 세계 7대 불가사의 중 하나는 아니지?"

라자레트는 다시 무거운 걸음걸이로 거리를 달렸다. 징거 씨는 자리에 편히 앉아 팔을 팔걸이에 올려놓았다.

"마티아스, 괜찮지 않나? 루프트슈타트가 그렇게까지 형편없는 도시는 아니라는 걸 알게 될 걸세."

마티아스도 자리에 엉덩이를 붙이고 앉아 징거 씨처럼 팔걸이에 팔을 올리고 가죽 쿠션에 고개를 받쳤다. 전쟁이 한창인데 독일의 도시를 이렇게 관광객처럼 둘러보다니, 정말 엉뚱한 짓이었다. 파리 동역에 있는 그의 기관차에 '루프트슈타트 행'이라고 적었어야 했다! 하지만 그는 도시에 대해 이야기를 늘어놓는 징거 씨 때문에 자신만의 생각에서 벗어났다.

"수 세기 동안 이 도시의 풍요가 어디에 바탕을 두었는지 아나? 황금이지! 하얀 금…… 백금이 아니라 소금을 가리키는 거라네, 마티아스. 땅소금 말이야."

징거 씨는 도시를 굽어보는 주홍빛 바위산을 손가락으로 가리켰다. 그 정상에는 폐허가 된 성탑이 솟아 있었다.

"반암으로 이루어진 산이야! 저 색깔이 우리 병원 건물들에서 꽤 자주 보이는 이유를 알겠지. 저 색깔 때문에 건물들이 미친 듯이 활기차 보이는 거라고. 자네는 언젠가 반암으로 지은 병원에서 몇 달을 보낸 적이 있노라고 추억하게 될 테지. 그럼 사람들이 자네에게 경의를 표할걸. 하얀 금, 주홍빛 바위산, 이게 바로 우리의 도시라네!"

라자레트는 활기차고 널찍한 대로로 계속해서 나아갔다.

"우리가 지금 지나가는 이 대로 이름은 '불레바르트*'이고 시장이 서는 광장은 '마르크트플라츠**'라네. 광장 중앙에서 볼 수 있

* Boulevard, '대로'라는 뜻의 프랑스어를 독일어에서 차용한 것.
** Marktplatz, 독일어로 '시장이 서는 광장'이라는 뜻.

는 붉은 원은 '로터 투름*'이지. 여기서는 이름 붙이는 데 머리를 싸매지 않아. 그냥 대문자만 붙이면 끝이지."

마차는 활기가 넘치는 광장에 도착했다. 실제로 그곳에는 시장이 서 있었다.

"여기서 멈추게, 에르네스트!"

"하지만 욕을 먹을 텐데요."

"그럼 더 크게 욕을 하면 돼."

"그러면 사람들 눈에 띌 거예요! 저는 감옥에 갈 거고요. 제 나이에 감옥이라니요? 그리고 누가 라자레트를 돌봐주겠습니까? 주인어른이 돌보실 건가요?"

"아니! 내가 정신병원과 감옥에 동시에 있을 수는 없지. 자, 라자레트에게 당근이라도 한 개 사주게."

징거 씨가 에르네스트에게 동전을 내밀었다.

"주인어른, 제가 잘 아는데요, 저 사람들 기분을 거스르면 욕을 바가지로 먹을 수밖에 없다고요."

에르네스트는 불만을 터뜨리려는 사람들을 가리키며 말했다. 그는 마차에서 내리면서 그 사람들에게 이렇게 말했다.

"급해서 그래요."

"악의가 지나치면 가끔은 선의에 가까워지지."

징거 씨가 마티아스에게 말했다.

마부와 주인, 이 두 사람은 인생의 사건들이 좌우할 수 없는 공

* Roter Turm, 독일어로 '붉은 원'이라는 뜻.

모의식으로 단단히 묶여 있었다.

징거 씨가 에르네스트에게 외쳤다.

"우리 주전부리도 좀 사다주게!"

그는 주위를 한 번 둘러보고 마티아스에게 말했다.

"자네, 이 광장과 이어지는 길이 몇 개나 되는지 한번 세어보겠나."

주위는 사람도 너무 많고 소란스럽기 짝이 없었다. 그럼에도 불구하고 마티아스는 바로 나서서 길들을 세어보았다.

"하나, 둘…… 열셋, 열넷."

"맞았어, 열네 개야. 남성 병동에 있는 우리 방 번호와 똑같은 '비어첸*'이지. 그런 얼굴 하지 말게! 내가 수점(數占)에 빠진 건 아니니까. 숨겨진 의미를 굳이 찾지 않더라도 수 자체가 얼마나 경이로운데. 난 그냥 그렇다고 일러두는 것뿐이야. 그게 다라네."

마티아스가 시장 상품들의 안타까운 상태를 확인할 겨를은 있었다. 채소, 달걀, 가금류는 거의 없었고, 육류는 사실상 찾아볼 수 없었다. 모든 게 부족해 보였다. 독일은 끔찍한 상황에 놓여 있었다.

라자레트는 당근을 갉아먹고 다시 길을 떠날 태세를 갖추었다. 욕설이 쏟아졌지만 에르네스트는 오만하게 어깨만 으쓱해 보였다. 하지만 얼른 시장에서 철수하려고 서두르기는 했다.

"주인어른, 어디로 갈까요?"

---

* vierzehn, 독일어로 '14'라는 뜻.

절대 안전을 보장할 수 없는 이 무모한 바람쐬기에 점점 더 재미가 붙는지 에르네스트가 이렇게 물었다.

"집으로!"

"아, 주인어른, 안 됩니다! 안 되고말고요…… 주인어른이 일부러 그러신 줄 알 걸요. 금세 발각이 날 거라고요. 게다가 징거 부인께서 나와서 우리를 봤다가는…… 상상하기도 싫습니다. 하지만 어르신이 주인이시죠."

에르네스트는 징거 씨의 말을 들으면서 느끼는 감정을 감추어야 했기에 일부러 더 큰 소리로 투덜거렸다. 한순간이지만 그는 모든 것이 예전으로 돌아오는 꿈을 꾸었다.

"좋습니다. 그럼 집으로 갑니다! 하지만 잘 숨어 계셔야 합니다. 누가 우리를 봤다 하면 냅다 튈 겁니다. 꽉 잡으세요. 친구 분에게도 미리 일러두시고요."

에르네스트는 주인의 생각에 고무되어 결국 이렇게 외치고 말았다.

에르네스트가 사온 설탕 묻힌 빵은 촉촉하고 맛있었다. 징거 씨의 수염은 설탕 투성이였다. 그들은 초록 수풀에 둘러싸인 크고 아름다운 저택 앞을 지나가는 참이었다.

"내 집이네. 아름답지 않은가?"

징거 씨는 벅찬 감정을 감추지 못했다.

"저기, 커튼을 쳐놓은 곳이 내가 일하는 방이라네. 내가 없어서 커튼을 쳐놓았군. 저 방에서 참으로 많은 시간을 보냈지. 벽은 사방으로 책이 차지하고 있지. 저 방에서 나는 내 안에 매몰되고 고립되기 시작했다네. 책으로 둘러싸인 벽은 탁월한…… '방음재'거든. 내 말대로야. 에르네스트, 내 방에 책이 많지?"

"그럼요, 그럼요…… 많다마다요."

에르네스트는 집을 바라보는 데 집중하는 마티아스를 돌아보며 말했다.

사실 에르네스트는 그 방을 전혀 좋아하지 않았다. 최근 몇 년간 주인은 그 안에 틀어박혀 지냈고 식사 시간에만 겨우 나왔지만, 그나마 식사하는 내내 한 마디도 하지 않았다. 그 방에는 지나치게 책이 많았다! 예전처럼 외출도 하고, 여행도 가고, 음악회에도 참석하면 좋았을 것이다. 그리고 무도회도. 무도회가 열리지 않은 지 얼마나 됐더라? '무도회가 열리면 나는 주홍색 하인 제복을 입고 딱 좋은 위치에 서서 모든 이야기에 귀를 기울이고 모든 이야기를 들을 테지. 꿈꾸어왔던 순간이야.'

징거 씨가 손가락으로 가리키며 다시 말했다.

"분홍색 커튼이 있는 저기가 주방이지. 어쩌면 마리아가 있을지도 몰라…… 마리아는 요리를 잘하지. 그 사람은 자기가 좋아하는 요리를 만들 수 없어서 분명히 섭섭할 게야. 저기 작은 창이 욕실이고, 여기는 방들이야. 방이 저렇게 많이 필요했어. 내가 자식만도 여섯…… 아니, 다섯이니까…… 내가 이 집을 지을 때는 아이들이 여섯이었지. 여기서는 안 보이는 저쪽에는 식당과 거실이 있다네. 두 공간이 트여 있어서 꽤 넓지. 바로 거기서 손님들을 맞이하지. 그리고 '일대일 대응'의 무도회도 열 수 있는 곳이고."

징거 씨는 지금 이 시각에 집에 누가 있을지 상상해보려고 했다. 그리고 들킬지 모른다는 두려움도 느꼈다.

그는 에르네스트에게 다정하게 몸을 숙이며 지시를 내렸다.

"에르네스트, 한 번만 더 지나가주게. 부탁이야."

에르네스트는 집에서 누가 나오지 않기만을 바라며 라자레트를 뒤로 돌게 한 뒤에 다시 한 번 집 앞을 지나갔다.

'끔찍한 일이군. 내가 내 집 앞을 숨어서 지나가야 하다니. 무슨 도둑놈도 아니고.'

징거 씨는 생각했다.

마차는 곧장 잘레 강변에 있는 술집으로 향했다.

"마티아스, 보게나. 라자레트가 저 혼자 알아서 술집으로 가고 있네!"

실제로 에르네스트는 고삐도 잡지 않고 있었다.

술집에서 세 남자는 외따로 떨어져 있는 자리를 잡았다.

"헬레스 맥주 세 잔."

에르네스트는 마치 자기 집인 양 편하게 주문을 했다.

마티아스는 차마 자기는 포도주, 싸구려 적포도주가 더 좋다고 말할 수 없었다. 주인장은 맥주를 내오고 다시 가서 에르네스트가 주문하지도 않았는데 작은 소시지 접시를 가져와서 얼른 내려놓고 갔다.

"슈바르츠 마르크트."

주인장이 설명했다.

암시장이라는 뜻이었다…… 두 사람은 이 거사를 참으로 꼼꼼하게 준비해두었던 것이다!

세 사람은 황금빛 맥주를 마셨다. 기막힌 맛이었다. 과연 안할트 최고의 맥주였다! 그들은 너무 기름지지도 않고 껍질이 탱탱한 소시지를 와작와작 씹어먹었다.

"마티아스, 좋지? 왕들이 부럽지 않네. 우리의 탈주로 내가 무슨 생각을 했는지 아나? 바렌으로 도망쳤던 자네 나라의 루이 16세를 생각했다네."

마티아스는 놀라서 징거 씨를 바라보았다.

"그 탈주가 어떻게 끝났는지는 잊으셨나요? 어떤 술집에서 정체가 탄로 나서 강제로 끌려갔죠…… 그것도 병원으로. 룸메이트라고 할 수 있는 왕비와 함께."

"책임은 왕이 아니라 대신들에게 있다니까."

징거 씨가 마티아스에게 환기했다.

그들은 다시 기막힌 맛의 맥주를 들이켰다.

두번째 맥주잔을 비우고 난 후에 마티아스는 일어나서 테라스로 나가 잘레 강변을 따라 몇 걸음 걸었다. 그곳에서 낚시꾼을 본 듯했다. 그러자 곧바로 그로스무터가 생각났고, 병원에서 그 누구도 그로스무터를 낚으려 한 적이 없었다는 게 새삼 놀라웠다. 모두가 그로스무터를 존중했다. 사실 그로스무터야말로 병원의 진정한 안주인이었다. 그 안주인이 세상 밖의 그 세상을 은밀히 다스리고 있었다.

마티아스가 자리로 돌아오자마자 징거 씨가 회중시계를 꺼냈다. 시간이 됐던 것이다.

돌아가는 길에 마티아스는 술기운에 조금 취해 하염없이 생각에 잠겼다. 어째서 모든 것이 예전 같지는 않을 거라고 했지? '그래, 또 시작이구나. 또 바라는구나! 그 모든 일로도 부족해? 전쟁이 일어나지 않았기를, 네가 조레스를 배신하지 않았기를, 미치지 않았기를, 자살 기도가 실패로 돌아가지 않았기를 바라는 거야?'

징거 씨는 마티아스의 생각을 짐작하는 듯 평소와는 달리 친근하게 굴었다.

"슬픈 생각들이 자네 머리 위를 떠도는 게 보이는구먼. 그런 건 쫓아버려. 황금빛 들판에 안개가 깔리게 그냥 둬서는 안 돼."

그는 마티아스의 어깨를 툭툭 치며 충고했다.

"자, 기숙생들! 덮개 덮어요!"

에르네스트가 알렸다.

그들은 에르네스트가 치는 덮개 밑으로 몸을 숨겼다.

창살문도 문제없이 통과했다.

"6시야! 아주 잘했군!"

독일어로 외치는 소리가 들렸다.

마차는 순찰로를 따라 병원 부지 구석의 정원 근처에 멈추었다. 징거 씨와 마티아스가 내렸다. 저녁이 다 되어 있었다. 그들은 남성 병동 14호실로 올라갔다.

무슨 소리가 났다. 두 사람은 동시에 멈춰 섰다.

"들었나?"

삐익, 삑.

에르네스트가 그들에게 인사를 보내고 있었다.

"사람은 자기가 듣고 싶은 소리를 듣는다!"

두 사람이 동시에 외쳤다.

그리고 서로 미소를 지었다.

징거 씨는 차분해져서 자살 방지용 창으로 다가갔다. 그가 아이디어를 내고 계획한 이 산책은 몇 달 만에 처음 해보는 진정한 자유의 행위였다. 산책에서 일어난 모든 일은 그가 예상했던 대로였다.

징거 씨가 잠자리를 준비하고 있는데, 카옌 후추 색깔의 턱수염을 미는 데 골몰해 있던 마티아스가 징거 씨를 불렀다.

"선생님, 여쭈어볼 게 있어요. 선생님이 말씀하신 내용 중에 시간에 대한 것은 하나도 없었죠. 제가 잘못 알고 있나요…… 제가 산만하고 부주의한 제자인가요?"

"아니네. 자네는 내가 무엇을 말하지 않았는지도 잘 알고 있구먼. 수학에는 시간이 없다네. 참인 것이 어디서나 참이지는 않지. 반면에 지금 참인 것은 언제라도 참이야. 영원무궁토록. 수학에서 시간은 문제가 되지 않아. 고유한 속성들이 나이를 먹는다고 퇴색하지는 않거든. 므두셀라*만큼 나이를 먹은 수학적 정리들도 많다네."

이제 잠자리 준비를 마친 징거 씨가 마티아스에게 물을 차례였다.

---

* 900세가 넘게 살았다는 성경 속의 인물.

"그로스무터가 이 모든 것을 어떻게 생각할 것 같나?"

그로스무터는 잉어였다. 병원의 일부 환자들은 몇 시간이고 연못가에 서서 그로스무터가 이리저리 몸을 뒤틀며 추는 느린 춤을 지켜보곤 했다. 마티아스와 징거 씨는 그 잉어가 독일이 통일되기 전부터 그 연못에 살았다는 소문에 따라 그로스무터(크신 어머니)라는 별명을 붙여주었다. 두 사람은 산책을 하다가 곧잘 그로스무터를 보러 가서 멀리서나마 인사를 보내기도 했다. 하지만 다른 환자들 옆에서 그리 오래 시간을 보내지는 않았다. 그들은 그로스무터를 '병원의 여왕님'이라고 부르기도 했다.

"그로스무터가 무슨 생각을 하느냐고요? 저는 개 같은 제 몸뚱이가 무슨 생각을 하는지도 잘 모르겠는데……."

"자네는 이미 개의 몸뚱이에 들어가서 개 같은 고통을 맛보고 있지 않나. 바로 그렇기 때문에 늙은 잉어의 비늘 덮인 몸뚱이 속으로 들어가 그 심사를 헤아릴 수도 있을걸."

"말은 안 했지만 그로스무터는 수컷일 걸요."

"어쨌든 그로스무터의 입장이 되어봐. 후회는 안 할 테니."

"좋아요, 하지만 지금은 싫어요."

마티아스가 너무 빨리 싫다고 해버리자 징거 씨는 골이 나서 혼자만이라도 그 문제에 매달리려 했다.

'정신병원의 연못에 사는 잉어는 무한에 대해 어떻게 생각할까? 그래, 이건 내가 산을 정복한 크로네커 선생에게 던져야 했던 질문이지.'

크로네커의 모습과 잉어의 모습이 겹치자 징거 씨는 그로스무터에 대해서 생각하고 싶은 마음이 싹 달아났다. 징거 씨는 힌덴부르크 원수처럼 엄숙한 말투로 말했다.

"친애하는 마티아스, 내가 듣기로 독일 군대의 총사령관이 얼마 전에 전선에서 자신의 칠십 세 생일 파티를 열었다더군."

하지만 다음 말을 덧붙이면서 그의 눈빛이 갑자기 어두워졌고 목소리도 갈라져 나왔다.

"우리 가족들은 나의 칠십 세 생일을 맞이하여 대대적으로 손님들을 초대하려고 계획했지. 수학자대회 때처럼 프랑스, 이탈리아, 영국, 독일, 오스트리아 등 국적을 불문하고 손님을 초대할 생각이었어. 하지만 그런 즐거움은 취소되었고, 나는 칠십 세 생일을 그냥 넘겨야 했지.

나는 전쟁 때문에 생일을 기념하지 못했지. 이 전쟁에는 그 총사령관도 책임이 없지 않아. 그런데 그 친구는 전쟁 중에도 자기 생일은 챙기는군! 내 생일 파티 취소는 전쟁이 입힌 수많은 피해 중 하나라고 해야 할 걸세. 하지만 나는 그 총사령관보다 한 가지 면에서는 더 우위에 있네. 물론 그 사람은 그런 가치를 인정하지 않겠지만. 탄넨베르크 전투에서의 승리는 세월과 더불어 사라져 갈 테지만, 수학적 정리는 영원히 남지. 힌덴부르크 원수의 업적이 잊힌 지 오랜 후라도 사람들은 나의 무한수들에 대해 여전히 이야기할 걸세."

징거 씨가 갑자기 흥분하며 이렇게 말했다.

"상상해보게…… 프랑스, 영국, 이탈리아의 수학자 무리가 전선을 뚫고 이곳 루프트슈타트에 나의 생일을 축하하러 오겠다고 휴전을 요청하는 장면을. '우리 프랑스, 영국, 기타 등등의 수학자들은 교전국의 총사령관들에게 우리 대표단이 무사히 통과할 수 있도록 잠시 휴전할 것을 요청하오니…… 어쩌고저쩌고.' 수학자들이 전쟁을 중단시킬 수 있는 날이 오면 수학은 가히 학문의 여왕으로 등극하겠지.

그 시대에는 병정놀이도 할 수 있겠지! 백만 학생을 거느리고 '공격하라!'를 외치는 내 모습을 상상해보게. 어떤 수학적 정리를 공격하라고 명령하는 거야. 그런 생각은 한 번도 못해봤지. 노인네들이 젊은 사람들에게 총알받이가 되라고 명령하는 건 참으로 비통한 일이야. 적어도 자네 나라 프랑스에서는 철마다 국민의회 의장이라도 바뀌지. 자네 나라는 성숙할 시간이 없어서 문제고, 우리나라는 농익다 못해 썩어가서 문제야. 자네 나라에서는 매번 '결국은 마찬가지인 놈들'이 되풀이되어서 문제고, 우리나라에서는 '전에도 했던 놈'이 또 해먹어서 문제지."

한 해의 순조로운 흐름을 막는 부패의 나날, 빨리 다음날로 넘어가고 싶어서 달력에 빗금을 그어야 마땅한 징벌의 나날. 그날은 바로 그런 날들에 속했다. 온힘을 다해 내일은 오늘과 다를 거라고 소망하게 되는 그런 날 말이다. 정말로 온힘을 다해. 태어난 것을 후회하고, 죽지 못했음을 또 후회하게 되는 그런 날이었다. 사람을 극도로 쇠잔하게 만들어, 어떻게 아직도 심장이 뛸 힘이 있고 입술이 벌어질 엄두가 나는지 차라리 의아해지는 그런 날. 아직도 자신이 한낱 먼지로 돌아가지 않았다는 게 이해가 가지 않는 그런 날. 그런 날에 떠오르는 단 하나의 감정은 늪으로 빠져드는 듯한 절망뿐이다. 그런 날에 모든 것이 휩쓸려간 와중에도 행여 기적적으로 한 가지 생각이 떠오른다면 그건 기도뿐이다. '나를 덮치는 어둠아, 어서 와서 나를 데려가다오!'

징거 씨와 마티아스 뒤투르는 둘 다 이불을 뒤집어쓰고 처음 만난 무렵처럼(그게 벌써 다섯 달 전이다) 침묵을 고수하고 마주하되 딱히 상대를 보고 있지도 않는 중이었다. 징거 씨는 머리에 모자를 쓰기로 마음먹은 참이었다.

"이놈을 잘 간수해야지. 쓸 만한 거라고는 이놈뿐이니."

징거 씨는 더없이 진지하게 툴툴거렸다.

가벼운 노크 소리가 났다.

둘 다 반응이 없었다. 아무도 기다리는 사람이 없었다.

다시 노크 소리가 났다. 아까보다 더 살짝 두드리는 소리였다.

"들어오세요!"

마티아스가 독일어로 말했다.

문이 서서히 열렸다.

챙 없는 빨간 모자, 발치까지 늘어지는 여성용 케이프, 굽 없는 구두. 마티아스는 생각했다. '저런 차림을 하니 동생하고 닮았군.'

마티아스는 이불을 걷어치우고 자리에서 일어나 마르타의 뒤쪽에 시선을 주었다. 마르타를 따라온 사람이 아무도 없음을 알아차리기도 전에 마르타가 문을 닫았다. 그녀는 무거운 가방을 들고 앞으로 나아왔다.

"안녕하세요, 징거 선생님. 안녕, 마티아스."

그녀는 들릴락 말락 한 소리로 인사를 했다.

마르타는 그냥 '마티아스'라고 불렀다. 본인에게 양해를 구하지도 않고서 말이다. 그녀의 프랑스어는 전보다 나아진 것 같았다. 마르타는 마티아스의 침대에 가방을 올려놓더니 거기서 약간의 옷가지를 꺼냈다. 바지, 웃옷, 셔츠를 늘어놓았다. 마티아스는 그 옷들이 가브리엘의 것임을 알았다. 그의 얼굴이 고통스럽게 일그러졌다.

"마르타?"

그녀는 눈도 들지 않고 별것 아닌 일을 고집스레 계속했다.

"가브리엘은 어디 있어요?"

마르타는 대답하지 않았다.

"마르타, 가브리엘은 안 왔나요?"

마르타의 몸짓이 멈추었지만 그녀의 얼굴은 여전히 이제 막 프랑스 군인의 침상에 늘어놓은 옷가지들을 향하고 있었다.

"가브리엘은 어디 있죠?"

마티아스는 이제 고함을 치고 있었다.

드디어 마르타가 그를 쳐다보았다.

"가브리엘 안 와요."

"아픈가요? 다리의 부상 때문에?"

마티아스는 점점 더 신경이 날카로워졌다.

마티아스는 망설이는 마르타를 보면서 다시 입을 열었다. 그도 차분한 목소리를 내려고 안간힘을 썼지만, 긴장감 때문에 목소리가 떨리는 것만은 어쩔 수 없었다.

"마르타, 가브리엘이 왜 안 왔어요?"

"가브리엘 죽었어요."

이번에는 마르타가 그의 눈을 똑바로 들여다보며 대답했다.

그 소식은 마티아스가 피할 틈도 없이 날아들었다. 몇 달 동안이나 마티아스는 더는 어떤 것도 와 닿을 수 없을 만큼 자기 안에 갇혀 있었다. 고통도, 기쁨도, 아픔도, 즐거움도 느끼지 못했다. 그런데 지금 이 다정한 여인이 쏜 화살이 그의 심장에 명중해서 순식간에 독을 퍼뜨리고 있었다.

"마르타, 마르타, 그럴 리가 없어요. 사실이 아니야!"

그는 마르타를 붙잡고 흔들며 울부짖었다.

사람이 '사실이 아니야'라고 말할 때는 그게 사실이라는 것을 너무나 잘 아는 법이다. 틀림없는 사실이기에 도무지 자기 힘으로 어떻게 할 수 없다는 걸 잘 아는 것이다.

마르타는 아무 말 없이 가만가만 고개만 흔들었다.

마티아스가 핏기를 잃고 동상처럼 굳어버린데다가 눈의 초점마저 사라진 모습을 보고 징거 씨는 마티아스가 다시 발작을 일으킬까봐 두려웠다. 그는 얼른 침대에서 나와 여차하면 도울 태세를 취했다. 아무래도 마르타보다는 징거 씨 쪽이 어떻게 대처해야 할지를 잘 아니까.

"어떻게 죽었죠? 마르타, 말해 봐요. 부상 때문에?"

마티아스가 여전히 창백한 얼굴로 재촉했다.

"어쩌면."

"'어쩌면'이라니 무슨 뜻이에요!"

마티아스가 고함을 질렀다.

"마티아스, 가브리엘 왜 떠나고 싶었는지 당신은 찾지 마요."

"마르타, '가브리엘 왜 떠나고 싶었는지'가 무슨 뜻이에요?"

마티아스가 이번에는 징거 씨를 바라보았다. 그의 눈빛에서 차마 말로는 표현 못할 혼란이 감지되었다.

"가브리엘 떠나기를 선택했어요."

마르타는 설명을 하려고 했다.

"가브리엘 계속하고 싶지 않았어요. 지쳐서, 너무 지쳐서."

뭘 계속한단 말인가? 지치고 분한 목소리가 마티아스의 머릿속에서 폭풍처럼 휘몰아쳤다. '넌 벌써 잊었어. 그러니까 넌 아무것도 기억 못해. 지치고, 상하고, 텅 비어서…… 얼마나 많은 병사들이 더이상 버틸 수가 없어서 홀로 떠나기를 바랐던가. 타인을 죽이느니 차라리 전쟁의 소음과 난리에서 멀리 벗어나 스스로 죽어버리기를 선택했던가.'

다시 모든 것이 무너져버렸다. 이제 생각이고 뭐고 없었다. 마티아스는 다시 한 번 마르타의 어깨를 붙잡고 그녀를 흔들었다. 그는 반항심에 사로잡혔다. '그러니까 내가 그를 구해준 일은 아무 소용도 없었던 거야?' 하지만 그렇게 생각하자마자 방금 자신이 떠올린 말 자체가 부질없음을 깨달았고, 그의 분노도 다시 수그러들었다. '어리석은 마티아스! 그런 생각을 하다니, 정말 바보 같구나. 도대체 뭘 원했는데? 네가 구해줬으니까 가브리엘이 살아 있어야 한다고? 그럼 그에게 죽을 권리도 없어? 네가 그의 자유를 사기라도 했어? 이봐, 네 잘난 도움에 그렇게 값을 매겨야겠어? 그래, 넌 네가 해야만 하는 일을 했을 뿐이고, 그는 자기가 해야만 하는 일을 했어. 가브리엘이 너에게 신세진 건 아무것도 없어.'

징거 씨는 침대에서 이 보편적이고 미시적인 비극을 무력하게 지켜보고 있었다. 그 비극이 한 세계의 너무나 인간적인 틈새를 짓눌러 묵사발로 만들어놓았다. 작센 지방의 어느 병원 입원실이라는 틈새를.

마르타는 침대에 놓아둔 바지를 내밀었고, 마티아스는 기계적으로 그것을 받아들었다.

"입어요!"

마티아스는 바지를 입었다. 셔츠도 걸쳤다. 마르타가 단추를 손가락으로 가리켰다. 마티아스가 단추를 채웠다. 그녀는 저고리도 내밀었다. 마티아스는 그것도 입었다. 마르타가 일어나더니 바로 앞에서 마티아스가 자신의 눈을 바라보지 않을 수 없게끔 종용했다. 마르타는 셔츠 깃을 바로 세워주고 저고리 깃을 잡아당기며 매무새를 정리해주었다. 옷은 마티아스에게 아주 잘 맞았다. 마티아스의 어머니라 해도 이보다 더 좋은 맞춤복을 만들 수는 없었을 것이다.

"가브리엘 마르타에게 자기 옷 마티아스 주라고 했어요."

마티아스는 고개를 끄덕였다.

"마티아스."

마르타가 부드럽게 그의 이름을 불렀다. 그러고는 그의 손을 꼭 잡아 자기 손 안에 가두었다.

"가브리엘 저기서 죽었어요. 당신이 가브리엘 구해주기 전에 죽었어요. 알았죠, 마티아스? 그 전에요."

마르타는 서쪽 전선을 가리키며 말했다. 마티아스는 갑자기 문으로 걸어갔다. 하지만 마르타가 그를 불렀다.

"마티아스! 신발 신어야죠."

그러자 마티아스가 고분고분 돌아왔다. 마르타가 양모 양말을 주자 그걸 발에 꿰었다. 신발을 신고 신발끈도 맸다. 그 다음에야 비로소 그는 방에서 나갔다.

사람은 감정이 격해지면 숨으러 간다. 그런 모습을 남들이 보아서는 안 된다. 그들 안의 가장 아름다운 것(그들의 연약함)이 남들 눈에 띄어서는 안 된다.

타인의 옷을 입은 마티아스. 그 옷은 그에게 너무 잘 어울려서 심란할 정도였다. 그는 이슬비를 맞으며 걸었다. '나는 죽은 사람의 옷을 걸치고 있군.' 그의 마음을 뒤집어놓은 오만 가지 감정 가운데 단연 우뚝한 감정은 분노였다. '난 정신병원에서조차 평온한 마음을 가질 수 없군. 아마 내가 아직 충분히 돌아버리지 못했나봐.'

문득 벼락을 맞은 듯이 가브리엘이 짧은 프랑스어로 그에게 전했던 말이 떠올랐다. 지난번 가브리엘과 단둘이 정원에 있을 때에 들었던 말. '왜 죽고 싶었어, 동지? 난 봤어.'

'가브리엘, 넌 뭘 보았던 거지? 가브리엘이 뭘 보았는지는 너도 알지. 넌 진즉부터 알고 있었어. 그는 구덩이에 처박혀서 네가 하는 짓을 봤던 거야. 네가 네 관자놀이에 총을 겨누는 장면을 봤던

거야.'

그 생각에 마티아스는 아연실색했다. 잠시 비틀거리며 나무에 기대고 나서야 조금 정신을 차리고 생각을 정리할 엄두를 낼 수 있었다.

'그 소름끼치던 밤에, 가브리엘은 소리를 질렀지. 네가 자기를 구덩이에서 끄집어내주기를 기대해서가 아니라…… 네가 하려던 짓을 말리기 위해서였어. 네가 자살하는 걸 막으려고 소리를 질렀던 거야.'

마티아스가 가브리엘을 구한 것이 아니라, 가브리엘이 마티아스를 구한 것이다. 정반대였다. 이제야 그날 있었던 일들이 제자리를 찾고 반대의 의미를 띠게 되었다. 원인은 결과가 되었고 배우들은 역할을 맞바꾸었다.

그 순간, 마티아스는 가브리엘이 그에게 없었던 형제임을 알아차렸다. 그는 맏이였고 가브리엘은 동생이었다. 동생이 형을 구했던 것이다.

마티아스는 갑자기 고단함을 느꼈다. 이 병원에 처음 들어올 때 느꼈던 피로감이 아니라, 장거리를 달려온 후에 온몸으로 느끼는 고단함이었다. 그는 벤치에 가서 앉았다. 아니, 전부 다 말하지는 않았다. 전부 다 생각했던 건 아니다. 그는 끝까지 가지 않았다. 아직은. 그에게는 올라가야 할 마지막 계단이 남아 있었다. 아주 부드럽게, 그날 밤 퍼즐의 모든 조각들이 그의 머릿속에서 맞춰졌다.

가브리엘, 자기 행동을 끝까지 밀고 간 작센 지방의 그 젊은이는 모든 것을 생각해두었던 것이다. 총알이 연신 날아다니던 그날 밤, 가브리엘은 프랑스 군인이 무슨 짓을 하려는지 목격하고 그를 구하기 위해 소리를 질렀다. 사실 마티아스는 가브리엘을 구함으로써 자신을 구했던 것이다. 아무 계산 없이, 다만 두 사람의 인생이 얽히면서 그 두 인생은 서로 의존하게 됐다. '나는 너를 구하고 너는 너 자신을 구함으로써 나를 구한다. 징거 선생님은 이거야말로 역설이라고 하시겠지.'

마티아스는 드디어 자신을 풀어놓았다. 너무 큰 아픔이 초라한 인간이라는 포장을 뚫고 넘쳐흘렀다. 고대하던 손님처럼 울음이 찾아왔다. 처음에는 눈가에 이슬이 맺히는가 싶더니, 가는 줄기가 되어 흐르다가 폭풍우 같은 오열이 되었다. 그는 세상을 생각하며, 인류의 23개 문제를 생각하며 울었다. 조레스에게, 철조망 사나이에게, 징거 씨의 바이올린에게, 에르네스트의 암말에게, 루프트슈타트 병원의 정신병자들에게 눈물을 바쳤다. 그는 자신의 형제 가브리엘 함리히를 위해서 울었다.

이런저런 것에 눈물을 바치고 나서는 그냥 울었다. 그냥 우는 것도 그치자, 몸무게를 재어본다면 한결 줄어들지 않았을까 싶게 몸이 가벼워졌다. 원장은 그에게 '울어야 한다'고 했다. 마티아스는 규율을 잘 지키는 환자였다. 이 썩을 날, 빌어먹을 날씨에도 텃밭 옆 축축한 벤치에 앉아 있는 마티아스 뒤투르의 머리칼은 절망에 맞서는 눈부신 금빛이었다. 사람이 희망의 이유가 되는 순간은 언제나 있게 마련이다.

마티아스가 방문을 밀었다. 마르타와 징거 씨는 작은 소리로 이야기를 주고받고 있었다.

마티아스의 침대에 작은 꾸러미가 있었다.

그는 조심스럽게 포장지를 펴보고 터져나오려는 탄성을 억눌렀다. 그의 책이었다! 『인간 야수』는 핏자국이 묻기는 했지만 손상되지 않았다. 마티아스는 가브리엘을 구덩이에서 끌어내던 순간에도 이 책을 가슴에 품고 있었다. 포탄이 날아오고 마티아스가 쓰러지는 와중에도 가브리엘은 프랑스 군인의 책을 챙겨야겠다고 생각한 것이다. 오늘, 그가 책을 돌려주었다. 단 하루에 감당하기에는 너무 벅찬 감정들의 연속이었다.

마티아스는 얼른 징거 씨에게 다가가 책을 보여주었다. 징거 씨는 책을 들추어보고 다시 덮더니, 표지를 손으로 쓸어보았다.

"책에 묻은 피는…… 인간 야수의 피일까?"

마티아스는 대답하지 않고 책을 다시 집어들었다.

마르타가 가방을 챙겼다. 그녀는 마티아스에게 같이 가자고 했다. "농장으로요." 그녀의 말은 분명했다. 마르타의 부모님이 마티아스를 보고 싶어한다고 했다.

"마르타도 마티아스 오기 바라고요."

그녀가 덧붙였다.

마티아스는 여전히 머리에 모자를 얹고 있는 징거 씨에게 시선을 던졌다. 마티아스는 원장의 허가 없이는 병원을 떠날 수 없다고 설명했다. 그러자 마르타는 일 처리는 모두 끝났고 이미 원장을 보고 왔다고 했다. 짓궂게도 마르타는 원장의 허가가 이미 떨어졌을 뿐 아니라 침대가 하나 비게 생겨서 원장이 대단히 흡족해하는 것 같더라는 말까지 덧붙였다. 그러나 청년은 움직이지 않았다. 마르타는 가방을 침대에 놓아둔 채 발끝으로 살금살금 걸어 14호실을 나갔다.

마르타가 나가고 문이 닫히자, 징거 씨가 침대에서 일어나 드디어 모자를 벗었다.

"미안하네. 나는 어쩌면 바보일지 모르지만 그래도 백치는 아니야…… 아니면 그 반대이든가. 어쨌거나 마티아스! 예쁘고 귀여운 암탉이 자네에게 함께 가자고 말하고 있어. 그런데 자네는 거절할 텐가? 내가 알기로 저 집 부모는 농민이야. 오늘 저녁부터 자네는 호의호식하겠네. 물론 오믈렛은 주의해야지…… 달걀을 열두 개나 넣어서는 안 돼!"

징거 씨가 갑자기 진지한 말투로 이렇게 말했다.

"마티아스, 단지 나와 함께 있겠다는 이유로 여기 남아서는 안 돼."

"지금 무슨 생각을 하세요? 제가 여기 있겠다고 작정한다면 그건 어디까지나 이…… 병원에 애착이 있어서라고요."

"그래, 그래! 그런데 나라면 말이야, 나보고 여기서 나가라고 하면 뒤도 안 돌아보고 한달음에 달려나갈걸. 그러면 내가 마티아스 자네를 남겨놓게 되어도 말이야. 내 말 믿어도 좋아. 자네가 미래를 혐오한다는 건 알고 있네. 하지만 마르타는 미래가 아니야. 마르타, 그녀는 변화지. 반면 나는 자네에게 일종의 괄호, 물론 아주 특별한 괄호이고. 그런데 괄호는 닫혀야만 해. 괄호가 닫히지 않으면 어디 놓일지 모르는 잘못된 것들이 꾸역꾸역 들어차고 말 테니. 자, 여인네를 기다리게 해서는 안 되지. 다정한 마음을 잔뜩 품고 있는 여인네라면 더욱더."

마티아스는 징거 씨가 거대한 알레프 문자를 썼던 종이를 가방 안에 집어넣고 닫았다. 그러고는 징거 씨의 침대로 다가가 손을 내밀었다. 징거 씨도 손을 내밀었다. 그들은 서로 부둥켜안을 수도 있었지만 몇 달 동안 함께 지내면서도 서로 적절한 거리를 유지할 줄을 알았다. 서로 상대를 제대로 바라보고 가늠할 수 있는 거리를.

"그런데 선생님, 두 점은 결코 서로 만나지 않지요?"

"확실히 그렇다네, 마티아스."

마티아스는 마르타의 가방을 들고 문으로 향했다. 징거 씨의 음성이 그를 붙들었다.

"마투, 자네는 그 무엇에도 책임이 없어. 그리고 자네라고 언제까지나 불행해야 한다는 법도 없고."

마티아스는 남성 병동 14호실을 조용히 나와 문을 닫았다.

마티아스가 떠나자 14호실은 갑자기 넓어졌다. 하지만 그것도 겨우 반나절이었다. 새로운 입원 환자가 금방 들어와서 마티아스가 쓰던 벽장에 개인 물품을 정리하고, 마티아스의 침대에서 잤다. 하지만 그는 새벽부터 샤워를 하지는 않았다. 그리고 마티아스 같은 금발도 아니었다. 머리칼이 있기는 했나? 징거 씨는 새로운 룸메이트에 대해 아무것도 몰랐고, 과히 알고 싶지도 않았다.

날씨는 점점 더 쌀쌀해졌다. 징거 씨는 이제 침대에서 나오지도 않았다.

징거 부인이 무거운 가방을 들고 방으로 들어왔다. 그녀는 지칠 대로 지쳐서 남편의 탁자 발치에 가방을 내려놓았다.

"한스, 나예요."

징거 씨는 꼼짝도 하지 않고 그냥 말없이 아내를 바라보기만 했다.

"한스, 내가 왔는데 반갑지 않아요?"

그녀는 징거 씨가 애당초 입원의 원인이었던 정신적 마비 상태에 다시 빠진 게 아닌가 걱정이 되어 침대에 바짝 다가앉아 남편의 손을 잡았다. 그의 손이 얼음장처럼 차가웠다.

"당신 또 무너지면 안 돼요. 자신을 꼭 붙들어야죠! 당신의 소일거리를 가져왔어요. 그런데 마티아스라는 그 프랑스 군인은요?"

"떠났어."

"떠나다니요?"

"어느 젊은 여자가 그를 찾아와 그 여자와 함께 떠났지. 간단해. 여자가 찾아오면 그녀와 함께 떠난다."

징거 부인은 남편의 말에 담긴 암시를 못 알아듣겠다는 얼굴을 해 보였다.

"당신하고 참 잘 맞았는데! 그 사람이 당신을 아주 좋게 생각한다는 느낌이 들었거든요. 프랑스로 돌아갔나요?"

징거 씨가 아니라는 표정을 지었다.

"프랑스에 갔다가는 배신자라고 총살당할걸. 적과 '내통'을 했다고."

그는 이내 심각한 말투로 덧붙였다.

"그래, '지적 활동'은 분명히 있었지.*"

"당신처럼 나이 지긋한 독일 수학자와 젊디젊은 프랑스 열차 기관사가 어떻게 그렇게 죽이 잘 맞는지 종종 의아하게 생각했어요. 당신과 그 사람의 만남에는 있을 성싶지 않은 면이 있었죠. 어쨌거나 그 사람이 당신에게 좋은 영향을 줬는데. 가끔 난 궁금하기도 했죠. '도대체 그 둘이 무슨 이야기를 그렇게 나누는 걸까?' 구석에 숨어서 당신들이 이야기하는 걸 좀 들어볼 걸 그랬나봐요. 어찌 됐거나 그건 당신들만의 비밀이죠. 그 사람이 당신을 만나러 오거든 내 인사도 전해주세요. 당신이 퇴원하거든 그 사람을 우리 집에 한 번 초대하고요."

징거 씨는 이렇게 말하고 싶은 것을 참았다.

'앞날에 대해서는 말하지 말자고, 마리아.'

"우리가 무슨 생일 축하를 할 계획인지 알아요?"

징거 부인이 물었다.

"딸내미 중에 생일인 아이가 있던가? 아니, 그건 아닌 것 같고. 니클라우스? 그렇다면 내가 기억을 할 텐데. 아니면 손자들 중에 생일을 맞은 애가 있나?"

---

* 프랑스어 'intelligence'에 '지적 활동'이라는 뜻과 '내통'이라는 뜻이 모두 있음을 빗대어 말장난을 한 것.

"나는 '누구' 생일이 아니라 '무슨' 생일이라고 말했어요. 한스, 올해가 당신 논문이 탄생한 지 오십 주년 되는 해예요."

"맙소사, 내가 잊고 있었군!"

"하지만 많은 사람들이 잊지 않고 있더라고요."

징거 부인이 커다란 가방을 열고 한 무더기의 편지들을 침대에 쏟았다.

"이게 다 뭐야?"

"당신 동료들, 친구들…… 여기저기서 온 편지예요. 한스, 사방에서 편지가 왔다고요!"

"잠깐만!"

징거 씨는 편지들이 바닥에 떨어지지 않도록 주의하면서 일어났다. 조심을 했는데도 편지 두세 통이 제자리에서 벗어나고 말았다. 징거 부인은 아무 편지나 잡히는 대로 집어들면서 자랑스럽게 말했다.

"프랑스, 이것도 프랑스, 이건 영국, 이탈리아, 저건 러시아…… 전쟁 중인데도 이렇게나 많이 왔네요. 그리고 독일 내에서도. 전국 각지에서 편지들이 쇄도했다니까요."

징거 씨는 팔을 건들거리며 인상적인 편지 무더기를 바라보았다. 징거 부인이 봉투에 적힌 이름을 하나하나 읽으면서 편지들을 남편에게 건네주었다.

"페아노, 부랄리 포르티, 보렐, 아다마르, 미타그 레플러, 체르멜로, 후르비츠, 베르슈타인, 쾨니히, 하우스도르프, 쇤플리스, 프라엔켈, 영, 힐베르트……."

"마티아스가 이걸 봤으면 좋았을 텐데."

징거 부인은 가방에서 페이퍼나이프를 꺼내어 남편에게 건네주었다.

"우리 같이 뜯어봐요. 특별히 주문해서 인쇄한 편지지도 가지고 왔어요."

노인은 부인이 건네주는 편지지 꾸러미를 열어보았다.

헤어 한스 징거

루프트슈타트 대학

영국 왕립학회 실베스터 메달 수상자

"단순하군. 이런 게 좋아. 게다가 세련됐어. 마리아, 당신은 천사야. 하지만 난 이 편지들 전부에 답장을 쓸 시간은 없을걸!"

"한스, 당신 앞에 놓인 시간은 아직도 많아요. 당신이 편지를 쓸 때마다 딸들이나 에르네스트나 내가 가지러 올게요. 봉투 뒤에 당신 이름도 써요. 혹시나 딴 것들이랑 헷갈리면 안 되니까."

"뭐라고 쓰지? '한스 징거' 아니면 'H. 징거'?"

징거 씨가 걱정스럽게 물었다.

"당신 마음이죠."

"아니야, 뭐라고 써야 돼?"

징거 씨는 갑자기 신경이 날카로워졌다.

"음…… 그럼 번갈아가며 쓰죠. 하나를 '한스'라고 쓰면 그 다음 봉투에는 그냥 'H.'라고만 쓰는 거예요."

"그래, 좋아."

징거 씨가 안심하며 부인의 제안을 받아들였다.

"난 그만 가야겠네요."

"주소는 어떻게 하지? '루프트슈타트 정신병원'이라고 써?"

"아니죠. 사람들이 그런 것까지 알 필요는 없잖아요."

"그들이 모를 거라고 생각해서 그래?"

"우리 집 주소를 쓰세요. 처음에 편지들이 우리 집으로 도착했으니까요. 자, 한스, 난 가봐야 해요. 에르네스트가 기다려요. 에르네스트는 나이가 들수록 참을성이 부족해지네요. 에르네스트의 실크해트랑 연미복 차림도 못 봐주겠어요. 우스운 꼬락서니라고 생각하지만 차마 본인에게 그런 말은 못 하겠더군요. 기회를 봐서 당신이 한 마디 해주세요. 당신은 우리 집의 주인이니까."

징거 씨는 떠날 채비를 하는 아내를 한없는 애정을 품고 바라보았다.

'마리아, 언제쯤 우리의 결혼 오십 주년을 함께 축하할 수 있을까?'

징거 씨는 생각했다. 그는 14호실 문고리를 돌리는 아내를 불러세웠다.

"마리아, 당신 꼭 나를 데리러 와야 해. 아무리 그래도 크리스마스를 집에서 멀리 떨어진 곳에서 보내긴 싫다고."

목이 쉬도록 불러대는 노랫소리가 정원에서부터 들려왔다. 남성 병동이 가까워짐에 따라 사람들은 그 노래가 저 유명한 〈메리 해드 어 리틀 램〉이라는 것을 알 수 있었다.

매리 해드 어 리틀 램,
리틀 램, 리틀 램.
매리 해드 어 리틀 램,
이츠 플리스 워즈 화이트 애즈 스노.
앤드 에브리웨어 댓 매리 웬트,
매리 웬트, 매리 웬트,
에브리웨어 댓 매리 웬트…….

14호실의 문이 열렸다. 연기가 자욱한 방에서 시가 냄새가 훅하니 끼쳤다. 징거 씨가 종이들이 넘쳐나는 탁자 앞에 앉아 글을 쓰면서 신나게 노래를 부르고 있었다. 그는 문소리도 듣지 못했고, 마티아스가 부르는 소리도 듣지 못했다. 마티아스는 자기가 왔다는 것을 알리기 위해 징거 씨의 어깨를 톡톡 두드리지 않을 수 없었다.

노인은 뒤를 돌아보고는 별로 놀라지도 않고 목소리를 조금씩 낮추며 계속 노래를 불러젖혔다.

"리틀 램, 리틀 램…… 노래를 중간에 끊기란 힘든 일이지. 노래가 부르는 사람을 끌고 가서, 계속 끌려가며 부를 수밖에 없는 때가 있거든. 그래도 항상 끝이 나기는 하지…… 까딱하면 자네를 못 알아볼 뻔했네그려. '나를 찾아온 이 잘생긴 청년은 누구지?' 라고 생각했거든. 장담하건대 마르타는…… 그래, 마르타는 괜찮은 여자지? 장담하건대 마르타는 자네의 황금빛 머리칼에 절대로 무감각할 수 없었을 게야."

징거 씨는 책상에 쌓인 편지 무더기를 가리키며 옛 룸메이트에게 말했다.

"내가 서한 작업에 몰두하는 와중에 찾아와주었구먼. 내가 받은 편지만 해도 삼 톤은 될걸! 일일이 직접 답장을 쓰려고 노력하고 있다네. 하지만 쓸 말이 금방 바닥나지. 봉투에는 'H. 징거'와 '한스 징거'를 번갈아 쓰고 있어. 아내가 그렇게 하라고 해서. 시가? 아니면 캐러멜?"

"캐러멜로 하죠."

징거 씨는 캐러멜 상자를 마티아스에게 내밀었다.

"전쟁이 계속된다면 캐러멜도 구하기 힘들 거라고 하더군."

"징거 선생님, 저도 선생님께 드릴 작은 선물이 있습니다."

마티아스는 이렇게 말하며 등뒤에 감추고 있던 상자 하나를 내밀었다.

"오! 롤몹스잖아! 포도식초에 담근!"

징거 씨가 눈이 휘둥그레져서 탄성을 질렀다.

"기억해두세요. 그 대가로 선생님은 무한의 절반을 저에게 넘기시는 겁니다."

징거 씨는 대꾸하지 않았다.

"새로 온 사람하고는 어때요?"

마티아스는 징거 씨의 행동에 흥미를 느끼며 물었다.

"새로 온 사람? 웬 새로 온 사람?"

마티아스는 당황하고 불안한 마음으로 다섯 달 동안 자기가 쓰던 침대에 놓인 개인 물품을 가리켰다.

"그래도 저를 대신한 사람이 있을 것 아닙니까, 선생님!"

"마티아스, 아무도 자네를 대신하지는 않았네."

징거 씨는 더이상 묻지 못하게 딱 잘라 말했다.

마티아스가 이 문제에 대해 더이상 말할 수 없다는 것을 납득했다고 여긴 징거 씨는 주제와 말투와 입장을 바꿔 다른 이야기를 꺼냈다.

"내 이야기를 듣고 싶겠지…… 난 자네의 아버지와 어머니를 정말 만나보고 싶다네. 어머니에게는 아주 세련된 파리 스타일의 양복 한 벌을 지어달라고 부탁하고 싶고…… 초콜릿케이크를 만들어 달라고 하고 싶네. 아, 그래, 맞아! 새가 있는 모자를 쓰고 나를 만나달라는 부탁도 하고 싶군. 자네, 내가 그 모자를 얼마나 자주 머릿속에 그려봤는지 아나? 두 마리의 새라니, 멋진 아이디어야! 그 두 마리가 서로 마주 보고 있는지, 나란히 있는지도 궁금했어. 그 두 경우는 전혀 딴판이니까. 하지만 자네가 가르쳐주지는 말게."

"마주 보고 있었는데요. 서로 비밀을 속삭이듯 마주 보고 있었어요, 선생님."

"기발하구먼! 그리고 자네 아버지에게는 샤포 루주 언덕에 함께 가서 밤하늘의 별들과 파리 전체의 야경을 보자고 하고 싶네. 그 다음에는 작은 술집에 함께 가서 도수가 엄청 센 술을 마시는 거야. 인생에는 놓치고 사는 것들이 얼마나 많은지!"

만약 이 순간 징거 씨가 마티아스의 창백한 얼굴을 보았다면…… 하지만 징거 씨의 생각은 다른 곳에, 또다른 삶에 가 있었다. 그는 노래를 흥얼거리다가 점점 더 목청을 돋우기 시작했다. 그 동안 배워둔 〈마농 레스코〉의 아리아였다.

동이 트기 전에 깨어난 나는
프레 생 제르베에서 왔어요.
아침이 이제 막 피워낸
이 생생한 라일락을 따러 왔지요.
봄이 우리를 초대하니
어서어서 봄을 즐깁시다.
어이할까나, 꽃이 피는 것도 한때요!
젊음도 라일락도 한때이니!
아! 아, 라, 라!

"자네는 두 사람의 이름을 결코 입에 올리지 않았지."

아직도 가쁜 숨을 헐떡이던 징거 씨가 이렇게 꼬집었다.

"두 사람이라니요?"

"자네 아버지와 어머니! 자네 도대체 뭔가. 내 말을 잘 따라오지도 않고!"

"물리에예요. 블랑슈 물리에와 에르베 물리에. 동네에서는 물리에 가(家)로 통했죠."

"그보다 더 프랑스적인 이름도 없겠구먼."

물리에. 징거 씨는 여러 번 그 이름을 되뇌어보았다. 첫 음절을 발음하기 위해 입을 삐죽 내밀었다. 그 다음에는 약간 눈을 빛내며 마티아스를 바라보았다. 징거 씨의 얼굴에서 그가 직접 던질 수는 없지만 마티아스가 알아서 헤아려주기를 바라는 어떤 질문을 읽을 수 있었다.

"그런데 왜 제 성(姓)은 뒤투르인지 궁금하신 거죠? 선생님 혹시 〈세 바퀴 돌리고 가버리네〉라는 노래 아세요?"

"아, 아! 내가 자네 수작에 넘어갈 줄 알고! 그러지 말게. 자네가 여기 있으면 난 노래를 할 필요가 없어."

징거 씨가 킬킬대며 웃었다.

"나무로 만든 원기둥을 상상해보세요. 높이는 75센티미터쯤 되고 제자리에서 빙빙 돌릴 수 있는 원기둥이죠. 그런 원기둥이 고아원 벽에 장착되어 있어요. 원기둥 안에는 움푹 들어간 벽감 같은 공간이 있고요. 벽감의 한 면은 길가 쪽으로 트여 있고 다른 쪽 면은 고아원 내부로 트여 있죠. 마티아스라는 아기를 버리고 싶으세요? 그렇다면 간단해요. 길가로 트여 있는 면을 이용해 아기를 벽감에 넣어요. 그 다음에 원기둥을 돌리는 겁니다. 그러면 마티아스가 든 벽감이 어느새 고아원 내부로 향하겠죠. 그 다음엔 초인종을 눌러서 방금 아기를 버렸다는 사실을 알려주고 그냥 가버리면 끝이에요. 고아원에서 아기를 받는 책임자가 벽감에서 아기를 꺼내기만 하면 돼요. 자살 방지용 창문만큼 기발하죠. 아기를 버리는 부모에게 완전한 익명성을 보장하는 이 장치를 '유기의 탑(tour d'abandon)'이라고 불러요. 이제 왜 제 성이 뒤투르(Dutour)인지 아시겠죠*…… '탑에서 나온 아이'라 이거죠. 자,

수수께끼예요. 파리에서 제일 먼저 유기의 탑이 설치된 거리가 어디인지 아세요? 정답은 '지옥로(Rue de l'Enfer)'랍니다."

징거 씨는 말없이 가만히 있었다. 딴 생각을 하는 것 같던 징거 씨가 갑자기 눈을 빛내며 말했다.

"자네가 달걀 이야기를 하다가 나에게 수수께끼 냈던 것 기억하나? 그래, 오믈렛 이야기. 자네가 나에게 18세기의 프랑스 수학자이자 철학자의 이름을 맞혀보라고 했잖아. 나는 달랑베르라고 했는데, 정답은 콩도르세였지. 풀네임은 니콜라 카리타 드 콩도르세. 그런데 달랑베르의 퍼스트네임은 장 르 롱이었어. 왜 그랬는지 알아? 달랑베르도 자네처럼 버려진 아이였거든. 생후 며칠밖에 안 된 달랑베르가 포대기에 싸여 파리의 어느 교회 계단에 버려져 있었지. 그 교회 이름이 생 장 르 롱이었고. 거기서 그의 이름이 나온 거야. 장 르 롱 달랑베르."

"선생님, 선생님의 폭넓은 일반교양을 눈부시게 보여주셔서 감사하군요. 만약 제가 공중변소(urinoir) 옆에서 발견되었더라면 '마티아스 위리누아르'가 되었겠군요?"

마티아스가 냉정하게 쏘아붙였다. 그래놓고는 징거 씨가 뭐라고 대답할 겨를도 주지 않고 자기가 먼저 웃음을 터뜨렸다.

"자네 웃기도 하는군! 내가 자네를 보며 얼마나 기쁜지 자네는 상상도 못할 걸세, 마티아스. 자네가 얼마나 변했는지!"

"그럼 선생님은 마티아스 위리누아르와 다섯 달 넘게 같은 방을

---

* 프랑스어 Dutour는 굳이 번역하자면 '탑에서 나온'이라는 뜻이 된다.

쓰신 겁니까?"

마티아스가 여전히 농을 쳤다.

"정말 재미있게 보냈지. 아마 자네도 알고 있겠지만 나로 말하자면 소변을 참는 데 특출한 재주가 있다네. 우리 아들내미가 한 말이야."

"저도 진즉에 그 재주를 알아모셨습니다만. 지금에야 고백하지만 선생님 재주에 샘도 냈습니다. '이분은 세 번 쌀 걸 한 번에 몰아서 싸니까 항상 시간을 버시는구나' 생각했더랬지요. 그렇게 버신 시간으로 선생님의 수학을 일궈내실 수 있었던 거지요? 무한의 아버지 징거 선생님께서 이제야 자신의 비밀을 공개하시는군요…… 서커스 사회자 같은 풍모로 말입니다."

"자네는 웃고, 나는 노래하고…… 그리고 어여쁜 마르타는? 자네가 그 아가씨를 좀 웃게 하나? 여자들은 자기를 웃게 만드는 남자를 좋아하지. 내 생각에 마르타는 여태껏 살아오면서 그렇게 많이 웃어보지 못했을 거야…… 내 아내는 항상 나에게 노래 좀 그만하라고 성화지. 내 노래가 그 사람에게 무슨 해를 끼친다고? 그녀는 내 노래를 들을 수도 없는걸. 난 이곳에 와 있고 그 사람은 집에 있으니 말이야. 아내가 곁에 있을 때는 나도 노래를 안 한다네. 그녀가 가면 다시 노래를 하지. 여기서 어떤 이는 울부짖고, 어떤 이는 눈물을 흘리고, 어떤 이는 입도 벙긋 안 해. 그리고 난 노래를 하고. 나는 음악가이기 때문에 노래를 하는 거야. 노래를 하면 덜 서글프니까. 무엇보다도 자네 나라의 데카르트가 한 말을 살짝 비틀어 써먹으려고 노래를 하지. '칸타토, 에르고 숨(Cantato, ergo sum).*' 나는 노래한다, 고로 나는 존재한다…… 미친 사람들이 왜 혼잣말을 하는지 아나? 자기가 존재한다는 확신이 별로 없기 때문에 찾아낸 방법이야. 말을 하려고 하는 게 아니라, 자기 목소리를 들으려고 하는 거지. 미친 사람들은 남의 말을 듣듯이 자기 말을 듣는다네. 그리고 말을 그치면 자기가 이제 존재하지 않는다는 생각이 들어서 또 말을 하게 돼. 나처럼 내 이름은 징거이고 나는…… 나는 이런 소리를 계속 되풀이할 것 같다는 느낌이 든다네."

징거 씨가 갑자기 어조를 바꾸어 이렇게 선언했다.

"나는 자네를 안심시키고 싶었지. 무엇보다도 자네가 앞으로 어떻게 될지는 알고 싶지 않네. 그래, 전혀 알고 싶지 않아. 자네는 앞으로 내가 '마티아스, 이제 뭘 할 건가?'라고 묻는 것을 듣지 못할 거야. 자네가 '이봐요, 선생님. 앞날에 대한 이야기는 하지 않기로 약속했잖아요' 하면서 골난 눈으로 바라볼 거라는 걸 나는 너무나 잘 아네…… 말해보게, 농장은 어떤가? 농장은 괜찮은가? 나는 그 사람들이…… 그러니까 그 사람들이 너무 반동분자나 국수주의자가 아니기를 바라네. 자네가 그런 사람들을 못 견뎌할 거라는 걸 알기 때문이지…… 내가 무슨 생각을 했는지 아나? 난 말이지, 그들이 자네를 아들처럼 여길 거라고 생각했네. 그들은 진짜 아들을 잃었으니까. 그리고 자네는 참 좋은 아들이 될 수 있는 사람이지. 하지만 자네가 벌써 누군가의 아들이 되었고 그분들이

---

* 실제로 데카르트가 한 말은 '코기토, 에르고 숨(Cogito, ergo sum, 나는 생각한다, 고로 나는 존재한다)'이다. 징거 씨는 이 말을 자기 상황에 맞게 변용했다.

프레에서 자네를 기다리고 있다는 것도 알아. 한편으로, 그 여자 마르타는…… 뭐라고나 할까…… 나는…… 그녀 안에 있는 무한한 사랑을 느낄 수 있다고나 할까. 자네는 크로네커처럼 되지 말게. 사랑에서나, 생각에서나, 인생에서나 무한을 그냥 흘려보내서는 안 된다네."

"디오니서스 라드너 박사를 아세요, 징거 선생님?"

마티아스는 화제를 바꾸고 싶다는 듯이 짐짓 심각하게 물었다.

"내가 알아야 하는 사람인가?"

"아셔야죠. 그 사람은 선생님과 같은 일을 하는 사람이니까요. 영국 런던에서 물리학 교수로 알아주는 사람이에요. 차고지에서 일하는 사람들은 다 알았어요. 그 사람 이름을 부르면서 장난치기도 했고요. '헬로, 닥터 디오니서스. 하우 아 유?' '잘 지냅니다. 고맙군요. 나 디오니서스 라드너 박사는 중대한 선언을 하는 바입니다. 고속열차 여행은 불가능합니다. 승객들이 숨을 못 쉬어서 질식사할 위험이 있습니다.' 그러면 우리들은 한목소리로 이렇게 외치는 거예요. '다른 사람들은 아무 데도 안 가도 어리석어서 죽습니다!'"

징거 씨는 박장대소했다. 너무 웃어서 눈물이 맺혔다. 웃는 건 참 좋은 일이었다. 인생을 다시 살 수 있다면…… 그도 철도 종사원이 될 것이다.

"내가 자네에게 플라톤이 수학자들을 어떻게 생각했는지 말해주겠다고 약속하지 않았나? 아닌가? 내가 그런 말을 안 했다면 그건 분명히 그 인용문이 잘 생각이 안 나서 그랬을 걸세. 인용문은 수학 공식처럼 정확해야 하는 법이지. 단어 하나가 바뀌면 의미가 확 달라지거든. 플라톤은 수학자가 새장에서 예쁜 깃털을 지닌 새를 잡는 사람 같다고 했네. 새장에서 예쁜 깃털을 지닌 새를 잡아채는 사람."

징거 씨는 꿈꾸는 듯한 눈으로 자기가 한 말을 되풀이했다.

"이보게, 마티아스. 나는 현란한 색깔의 무한수들을 잡아들이는 새잡이라네. 하지만 나는 그 새들이 자유로운 수학의 빛나는 하늘에서 자기들 마음대로 날아다니게 해주지. 그게 나의 가장 큰 즐거움이거든. 나는 비록 새장에 갇혀 있지만, 무한수들에게는 이렇게 소리치지. '날아봐! 지금은 날아도 되는 때니까 날아보라고! 내일이면 누가 너희들을 잡아먹을지 몰라!'라고 말이야."

그가 갑자기 자기 손등을 내밀어 보였다.

"마티아스, 보게."

마티아스는 볼 필요도 없었다. 그는 징거 씨가 무슨 말을 하려는지 벌써 알고 있었다.

"이제 남은 자리도 없어. 검버섯들이 뒤덮어버렸지. 자네는 아직 이런 반점이 없겠지?"

"있습니다. 하지만 예의상 드러내지 않을 뿐이죠."

"마르타가 가브리엘이 보관해두었던 그 책을 자네에게 돌려줬을 때, 나는 실망했다네. 다행히도 자네는 아무 눈치도 못 챘지. 자네는 그냥 놀랐겠지만, 나는 조금 실망했어. 사실 나는 아내에게 자네에게 줄 책을 사놓으라고 부탁했거든. 하지만 우리 마누라가 그 책을 구하기에는 시간이 너무 오래 걸렸지. 독일어로 된 책밖에 못 찾았던 거야. 사실 이런 와중에 프랑스어로 된 책을 구입한다는 건 좋은 생각이 아니지. 카르팡트라스 산 캐러멜은 그나마 아직 들어오고 있지만…… 프랑스와 독일 사이에 아직도 유통되고 있는 것이 두 가지 있어. 전쟁에도 불구하고, 아니 어쩌면 전쟁 덕분에 유통되고 있는 셈이지. 하나는 독일의 크루프 사 공장에서 생산되는 무기라네. 전선을 사이에 두고 양쪽 전투병들이 같은 무기를 쓰는 거야. 그리고 또 하나는 자네도 알다시피 카르팡트라스라는 아름다운 도시에서 생산되는 캐러멜이야. 아내는 아직도 우리나라 내에서 이 캐러멜을 구하고 있다네. 자네에게 까놓고 말하지만 난 기관총의 총알을 쪽쪽 빨기는 싫지만 기관총으로 캐러멜 예포를 쏘아올린다면 아무런 반대도 하지 않겠네. 자네는 어떻게 생각하나?"

"선생님은 단것을 너무 좋아하세요."

"난 자네의 책을 읽었네. 나도 자네와 같은 생각이야. 어째서 작가는 랑티에를 미친 사람으로 몰아가야 했을까? 나는 한 사람만 미친놈이 되면 세상이 잘 돌아간다고 생각하네. 책들 속에서나 삶에서나 마찬가지지. 요컨대…… 나는 이제 자네가 그 책을 훌훌 털어버릴 때라고 생각해. 그 책에는 피가 너무 많이 묻었어."

징거 씨는 벽장 쪽으로 다가가더니 책 한 권을 꺼냈다.

"내가 그 책 대신에 이 책을 주지. 『초한집합론의 토대에 대하여』라네. 이 책은 프랑스어로도 출간이 되었지. 자네가 꼭 이해해야 할 필요는 없다네. 하지만 읽어주게. 음악에 몸을 맡기듯이 그냥 읽다보면 같은 목소리를 다시 한 번 듣듯이 우리가 나누었던 대화가 생각날 걸세. 마티아스, 나는 자네가 이 주제에 대해서 그 누구보다도 내 생각을 잘 아는 사람이 될 거라고 장담하네. 이 주제에 대해서는 자네가 내 제자 이상이 될 걸세. 뒤늦게 알게 된 친구라고나 할까. 이제 자네는 가봐야지. 마르타 양이 자네를 기다리고 있으니까."

징거 씨가 다시 입을 열었다.

"아, 잊을 뻔했군! 자네에게 순서에 대해 말한 적이 없다는 게 이제야 생각나네."

"순서라니요?"

"수들의 순서, 3과 셋째. 4와 넷째. 5와 다섯째. 모든 수는 양과 순서를 동시에 가리키지. 나는 자네에게 항상 양으로서의 수에 대해서만 말했어. 순서는 다음 기회로 남겨두지. 전쟁이 끝나면 내가 여행을 떠나겠네. 내가 파리에 가겠네. 그럼 우리는 다시 만날 수 있을 거야. 하지만 그때는 정신병동에서 보지 말자고! 약속하지?"

"약속합니다."

"그때는 순서에 대해 말하는 거야."

"그때는 순서에 대해 말하는 겁니다."

그러고 나서 징거 씨는 마티아스가 알아들을 수 없는 말을 나지막하게 읊조렸다. 노인은 젊은이에게 가까이 오라고 손짓을 해 보였다. 마티아스가 다가가자 징거 씨는 더 가까이 오라고 하더니 귀에 대고 이렇게 속삭였다.

"마티아스, 놈들을 아주 엿 먹여줘. 똥줄 빠지게 혼내주라고! 세상이 빙글빙글 돌게 내버려두지 마. 세상이 돌면 우리는 미친놈이 돼."

마티아스는 문을 열었다. 점점 멀어져가는 그의 귀에 징거 씨가 다시 큰 소리로 부르는 노랫소리가 들리는 것 같았다. 그는 징거 씨가 웃옷 안주머니에 간직하던 편지를 꺼내어 벽장 속에 집어넣는 모습은 보지 못했다.

작가의 말

이 책은 게오르크 칸토어(1845~1918)의 일생에서 자유롭게 영감을 받아 집필되었다.

게오르크 칸토어는 1918년 1월 5일에 작센안할트 지방 할레의 정신병원 병실에서 사망한 채 발견되었다. 심장발작이 사망의 직접적 원인이었다. 그의 흉상은 그가 반세기 동안 재직했던 할레 대학에 지금도 전시되어 있다.

루프트슈타트는 작센안할트 지방 할레 안 데어 잘레의 특징을 빌려와 설정한 가상의 도시이다.

게오르크 칸토어는 소위 '현대수학'의 아버지이다. '집합론'의 창시자였던 그는 무한에 대한 수학적 정의를 처음으로 내리고 '초한수'에 대해 매우 풍부한 이론을 정초했다. 다비드 힐베르트는 "나는 칸토어의 초한수론에서 수학적 정신의 만개와 완성을, 그리고 인간의 순수한 지적 활동이 실현한 가장 숭고한 것 가운데 하나를 본다"고 쓰기도 했다.

'연속체의 문제'는 힐베르트의 23개 문항 중에서 첫번째로 등장한다. 이는 곧 '연속체는 가산 바로 다음에 오는 두번째 무한인가?'라는 물음이다. 칸토어의 갖은 노력에도 불구하고 풀리지 않았던 이 문제는 해결을 보기는 했다. 예측에서 완전히 벗어난 해결이기는 했지만 말이다.

이천 년이 넘도록 수학자들은 하나의 우주 속에서 지내왔다. 그래서 그들은 이론상으로는 어떤 주장에 대하여 노력 여하에 따라 그 주장이 참인지 거짓인지 증명해낼 수 있다고 믿었다.

하지만 이것은 수학자들의 평온한 하늘에 '결정 불가능성'의 옴니(OMNI, Objet Mathématique Non Identifié, 미확인 수학적 대상)*가 출현하기 전까지의 얘기다.

쿠르트 괴델이 1940년에, 폴 코헨은 1963년에 각각 칸토어의 문제에 대한 해답을 내놓았다. 연속체의 문제는 결정 불가능하다. 지금의 우리는 칸토어가 이 문제의 해답을 찾을 수 없었던 이유(그로서는 도저히 이해할 수 없었을)와 그가 겪었을 모진 괴로움을 좀더 잘 헤아릴 수 있다.

실제로 칸토어는 이 문제의 해결 불가능성을 수학이라는 학문 자체의 불가능성으로까지 여겼다.

---

* OMNI는 미확인비행물체(영어로는 UFO)를 뜻하는 약어이기도 하다.

20세기 말까지 힐베르트의 23개 문항 중 풀리지 않고 남아 있는 것은 5개였다.

조레스는 1914년 7월 31일에 암살당했고, 8월 4일에 장례식이 치러졌다. 장례식 바로 다음날 '신성한 단합'이 선언되면서 평화주의자들은 전쟁터로 내몰렸고, 그들이 믿어온 모든 것들은 짓밟혔다.

장 조레스의 두 아들은 모두 전사했다.

페탱 원수와 힌덴부르크 원수는 둘 다 자기 침대에서 죽었다.

전쟁터에서 800만 명이 목숨을 잃었다.

조레스 암살범 라울 빌랭은 그의 암살 행위를 통해 프랑스가 전쟁에 속히 나서게 했고, 결과적으로 독일을 꺾고 '영광스러운' 승리를 거두게 한 셈이었다. 따라서 그는 영웅이었다. 그는 1919년에 재판을 받았지만 무죄 선고를 받았다. 조레스 부인은 소송 비용을 배상하라는 판결을 받았다! 라울 빌랭은 이비자 섬에서 행복한 나날을 보낼 수 있으리라 생각했지만, 훗날 역사의 심판을 받았다. 1936년 그를 알아본 스페인 공화주의자들에게 총살을 당한 것이다.

"칸토어가 우리를 위해 만든 낙원에서 우리가 쫓겨나서는 안 된다."

—다비드 힐베르트

레오넬로 브란돌리니,

브리지트 게즈,

장 프랑수아 곰베르에게 감사를 전한다.

상식을 뒤집는 칸토어의 무한집합론

정경훈 | 서울대학교 기초교육원 강의교수*

이 책은 실존 수학자 게오르크 칸토어를 모델로 한 소설이다. 칸토어가 누구인가? 인류 최초로 무한을 논리적으로 다룬 수학자이다. 이 책에는 대각선 논법을 비롯하여 칸토어의 이론이 등장하는데, 논리적으로 옳았지만 동료 수학자들의 비난을 많이 받았던 칸토어를 이해하기 위해 그의 이론이 무엇인지 들여다보기로 하자.

무한은 동물과는 달리 인간만이 아는 개념이다. 인류의 머릿속에는 자연수 집합이라는 무한집합이 있다. 조금 더 배우면 유리수니, 실수니, 복소수니, 함수니 하는 것들의 무한집합을 많이 만나게 된다. 늘 마주치는 이러한 무한이지만, 무한에 대해 잘못 생각

* 서울대학교 수학과를 졸업하고, 동 대학원에서 박사학위를 받았다. 포항공과대학교, 연세대학교, 미국 위스콘신 대학교 등에서 박사 후 과정을 밟았다. 현재 서울대학교 기초교육원 강의교수로 재직 중이다. 수학 이야기를 쉽게 소개하는 데 관심이 크며, 저서로는 『오늘의 과학』(공저)이 있다.

하면 끝없는 혼란의 세계로 빠져들기 일쑤다. 앞으로도 보겠지만, 무한집합의 원소의 개수를 실제로 세기 시작하면 유한집합에서의 '상식'이 깨지는 경험을 여러 차례 하게 된다.

무한히 많은 두 대상의 개수를 비교할 때 어떤 어려움이 따르는지 보기 위해, 구체적인 예를 들어보자. 갑돌이는 세상의 모든 자연수로 번호가 매겨진 구슬을 가지고 있다. 즉 1번, 2번, 3번, … 으로 번호가 매겨져 있는 무한 개의 구슬을 갖고 있다고 하자는 것이다. 을순이도 무한 개의 구슬을 갖고 있는데, 이 구슬에는 짝수로 번호가 매겨져 있다. 즉, 2번, 4번, 6번, … 으로 번호가 매겨진 구슬을 갖고 있다. 과연 두 사람 중에 누구의 구슬이 더 많을까? 유한 세상의 상식으로는 갑돌이가 을순이보다 '두 배나' 많은 구슬을 갖고 있다. 유한 세상에서는

전체는 부분보다 크다

는 건 상식 중의 상식인데, {1, 2, 3, 4, … }가 {2, 4, 6, 8, … }을 포함하기 때문에 두말할 필요도 없는 것 같다.

하지만 길고 짧은 건 대봐야 아는 법이라며, 정말로 누구 구슬이 많은지 대보자고 나서는 순간, 우리의 상식은 크나큰 도전을 받는다. 각자 동시에 구슬을 하나씩 꺼내어 비교해보기로 하자. 갑돌이가 1번, 2번, 3번, … 순서로 구슬을 내놓을 때마다, 을순이는 4번, 8번, 12번, … 순서로 4의 배수에 해당하는 구슬을 내놓는다면? 결국 갑돌이가 모든 구슬을 다 내놓을 때, 을순이에게는 2

번, 6번, 10번 등의 구슬이 남지 않는가? 이쯤이면 을순이의 구슬이 많다고 해야 하는 게 아닐까? 갑돌이가 을순이보다 더 구슬이 많다는 것이 상식인 것 같았는데, 그 반대도 논리적으로는 아무런 문제가 없다!

갑돌이가 1번, 2번, 3번, … 순서로 구슬을 내놓을 때, 을순이가 고분고분 2번, 4번, 6번, … 순서로 구슬을 내놓는다면 이번에는 두 사람의 구슬의 개수는 같다는 결론이 난다. 이처럼 무한집합의 개수를 비교할 때는 전체가 부분보다 크다는 상식이 더는 통하지 않을 뿐만 아니라, 비교 방법에 따라 개수가 많은 쪽이 달라지기도 한다는 사실을 인정해야만 하는 것이다. 이런 이유 때문에 무한을 다루는 데 당혹함을 느낀 인류는 칸토어가 나타나기 전까지는 무한을 멀리했다.

두 집합 A, B가 일대일 대응한다는 것은, A, B 둘 중 어느 쪽도 중복되거나, 남지 않게 서로 짝지어 줄 수 있는 경우를 말한다. 예를 들어 자연수의 집합 $N=\{1, 2, 3, 4, \cdots\}$와 짝수 자연수의 집합 $E=\{2, 4, 6, 8, \cdots\}$의 경우 N의 원소 k마다 E의 원소 $2k$를 짝지어 주면 일대일 대응이 된다. 이처럼 두 집합 사이에 일대일 대응을 하나라도 만들 수 있을 때 '원소의 개수가 같다'고 부르자고 제안한 사람이 칸토어다. 따라서 조금 전의 예에서 N과 E는 원소의 개수가 같다.* 사실 유한 세상만 생각한다면 칸토어의 제안은 상식과도 정확히 일치하고, 아무 문제도 일으키지 않는다. 칸토어가

*무한집합일 때는 개수가 같다는 표현 대신 '기수가 같다' 혹은 '농도가 같다'는 표현을 쓴다.

남달랐던 것은 대담하게도 이를 무한 세상에 확대 적용했다는 점이고, 무한집합에서도 모순을 일으키지 않는다는 것을 입증했다는 데 있다. 비로소 무한집합을 가리던 모호한 안개를 걷어낼 수 있었던 것이다.

위에서도 보았듯, 자연수의 집합과, 짝수 자연수의 집합의 개수는 같다. 위의 논법을 변형하여 적용하면, 자연수의 부분집합 중 무한집합인 것은 항상 자연수의 집합과 개수가 같다는 것을 증명할 수 있다. 전체와 부분의 개수가 같은 일은 무한 세상에서는 흔한 것이다. 이 책에서도 언급되지만, 사실은 바로 이런 성질이 무한집합을 규정하는 특성이다. 즉,

자신과 개수가 같은 진부분집합이 있다는 것과,
무한집합이라는 것은 똑같은 얘기다.

사실 이 정도까지는 동시대 수학자들도 크게 반발하지 않았다. 무한에다 두 배해서 무한이라는 것까지는 그럭저럭 받아들일 수 있었던 것이다. 유리수의 집합마저 자연수의 집합과 개수가 같다는 칸토어의 논문이 나왔을 때도, 놀라면서 어딘가 미심쩍다고 여기는 사람들이 있었지만 그럴 수도 있다고 믿었다. 무한집합끼리 개수가 같은 건 당연한 것인데 쓸데없는 짓을 한다는 냉소도 있었다. 문제는 무한집합이라고 개수가 다 같은 건 아니라는 것을 칸토어가 증명했다는 데 있다. 대표적으로 자연수의 집합과 실수의 집합의 개수가 다르다는 걸, 다시 말해 이 두 집합 사이에는 일대

일 대응을 절대 만들 수 없다는 걸 증명했고, 더 나아가서 어떤 무한집합을 가져오더라도, 원소의 개수가 더 많은 무한집합을 반드시 찾을 수 있다는 것도 증명했다. 무한에도 등급이 있으며, 등급이 무한히 많다는 얘기인데, 이 두 사실을 증명하는 데 칸토어의 독창적인 증명법인 '대각선 논법'이 등장한다.

이 책에서도 자연수 집합과 실수 집합 사이에 일대일 대응이 없다는 것을 대각선 논법으로 잘 설명하고 있지만, 부연 설명해보기로 하겠다. 아래의 증명은 자연수 집합과 실수 집합 사이에 일대일 대응이 있다고 하면 모순이 생긴다는 사실을 보여준다. 예를 들어 다음처럼 일대일 대응을 찾았다고 해보자.

$$
\begin{array}{ccr}
1 & \Leftrightarrow & 9.\mathbf{0}23880\cdots \\
2 & \Leftrightarrow & -20.6\mathbf{1}5366\cdots \\
3 & \Leftrightarrow & -1123.45\mathbf{6}789\cdots \\
4 & \Leftrightarrow & 2.718\mathbf{2}81\cdots \\
5 & \Leftrightarrow & 0.1111\mathbf{1}1\cdots \\
\vdots & \Leftrightarrow & \vdots
\end{array}
$$

단, 0.34999999⋯=0.3500000⋯과 같은 수는 두 표현 중 하나만 골라 쓰기로 약속한다. 이제, k번째 줄에서는 소수점 이하 k번째 수를 굵게 표시하자.* 이 수가 1일 경우에는 d_k=2로, 그 외에

*굵게 쓴 숫자가 대각선을 따라 분포하므로 대각선 논법이라 부른다.

는 d_k=1로 정하자. 방금의 예에서는 굵은 숫자 중 1인 것은 2, 5, …번째에 등장하므로, $d_2=d_5=\cdots=2$이고, 나머지 자리는 모두 $d_1=d_3=d_4=\cdots=1$이다. 따라서, $0.d_1d_2d_3d_4d_5\cdots=0.12112\cdots$라는 숫자를 만들 수 있다. 그런데 이 수는 실수이지만,* 위에 등장한 어떤 수와도 같을 수가 없다. 예를 들어 30에 대응하는 수와는 소수점 이하 30번째 자리가 다르기 때문이다. 즉, 위의 대응은 결코 일대일 대응일 수 없다. 다른 예를 가져오더라도, 같은 방법을 쓰면 오른쪽에 등장하지 않는 수를 항상 찾아낼 수 있어 여전히 일대일 대응이 안 된다. 따라서 실수와 자연수는 일대일 대응할 수 없다. 실수가 자연수보다 개수가 적을 수는 없으므로, 실수의 개수가 자연수의 개수보다 많다는 사실을 알 수 있다.

칸토어는 역시 대각선 논법을 써서, 모든 집합에는 그보다 더 원소의 수가 많은 집합이 존재함을 증명한다. 그러면 '멱집합'이라 부르는 개념을 끌어들여 소개해보겠다. 집합 A에 대해 A의 모든 부분집합을 원소로 하는 집합을 A의 멱집합이라 부르고 $P(A)$라 쓰기로 하자. 예를 들어, $A=\{a, b, c\}$이면, 이 집합의 부분집합은 다음과 같이 모두 8개가 있다.

$\emptyset$	$\{a\}$	$\{b\}$	$\{c\}$
$\{a, b\}$	$\{a, c\}$	$\{b, c\}$	$\{a, b, c\}$

* 이 수가 '실수'라는 사실이 중요하다. 대각선 논법을 자연수와 유리수에 적용하여, 유리수의 개수가 자연수의 개수보다 많다는 주장을 하는 경우가 있는데, 그 증명이 통하지 않는 것은 $0.d_1d_2d_3d_4d_5\cdots$는 유리수가 아닐 수 있기 때문이다.

따라서 $P(A)$의 원소의 개수는 8개이고, A의 원소의 개수 3개보다는 많다. 일반적으로 B가 유한집합일 때는 $P(B)$가 B보다 원소의 수가 많다는 결론은 쉽게 내릴 수 있는데,* 무한집합일 때도 그렇다는 걸 증명하는 게 목표다. 좀더 편하게 보기 위해, A의 부분집합마다, A의 각 원소를 포함하느냐 않느냐에 따라 O와 X를 대응한 순서쌍을 생각해보자.** 예를 들어 위의 예에서는 $\{a, c\}$라는 부분집합은 a를 원소로 포함하므로 O에 대응하고, b는 원소가 아니므로 X에 대응하고, c는 원소이므로 O에 대응하여, 전체적으로는 $[O, X, O]$에 대응하자는 뜻이다. 예를 들어 위에서 언급한 부분집합은 차례로

$$[X, X, X]\ [O, X, X]\ [X, O, X]\ [X, X, O]$$
$$[O, O, X]\ [O, X, O]\ [X, O, O]\ [O, O, O]$$

로 표기할 수 있다. 이제 일반적인 (무한)집합 $A=\{a, b, c, \cdots\}$와 $P(A)$ 사이에 아래와 같은 대응이 있다고 해보자.

$$a \Leftrightarrow [O, X, X, O, O, \cdots] \Leftrightarrow \{a, d, e, \cdots\}$$
$$b \Leftrightarrow [X, O, X, O, X, \cdots] \Leftrightarrow \{b, d, \cdots\}$$
$$c \Leftrightarrow [X, X, X, X, O, \cdots] \Leftrightarrow \{e, \cdots\}$$

* B의 원소의 수가 n이면 $P(B)$의 원소의 수는 2^n이기 때문이다.

** 엄밀하게 하자면 함수의 용어를 사용해야 하지만, 독자들의 편의를 돕기 위해 그냥 순서쌍을 사용했다. 뒤에도 이와 같다.

$$d \Leftrightarrow [X, X, O, O, X, \cdots] \Leftrightarrow \{c, d, \cdots\}$$

$$e \Leftrightarrow [O, X, X, O, X, \cdots] \Leftrightarrow \{a, d, \cdots\}$$

$$\vdots \Leftrightarrow \quad \vdots$$

이번에도 대각선을 따라 O는 X로 바꾸고, X는 O로 바꿔준 순서쌍을 생각해보자. 위의 예에서는 $[X, X, O, X, O, \cdots]$일 것이다. 이 순서쌍에 대응하는 부분집합 $\{c, e, \cdots\}$은 위의 대응에서 오른편에 절대로 등장할 수 없으므로, 위의 대응은 일대일 대응일 수 없다. 따라서 $P(A)$가 A보다 원소가 많다.

대각선 논법은 그 뒤 수학기초론 및 논리학 등에 많은 영향을 끼쳤다. 괴델이 유명한 '불완전성 정리'를 증명할 때도 대각선 논법과 비슷한 방법을 사용하며, 비슷하게 튜링 기계의 '결정 가능성 문제'에서도 비슷한 논법이 등장한다.

이 책에 언급되는 몇 가지 수학적 논점에 대해서 보충 설명을 하자면, 다음과 같은 것들이다.

어떤 집합을 가져와도 개수가 더 많은 집합이 있다는 주장에는 다음과 같은 함정(?)이 있다.

세상의 모든 것을 다 모은 집합보다
더 개수가 많은 집합이 있을 수 있다?!

이런 역설은 러셀의 역설이라 부르는 역설로 이어지는데, 칸토어의 '소박한' 집합론을 벗어나 집합론을 엄밀하게 재구성해야 한다는 숙제를 남겼다. 이러한 엄밀한 재구성법으로는 여러 가지가 알려져 있다. 흔히 체르멜로-프렝켈 공리 체계(ZF) 혹은 선택 공리를 포함한 체르멜로-프렝켈 공리 체계(ZFC), 폰 노이만-베르나이스-괴델 공리 체계(NBG) 등이 그것들이다. 대체로 이런 공리 체계에서는 집합을 구성하는 법을 공리로 정하고, 정해진 구성법을 따르지 않으면 집합으로 부르지 않는다. 예를 들어 '세상의 모든 것을 다 모은 것'은 공리가 정한 구성법으로 만들 수 없는 대상이므로 집합이 아니라는 식으로 역설을 피해가는 것이다.* 좀더 자세한 얘기는 집합론이나 수학 기초론을 다루는 전문 서적을 참고해야 할 것이다.

작품과 저자의 후기에 등장하는 연속체 가설(문제)에 대해 마지막으로 언급하고 끝맺을까 한다. 연속체 가설이란 '자연수보다는 개수가 많지만, 실수보다는 개수가 적은 집합이 있느냐'는 문제를 말한다. 더 일반적인 연속체 가설도 있다. 어떤 집합보다는 원소의 개수가 많지만, 멱집합보다는 원소의 개수가 적은 집합이 존재하느냐는 문제를 말한다. 대각선 논법을 아는 사람이라면 당연히 던지게 되는 질문이다. 무한집합론을 혼자 만들어내다시피 한 칸토어로서도 이 문제만큼은 해결하지 못한다. 이 문제는 힐베르트가 1900년 국제 수학자 대회에서 '23대 문제' 중 가장 첫번째로 제시하여 유명세를 탔다. 오랜 세월이 흘러 1940년 쿠르트 괴델과 1963년 폴 코헨이 연속체 가설은 ZF 공리 체계로는 증명할 수도

* 이런 것들은 '클래스'라고 부르는데, 훗날 카테고리 이론 등을 통해 발전하게 된다.

없고, 반증도 할 수 없다는 사실을 증명한다.* ZF나 ZFC 공리 체계에 연속체 가설이 성립한다는 것을 공리로 채택하여 확장한 새로운 공리 체계를 만들 수도 있고, 연속체 가설을 부정한 것을 공리로 채택하여 확장한 새로운 공리 체계를 만들 수도 있다는 뜻이다. 소박한 집합론만 알았던 칸토어가 도저히 해결할 수 없었던 건 당연한 것 같다.

* ZF 대신 ZFC를 쓰거나, NBG 공리 체계를 써도 마찬가지이다.

옮긴이의 말

지금도 그런지는 잘 모르겠지만 중학교에서부터 수학 시간에 집합, 부분집합, 일대일 대응 등의 개념을 배웠던 것 같다. 나는 아무리 줄잡아 말하더라도 수학에 그다지 취미가 있는 학생은 아니었지만 집합론만은 흥미로웠다. 아무것도 모르는 어린애가 느끼기에도 집합론은 확실히 수학의 다른 분야들과 달랐다. 뭔가 치밀하지 못하면서 관념적인 것에 잘 혹하는 내 성격에는 그 '다름'이 맞았던 모양이다. 어쨌든 거기에는 뭔가 나를 사로잡을 만한 것이 있었다.

철학과 학부생이었을 때에도 러셀의 역설에 대해 배우면서 그와 비슷하게 매료된 순간이 있었다. 자기 자신을 원소로 포함하지 않는 모든 집합들의 집합은 자신을 포함하는가? 그렇다고 하면 '자기 자신을 원소로 포함하지 않는'이라는 조건에 위배될 것이고, 그렇지 않다고 하면 자신을 포함하지 않는 '모든' 집합들의 집합은 될 수 없을 것이다. "크레타 사람은 모두 거짓말쟁이다"라고 말하는 크레타 사람은 거짓말을 하는 것인가, 참말을 하는 것인가? 러셀이 제시한 해법을 여기서 간략히 말하자면 집합의 위계를 정해주는 것이라고 할 수 있다.

게오르크 칸토어가 이 해법에 대해서 뭐라고 할지는 모르겠다.

게오르크 칸토어, 이 관념적이고 철학적인 수학의 창시자를 빼놓고는 이 소설을 제대로 이해한다는 것이 불가능할 것이다.

게오르크 페르디난트 루트비히 필리프 칸토어(Georg Ferdinand Ludwig Philipp Cantor, 1845~1918)는 러시아에서 태어난 독일의 수학자다. 그는 수학에 '무한'을 도입한 최초의 인물이었다. 당시의 수학계에서 이것은 혁명적인 시도였기에 칸토어는 대단한 업적을 세우고도 자신의 스승과 동료들에게 '왕따'를 당하고 독일의 이류대학에서 평생을 보내야 했다. 그는 '절대무한'을 '신'과 동일시하는 등, 지금 봐서는 엄밀한 의미에서의 수학자답지 않은 행보도 보였지만 대단히 독창적인 이론으로 현대 수학의 기초를 놓았으며 자신의 이론에 내재한 문제들을 해결하고자 분투했다. 그러나 말년을 괴롭힌 우울증, 제1차 세계대전이라는 암울한 시대 상황, 가난과 굶주림은 결국 이 위대한 영혼을 정신병원에서 영원히 잠들게 했다.

이 소설은 프랑스에서 수학소설을 꾸준히 발표해왔고 우리나라 독자들에게도 잘 알려져 있는 드니 게즈가 게오르크 칸토어에게서 영감을 받아 집필한 작품이다. 작가는 이 비운의 수학자의 마지막 순간에 가상의 우정이라도 선사하고 싶었던 것일까? 그런데 왜 하필이면 평생 볼일도 없을 것 같은 프랑스 노동자, 그것도 세계대전에 뛰어든 무정부주의자를 짝으로 정해주었을까? 이 두 인물의 일대일 대응에는 어떤 의미가 있을까? 그 이유는 아마 유한

한 인간이 무한을 생각한다는 것에 작가가 어떤 의미를 두느냐와 일맥상통할 것이다.

그래서 이 소설은 "인류는 무한을 표현할 수 있다는 점에서만 가치가 있다"는 장 조레스의 인용문으로 시작된다. 장 조레스는 프랑스 역사상 가장 위대한 사회주의자이자 작중인물 마티아스의 정신적 지주다. 그러나 반전파였던 조레스가 암살당하고 나자 위기와 환멸에 시달리던 대부분의 좌파가 그랬듯이 마티아스도 조레스의 이념을 배반하고 전쟁터에 뛰어든다. 이 선택은 일종의 극단적인 자기부정이었다. 그러나 자신을 피해 도망갔던 마티아스는 정신병원에서 난데없는 수학 강의를 들으며 과거의 가슴 뜨거운 자신을 재발견한다. 그는 한 집합의 원소들은 서로 별개의 것으로 구분되지만 그 원소들 사이의 우열은 인정되지 않는다는 말에서 '원소들의 공화국', 존재한다는 사태만으로도 침범할 수 없는 가치를 부여받는 사회를 꿈꾼다. 어떤 대상의 귀속 여부에 대해 뭔가 의심의 여지가 남는다면 그 묶음은 집합이라고 할 수 없다는 말에서 언제나 '소속'을 분명히 해야만 했던 투쟁의 현실을 떠올린다.

마지막으로, 이 소설의 원제는 'Villa des hommes'이다. 작품 속에서는 (여성병동과 구별하는 의미에서) '남성병동'이라는 뜻으로 쓰이지만 이 제목의 의미는 이중적이다. 정신병동은 미친 사람들이 모인 곳이다. 그러나 세상이 미쳐 있을 때에는 그곳이 가장 '사람'다운 이들의 집이 될지도 모른다. 실존인물과 가상인물이 서로를 보듬고 교감할 수 있는 집이.

옮긴이 이세진
서강대에서 철학과와 동 대학원 불어불문학과를 졸업했다.
프랑스 랭스 대학교에서 공부했으며, 현재 전문 번역가로 일하고 있다.
『길 위의 소녀』『곰이 되고 싶어요』『회색 영혼』『유혹의 심리학』『꼬마 니콜라』
『뇌 한복판으로 떠나는 여행』『꽃의 나라』『바다나라』『무한』『천재들의 뇌』 등을
우리말로 옮겼다.

수학자의 낙원

1판 1쇄 2011년 3월 30일
1판 2쇄 2021년 1월 5일

지은이 드니 게즈
펴낸이 김정순
책임편집 허영수 최정수
디자인 김진영
마케팅 양혜림 이지혜

펴낸곳 (주)북하우스 퍼블리셔스
출판등록 1997년 9월 23일 제406-2003-055호
주소 04043 서울시 마포구 양화로 12길 16-9(서교동 북앤빌딩)
전자우편 henamu@hotmail.com
홈페이지 www.bookhouse.co.kr
전화번호 02-3144-3123
팩스 02-3144-3121

ISBN 978-89-5605-518-3 43860

이 도서의 국립중앙도서관 출판예정도서목록(CIP)은 서지정보유통지원시스템
홈페이지(http://seoji.nl.go.kr)와 국가자료종합목록 구축시스템(http://kolis-net.nl.go.kr)에서
이용하실 수 있습니다. (CIP제어번호: CIP2011001290)